Wallbanger

Ein Nachbar zum Verlieben

The Cocktail Series 1

Alice Clayton

Aus dem Amerikanischen
von Julia Weisenberger

Wallbanger - Ein Nachbar zum Verlieben
The Cocktail Series 1
Alice Clayton

Deutsche Übersetzung © Sieben Verlag 2015, 64354 Reinheim
Übersetzt aus dem Amerikanischen von Julia Weisenberger
Original englische Ausgabe © 2013 Alice Clayton
Covergestaltung © Andrea Gunschera 2015

German translation copyright © 2015 by Sieben Verlag
Original English language edition © Copyright 2013 by Alice Clayton

All rights reserved including the right of reproduction in whole or in part in any form. This edition published by agreement with the original publisher, Gallery Books, a division of Simon & Schuster, Inc., New York.

ISBN Printausgabe: 9783864434594
ISBN eBook-PDF: 9783864434600
ISBN eBook-epub: 9783864434617

www.sieben-verlag.de

Für meine Mutter,
weil sie Kokosnuss auf meinen Geburtstagskuchen gemacht hat, obwohl niemand sonst das mag.
Für meinen Vater,
weil er mir so lange Garfield-Comics vorgelesen hat, bis wir beide Tränen gelacht haben.
Danke.

Kapitel 1

„Oh, mein Gott!"

Wumms.

„Oh, mein Gott!"

Wumms. Rumms.

Was zum …

„Oh, mein Gott, das ist so gut!"

Ich kämpfte mich aus dem Schlaf und blickte mich verwirrt in dem fremden Raum um. Kartons stapelten sich auf dem Boden. Bilder lehnten an der Wand.

Mein neues Schlafzimmer in meinem neuen Apartment. Ich erinnerte mich, strich über meine Bettdecke und brachte mich dank der verschwenderisch hohen Fadenzahl des Stoffes ins Hier und Jetzt zurück. Selbst im Halbschlaf war ich mir der Fadenzahl meiner Decke bewusst.

„Mmm … ja, Baby. Genau da. Genau so … Hör nicht auf, hör nicht auf!"

Oh Mann.

Ich setzte mich auf, rieb mir die Augen und drehte mich, um die Wand hinter mir anzusehen, als ich langsam begriff, was mich aufgeweckt hatte. Meine Hände strichen immer noch über die Decke, was die Neugier von Clive weckte, meinem Kater. Er schob seinen Kopf unter meine Hand und verlangte damit seine Streicheleinheiten. Ich kraulte ihn, blickte mich dabei um und orientierte mich in meinem neuen Reich. Ich war früh am Tag eingezogen. Es war ein großartiges Apartment: luftige Räume, Holzböden, gewölbte Türstöcke – es hatte sogar einen Kamin. Ich hatte keine Ahnung, wie man ein Feuer macht, aber das war nicht der Punkt. Es juckte mich in den Fingern, etwas auf den Kaminsims zu stellen. Als Innenarchitektin besaß ich die Angewohnheit, mental alle möglichen Dinge an alle möglichen Orte zu stellen, egal, ob sie mir gehörten oder nicht. Es trieb meine Freunde manchmal in den Wahnsinn, weil ich ständig ihren Kleinkram umarrangierte.

Ich hatte den Tag damit verbracht, einzuziehen, und mich, nachdem ich meine Haut in der unglaublich tiefen Löwenfußbadewanne in eine einzige Runzel verwandelt hatte, in mein Bett gepackt, wo ich das Knacksen und Quietschen eines neuen Zuhauses genossen hatte. Ein bisschen Verkehr draußen, ein wenig sanfte Musik und das beruhigende Klick-Klick von Clive, der auf Erkundungstour ging. Das Klick-Klick war seinem Niednagel geschuldet.

Mein neues Zuhause. Das hatte ich zufrieden gedacht, als ich in einen leichten Schlaf abgedriftet war. Daher war ich nun auch so überrascht, dass ich morgens um … mal sehen … 2.30 Uhr geweckt worden war.

Ich bemerkte, dass ich dümmlich an die Decke starrte und mich bemühte, in einen entspannten Zustand zurückzukehren, aber ich wurde erneut aufgeschreckt, als das Kopfteil meines Bettes sich bewegte – genauer gesagt, gegen die Wand knallte.

Wollt ihr mich veräppeln?

Dann hörte ich äußerst deutlich: „Oh, Simon, das ist so gut! Mmm …"

Ach, kommt!

Ich blinzelte und fühlte mich jetzt fitter und fasziniert von dem, was sich nebenan abspielte. Ich sah Clive an, er sah mich an, und wenn ich nicht so müde gewesen wäre, hätte ich schwören können, dass er mir zuzwinkerte.

Ich denke, hier brauchte jemand die gleiche Medizin. Seit einer Weile saß ich dahingehend auf dem Trockenen. Seit einer geraumen Weile. Schlechter, schneller Sex und ein schlecht getimter One-Night-Stand hatten mir meinen Orgasmus gestohlen. Er befand sich nun seit sechs Monaten im Urlaub. Sechs langen Monaten.

Ich hatte mir fast ein Karpal-Tunnel-Syndrom zugezogen, weil ich so verzweifelt versucht hatte, mich selbst zu befriedigen. Leider war das große O in einem scheinbar ewigen Winterschlaf versunken. Und mit O meine ich nicht Oprah.

Ich verdrängte den Gedanken an meinen abwesenden O und rollte mich zusammen. Alles schien still zu sein, und ich dämmerte langsam weg, während Clive neben mir zufrieden schnurrte. Dann brach die Hölle los.

„Ja! Ja! Oh, mein Gott … Oh, mein Gott!"

Ein Bild, das ich auf das Regal über meinem Bett gestellt hatte, fiel herunter und mir direkt auf den Kopf. Ich zog die Lehre daraus, dass ich in San Francisco sicherstellen sollte, dass die Nägel, an denen ich meine Bilder anbrachte, sicher saßen. Apropos nageln …

Ich rieb meinen Kopf und fluchte so, dass Clive errötete – wenn Katzen rot werden würden. Ich blickte wieder hinter mich an die Wand. Das Kopfteil schlug beständig dagegen, während der Lärm nebenan weiterging.

„Mmm … ja, Baby, ja, ja, ja!", intonierte der Schreihals, und endete mit einem zufriedenen Seufzer.

Dann hörte ich – bei allem, was heilig ist – Schläge. Man kann die Geräusche eines guten Spankings nicht missverstehen, und auf der anderen Seite der Wand erhielt jemand genau das.

„Oh, mein Gott, Simon. Ja. Ich war ein böses Mädchen. Ja, ja!"

Das war so unwirklich. Weitere Schlaggeräusche ertönten und dann das unmissverständliche Stöhnen und Seufzen einer männlichen Stimme.

Ich stand auf, schob mein Bett ein Stück von der Wand weg und schlüpfte wieder unter die Decke, während ich die ganze Zeit der Wand böse Blicke zuwarf.

Ich schlief in dieser Nacht ein, nachdem ich mir geschworen hatte, dass ich zurückhämmern würde, wenn ich noch einen einzigen Piep hörte. Oder ein Stöhnen. Oder ein Klatschen von Hand auf Haut.

Willkommen in der Nachbarschaft.

Kapitel 2

Am nächsten Morgen – meinem ersten offiziellen in meiner neuen Bleibe – nippte ich an einem Kaffee und mümmelte einen übriggebliebenen Donut von der gestrigen Einweihungsparty.

Ich war nicht so wach, wie ich es mir eigentlich erhofft hatte, um mit dem Auspackwahnsinn zu beginnen, und ich verfluchte im Stillen die gestrigen Sperenzchen von nebenan. Das Mädel war rangenommen und verhauen worden, sie war gekommen und hatte geschlafen. Gleiches galt für Simon. Zumindest nahm ich an, dass sein Name Simon war, da die Frau, die gern den Hintern versohlt bekam, ihn ständig so genannt hatte. Und wirklich, wenn sie schon einen Namen erfand, gab es weitaus erotischere als Simon, die man im Eifer des Gefechts herausschreien konnte.

Im Eifer des Gefechts … Himmel, ich vermisste diese Art von Bettgefechten.

„Immer noch nichts, hm, O?" Ich seufzte und sah an mir herunter. Während des vierten Monats des Vermissten O begann ich, mit meinem O zu sprechen, als ob er ein wirkliches Wesen sei. Er fühlte sich damals, als er noch beständig meine Welt aus den Angeln gehoben hatte, real genug an, aber leider war ich nun, da mich O verlassen hatte, nicht mehr sicher, ob ich ihn erkennen würde, wenn ich ihn sehen würde. Es ist eine sehr, sehr traurige Welt, wenn ein Mädchen seinen eigenen Orgasmus nicht mehr erkennt, dachte ich und blickte sehnsüchtig aus dem Fenster auf die Skyline von San Francisco.

Ich stand auf und tappte zur Spüle, um meine Kaffeetasse auszuspülen. Nachdem ich sie zum Abtropfen auf die Seite gestellt hatte, nahm ich mein hellblondes Haar zu einem unordentlichen Pferdeschwanz zusammen und überblickte das Chaos, das mich umgab. Egal, wie gut ich geplant hatte, egal, wie gut ich diese Kartons beschriftet hatte, egal, wie oft ich diesem idiotischen Umzugshelfer gesagt hatte, dass der Karton, wenn darauf KÜCHE stand, nicht ins BAD gehörte – es war immer noch ein absolutes Durcheinander.

„Was meinst du, Clive? Sollen wir hier beginnen oder im Wohnzimmer?" Er hatte sich auf einem der breiten Fensterbretter zusammengerollt. Wenn ich nach neuen Orten suchte, an denen ich leben wollte, sah ich mir immer die Fensterbretter an. Clive liebte es, hinaus in die Welt zu sehen, und es war schön, ihn auf mich warten zu sehen, wenn ich nach Hause kam.

Momentan blickte er mich an und schien zum Wohnzimmer zu nicken.

„Okay, dann wird es das Wohnzimmer", sagte ich und bemerkte, dass ich nur drei Mal gesprochen hatte, seit ich an diesem Morgen aufgewacht war, und jedes dieser Worte hatte ich an eine Mieze gerichtet. Ähem …

Ungefähr zwanzig Minuten später hatte Clive einen Anstarrwettbewerb mit einer Taube begonnen und ich sortierte gerade DVDs, als ich Stimmen im Flur hörte. Meine geräuschvollen Nachbarn! Ich rannte zur Tür, stolperte fast über einen Karton und presste die Wange an die Tür, um durch den Spion leider nur den Eingang auf der anderen Seite der Halle zu sehen. Ehrlich, was war ich nur für eine Perverse. Aber ich unternahm keinen Versuch, meine neue Berufung zur Spannerin aufzugeben. Ich konnte nichts deutlich erkennen, aber ich konnte ihre Unterhaltung hören. Die Stimme des Mannes war tief und beruhigend, gefolgt von unmissverständlichem Seufzen seiner Begleitung.

„Mmm, Simon, letzte Nacht war fantastisch."

„Ich fand auch diesen Morgen fantastisch", sagte er und drückte ihr – dem Geräusch nach zu urteilen – einen gigantomanischen Kuss auf.

Oh? Sie hatten sich am Morgen wohl in einem anderen Zimmer aufgehalten. Ich hatte nichts gehört. Ich drückte mich wieder an den Spion. Ich war eine kleine, schmutzige Perverse.

„Ja, das war er. Rufst du mich bald wieder an?", fragte sie und lehnte sich für einen weiteren Kuss an ihn.

„Natürlich. Ich rufe dich an, wenn ich wieder in der Stadt bin", versprach er und gab ihr einen Klaps auf den Hintern, als sie wieder kicherte und sich abwandte.

Sie schien mir ein bisschen klein zu sein. Bye, bye, Spanky. Der Winkel war für mich ungünstig, sodass ich diesen Simon nicht sehen konnte, und er war zurück in seinem Apartment, bevor ich irgendetwas von ihm erahnen konnte. Interessant. Also lebte diese Frau nicht bei ihm.

Ich hatte keine Ich-liebe-dich-Schwüre gehört, als sie gegangen war, aber sie schienen sich miteinander wohlzufühlen. Ich knabberte nachdenklich an meinem Pferdeschwanz. Das mussten sie wohl, wenn man das Spanking und all das bedachte.

Ich verdrängte sämtliche Gedanken an Spankings und Simon und kehrte zu meinen DVDs zurück. Spanking Simon. Was für ein großartiger Name für eine Band. Ich machte bei den Hs weiter.

Eine Stunde später stellte ich *Wo die wilden Kerle wohnen* hinter *Willow*, als ich ein Klopfen hörte. Im Flur ertönte das Geräusch von schlurfenden Schritten, als ich an die Tür ging, und ich unterdrückte ein Grinsen.

„Lass es nicht fallen, du Idiotin", schimpfte eine temperamentvolle Stimme.

„Oh, halt die Klappe! Du bist nicht mein Boss", fauchte eine zweite Stimme.

Ich verdrehte die Augen und öffnete die Tür, hinter der meine zwei besten Freundinnen, Sophia und Mimi, standen und einen großen Karton hielten. „Streitet euch nicht, meine Damen. Ihr seid beide hübsch." Ich lachte und bedachte sie mit einem Blick, bei dem ich eine Augenbraue hob.

„Ha, ha, ha. Sehr witzig", antwortete Mimi und wankte herein.

„Was zum Teufel ist das? Ich kann nicht glauben, dass ihr zwei das vier Etagen nach oben geschleppt habt!" Meine Mädels machten sich nicht die Finger schmutzig, wenn sie jemanden dazu bringen konnten, das für sie zu erledigen.

„Glaub mir, wir haben neben dem Taxi gewartet, ob jemand vorbeiläuft, hatten aber kein Glück. Also haben wir es selbst gewuchtet. Happy Einweihungsfeier!", sagte Sophia. Sie setzten es ab, und Sophia ließ sich in den Sessel am Kamin fallen.

„Ja, hör auf, so oft umzuziehen. Wir sind es leid, dir ständig

Zeug zu kaufen." Mimi lachte, legte sich auf die Couch und platzierte ihren Handrücken dramatisch auf ihrer Stirn.

Ich stupste den Karton mit einem Zeh an. „Also, was ist das? Und ich habe nie gesagt, dass ihr mir etwas kaufen müsst. Der Jack LaLanne Entsafter letztes Jahr war wirklich nicht nötig."

„Sei nicht undankbar. Mach es einfach auf", instruierte mich Sophia, deutete mit dem Mittelfinger auf die Box, drehte dann ihre Hand um und zeigte mir selbigen.

Ich seufzte und setzte mich vor dem Karton auf den Boden. Ich wusste, dass er von Williams Sonoma, dem Kochutensilien- und Haushaltswarenversand, stammte, da er mit dessen Geschenkband mit dem kleinen Ananasanhänger umwickelt war. Die Box war schwer, was auch immer drin war.

„Oh, nein. Was habt ihr zwei getan?", fragte ich, als ich ein Zwinkern aufiing, das Mimi mit Sophia teilte. Ich zog am Band, öffnete den Karton und freute mich riesig über das, was ich darin vorfand. „Mädels, das ist zu viel!"

„Wir wissen, wie sehr du deinen alten vermisst." Mimi lachte und lächelte mich an.

Vor Jahren hatte mir meine Großtante vor ihrem Tod einen alten KitchenAid-Mixer vermacht. Er war über vierzig Jahre alt gewesen, hatte aber immer noch gut funktioniert. Diese Dinger waren vermutlich für die Ewigkeit gebaut worden, und bis vor ein paar Monaten, als er mit einem großen Tusch das Zeitliche segnete, hatte er wunderbar gehalten. Er hatte eines Nachmittags, als ich den Teig für Zucchini-Brot zubereitete, angefangen zu rauchen und verrücktgespielt. So sehr ich es gehasst hatte, das zu tun: Ich hatte ihn weggeworfen.

Nun, als ich in den Karton starrte und ein glänzender, neuer, makelloser KitchenAid-Standmixer zurückstarrte, begannen Visionen von Cookies und Kuchen in meinem Kopf zu tanzen.

„Mädels, er ist wunderschön", hauchte ich und betrachtete entzückt mein neues Baby. Vorsichtig hob ich es heraus, um es zu bewundern. Ich strich mit den Fingern über die glatten Linien und freute mich über das kalte Metall, das ich an meiner Haut spürte. Ich seufzte sanft und umarmte das Gerät.

„Sollen wir euch zwei allein lassen?", fragte Sophia.

„Nein, das ist schon in Ordnung. Ich möchte, dass ihr Zeugen unserer Liebe werdet. Nebenbei gesagt ist das das einzige mechanische Werkzeug, das mir in naher Zukunft Vergnügen bereiten wird. Danke, Mädels. Es ist viel zu teuer gewesen, aber ich weiß es wirklich zu schätzen."

Clive kam herüber, schnüffelte an dem Mixer und sprang in den leeren Karton.

„Versprich uns nur, dass du uns zahlreiche Leckereien servierst, dann ist es das alles wert, meine Liebe." Mimi setzte sich auf und sah mich erwartungsvoll an.

„Was?", fragte ich vorsichtig.

„Caroline, kann ich jetzt bitte mit deinen Schubladen beginnen?", fragte sie, stand auf und bewegte sich mit kleinen Schritten und halb gebückt Richtung Küche.

„Was willst du denn mit ihnen tun?", fragte ich zurück und zog den Gummizug meiner Hose etwas fester.

„Deine Küche! Ich will unbedingt anfangen, alles einzuräumen", rief sie und joggte jetzt auf der Stelle.

„Oh, verdammt, ja. Schnapp sie dir! Fröhliche Weihnachten, du Verrückte", rief ich, als Mimi triumphierend in das andere Zimmer rannte.

Mimi hatte Aufräumen zu ihrem Beruf gemacht. Sie hatte uns alle mit ihrer Tendenz zur Zwangsstörung und ihrer Detailversessenheit verrückt gemacht, als wir gemeinsam in Berkley studiert hatten. Eines Tages hatte Sophia ihr schließlich vorgeschlagen, dass sie das beruflich machen sollte, und nach ihrem Abschluss tat sie genau das. Nun arbeitete sie in der gesamten Bay Area und half Familien dabei, ihr Chaos in den Griff zu bekommen. Die Designfirma, für die ich arbeitete, nahm manchmal ihre Dienste als Beraterin in Anspruch, und sie war sogar in einigen Einrichtungs- und Haussendungen aufgetreten. Der Job passte perfekt zu ihr.

Daher ließ ich Mimi ihr Ding machen, weil ich wusste, dass meine Sachen danach so hervorragend organisiert sein würden, dass ich staunen würde. Sophia und ich arbeiteten weiter im Wohnzimmer und lachten über einige der DVDs, die wir über die Jahre hinweg gesehen hatten. Wir hielten bei jedem

Brat-Pack-Film aus den 1980ern inne und debattierten, ob Bender mit Claire zusammenkommen würde, wenn sie alle am Montag zurück in die Schule gingen. Ich war für Nein und wettete zudem, dass sie diesen Ohrring nie wiederbekommen hatte.

Später in dieser Nacht, nachdem meine Freundinnen gegangen waren, setzte ich mich mit Clive auf die Couch im Wohnzimmer, um Wiederholungen der Kochshow *The Barefoot Contessa* anzusehen. Während ich von den Kreationen träumte, die ich mit meinem neuen Mixer erschaffen würde – und eines Tages wollte ich einen Garten, wie Ina Garten, die Köchin der Sendung, ihn hatte –, hörte ich Schritte auf dem Treppenabsatz vor meiner Tür und zwei Stimmen. Ich blickte mit schmalen Augen zu Clive hinunter. Spanky musste zurückgekommen sein.

Ich sprang von meiner Couch und presste mich wieder einmal an meinen Türspion, um einen Blick auf meinen Nachbarn zu erhaschen. Ich verpasste ihn erneut und sah nur seinen Rücken, als er mit einer sehr großen Frau mit langen braunen Haaren in seine Wohnung ging.

Interessant. Zwei verschiedene Frauen in genauso vielen Tagen. Callboy!

Ich sah, wie sich die Tür schloss, und spürte, dass Clive sich schnurrend um meine Beine wand.

„Nein, du kannst da nicht rausgehen, du kleiner Dummkopf", säuselte ich, bückte mich und hob ihn hoch. Ich rieb sein seidenes Fell an meiner Wange und lächelte, als er sich in meinen Armen zurücklehnte. Clive war hier mein Callboy. Er würde sich für jeden zur Schau stellen, der ihm den Bauch kraulte.

Ich kehrte zur Couch zurück und verfolgte, wie die *Barefoot Contessa* uns lehrte, wie man eine Dinnerparty in den Hamptons mit lässiger Eleganz – und einem Konto von der Größe der Hamptons – gab.

Ein paar Stunden später, und mit dem Abdruck des Couchkissens auf meiner Stirn, ging ich in mein Schlafzimmer, um mich hinzulegen. Mimi hatte meinen Raum so effizient sortiert, dass ich nur noch die Bilder aufhängen und ein paar Dinge platzieren musste. Ich hob die Bilder vom Regal über meinem Bett. Heute Nacht würde ich kein Risiko eingehen. Ich stand in der Mitte des Raums und lauschte auf Geräusche von nebenan. An der Westfront war alles leise. Soweit, so gut. Vielleicht war die letzte Nacht ja ein einmaliges Ding gewesen.

Als ich mich bettgehfertig machte, betrachtete ich die gerahmten Bilder meiner Familie und Freunde. Meine Eltern und ich beim Skifahren in Tahoe; meine Mädels und ich am Coit Tower. Sophia liebte es, Fotos neben allem zu machen, das phallisch aussah. Sie spielte das Cello im San Francisco Orchester und obwohl sie ihr Leben lang von Musikinstrumenten umgeben gewesen war, musste sie immer einen Witz reißen, wenn sie eine Flöte sah. Sie war verrückt.

Im Moment waren wir alle drei single, was selten war. Normalerweise ging mindestens eine von uns mit jemandem aus, aber seit Sophia vor ein paar Monaten mit ihrem letzten Freund Schluss gemacht hatte, lagen wir alle auf dem Trockenen. Zum Glück für meine Freundinnen war ihr Landgang nicht so trocken wie meiner. Soweit ich wusste, waren sie immer noch per Du mit ihren Os.

Ich dachte mit einem Schaudern an die Nacht zurück, in der O und ich getrennte Wege eingeschlagen hatten. Ich hatte eine Reihe von schlechten ersten Dates gehabt und war sexuell so frustriert gewesen, dass ich mir selbst erlaubt hatte, mit einem Kerl nach Hause zu gehen, bei dem ich keinerlei Ambitionen hatte, ihn jemals wiederzusehen. Das hieß nicht, dass ich nie One-Night-Stands hatte. Ich hatte schon oft bei Nacht und Nebel ein fremdes Bett verlassen. Aber dieser Kerl? Ich hätte es besser wissen müssen. Cory Weinstein, blablabla. Seine Familie besaß eine Pizzeriakette an der Westküste. Das hörte sich auf dem Papier großartig an, nicht wahr? Nur auf dem Papier. Er war zwar nett, aber langweilig. Aber ich hatte schon lange keinen Mann mehr gehabt und gab daher nach mehreren Martinis und einem aufmunternden Selbstgespräch im Auto auf dem Weg nach und ließ Cory ran.

Bis zu diesem Punkt in meinem Leben hatte ich der Theorie

angehangen, dass Sex wie Pizza ist. Selbst wenn er schlecht ist, ist er immer noch ziemlich gut. Jetzt hasste ich Pizza. Aus mehreren Gründen. Es war die schlechteste Art von Sex gewesen. Er hatte einem Maschinengewehr geähnelt: schnell, schnell, schnell. Dreißig Sekunden waren die Brüste dran, dann sechzig Sekunden das, was ungefähr fünf Zentimeter über dem lag, wo er eigentlich hätte sein sollen, und dann rein. Und raus. Und rein. Und raus. Und rein. Und raus.

Aber wenigstens war es schnell vorbei, oder? Verdammt noch mal, nein! Dieser Horror dauerte Monate an. Na ja, nicht wirklich. Aber fast dreißig Minuten. Von rein. Und raus. Und rein. Und raus. Meine arme Schnecke fühlte sich an, als ob er sie mit einem Sandstrahler bearbeitet hätte.

Als es vorbei war, rief er „Das war so gut!" und brach auf mir zusammen. Zu diesem Zeitpunkt hatte ich geistig alle meine Gewürze neu sortiert und gerade mit meinen Putzsachen unter der Spüle begonnen. Ich zog mich an, was nicht besonders lange dauerte, da ich noch fast alles anhatte, und ging.

In der nächsten Nacht, nachdem ich meiner Kleinen Caroline etwas Zeit gegeben hatte, sich zu erholen, beschloss ich, dass ich ihr eine schöne, ausgiebige Runde Selbstliebe zukommen lassen würde, unterstützt von jederfraus Lieblingsfantasieliebhaber, George Clooney, auch bekannt als Dr. Ross. Aber zu meinem Bedauern hatte O das Gebäude verlassen. Ich machte mir nichts weiter draus, weil ich davon ausging, dass er vielleicht eine Nacht Pause brauchte und noch eine posttraumatische Belastungsstörung von Pizza-Party-Cory zu überwinden hatte.

Aber in der nächsten Nacht? Kein O. Er ließ sich die ganze Woche nicht blicken und auch die nächste nicht. Als die Wochen zu einem Monat wurden und die Monate sich hinzogen, entwickelte ich einen tiefsitzenden Hass auf Cory Weinstein. Dieser Maschinengewehr-Dreckskerl.

Ich schüttelte den Kopf, um meine O-Gedanken abzulegen, und kroch ins Bett. Clive wartete, bis ich mich hingelegt hatte, bevor er sich in den Platz hinter meinen Knien kuschelte. Er ließ ein letztes Schnurren hören, als ich das Licht ausschaltete.

„Nacht, Mr. Clive", flüsterte ich und schlief sofort ein.

Wumms.
„Oh, mein Gott!"
Wumms. Rumms.
„Oh mein Gott!"
Unglaublich.
Diesmal wachte ich schneller auf, da ich wusste, was ich hörte. Ich setzte mich im Bett auf und starrte böse hinter mich. Das Bett stand immer noch in sicherer Entfernung von der Wand, daher wurde ich nicht durchgeschüttelt, aber dort bewegte sich auf jeden Fall etwas.

Dann hörte ich ... Fauchen?
Ich blickte zu Clive hinab, dessen Schwanz sich sträubte. Er krümmte den Rücken und tappte am Fuß des Bettes hin und her.

„Hey, mein Junge. Alles in Ordnung. Wir haben einfach nur einen geräuschvollen Nachbarn. Das ist alles." Ich streckte meine Hand nach ihm aus, um ihn zu beruhigen. Da hörte ich es.

„Miau."
Ich legte den Kopf schief, um besser lauschen zu können. Ich beobachtete Clive, der mich ansah, als ob er sagen wollte: „Das war nicht ich!"

„Miau! Oh, mein Gott. Miii-au!"
Das Mädel nebenan miaute. Wie zur Hölle war mein Nachbar ausgestattet, um sie so weit zu bringen?

Clive ging in diesem Moment komplett an die Decke und warf sich gegen die Wand. Er kletterte wortwörtlich daran hoch und versuchte, zu dem Geräusch vorzudringen. Zusätzlich steuerte er seine eigenen Miaus bei.

„Oh, ja, genau so, Simon ... Mmm ... miau, miau, miau!"
Herr im Himmel, jetzt hatte ich auf beiden Seiten der Wand außer Kontrolle geratene Miezen. Die Frau hatte einen Akzent, auch wenn ich ihn nicht wirklich einordnen konnte. Auf jeden Fall osteuropäisch. Tschechisch? Polnisch? War ich wirklich morgens um – mal sehen – 1:16 Uhr wach und versuchte herauszufinden, welcher Nationalität die Frau angehör-

te, die nebenan durchgevögelt wurde?

Ich versuchte, Clive zu packen und ihn zu beruhigen. Keine Chance. Er war zwar kastriert, aber er war immer noch ein Männchen und wollte das, was auf der anderen Seite der Wand war. Er kreischte weiter, und seine Miaus mischten sich mit ihren, bis ich an mich halten musste, um nicht wegen der Lächerlichkeit dieses Moments loszuheulen. Mein Leben war zu einem Kuriositätenkabinett untermalt von einem Katzenchor verkommen.

Ich riss mich zusammen, weil ich nun Simon stöhnen hören konnte. Seine Stimme war tief, und während die Frau und Clive sich weiter gegenseitig riefen, lauschte ich nur ihm. Er stöhnte, und das rhythmische Wummern gegen die Wand begann. Er brachte es zu Ende.

Die Frau miaute lauter und lauter, während sie ohne jeden Zweifel auf ihren Höhepunkt zusteuerte. Ihre Miaus verwandelten sich in unsinniges Schreien, und schließlich schrie sie: „Da! Da! Da!"

Aha, sie war Russin. Lang lebe St. Petersburg.

Ein letztes Rumsen, ein letztes Stöhnen – und ein letztes Miau. Dann herrschte selige Stille. Abgesehen von Clive. Er wimmerte bis zur gottlosen Stunde von vier Uhr früh weiter nach seiner verlorenen großen Liebe.

Der Kalte Krieg war wieder ausgebrochen.

Kapitel 3

Als Clive sich endlich beruhigte und seine Katzenschreie stoppten, war ich vollkommen erschöpft und hellwach. Ich musste sowieso in einer Stunde aufstehen und mir wurde klar, dass ich nicht mehr Schlaf bekommen würde. Ich konnte also genauso gut aufstehen und Frühstück machen.

„Blöde Maunzerin", sagte ich Richtung Wand und tappte hinaus in das Wohnzimmer. Nachdem ich den Fernseher angeschaltet hatte, machte ich die Kaffeemaschine an und genoss das Licht, das an diesem anbrechenden Morgen bereits in meine Fenster lugte. Clive strich mir um die Beine, und ich rollte mit den Augen.

„Oh, also jetzt willst du meine Liebe wieder? Nachdem du mich letzte Nacht wegen Maunzi ignoriert hast? Was bist du nur für ein Mistkerl, Clive", murmelte ich, streckte meinen Fuß aus und rubbelte ihn mit meiner Ferse.

Er warf sich auf den Boden und posierte für mich. Er wusste, dass ich ihm nicht widerstehen konnte, wenn er posierte. Ich lachte ein wenig und kniete mich neben ihn. „Ja, ja, ich weiß. Du liebst mich jetzt, weil ich diejenige bin, die dir deine Fressalien kauft." Ich seufzte und kratzte seinen Bauch.

Bevor ich unter die Dusche ging, wollte ich mir noch die Frühnachrichten ansehen. Dabei hörte ich das Geräusch im Flur. Ich kehrte in die Küche zurück, Clive war mir dicht auf den Fersen, und schüttete sein Fressen in eine Schüssel. Nun, da er hatte, was er brauchte, war ich rasch vergessen. Als ich Richtung Dusche ging, hörte ich Bewegung im Flur. Wie die Spanner-Caroline, zu der ich geworden war, drückte ich mich an den Spion, um zu sehen, was zwischen Simon und Maunzi passierte.

Er stand innerhalb seines Türrahmens – zu weit drin, sodass ich sein Gesicht nicht sehen konnte. Maunzi stand im Flur, und ich konnte erkennen, wie sie mit der Hand durch ihr langes Haar fuhr. Ich konnte sie förmlich durch die verdammte Tür schnurren hören.

„Mmm, Simon, letzte Nacht war einfach … mmmm", schnurrte sie und lehnte sich in seine Hand, die sich an ihre

Wange schmiegte.

„Definitiv. Eine wunderbare Art, den Abend und diesen Morgen zu beschreiben", sagte er leise.

„Ruf mich an, wenn du wieder in der Stadt bist", sagte sie, während er ihr das Haar aus dem Gesicht strich. Ihrem Gesicht, dem man ansehen konnte, dass sie frisch gevögelt worden war. Ich vermisste diesen Gesichtsausdruck an mir selbst.

„Oh, darauf kannst du wetten", antwortete er und zog sie zurück in seine Arme für einen – wie ich nur annehmen kann – Killerkuss. Ihr Fuß hob sich, als ob sie posierte. Ich begann, mit den Augen zu rollen, aber das tat weh. Das rechte Auge war zu fest an den Türspion gedrückt.

„Do svidaniya", flüsterte sie in diesem exotischen Akzent. Er hörte sich jetzt viel netter an, nun, da sie nicht jaulte wie eine läufige Katze.

„Bis dann!" Er lachte, und sie schwebte graziös von dannen.

Ich bemühte mich, ihn zu sehen, bevor er wieder verschwand, aber leider nein. Schon wieder verpasst. Ich musste zugeben, dass ich nach dem Spanking und dem Miauen töten würde, um zu wissen, wie er aussah. Da hauste eine wahrhafte Sex-Weltmacht in der Nachbarwohnung. Ich verstand nur nicht, weshalb sich das auf meine Schlafgewohnheiten auswirken sollte. Ich riss mich von der Tür los und machte mich auf den Weg in die Dusche. Unter dem Wasserstrahl überlegte ich, was in aller Welt notwendig war, um eine Frau zum Miauen zu bringen.

Als sich die siebte Stunde näherte, nahm ich eine Straßenbahn und ging meinen bevorstehenden Tagesablauf durch. Ich würde einen neuen Kunden treffen, ein paar Details an einem Projekt perfektionieren, das ich gerade abgeschlossen hatte, und mich mit meinem Chef zum Mittagessen treffen. Ich lächelte, als ich an Jillian dachte.

Jillian Sinclair war Chefin ihrer eigenen Designfirma, an der ich glücklicherweise ein Praktikum während meines letzten Jahres an der Berkeley-Universität absolviert hatte. Sie sah aus wie Ende zwanzig, auch wenn sie bereits Ende dreißig war, und hatte sich früh in ihrer Karriere bereits einen Namen in der Design-Community gemacht. Sie forderte die Konventionen heraus, war eine der Ersten gewesen, die den Shabby Chic verbannt hatte, und erneut eine der Ersten, die die ruhigen neutralen und geometrischen Drucke des modernen Looks zurückgebracht hatte, die gerade so angesagt waren. Sie hatte mich eingestellt, als mein Praktikum vorüber gewesen war, und ich hatte dank ihr einige der besten Erfahrungen gemacht, die sich eine junge Designerin wünschen konnte. Sie forderte mich heraus, war scharfsinnig, hatte einen Killerinstinkt und einen noch schärferen Blick für Details. Aber das Beste daran, für sie zu arbeiten, war, dass sie lustig war.

Als ich aus der Straßenbahn ausstieg, erhaschte ich einen Blick auf meinen Arbeitsplatz. Jillian Designs befand sich in Russian Hill, einem wunderschönen Teil der Stadt. Märchenhafte Häuser, ruhige Straßen und ein fantastischer Ausblick von den höher gelegenen Orten. Einige der größeren alten Häuser waren in Bürogebäude umgewandelt worden, und unser Gebäude war eines der schönsten.

Ich seufzte, als ich mein Büro betrat. Jillian wollte, dass jeder ihrer Designer seinen Arbeitsbereich selbst gestaltete. Es war ihre Art zu zeigen, was mögliche Kunden erwarten durften, und ich hatte mir sehr viele Gedanken wegen meiner Gestaltung gemacht. Tiefgraue Wände wurden von lachsfarbenen Plüschvorhängen akzentuiert. Mein Tisch bestand aus dunklem Ebenholz, davor stand ein Stuhl, der in weiche gold- und champagnerfarbene Seide gehüllt war. Der Raum war auf ruhige Weise herausragend und mit einem gewissen Charme ausgestattet, was ich durch meine Sammlung von Campbell's Suppen-Werbebildern aus den 1930er und 1940er Jahren erreicht hatte. Ich hatte eine Reihe von ihnen, die aus alten Ausgaben des Life-Magazin ausgeschnitten worden waren, bei einem Ramschverkauf erworben. Ich hatte sie aufziehen und rahmen lassen und musste immer noch jedes Mal schmunzeln, wenn ich sie ansah.

Ich verbrachte ein paar Minuten damit, die Blumen der letzten Woche wegzuwerfen und neue zu arrangieren. Montags ging ich immer in den Blumenladen nebenan, um die Blüten für die Woche auszusuchen. Die Blumensorten änderten sich, aber die Farben gehörten normalerweise immer der gleichen Farbpalette an. Ich mochte besonders kräftiges Orange und Pink, Pfirsich und warmes Gold. Heute hatte ich Hybridteerosen in einer wunderschönen Korallenfarbe ausgesucht, deren Spitzen himbeerfarben waren.

Ich unterdrückte ein Gähnen und setzte mich an meinen Tisch, um mich auf den Tag vorzubereiten. Ich erhaschte einen Blick auf Jillian, als sie an meiner Tür vorbeirauschte, und winkte ihr zu. Sie kam zurück und steckte ihren Kopf in mein Büro. Sie war wie immer perfekt gekleidet, groß, schlank und hübsch. Heute trug sie von Kopf bis Fuß schwarz, bis auf die fuchsiafarbenen Peep-Toe Pumps, und war der Inbegriff von schick.

„Hey, Mädchen! Wie ist die Wohnung?", fragte sie und setzte sich in den Sessel an meinem Tisch.

„Fantastisch. Vielen Dank noch mal! Dafür schulde ich dir wirklich etwas. Du bist die Beste", schwärmte ich.

Jillian hatte mir ihr Apartment untervermietet, das sie seit ihrem Umzug in die Stadt vor einigen Jahren gehabt hatte. Nun renovierte sie ein Haus in Sausalito. Da die Mieten in der Stadt gigantisch waren, war es keine Frage: Die Mietkontrolle hatte die Preise geradezu obszön niedrig gemacht. Ich war bereit, weiter zu schwärmen, als sie mich mit einer Handbewegung stoppte.

„Still, das war doch nichts. Ich weiß, dass ich sie eigentlich loswerden sollte, aber das war meine erste Wohnung als Erwachsene in der Stadt, und bei der niedrigen Miete würde mir das Herz brechen, sie abzustoßen. Nebenbei gesagt mag ich die Vorstellung, dass wieder jemand darin lebt. Es ist eine so großartige Nachbarschaft." Sie lächelte, und ich unterdrückte ein weiteres Gähnen. Ihrem scharfen Blick entging nichts. „Caroline, es ist Montagmorgen. Wie kannst du jetzt schon gähnen?", rügte sie mich.

Ich lachte. „Wann hast du zum letzten Mal dort übernachtet, Jillian?" Ich sah sie über den Rand meiner Kaffeetasse hinweg an. Da es bereits meine dritte Tasse war, stand mir ein Koffein-High bevor.

„Oh, Mann, das ist schon eine Weile her. Vielleicht vor einem Jahr? Benjamin war nicht in der Stadt, und ich hatte dort immer noch ein Bett stehen. Manchmal, wenn ich noch spät gearbeitet habe, habe ich in der Stadt übernachtet. Warum fragst du?"

Benjamin war ihr Verlobter. Ein Selfmade-Millionär, Risikokapitalanleger und schwindelerregend gut aussehend. Meine Freundinnen und ich waren ihm alle verfallen.

„Hast du von nebenan etwas gehört?", fragte ich.

„Nein. Nein, ich glaube nicht. Zum Beispiel?"

„Hm, nur Geräusche. Nächtliche Geräusche."

„Nein, nicht, als ich dort war. Ich kenne keinen, der jetzt dort lebt, aber ich glaube, jemand ist letztes Jahr eingezogen. Oder im Jahr davor? Ich habe ihn nie kennen gelernt. Warum? Was hast du gehört?"

Ich spürte, wie meine Wangen heiß wurden, und nippte an meinem Kaffee.

„Moment mal. Nächtliche Geräusche? Caroline? Ernsthaft? Hast du ein paar sexy Momente aufgeschnappt?", bohrte sie nach.

Ich ließ meine Stirn auf den Tisch sinken, was ein dumpfes Geräusch verursachte. Oh Gott. Flashbacks. Keine dumpfen Geräusche mehr für mich. Ich lugte zu ihr hinauf, und sie hatte den Kopf lachend zurückgeworfen.

„Oh, nein, Caroline. Ich hatte ja keine Ahnung! Der letzte Nachbar, an den ich mich erinnere, war um die achtzig Jahre alt. Das einzige Geräusch, das ich jemals auf diesem Schlafzimmer gehört habe, waren Wiederholungen von Rauchende Colts. Aber wenn ich jetzt daran zurückdenke, konnte ich diese TV-Serie wirklich sehr gut hören ..." Sie verstummte.

„Nun, Rauchende Colts kommt jetzt nicht mehr durch die Wände. Richtiger Sex dringt durch. Und auch nicht niedlicher, langweiliger Sex. Wir reden hier von ... interessantem Sex." Ich lächelte.

„Was hast du gehört?", fragte sie. Ihre Augen leuchteten auf.

Es ist egal, wie alt man ist oder wie der eigene Werdegang aussieht, aber es gibt zwei universelle Wahrheiten. Wir werden immer lachen, wenn jemand zu einer ungünstigen Zeit pupst, und wir sind immer neugierig, was in anderer Leute Schlafzimmer passiert.

„Jillian, ernsthaft. So etwas habe ich noch nie gehört! In der ersten Nacht haben sie die Wand so stark in Schwingung versetzt, dass ein Bild heruntergefallen ist und mich am Kopf getroffen hat!"

Ihre Augen weiteten sich, und sie lehnte sich über meinen Tisch. „Du veräppelst mich!"

„Auf keinen Fall! Dann habe ich … Gott, ich habe Spanking gehört." Ich sprach mit meiner Chefin über Spanking. Verstehen Sie jetzt, weshalb ich mein Leben liebe?

„Neiiiiin", hauchte sie, und wir kicherten wie Schulmädchen.

„Jaaaa. Und er brachte mein Kopfteil am Bett zum Beben. Zum Beben! Ich habe sie am nächsten Morgen gesehen, als Spanky gegangen ist."

„Du nennst sie Spanky?"

„Natürlich! Und dann, letzte Nacht …"

„Zweimal hintereinander! Spanky ist wieder verhauen worden?"

„Oh nein. Letzte Nacht wurde ich mit einem Kuriosum der Natur bekannt gemacht, das ich Maunzi genannt habe", fuhr ich fort.

„Maunzi? Das verstehe ich nicht." Sie runzelte die Stirn.

„Die Russin, die er letzte Nacht zum Miauen gebracht hat."

Sie lachte wieder, was Steve aus der Buchhaltung dazu brachte, den Kopf hereinzustecken.

„Über was gackert ihr zwei Hühner hier?", fragte er und lachte beim Weggehen, wobei er den Kopf schüttelte.

„Nichts", antworteten wir im Chor und brachen erneut in Gelächter aus.

„Zwei Frauen in zwei Nächten. Das ist beeindruckend." Sie seufzte.

„Komm schon. Beeindruckend? Nein. Er ist eine männliche Schlampe."

„Wow. Kennst du seinen Namen?"

„Jawohl. Sein Name ist Simon. Das weiß ich, weil Spanky und Maunzi das immer und immer wieder geschrien haben.

Das konnte ich über dem blöden Wandbeben hören … Blöder Wandbeber", murmelte ich.

Sie war für einen Moment still, dann grinste sie. „Simon Wandbeben. Ich liebe es!"

„Ja, du liebst es. Deine Katze hat ja auch nicht versucht, Maunzi letzte Nacht durch die Wand hindurch zu besteigen." Ich gluckste reumütig und legte meinen Kopf wieder auf den Tisch, als wir weiter kicherten.

„Okay, lass uns an die Arbeit gehen", sagte Jillian schließlich und wischte sich die Tränen aus den Augenwinkeln. „Du musst heute diese neuen Kunden anwerben. Wann kommen sie?"

„Mr. und Mrs. Nicholson kommen um dreizehn Uhr. Ich habe die Präsentation und die Pläne für sie fertig. Ich denke, sie dürften mein neues Design für ihr Schlafzimmer wirklich mögen. Wir werden ihnen danach ein Zimmer mit eigenem Wohnzimmer und ein ganz neues Badezimmer anbieten können. Das wird großartig."

„Das glaube ich dir. Kannst du die Ideen mit mir beim Mittagessen durchsprechen?" Sie ging zur Tür.

„Natürlich."

„Wenn du diesen Job an Land ziehen kannst, Caroline, wäre das großartig für die Firma", sagte sie und warf mir einen Blick über ihre Schildpattgläser hinweg zu.

„Warte nur ab, was mir für ihr neues Heimkino eingefallen ist."

„Sie haben kein Heimkino."

„Noch nicht", sagte ich, hob die Augenbrauen und grinste teuflisch.

„Gut gemacht", lobte sie und ging, um ihren Tag zu beginnen.

Die Nicholsons waren ein Paar, das ich auf jeden Fall wollte – jeder wollte sie. Mimi hatte mal für Natalie Nicholson gearbeitet, als sie ihr Büro im letzten Jahr neu gestaltete. Mrs. Nicholson war von blauem Blut und entstammte der Oberschicht. Mimi hatte mich empfohlen, als es um das Innendesign ging, und ich hatte sofort Pläne für den Umbau ihres Schlafzimmers gemacht.

Wandbeben. Pffft.

„Fantastisch, Caroline. Einfach fantastisch", schwärmte Natalie, als ich sie und ihren Ehemann zur Vordertür begleitete.

Wir hatten fast zwei Stunden damit verbracht, die Pläne durchzugehen, und obwohl wir an einigen Schlüsselpunkten Kompromisse eingegangen waren, würde es ein aufregendes Projekt werden.

„Also, Sie denken, dass Sie die richtige Designerin für uns sind?", fragte Sam. Seine tiefbraunen Augen funkelten, als er seinen Arm um die Taille seiner Frau legte und mit ihrem Pferdeschwanz spielte.

„Das müssen Sie mir sagen", neckte ich ihn und lächelte die beiden an.

„Ich denke, wir würden es genießen, mit Ihnen an diesem Projekt zu arbeiten", sagte Natalie, als wir die Hände schüttelten.

Innerlich klatschte ich mit mir selber ab, achtete aber darauf, meinen Gesichtsausdruck unter Kontrolle zu halten. „Hervorragend. Ich werde mich bald bei Ihnen melden, dann können wir mit dem Zeitplan beginnen." Ich hielt ihnen die Tür auf.

Ich stand in der Tür, als ich ihnen nachwinkte, dann drehte ich mich um und ließ die Tür hinter mir ins Schloss fallen. Ich blickte hinüber zu Ashley, unserer Rezeptionistin. Sie hob ihre Augenbrauen, als sie meinen Blick erwiderte, und ich kopierte ihre Mimik.

„Nun?", fragte sie.

„Oh, yeah! Ich hab sie." Ich seufzte, und wir quietschten beide vor Freude.

Jillian kam die Treppe herunter, als wir tanzten, und hielt inne. „Was in aller Welt ist hier passiert?", fragte sie mit einem Grinsen.

„Caroline wurde von den Nicholsons beauftragt!" Ashley quietschte wieder auf.

„Gut gemacht." Jillian umarmte mich kurz. „Ich bin stolz auf dich, Mädchen", flüsterte sie, und ich strahlte.

Ich strahlte, verdammt noch mal! Ich tanzte zurück in mein

Büro und legte einen Hüftschwung dazu, während ich um den Tisch ging. Ich setzte mich, wirbelte mit meinem Stuhl herum und blickte hinaus auf die Bucht. Gut gemacht, Caroline. Gut gemacht.

In der Nacht, als ich ausging, um meinen Erfolg mit Mimi und Sophia zu feiern, könnte ich eventuell mehr als nur ein paar Margaritas gekippt haben. Ich machte mit Tequila Shots weiter und leckte immer noch an dem nun nicht mehr vorhandenen Salz auf der Innenseite meines Handgelenks, als sie mich die Treppe zu meiner Wohnung hinaufdirigierten.

„Sophia, du ist so hübsch. Das weißt du, nicht?", gurrte ich und lehnte mich schwer auf sie, als wir die Stufen hochkrabbelten.

„Ja, Caroline. Ich bin hübsch. Du hast das Offensichtliche wirklich gut erkannt", sagte sie.

Sie war sich ihres Aussehens mit ihren fast einsachtzig und ihrem feuerroten Haar bewusst. Mimi lachte, und ich drehte mich zu ihr um.

„Und du, Mimi, du bist meine beste Freundin. Und du bist so winzig! Ich wette, ich könnte dich in die Tasche stecken und rumtragen." Ich kicherte, als ich versuchte, meine Tasche zu finden. Mimi war eine kleine Filipina mit karamellfarbener Haut und Haar, das schwärzer als schwarz war.

„Wir hätten ihr den Hahn zudrehen sollen, als sie die Guacamole vom Tisch genommen haben", murmelte Mimi. „Sie darf nie wieder trinken, wenn kein Essen dabei ist." Sie zog mich die letzten Stufen hoch.

„Sprecht nicht über mich, als wenn ich nicht da wäre", beschwerte ich mich, zog meine Jacke aus und begann mit meiner Bluse.

„Okay, keine Nackedeis im Flur!"

Sophia packte die Schlüssel aus meiner Handtasche und öffnete meine Tür. Ich versuchte, sie auf die Wange zu küssen, und sie schob mich zurück.

„Du riechst nach Tequila und sexueller Frustration, Caroline. Geh weg!"

Sie lachte und half mir durch die Tür. Während wir bis zum

Schlafzimmer wankten, erhaschte ich einen Blick auf Clive auf dem Fensterbrett.

„Hey, Clive. Wie geht's meinem großen Jungen?", singsangte ich.

Er warf mir einen bösen Blick zu und stolzierte ins Wohnzimmer. Er missbilligte meinen Alkoholgenuss. Ich streckte ihm die Zunge heraus, dann fiel ich auf mein Bett und beäugte meine Mädels, die im Türrahmen standen. Sie feixten auf eine Weise, die mir deutlich sagte: „Du bist betrunken, und wir nicht."

„Guckt nicht so von oben auf mich runter, Ladys. Ich habe euch mehr als einmal betrunkener erlebt als mich heute", bemerkte ich. Meine Hosen erlitten das gleiche Schicksal wie meine abgestreifte Bluse. Weshalb ich meine Stöckelschuhe anbehielt, werde ich in hundert Jahren nicht beantworten können.

Die beiden zogen meine Tagesdecke nach unten, ich kroch unter die Decke und sah sie böse an. Sie steckten mich so gekonnt ins Bett, dass das Einzige, was noch herausschaute, meine Augen, meine Nasenlöcher und mein verstrubbeltes Haar war.

„Warum dreht sich der Raum? Was zum Teufel habt ihr Jillians Apartment angetan? Sie wird mich umbringen, wenn ihr ihr den Mietschutz versaut!", rief ich und stöhnte, als der Raum sich bewegte.

„Das Zimmer dreht sich nicht. Beruhig dich." Mimi kicherte, setzte sich zu mir und tätschelte meine Schulter.

„Und das Gewummer? Was zur Hölle ist das für ein Gewummer?", flüsterte ich in Mimis Achselhöhle, an der ich geschnuppert und deren Deodorantwahl ich komplimentiert hatte.

„Caroline, da ist kein Gewummer. Mädchen, du musst mehr getrunken haben, als wir dachten!", rief Sophia und setzte sich an das Bettende.

„Nein, Sophia, ich höre es auch. Kannst du es nicht hören?" Mimi hatte ihre Stimme gesenkt.

Sophia war still, und alle drei lauschten wir. Es gab ein eindeutiges Wumms und dann ein unmissverständliches Stöhnen.

„Mädels, entspannt euch. Ihr werdet jetzt das Wandbeben in Aktion erleben", erklärte ich.

Sophias und Mimis Augen weiteten sich, aber sie blieben still.

War das Spanky? Maunzi? In Erwartung letzterer kam Clive ins Zimmer und sprang auf das Bett. Er starrte aufmerksam die Wand an.

Wir vier warteten. Ich kann kaum beschreiben, was uns diesmal bevorstand.

„Oh Gott."

Wumms.

„Oh Gott."

Wumms. Rumms.

Mimi und Sophia sahen zu Clive und mir. Wir schüttelten unsere Köpfe – wir beide. Ehrlich. Ein kleines Grinsen erschien auf Sophias Lippen. Ich konzentrierte mich auf die Stimme, die durch die Wand drang. Sie war anders. Die Tonhöhe war niedriger, und ich konnte nicht wirklich herausfinden, was sie sagte. Das waren weder Spanky noch Maunzi.

„Mmm, Simon – kicher – genau – kicher – da – kicher."

Bitte?

„Ja, ja – glucks – ja! Fuck, Fuck – kicher-glucks – fuck, ja!"

Sie kicherte. Sie war eine ziemlich versaute Kicherin. Wir drei kicherten gemeinsam mit ihr, während sie sich bis zu einem wirklich großartigen Orgasmus gluckste und gackerte. Clive, dem schnell klar wurde, dass seine Geliebte nicht auftauchen würde, zog sich rasch in die Küche zurück.

„Was zur Hölle ist das?", wisperte Mimi, deren Augen so groß wie Untertassen waren.

„Das ist die sexuelle Folter, der ich den letzten zwei Nächten ausgesetzt war. Ihr habt ja keine Ahnung", knurrte ich und litt erneut unter den Nachwirkungen des Tequilas.

„Die Kicherliese ist die letzten zwei Nächte derartig durchgenommen worden?", rief Sophia und schlug sich die Hand vor den Mund, als weiteres Stöhnen und Gelächter durch die Wand drangen.

„Oh zur Hölle nein. Heute ist die erste Nacht, in der ich das

Vergnügen mit ihr habe. In der ersten Nacht war Spanky dran. Sie war ein böses, böses Mädchen und musste bestraft werden. Und letzte Nacht hat Clive die Liebe seines Lebens getroffen, als Maunzi ihr Debüt gegeben hat …"

„Warum nennst du sie Maunzi?", unterbrach Sophia.

„Weil sie miaut, wenn sie kommt", sagte ich und versteckte mich unter der Decke. Mein trunkenes Hoch verschwand langsam und wurde vom Schlafmangel eingeholt, den ich mir seit meinem Einzug in diese Lasterhöhle angelacht hatte.

Sophia und Mimi zogen mir in dem Moment die Decke vom Gesicht, als das Weib drüben loskreischte: „Oh, Gott, das … das ist – hahaha – so gut!"

„Der Kerl nebenan kann eine Frau zum Miauen bringen?", fragte Sophia mit hochgezogener Augenbraue.

„Anscheinend." Ich kicherte und fühlte, wie die erste Übelkeitswelle über mich hereinbrach.

„Warum lacht sie? Warum würde irgendjemand lachen, wenn er so rangenommen wird?", fragte Mimi.

„Keine Ahnung, aber es ist schön zu hören, dass sie Spaß hat." Sophia lachte über einen besonders lauten Lacher nebenan.

„Hast du den Kerl schon mal gesehen?", fragte Mimi, die immer noch an die Wand starrte.

„Nee. Mein Türspion ist aber im Dauereinsatz."

„Gut zu hören, dass hier wenigstens irgendwas ständig benutzt wird", murmelte Sophia.

Ich stierte sie böse an. „Wie charmant, Sophia. Ich habe nur die Rückseite seines Kopfes gesehen. Das ist alles." Ich setzte mich auf.

„Wow, drei Mädels in drei Nächten. Das nenne ich Stehvermögen", sagte Mimi und hypnotisierte weiterhin die Wand.

„Es ist irgendwie ekelhaft. Ich kann nicht mal schlafen! Meine arme Wand!", heulte ich, als ich ein besonders tiefes Stöhnen von ihm hörte.

„Deine Wand? Was hat deine Wand damit zu …", begann Sophia, aber ich hob die Hand.

„Warte einen Moment, bitte", sagte ich.

Er brachte es zum Ende. Die Wand begann im Rhythmus

zu beben, und das Gekicher der Frau wurde lauter und lauter. Sophia und Mimi starrten verblüfft, während ich nur meinen Kopf schüttelte. Ich konnte Simon stöhnen hören und wusste, dass er sich dem Höhepunkt näherte. Aber seine Geräusche wurden rasch durch die seiner Freundin in dieser Nacht übertönt.

„Oh – kicher – das ist – kicher – hör nicht – kicher – auf – kicher – hör nicht – kicher – auf – kicher – oh – kicher-glucks – Gott – kicher-kicher-glucks-glucks – hör nicht – kicher – auf! – kicher."

Bitte. Bitte. Bitte hört auf.

Kicher-Schnüffel.

Und mit einem letzten Kichern und Stöhnen senkte sich Schweigen über das Land. Sophia und Mimi sahen sich an, und Sophia sagte: „Oh."

„Mein", fügte Mimi hinzu.

„Gott!", sagten sie zusammen.

„Und das ist der Grund, weshalb ich nicht schlafen kann." Ich seufzte.

Während wir drei uns von Kicherliese erholten, kehrte Clive zurück, um in einer Ecke mit einem Wattebällchen zu spielen.

Kicherliese, ich glaube, dich hasse ich am meisten.

Kapitel 4

Die nächsten Nächte bestanden aus seliger Ruhe. Kein Beben, kein Spanking, kein Miauen und kein Gekicher. Zugegeben, Clive sah zwischendurch ein wenig verloren aus, aber alles andere um das Apartment herum war großartig. Ich traf einige meiner Nachbarn, darunter Euan und Antonio, die unten wohnten. Ich hatte Simon weder gehört noch gesehen, seit dieser letzten Nacht mit Kicherliese, und obwohl ich für die Nächte voller wunderbarem Schlaf dankbar war, war ich neugierig, wohin er wohl verschwunden war. Euan und Antonio waren überaus glücklich, mich darüber zu informieren.

„Darling, warte, bis du unseren lieben Simon siehst. Das ist ein Prachtkerl!", rief Euan.

Antonio hatte mich auf meinem Heimweg abgefangen und mir innerhalb von Sekunden einen Cocktail in die Hand gedrückt.

„Oh, ja! Er ist exquisit! Wenn ich nur ein paar Jahre jünger wäre", gurrte Antonio und fächelte sich Luft zu, während Euan ihn über seine Bloody Mary hinweg ansah.

„Wenn du nur ein paar Jahre jünger wärst? Bitte. Du spielst doch nicht in Simons Liga. Er ist ein feines Filetsteak, während du und ich – finde dich damit ab, Liebes – Beefsteaks sind."

„Du musst es ja wissen." Antonio kicherte und sog demonstrativ an seiner Selleriestange.

„Gentlemen, bitte. Erzählt mir von diesem Typ. Ich gebe zu, dass ich nach der Show, die er Anfang der Woche abgezogen hat, ein wenig neugierig auf den Mann hinter dem Wandbeben bin."

Ich hatte nachgegeben und ihnen von Simons Mitternachtsaktivitäten berichtet, nachdem ich begriffen hatte, dass sie mir nichts liefern würden, bis ich ihnen nicht als Erste etwas Deftiges gesteckt hatte. Sie hingen an jedem einzelnen Wort wie ein Rollkragenpullover über einem engen BH. Ich erzählte ihnen von den Ladys, die er verwöhnt hatte, und sie füllten einige der Lücken.

Simon arbeitete als selbstständiger Fotograf, der durch die

ganze Welt reiste. Sie vermuteten, dass er derzeit für einen Auftrag unterwegs war, was meine ruhigen Nächte erklärte. Simon arbeitete an Projekten für den Discovery Channel, die Cousteau Society, National Geographic – all die Großen der Branche. Er hatte Preise für seine Arbeit gewonnen und vor ein paar Jahren sogar einige Zeit im Irak verbracht, um über den Krieg zu berichten. Er ließ immer sein Auto hier, wenn er reiste. Einen alten, zerbeulten schwarzen Land Rover Discovery, wie man ihn im afrikanischen Busch finden konnte. Einen der Sorte, die die Leute gefahren waren, bevor die Neureichen sie sich unter den Nagel gerissen hatten.

Aus all dem, was Euan und Antonio mir erzählten – das Auto, der Job –, und dem internationalen Orgasmushaus auf der anderen Seite meiner Schlafzimmerwand setzte ich das Profil eines Mannes zusammen, den ich immer noch sehen musste. Und ich würde lügen, wenn ich leugnen würde, dass ich täglich neugieriger wurde.

Eines späten Nachmittags, nachdem ich ein paar Fliesenmuster bei den Nicholsons vorbeigebracht hatte, entschloss ich mich, nach Hause zu spazieren. Der Nebel war verschwunden und hatte die Sicht auf die Stadt freigegeben, und es war ein schöner Abend für einen Spaziergang. Als ich um die Ecke zu meinem Apartment bog, bemerkte ich, dass der Land Rover von seinem üblichen Platz hinter dem Gebäude verschwunden war. Das bedeutete, dass er unterwegs war.

Simon war zurück in San Francisco.

Obwohl ich mich für eine weitere Runde Wandbeben gerüstet hatte, verstrichen die nächsten paar Tage ereignislos. Ich arbeitete. Ich ging spazieren. Ich Clive-te. Ich ging mit meinen Mädchen aus, bereitete ein großartiges Zucchinibrot in meinem inzwischen ständig auf Hochbetrieb laufenden KitchenAid zu und verbrachte einige Zeit damit, meinen Urlaub zu planen.

Jedes Jahr ging ich für eine Woche allein in Urlaub. Irgendwohin, wo es aufregend war, und ich reiste nie an denselben Ort zweimal. Einmal war ich eine Woche im Yosemite-Park wandern gewesen. Ein andermal hing ich an einer Seilrutsche unter dem Regenwaldhimmel in Costa Rica in einer Ökobungalowanlage. In einem weiteren Jahr war ich vor der Küste von Belize Sporttauchen gewesen. Und in diesem Jahr … war ich nicht sicher, wohin ich reisen sollte. Nach Europa zu fliegen war in dieser Wirtschaftslage ungeheuer teuer geworden, daher fiel das flach. Ich hatte Peru in die nähere Auswahl genommen, da ich schon immer Machu Picchu hatte sehen wollen. Ich hatte genug Zeit, aber oft bestand die Hälfte der Vorfreude darin, zu entscheiden, wo ich meinen Urlaub verbringen wollte.

Ich hatte auch einen Großteil meiner Zeit an meinem Türspion verbracht. Ja, das stimmte. Wenn ich eine Tür hörte, rannte ich im wahrsten Sinne des Wortes zu meiner eigenen. Clive beobachtete alles mit einem hämischen Grinsen. Er wusste ganz genau, was ich vorhatte. Warum er mich aber verurteilte, würde ich nie erfahren, denn seine Ohren richteten sich jedes Mal auf, wenn er Geräusche hörte, die die Stufen heraufkamen. Er sehnte sich immer noch nach seiner Maunzi.

Ich hatte Simon immer noch nicht wirklich gesehen. An einem Tag erreichte ich den Türspion gerade, als er in sein Apartment ging, aber ich erhaschte nur einen Blick auf sein schwarzes T-Shirt und einen Mob dunkler Haare. Und selbst Letzteres konnte dunkelblond sein – es war schwer zu sagen bei dem schwachen Flurlicht. Ich brauchte eine bessere Beleuchtung, um bessere Detektivarbeit leisten zu können.

Ein andermal sah ich, wie der Land Rover losfuhr, als ich von der Arbeit nach Hause kam und um die Ecke bog. Er würde genau an mir vorbeifahren! Gerade als ich meinen ersten Blick auf ihn erhalten würde, den Mann hinter dem Mythos wirklich sehen würde, stolperte ich und legte eine Bauchlandung auf dem Gehsteig hin. Glücklicherweise entdeckte Euan mich und half mir, meinem verletzten Stolz und meinem verletzten Hintern vom Asphalt hoch und hinein, um mir Salbe und einen Whiskey zu reichen.

Aber alles blieb still in der Nacht. Ich wusste, dass Simon daheim war, und konnte ihn zwischendurch hören. Ein Stuhl wurde über den Boden geschoben, ein- oder zweimal leises Gelächter. Aber kein Harem, und daher auch kein Wandbeben.

Allerdings schliefen wir nachts meist zusammen. Er spielte Duke Ellington und Glenn Miller auf seiner Seite der Wand, und ich lag auf meiner Seite im Bett und lauschte schamlos. Mein Großpapa hatte früher seine alten Platten zu später Stunde abgespielt, und das Knacken und Knistern einer Nadel auf Vinyl war beruhigend, während ich mit Clive an meiner Seite einschlief. Das konnte ich auf jeden Fall über Simon sagen: Er hatte einen guten Musikgeschmack.

Aber diese Ruhe und Stille war zu gut, um wahr zu sein, und die Hölle brach nur ein paar Nächte später wieder los.

Zuerst durfte ich einer neuen Runde mit Spanky lauschen. Sie war scheinbar wieder ein sehr böses Mädchen gewesen und verdiente sicherlich das lautstarke Spanking, das ihr zuteil wurde – ein Spanking, das fast eine halbe Stunde dauerte und gekrönt wurde von Geschrei wie „Genau! Genau da. Gott, ja, genau da!", bevor die Wände wieder wackelten. Ich hatte in dieser Nacht wachgelegen, mit den Augen gerollt und mich sekündlich frustrierter gefühlt.

Am nächsten Morgen beobachtete ich durch meinen Posten am Türspion, wie Spanky ging, und erhaschte meinen ersten guten Blick auf sie. Sie war ein sanftes, rundes, kleines Ding mit rosigen und glühenden Wangen, Kurven und einem ausladenden Hinterteil. Sie war klein – wirklich klein – und ein wenig füllig. Sie musste sich auf die Zehenspitzen stellen, als sie Simon einen Kuss aufdrückte, und ich verpasste meine Chance auf einen Blick auf ihn, weil ich ihr nachsah. Ich wunderte mich über seinen Geschmack, was Frauen betraf. Sie war das komplette Gegenteil von Maunzi, die wie ein Model aussah.

Da ich davon ausging, dass Maunzi als Nächste auf der Liste stand, gab ich Clive in der folgenden Nacht eine Socke gefüllt mit Katzenminze und eine Schüssel Thunfisch. Ich hoffte, dass er sich vollstopfen und das Bewusstsein verlieren würde, bevor es mit der Action losging. Die Leckereien hatten den gegenteiligen Effekt. Mein Junge war partybereit, als die ersten Kreischer von Maunzi morgens gegen 1:15 Uhr durch die Wände drangen.

Wenn Clive einen winzigen Smoking hätte anziehen können, hätte er es getan. Er stolzierte durch den Raum, schlich vor und zurück vor der Wand und spielte den Coolen. Als Maunzi mit ihren Miaus begann, konnte er sich nicht zurückhalten. Er warf sich wieder an die Wand. Er sprang vom Nachttisch zur Kommode und zum Regal, erklomm Kissen und sogar eine Lampe, um seiner Geliebten näherkommen zu können. Als er begriff, dass er nie in der Lage sein würde, sich durch den Mörtel zu graben, gab er eine Serenade in Form eines sehr seltsamen, katzenartigen Barry White von sich. Sein Jaulen passte in seiner Intensität zu ihrem.

Als die Wände zu beben begannen und Simon auf das Ende zusteuerte, war ich erstaunt darüber, wie die beiden bei dem Lärm ihre Kontrolle und ihre Konzentration behalten konnten. Es war klar, dass, wenn ich sie hören konnte, sie auch deutlich Clive und sämtliche seiner Aktionen hören konnten. Obwohl … wenn ich vom Wunderschwanz des Wandbebers durchgevögelt werden würde, wäre ich wahrscheinlich auch in der Lage, alles andere auszublenden.

In diesem Moment aber wurde ich von gar nichts durchgevögelt und immer wütender. Ich war müde, spitz, ohne dass eine Erlösung in Sicht war, und mein Kater trug einen Q-Tip im Maul, der gruseligerweise aussah wie eine Minizigarette.

Nach einer abgekürzten Nachtruhe schleppte ich mich am nächsten Morgen zum Türspion, um eine weitere Runde Harem-Begutachtung zu betreiben. Ich wurde mit einem kurzen Seitenprofil von Simon belohnt, der sich vorbeugte, um Maunzi zu küssen. Es war kurz, aber es war genug, um das Kinn zu sehen: stark, definiert, gut. Er hatte ein großartiges Kinn. Das Beste an diesem Tag war die Kinn-Sichtung. Der Rest des Tages war Scheiße.

Zuerst gab es ein Problem mit dem Generalunternehmer beim Nicholson-Haus. Scheinbar machte er nicht nur extra lange Mittagspausen, sondern räucherte jeden Tag ihren Dachboden aus. Der gesamte dritte Stock roch wie ein

Grateful Dead Konzert.

Dann kam eine ganze Palette Badfliesen mit Knacksen und abgestoßenen Ecken an. Die Zeit, die benötigt wurde, um eine neue Bestellung aufzugeben und zu erhalten, würde das Projekt mindestens zwei Wochen nach hinten verschieben, was bedeutete, dass wir keinerlei Chance hatten, rechtzeitig fertig zu werden. Jedes Mal, wenn ein größeres Bauunternehmen ansteht, ist das Datum, das das Ende des Projekts angibt, ein geschätzter Zeitpunkt. Allerdings hatte ich bisher noch nie eine Deadline überschritten, und da das hier ein besonders hochdotierter Job war, wurde mir sehr heiß, nicht auf die gute Art, als mir klar wurde, dass ich nichts tun konnte, um die Dinge rascher voranzutreiben, außer nach Italien zu fliegen und diese verdammten Fliesen selbst herzuschaffen.

Nach einem raschen Mittagessen, währenddessen ich Limonade über den Boden goss und mich dadurch furchtbar in Verlegenheit brachte, kehrte ich in mein Büro zurück und hielt unterwegs an einem Geschäft, um mir neue Wanderstiefel auszusuchen. Ich plante, dieses Wochenende in den Marin Headlands wandern zu gehen.

Als ich die Auslage betrachtete, fühlte ich warmen Atem an meinem Ohr, der mich unwillkürlich dazu brachte, zusammenzuzucken.

„Hey, du", hörte ich, und erstarrte voller Angst.

Flashbacks ergossen sich über mich, und ich sah schwarze Flecken. Ich fühlte mich zeitgleich kalt und warm, und die erschreckendste Erfahrung meines Lebens stand mir wieder live und in Farbe vor Augen. Ich drehte mich um und sah …

Cory Weinstein. Der Maschinengewehr-Dreckskerl, der meinen O entführt hatte.

„Caroline, alles klar bei dir?" Er bemühte sich, seinen inneren Tom Jones zu channeln.

Ich schluckte hart und versuchte, meine Haltung wiederzugewinnen. „Cory, schön, dich zu sehen. Wie geht es dir?", brachte ich heraus.

„Kann mich nicht beschweren. Ich toure gerade durch Restaurants für meinen Alten. Wie geht es dir? Wie steht es mit dem Dekoriergeschäft?"

„Design, und es sieht gut aus. Eigentlich war ich gerade auf dem Weg zurück ins Büro. Entschuldige mich also bitte", sprudelte es aus mir heraus, und ich begann, mich an ihm vorbeizuschieben.

„Hey, keine Eile, Hübsche. Hast du schon was gegessen? Ich kann dir einen Rabatt auf die Pizza ein paar Blocks weiter geben. Wie hören sich fünf Prozent für dich an?", sagte er.

Falls es für eine Stimme möglich ist, zu stolzieren, dann tat seine das gerade.

„Wow, fünf Prozent. So herrlich das auch klingt, ich muss leider ablehnen." Ich schmunzelte.

„Caroline, wann sehe ich dich wieder? Diese Nacht ... verdammt. Die war richtig großartig, nicht?"

Er zwinkerte, und meine Haut flehte mich an, sie von meinem Körper zu reißen und ihm entgegenzuwerfen.

„Nein. Nein, Cory. Verdammt, nein!", stieß ich hervor, während meine Magensäure bedenklich anstieg. Aufblitzende Erinnerungen von Rein und Raus und Rein und Raus und Rein und Raus. Meine Schnecke kreischte auf, um sich zu wehren. Zugegeben, wir beide verstanden uns gerade nicht besonders gut, aber nichtsdestotrotz wusste ich, wie viel Angst sie vor dem Maschinengewehr hatte. Sie würde nichts befürchten müssen, während ich auf Patrouille war.

„Oh komm schon, Baby. Lass uns die Magie wieder aufleben lassen", gurrte er.

Er beugte sich vor, und ich wusste, dass er vor kurzem Wurst gegessen hatte. „Cory, du solltest wissen, dass ich kurz davor bin, auf deine Schuhe zu kotzen, daher würde ich an deiner Stelle ein wenig zurück gehen."

Er wurde blass und wich zurück.

„Und fürs Protokoll: Ich würde lieber meinen Kopf an eine Wand tackern, als jemals wieder mit dir Magie zu fabrizieren. Du und ich und dein Fünf-Prozent-Rabatt? Das wird niemals geschehen. Leb wohl", beendete ich meine Rede, biss die Zähne zusammen und stolzierte aus dem Geschäft.

Ich stampfte zurück zur Arbeit, wütend und allein. Keine italienischen Fliesen, keine Wanderstiefel, kein Mann und kein O.

Ich verbrachte die Nacht auf der Couch in schlechter Stimmung. Ich ging nicht ans Telefon. Ich kochte nicht. Ich aß Reste vom Thailänder aus einem Pappbecher und knurrte Clive an, als er versuchte, mir einen Shrimp zu klauen. Er verzog sich in eine Ecke und starrte mich böse unter einem Stuhl hervor an.

Ich schaute mir *Barefoot Contessa* an, was mich normalerweise aufheiterte. Heute bereitete sie französische Zwiebelsuppe zu und brachte sie für ein Mittagessen mit ihrem Ehemann Jeffrey an den Strand. Normalerweise war ich immer gerührt, wenn ich die beiden beobachtete. Sie waren so niedlich zusammen. Heute wurde mir schlecht davon. Ich wollte in eine Decke gehüllt am Strand in East Hampton sitzen und Suppe mit Jeffrey essen. Gut, nicht Jeffrey an sich, aber ein Jeffrey-Äquivalent. Mein eigener Jeffrey.

Blöder Jeffrey. Blöde *Barefoot Contessa*. Blödes, einsames Lieferserviceessen.

Als es spät genug war, sodass ich rechtfertigen konnte, ins Bett zu gehen und diesen schrecklichen Tag hinter mir zu lassen, schleppte ich mich Trauerkloß in mein Schlafzimmer. Ich wollte meinen Schlafanzug holen, bis mir auffiel, dass ich keine Wäsche gewaschen hatte. Verdammt. Ich kramte in meiner Pyjama-Schublade, um etwas zu finden. Irgendetwas. Ich besaß noch ein paar sexy Stücke aus den Zeiten, als O und ich noch gemeinsam unterwegs gewesen waren.

Ich grummelte und ärgerte mich und zog schließlich ein rosa Baby-Doll-Nachthemd hervor. Es war spitzenbesetzt und süß, und obwohl ich es früher geliebt hatte, in wunderschöner Wäsche zu schlafen, hasste ich es momentan. Es war eine ständige Erinnerung an meinen verschwundenen O. Obwohl … es war schon eine Weile her, dass ich versucht hatte, ihn zu erreichen. Vielleicht wäre heute Nacht die Nacht. Ich war auf jeden Fall verspannt. Niemand konnte eine Erleichterung mehr gebrauchen als ich.

Ich scheuchte Clive nach draußen und schloss die Tür. Das musste niemand sehen.

Ich legte INXS auf, da ich heute Nacht alle Hilfe brauchen konnte, die ich kriegen konnte. Michael Hutchence brachte mich immer in Stimmung. Ich kletterte ins Bett, richtete die Kissen in meinem Rücken und schlüpfte unter die Decke. Meine nackten Beine glitten über die kühle Baumwolle. Es geht nichts über das Gefühl frisch rasierter Beine an Bettlaken mit hoher Fadenzahl. Vielleicht war das doch eine ganz gute Idee. Ich schloss meine Augen und versuchte, meine Atmung zu verlangsamen. Die letzten Male, als ich versucht hatte, O wiederzufinden, war ich am Ende so frustriert gewesen, dass ich fast in Tränen ausgebrochen war.

Heute begann ich mit dem üblichen Fantasiespiel. Ich begann mit ein wenig Catalano aus *Willkommen im Leben* und erlaubte meinen Händen, unter mein Nachthemd zu schlüpfen und sich zu meinen Brüsten vorzutasten. Während ich an Jordan Catalano/Jared Leto dachte und wie er Angela Chase/Claire Danes im Keller der Schule küsste, stellte ich mir vor, dass ich das war. Ich fühlte seine Küsse fest und schwer auf meinen Lippen, und es wurden seine Hände, die meine Haut entlang glitten, bis sie meine Nippel erreichten. Als meine/Jordans Finger mit einer Massage begannen, fühlte ich das bekannte Ziehen in meinem Magen und wie mir warm wurde.

Mit immer noch geschlossenen Augen veränderte ich das Bild zu Jason Bourne/Matt Damon, der meine Haut verwöhnte. Während wir beide vor der Regierung flohen, war es einzig unsere körperliche Verbindung, die uns am Leben hielt. Meine/Jasons Finger fuhren sanft meinen Bauch hinab und verschwanden in meinem Höschen. Ich konnte fühlen, dass meine Berührung wirkte. Sie weckte etwas, rührte an etwas, das tief in mir lag. Ich schnappte nach Luft, als ich fühlte, wie bereit ich für Jason und für Jordan war.

Himmel! Der Gedanke an die beiden zusammen und wie sie gemeinsam daran arbeiteten, O zurückzubringen, ließ mich zusammenzucken. Ich stöhnte und fuhr die großen Geschütze auf.

Ich nahm Clooney. Bilder von Clooney tauchten auf, während meine Finger neckten und wirbelten, drehten und tupften. Danny Ocean … George aus der Serie *The Facts of Life* …

Und dann legte ich richtig los.

Dr. Ross. In der dritten Staffel von *Emergency Room*, nachdem der Kurzhaarschnitt gerichtet worden war. Mmm ... ich stöhnte und seufzte. Es klappte. Ich kam tatsächlich in Stimmung. Zum ersten Mal seit Monaten schienen mein Verstand und der Rest von mir in Einklang zu sein. Ich rollte mich auf die Seite, die Hand zwischen den Schenkeln, und sah Dr. Ross vor mir knien. Er leckte seine Lippen und fragte mich, wann das letzte Mal gewesen sei, dass mich jemand zum Schreien gebracht hatte.

Du hast ja keine Ahnung. Bring mich zum Schreien, Dr. Ross.

Hinter fest geschlossenen Augenlidern sah ich ihn sich zu mir beugen, seinen Mund näher und näher kommen. Er drückte meine Knie sanft weiter auseinander und presste Küsse auf die Innenseiten jedes Oberschenkels. Ich konnte tatsächlich seinen Atem auf meinen Beinen spüren, was mich zum Erbeben brachte.

Sein Mund öffnete sich, und diese perfekte Clooney-Zunge zeigte sich, um mich zu schmecken.

Wumms.

„Oh Gott."

Wumms. Rumms.

„Oh Gott."

Nein. Nein. Nein!

„Simon ... mmm – kicher."

Ich konnte es nicht glauben. Selbst Dr. Ross sah verwirrt aus.

„So – kicher – verfickt – kicher – gut ... hahaha!"

Ich stöhnte, als ich fühlte, wie Dr. Ross mich verließ. Ich war nass, ich war frustriert, und nun dachte Clooney, dass jemand ihn auslache. Er begann, zurückzuweichen ... Nein, verlass mich nicht, Dr. Ross. Nicht du!

„Das ist es! Das ist es! Oh ... oh ... hahaha!"

Die Wände begannen zu wackeln, und das Bettbeben begann.

Jetzt reicht es. Kicher mal hierüber, du Miststück ...

Ich krabbelte über das Bett, während Catalano, Bourne und selbst Dr. Ross in testosterongeladenen Nebelfetzen verschwanden. Ich riss die Tür auf und stakste aus meinem

Schlafzimmer. Clive hob die Pfote und wollte mich ausschimpfen, weil ich ihn ausgeschlossen hatte, aber als er meinen Gesichtsausdruck sah, ließ er mich wohlweislich passieren.

Ich stampfte zur Vordertür. Meine Fersen hämmerten auf den Hartholzboden. Ich war mehr als wütend. Ich war rasend vor Zorn. Ich war so nah dran gewesen. Ich öffnete meine Vordertür mit der Stärke von tausend wütenden Os, denen seit Jahrhunderten verwehrt worden war, ausgelebt zu werden. Ich begann, an seine Tür zu hämmern. Ich hämmerte fest und ausgiebig dagegen, wie es Clooney fast in mir getan hätte. Ich hämmerte wieder und wieder, pausenlos. Ich konnte Schritte hören, die sich der Tür näherten, aber ich hörte nicht auf. Die Frustration des Tages und der Woche und die Monate ohne meinen O gipfelten in einem Ausbruch, den die Welt noch nicht gesehen hatte.

Ich hörte, wie Schlösser ratterten und Ketten gelöst wurden, aber immer noch hämmerte ich an die Tür. Ich brüllte: „Öffne die Tür, du Arsch, oder ich komme durch die Wand!"

„Immer langsam. Hören Sie auf, gegen die Tür zu hämmern", hörte ich Simon sagen.

Dann öffnete sich die Tür, und ich starrte. Da stand er. Simon. Eingerahmt von einem sanften Licht von hinten stand Simon in der Tür, eine Hand am Türgriff, die andere hielt ein weißes Bettlaken um seine Hüften. Ich begutachtete ihn von Kopf bis Fuß. Meine Hand hing noch in der Luft, zur Faust geballt. Sie pochte vor Schmerz, so fest hatte ich geklopft.

Er hatte rabenschwarzes Haar, das nach oben abstand. Wahrscheinlich hatte Kicherliese ihre Hände darin vergraben, während er sie rangenommen hatte. Seine Augen waren von einem stechenden Blau, und die Wangenknochen genauso stark ausgeprägt wie sein Kinn. Was das Päckchen noch vervollständigte? Vom Küssen geschwollene Lippen und ein Dreitagebart.

Himmel, er hatte einen Dreitagebart. Wie hatte ich das am Morgen übersehen können?

Mein Blick rutschte an seinem langen, schlanken Körper entlang Richtung Boden. Er war braun, aber nicht dank einer

Bräunungsstudio-Bräune, sondern die Art von Bräune, die man sich draußen holt, eine männliche Bräune. Seine Brust hob und senkte sich, während er atmete; seine Haut war mit einer dünnen, sexy Schweißschicht bedeckt. Während mein Blick tiefer glitt, bemerkte ich eine Linie dunklen Haares, die bis unter das Bettlaken führte. Unter einem Sixpack. Unter diesem V, das manche Männer haben, und an ihm sah es nicht seltsam oder antrainiert aus.

Er war hinreißend. Natürlich war er hinreißend. Und warum musste er einen Dreitagebart haben?

Ich schnappte unwillkürlich nach Luft, als mein Blick tiefer rutschte als geplant. Aber er wurde wie von einem Magneten tiefer und tiefer gezogen. Unter dem Bettlaken – das bereits niedriger auf seinen Hüften ruhte als erlaubt sein sollte –

War.

Er.

Immer.

Noch.

Hart.

Kapitel 5

„Oh Gott."
Wumms.
„Oh Gott."
Wumms. Rumms.
Ich rutschte dank der Stärke seiner Stöße im Bett immer höher. Er stieß mit unnachgiebiger Kraft in mich, gab mir genau das, was ich nehmen konnte, und führte mich dann ein kleines Stückchen über diesen Punkt hinaus. Er starrte auf mich herunter und zeigte mir sein wissendes Grinsen. Ich schloss die Augen und spürte nach, wie tief mich alles berührte. Und mit tief meine ich auch tief.

Er packte meine Hände und zog sie über meinen Kopf zum Kopfteil des Bettes.

„Du wirst dich für das, was folgt, festhalten wollen", flüsterte er, zog eines meiner Beine über seine Schulter und veränderte den Rhythmus seiner Stöße.

„Simon!", kreischte ich, als ich fühlte, wie sich mein Körper anspannte. Sein Blick, diese verdammt blauen Augen, bohrte sich in meinen, als ich erzitterte.

„Mmm, Simon!" Ich schrie wieder. Und erwachte prompt – die Arme über meinen Kopf gestreckt. Meine Hände hatten das Kopfteil fest umklammert.

Ich schloss die Augen für einen Moment und zwang meine Finger, loszulassen. Als ich sie wieder ansah, konnte ich die Abdrücke in meinen Händen sehen, weil ich so fest zugedrückt hatte.

Ich kämpfte darum, mich aufzurichten. Ich war schweißbedeckt und keuchte. Ich keuchte allen Ernstes! Ich entdeckte meine Laken am Bettende. Clive war darunter vergraben. Nur seine Nase lugte hervor.

„Clive, versteckst du dich?"

„Miau", kam die wütende Antwort, und ein kleines Gesicht erschien im Anschluss an die Katernase.

„Du kannst rauskommen, Dummerchen. Mommy ist fertig mit Schreien. Glaube ich." Ich gluckste und fuhr mir durch das feuchte Haar.

Ich hatte meinen Pyjama durchgeschwitzt, daher ging ich hinüber zum Klimaanlagenabzug, ließ mich abkühlen und beruhigte mich langsam. „Das war sehr nah dran, nicht wahr, O?" Ich zog eine Grimasse, presste meine Schenkel aneinander und fühlte den nicht unangenehmen Schmerz zwischen meinen Beinen.

Seit der Nacht, in der Simon und ich uns im Flur ‚getroffen' hatten, hörte ich nicht auf, von ihm zu träumen. Das wollte ich nicht, wollte ich wirklich nicht, aber mein Unterbewusstsein hatte die Macht übernommen und legte ihn regelmäßig flach. Nachts. Mein Körper und mein Kopf waren hier gespalten: Der Verstand wusste es besser, die kleine Caroline war sich da nicht so sicher.

Clive drückte sich an mir vorbei und rannte in die Küche, um seinen kleinen Tanz neben seinem Fressnapf zu vollführen.

„Ja, ja, ja, beruhig dich", krächzte ich, als er sich zwischen meinen Knöcheln hindurchwand. Ich ließ einen Schwung Katzenfutter in seine Schüssel fallen und stürzte mich auf den Kaffee. Ich lehnte mich an die Theke und versuchte, mich zu sammeln. Ich atmete immer noch ein wenig zu schnell.

Dieser Traum war … nun, er war intensiv gewesen. Ich dachte wieder an seinen Körper, der über meinen gebeugt war, wie ein Schweißtropfen seine Nase entlang rann und auf meine Brust tropfte. Er hatte sich tiefer sinken lassen und seine Zunge über meinen Bauch zu meinen Brüsten gleiten lassen, und dann …

Ping! Ping!

Mr. Kaffee riss mich glücklicherweise aus meinen schmutzigen Gedanken. Ich fühlte, dass ich wieder scharf geworden war. Ob das zu einem Problem werden würde?

Ich schenkte eine Tasse Kaffee ein, schälte eine Banane und blickte aus dem Fenster. Ich ignorierte meinen Drang, die Banane zu massieren, und schob sie mir in den Mund. Oh du lieber Gott, diese Stöße! Meine Gedanken gerieten auf Abwege. Und mit Abwegen meinte ich …

Ich gab mir selbst eine Ohrfeige und zwang meinen Verstand, sich auf etwas anderes zu konzentrieren als die männliche Schlampe, mit der ich mir derzeit eine Wand teilte. Unschuldige Dinge.

Kleine Hündchen … Doggy Style-Sex.

Eiscreme … seine Waffel und die beiden Kugeln ablecken.

Kinderspiele … Verdammt, ich würde gern alles tun, was Simon mir sagt …

Okay, genug! Jetzt gibst du dir nicht mal Mühe!

Während ich duschte, sang ich die Nationalhymne immer und immer wieder, um meine Hände davon abzuhalten, etwas anderes zu tun, als mich zu waschen. Ich musste mich daran erinnern, was für ein Arsch er war – nicht daran, wie sein Arsch aussah nur in ein Bettlaken gehüllt und er dazu ein Grinsen trug. Ich schloss meine Augen und lehnte mich in den Wasserstrahl, als ich mich an die Nacht erinnerte.

Nachdem ich es geschafft hatte, nicht mehr auf seinen – nun – sein Unter-dem-Bettlaken zu starren, hatte ich den Mund geöffnet: „Hey, Mister! Haben Sie eine Ahnung, wie laut Sie sind? Ich brauche meinen Schlaf! Wenn ich Ihnen noch eine einzige weitere Nacht zuhören muss, nein, korrigiere, auch nur eine einzige weitere Minute, wie Sie und Ihr Harem meine Wand zum Beben bringen, werde ich wahnsinnig!" Ich brüllte, um all die Anspannung, die auf Clooney-Art hätte gelöst werden können und sollen, loszuwerden.

„Beruhigen Sie sich. So schlimm kann das doch gar nicht sein. Diese Wände sind ziemlich dick."

Er grinste und schlug mit der Faust gegen den Türrahmen, wie um ein wenig Charme zu verströmen. Er war es wohl gewohnt, zu bekommen, was er wollte. Das konnte ich verstehen, bei diesen Bauchmuskeln.

Ich schüttelte den Kopf, um ihn wieder klar zu bekommen. „Sind Sie irre? Die Wände sind bei weitem nicht so dick, wie Ihr Dickschädel. Ich kann alles hören! Jeden Schlag, jedes Miauen, jedes Kichern, und es reicht mir! Diese Scheiße endet jetzt!", kreischte ich und fühlte, dass meine Wangen vor lauter Wut heiß wurden. Ich hatte sogar Gänsefüßchen in die Luft gezeichnet, um jeden Schlag, jedes Miau und jedes Kichern zu unterstreichen.

Als ich von seinem Harem sprach, wechselte er von charmant zu strafend. „Hey, das reicht jetzt aber", erwiderte er. „Was ich in meinem Zuhause mache, ist meine Sache. Tut mir leid, wenn ich Sie gestört habe, aber Sie können nicht einfach mitten in der Nacht hier rüber kommen und mir sagen, was ich zu tun und zu lassen habe! Ich marschiere ja auch nicht quer über den Flur und hämmere an Ihre Tür."

„Nein, Sie hämmern einfach nur gegen meine verdammte Wand. Wir teilen uns eine Schlafzimmerwand. Sie wummern genau dann gegen mein Bett, wenn ich versuche zu schlafen. Nehmen Sie ein wenig Rücksicht."

„Wie kommt es, dass Sie mich hören können, ich Sie aber nicht? Oh, Moment, Moment! Es gibt keinen, der an Ihre Wand hämmern würde, richtig?"

Er feixte, und ich fühlte, wie ich blass wurde. Ich verschränkte die Arme vor der Brust. Als ich an mir heruntersah, wurde mir bewusst, was ich trug. Ein rosarotes Babydoll. Großartig, um sich Glaubwürdigkeit zu verschaffen.

Während ich vor Wut schäumte, glitt sein Blick an meinem Körper hinab und nahm das ganze Rosa und die Spitze und die Art wahr, wie meine Hüfte nach vorn geschoben war, weil ich zornig mit dem Fuß auf den Boden klopfte. Sein Blick kehrte zu meinem Gesicht zurück, und er erwiderte mein Starren, ohne auszuweichen. Dann, mit einem Funkeln in diesen veilchenblauen Augen, zwinkerte er mir zu.

Ich sah rot. „Oooohhhhh!", hatte ich geschrien und war zurück in meine Wohnung gestürmt.

Beschämt ließ ich das Wasser meine Frustration fortspülen. Ich hatte ihn seither nicht mehr gesehen, aber was, wenn ich ihm begegnete? Ich schlug meine Stirn gegen die Fliesen.

Als ich eine Dreiviertelstunde später meine Haustür öffnete, bedachte ich Clive mit einem Abschiedsgruß über die Schulter hinweg und betete insgeheim, dass keine vereinzelten Haremmädels im Flur stehen würden. Freie Bahn.

Ich setzte meine Sonnenbrille auf, als ich aus dem Gebäude trat, und bemerkte kaum den Landrover, seinen Wagen. Und mit kaum meine ich, dass ich kaum bemerkte, dass sich Wagen auf tragen reimte, wie in ins Bett getragen werden und dort …

Caroline!
Ich hatte ein Problem.

Später an diesem Nachmittag steckte Jillian ihren Kopf in mein Büro. „Klopf, klopf", sagte sie mit einem Lächeln.
„Hey! Was geht ab?" Ich lehnte mich in meinem Stuhl zurück.
„Frag mich nach dem Haus in Sausalito."
„Hey, Jillian, wie steht es mit dem Haus in Sausalito?", fragte ich und rollte mit den Augen.
„Fertig", flüsterte sie und hob die Arme in einer Siegerpose.
„Ist nicht wahr", flüsterte ich zurück.
„Absolut, vollständig und endlich fertig!" Sie quietschte vor Freude und setzte sich mir gegenüber.
Ich streckte ihr meine Faust für einen Handschlag entgegen. „Also, das sind mal gute Neuigkeiten. Das müssen wir feiern." Ich griff in eine Schublade.
„Caroline, wenn du jetzt die Flasche Scotch herausziehst, muss ich die Personalabteilung informieren", warnte sie mich mit einem angedeuteten Grinsen.
„Zuerst mal bist du die Personalabteilung. Und zweitens würde ich nie eine Flasche Scotch in meinem Büro aufbewahren. Es ist doch offensichtlich, dass sich der in einem Flachmann in meinem Strumpfband befindet." Ich kicherte und förderte einen Chupa Chups-Lutscher zu Tage.
„Super. Sogar Wassermelone, mein Lieblingsgeschmack", sagte sie, als wir beide die Lutscher auspackten und zu lecken begannen.
„Also, erzähl mir alles", forderte ich sie auf.
Ich war von Jillian in einigen Dingen um Rat gebeten worden, als sie die letzten Feinheiten an dem Haus festlegte, das sie und Benjamin renovierten, und wusste, dass das genau die Art von Haus war, von der ich seit Jahren träumte. Wie Jillian würde es warm, einladend, elegant und voller Licht sein. Wir unterhielten uns eine Weile, dann ließ sie mich wieder an die Arbeit gehen.
„Übrigens, die Hauseinweihung findet am nächsten Wochenende statt. Du und deine Crew sind eingeladen", sagte sie

auf dem Weg zur Tür.

„Hast du gerade Crew gesagt?", fragte ich.

„Vielleicht. Bist du dabei?"

„Hört sich gut an. Sollen wir was mitbringen und können wir dann deinen Verlobten anstarren?"

„Wagt es ja nicht, und ich hoffe doch schwer", schoss sie zurück.

Ich lächelte, als ich mich wieder der Arbeit zuwandte. Party in Sausalito? Hörte sich vielversprechend an.

„Du stehst doch nicht ernsthaft auf ihn oder? Ich meine, wie viele Träume hattest du jetzt von ihm?", fragte Mimi und sog an ihrem Strohhalm.

„Auf ihn stehen? Nein, er ist ein Arsch! Warum sollte ich …"

„Natürlich tut sie das nicht. Wer weiß denn, wo der schon seinen Schniedel überall reingesteckt hat? Caroline würde das nie tun", antwortete Sophia für mich, warf ihr Haar über die Schulter zurück und versetzte damit eine Gruppe von Geschäftsleuten in ehrfürchtiges Schweigen, die sie angestarrt hatten, seit sie hereingekommen war.

Wir hatten uns zum Mittagessen in unserem kleinen Lieblingsbistro in North Beach getroffen. Mimi lehnte sich kichernd in ihrem Stuhl zurück und kickte mich unter dem Tisch.

„Verpiss dich, Winzling." Ich starrte sie böse an und fühlte, wie ich rot wurde.

„Ja, verpiss dich, Winzling! Caroline weiß es besser, als …" Sophia lachte, verstummte dann, nahm schließlich ihre Sonnenbrille ab und blickte mich an.

Die Cellistin und der Winzling beobachteten, wie ich mich wand. Die eine fluchte, die andere lächelte.

„Ach, verdammt, Caroline. Sag mir nicht, dass du dich für den Kerl interessierst. Oh nein! Du interessierst dich für ihn, oder?"

Sophia klang verschnupft, als der Kellner eine Flasche San Pellegrino auf den Tisch stellte. Er starrte sie an, als sie sich mit den Fingern durch die Haare fuhr, und sie winkte ihn mit einem bewusst platzierten Zwinkern weg. Sie wusste, wie die Männer sie ansahen, und es machte Spaß zuzusehen, wie sie sie zum Schwitzen brachte.

Mimi war anders. Sie war so winzig und niedlich, dass Männer anfangs durch ihren angeborenen Charme auf sie flogen. Dann erst sahen sie sie sich genauer an und erkannten, dass sie schön war. Etwas an ihr brachte Männer dazu, auf sie aufpassen und sie beschützen zu wollen – bis sie sie ins Schlafzimmer bekamen. Zumindest hatte ich das gehört. Sie schien eine Wilde im Bett zu sein.

Ich galt als hübsch, und an den meisten Tagen glaubte ich das auch. An guten Tagen wusste ich, dass ich gut aussah. Ich hatte nie das Gefühl, so heiß wie Sophia oder so perfekt hergerichtet zu sein, wie Mimi, aber ich konnte mich gut herausputzen. Ich wusste, dass wir drei, wenn wir gemeinsam ausgingen, ein Blickfang waren, und bis vor kurzem hatten wir das auch zu unserem Vorteil eingesetzt.

Wir hatten jeweils einen bestimmten Typ, auf den wir flogen, was gut war. Wir interessierten uns nur selten für den gleichen Mann.

Sophia hatte ganz spezifische Vorstellungen. Sie wollte, dass ihre Männer schlank und hübsch waren. Sie sollten groß, aber nicht größer als sie selbst sein. Sie sollten höflich und klug mit vorzugsweise blondem Haar sein. Dafür hatte sie eine Schwäche. Sie stand auch vollkommen auf Südstaatenakzente. Ernsthaft, wenn ein Mann sie Süße nannte, würde sie ihn erst anspringen und sich später vorstellen. Ich wusste das aus erster Hand, weil ich sie einmal auf den Arm genommen hatte, als sie eines Nachts komplett betrunken gewesen war, und meinen besten Oklahoma-Dialekt benutzt hatte. Ich musste sie mir den Rest des Abends vom Leib halten. Sie behauptete immer noch, es wäre ihre Collegezeit gewesen und sie habe experimentieren wollen.

Mimi dagegen hatte besondere Vorstellungen, aber kein spezifisches Aussehen, das sie anzog. Sie mochte einfach Größe. Ihre Männer sollten riesig, gigantisch und stark sein. Sie liebte es, wenn sie sie hochheben mussten, um sie zu küssen, oder sie auf einen Stuhl stellen mussten, damit sie keinen

Krampf im Nacken bekamen. Sie mochte es, wenn ihre Männer eine kleine sarkastische Ader hatten und hasste es, wenn sie herablassend waren. Da sie klein war, tendierte sie dazu, Männer anzuziehen, die sie beschützen wollten. Aber meine Freundin hatte Karatekurse genommen, seit sie ein Kind gewesen war, und musste von niemandem beschützt werden. Sie war eine knallharte Type in einem Retro-Rock.

Ich war schwerer festzulegen, weil ich den Mann einfach erkannte, wenn ich ihn sah. Wie der Supreme Court bei Pornografie wusste ich es einfach. Ich neigte dazu, Männer anzuziehen, die gern draußen waren – Lebensretter, Tiefseetaucher, Bergsteiger. Ich mochte es, wenn sie gepflegt waren, aber einen Dreitagebart hatten, Gentleman mit einem Touch Bad Boy waren und genug Geld verdienten, dass ich nicht ihre Mutter spielen musste. Ich hatte einen Sommer mit einem teuflisch sexy Surfer verbracht, der sich keine eigene Erdnussbutter leisten konnte. Selbst die Orgasmen, die Micah mir rund um die Uhr verschaffte, konnten ihn nicht retten, als ich herausfand, dass er meine Kreditkarte benutzt hatte, um für sein Intim-Waxing zu bezahlen. Und für seine Handyrechnung. Und seine Reise nach Fidschi, zu der ich nicht mal eingeladen worden war. Ab an den Seitenstreifen, Surferlein. Ab an den Seitenstreifen.

Allerdings hatte ich ihn möglicherweise noch einmal rangelassen, bevor ich ihn wegschickte. Ah, das waren noch Zeiten gewesen, bevor O mich verließ. Orgasmen rund um die Uhr. Seufz.

„Hey, Moment. Hast du ihn seit der Flurbegegnung noch einmal gesehen?", fragte Sophia, nachdem wir unsere Bestellungen aufgegeben hatten und ich von meinen Surfer-Erinnerungen wieder im Hier und Jetzt angelangt war.

„Nein", stöhnte ich.

Mimi tätschelte mir tröstend den Arm. „Er ist niedlich, nicht?"

„Verdammt – ja! Niedlicher als gut für ihn wäre. Er ist so ein Arsch!" Ich schlug so hart mit der Handfläche auf den Tisch, dass das Besteck kurz nach oben flog. Sophia und Mimi tauschten einen Blick, und ich zeigte ihnen meinen Mittelfinger.

„Und an dem Morgen stand er im Flur mit Maunzi und küsste sie! Es ist wie eine kranke, verdrehte Orgasmuswelt, die sich da drüben befindet, und ich will kein einziges Stück davon!", sagte ich und knabberte wie wild an meinem Salat, nachdem ich ihnen die Geschichte zum dritten Mal erzählt hatte.

„Ich kann nicht glauben, dass Jillian dich nicht vor diesem Kerl gewarnt hat", überlegte Sophia laut und schob ihre Croûtons auf dem Teller hin und her.

Sie mied mal wieder Brot in einer ihrer verrückten Diäten, weil sie die fünf Pfund loswerden wollte, die angeblich im vergangenen Jahr an ihren Hüften angedockt hatten. Das stimmte hinten und vorn nicht, aber man konnte mit Sophia nicht diskutieren, wenn sie sich etwas in den Kopf gesetzt hatte.

„Nein, nein. Sie sagt, dass sie diesen Kerl nicht kennt", berichtete ich. „Er muss eingezogen sein, nachdem sie das letzte Mal dort war. Sie hat so gut wie nie dort übernachtet. Sie haben die Wohnung nur behalten, damit sie immer eine Übernachtungsmöglichkeit in der Stadt haben. Wenn ich nach dem Klatsch der Nachbarn gehe, ist er erst seit einem Jahr oder so in dem Gebäude. Und er reist die ganze Zeit." Während ich redete, wurde mir klar, dass ich eine ziemliche Akte über diesen Mann zusammengestellt hatte.

„Also hat er die ganze Woche lang die Wand zum Beben gebracht?", fragte Sophia.

„Es war eigentlich relativ ruhig. Entweder hat er auf mich gehört und versucht, auf die Nachbarn Rücksicht zu nehmen, oder sein Schwanz ist endlich in einer von ihnen steckengeblieben und abgebrochen und er hat medizinische Hilfe gebraucht", sagte ich ein wenig zu laut. Die Geschäftsmänner am Nachbartisch mussten ziemlich aufmerksam gelauscht haben, da sie sich alle an ihren Drinks verschluckten und sich ungemütlich auf ihren Plätzen wanden. Vielleicht überkreuzten sie sogar voller Mitgefühl ihre Beine. Wir kicherten und setzten unser Mittagessen fort.

„Da gerade von Jillian die Rede ist: Ihr seid nächstes Wochenende in ihr Haus in Sausalito zu ihrer Hauseinweihung eingeladen", informierte ich sie.

Beide begannen gleichzeitig, sich Luft zuzufächeln. Benjamin war der eine Mann, bei dem wir einer Meinung waren. Wann immer wir Jillian mit genügend Alkohol versorgt hatten, gestanden wir ihr unser Faible für Benjamin und brachten sie dazu, uns Geschichten über ihn zu erzählen. Wenn wir Glück hatten und es uns gelungen war, ihr einen zusätzlichen Martini aufzuschwatzen … nun, sagen wir einfach, es war schön zu wissen, dass der Sex sich immer noch lohnte, selbst wenn dein Mann sich weit in den Vierzigern befand. Die eine Geschichte über Benjamin und den Tonga-Raum im Fairmont Hotel? Wow. Sie hatte sehr großes Glück.

„Wie cool! Warum kommen wir nicht zu dir und machen uns gemeinsam fertig, wie in den alten Zeiten?" Mimi gab ein Quietschen von sich, das Sophia und mich dazu brachte, uns die Ohren zuzuhalten.

„Ja, ja, das ist okay. Aber kein Gequietsche mehr, oder wir werden deinen Hintern auf der Rechnung sitzen lassen", rügte Sophia, als Mimi mit glänzenden Augen wieder auf ihren Stuhl zurücksank.

Nach dem Mittagessen ging Mimi zu ihrem nächsten Termin, der um die Ecke lag, und Sophia und ich teilten uns ein Taxi.

„So, du hast also ungezogene Träume von deinem Nachbarn. Lass hören", begann sie zur großen Freude des Taxifahrers.

„Augen auf die Straße, Mister!", wies ich ihn an, als ich bemerkte, dass er uns im Rückspiegel beobachtete.

Ich ließ meine Gedanken zu den Träumen abdriften, die jede Nacht in der letzten Woche gekommen waren. Ich dagegen nicht, was meine sexuelle Frustration an einen kritischen Punkt getrieben hatte. Wenn ich O ignorieren konnte, ging es mir gut. Nun aber, da ich jede Nacht mit Träumen von Simon malträtiert wurde, fiel mir die Abwesenheit von O umso stärker auf. Clive hatte begonnen, auf meiner Kommode zu schlafen, da es dort sicherer war, statt sich mit meinen strampelnden Beinen anzulegen.

„Die Träume? Die Träume sind gut, aber er ist ein Arsch!", rief ich und hämmerte mit der Faust gegen die Tür.

„Ich weiß. Das sagst du ständig", fügte sie hinzu und beobachtete mich vorsichtig.

„Was? Was soll dieser Blick bedeuten?"

„Nichts. Ich schaue dich nur an. Du regst dich ganz schön über jemanden auf, der ein Arsch ist."

„Ich weiß." Ich seufzte und starrte aus dem Fenster.

„Du piekst mich."

„Tu ich gar nicht."

„Ernsthaft. Was zum Teufel steckt da in deiner Tasche, Mimi? Hast du einen Ständer, oder was?", rief Sophia und warf ihren Kopf auf die Seite, als Mimi das Glätteisen durch ihr Haar zog.

Ich lächelte von meinem Platz auf dem Bett aus, während ich meine Sandalen schnürte. Ich hatte mein Haar auf Lockenwickler aufgedreht, bevor meine Mädels rübergekommen waren, daher hatte ich mir die Komplettbehandlung erspart. Mimi war davon überzeugt, eine Art Schönheitsexpertin zu sein und wenn sie einen Salon in ihrem Schlafzimmer hätte eröffnen können, hätte sie ernsthaft darüber nachgedacht.

Mimi zog eine Haarbürste aus ihrer Tasche und zeigte sie Sophia, bevor sie sie neckte. Mit der Haarbürste, um genau zu sein.

Wir glühten wie damals in Berkeley vor, bis hin zu den gefrorenen Daiquiris. Obwohl wir ein Upgrade auf den guten Alkohol und frisch gepressten Limettensaft durchgeführt hatten, fühlten wir uns dabei ein wenig aufgedreht und übermütig.

„Kommt schon, kommt schon – man weiß nie, wen man heute Abend treffen könnte! Ihr wollt doch euren Märchenprinzen nicht mit platten Haaren treffen, oder?" Mimi zwang Sophia dazu, ihr Haar nach vorn zu werfen, um ein wenig „Höhe am Ansatz" produzieren zu können. Man widersprach ihr einfach nicht, man ließ sie einfach machen.

„Ich bin nirgends platt! Wenn meine zwei Mädels zum Spielen raus dürfen, wird dem Märchenprinzen nicht mal auffallen, dass ich Haare habe", murmelte Sophia, was bei mir einen akuten Heiterkeitsanfall auslöste.

Über unserem Gelächter konnte ich nebenan Stimmen hören. Ich stand vom Bett auf und ging näher an die Wand, damit ich besser lauschen konnte. Diesmal vernahm ich neben Simons Stimme zwei weitere männliche Stimmen. Ich konnte nicht verstehen, was sie sagten, aber auf einmal dröhnte Guns N'Roses laut genug durch die Wand, dass Sophia und Mimi innehielten.

„Was zum Teufel ist das?", fauchte Sophia und blickte sich verwirrt im Zimmer um.

„Simon ist scheinbar ein Fan von Guns N'Roses." Ich zuckte mit den Achseln und genoss es insgeheim, *Welcome to the Jungle* zu hören. Ich zog mir ein Stirnband tief in die Stirn und legte Axls Krabbentanz vor und zurück hin, was mir eine vergnügte Mimi und eine wütende Sophia bescherte.

„Nein, nein, nein! So geht das nicht, du Dummkopf!", schimpfte Sophia über die Musik hinweg und schnappte sich ein weiteres Stirnband.

Mimi brüllte vor Lachen, als Sophia und ich uns auf Axl-Art einen Zweikampf lieferten. Natürlich nur, bis Sophia ihr Haar in Unordnung brachte. Mimi stürzte sich auf sie. Sophia sprang auf das Bett, um ihr zu entkommen, und ich machte es ihr nach. Wir sprangen auf und nieder, kreischten nun den Text mit und tanzten wild. Mimi gab schließlich auf, und wir tanzten zu dritt wie die Verrückten. Ich spürte, wie das Bett sich unter uns zu bewegen begann, und begriff, dass es fröhlich gegen die Wand hämmerte – Simons Wand.

„Nimm das! Und das! Und ein wenig hiervon! Niemand hämmert gegen meine Wände? Ha! Hahaha!", kreischte ich wie eine Verrückte, während Mimi und Sophia mich verwundert ansahen. Sophia kletterte vom Bett, und sie und Mimi hielten sich aneinander fest, während sie lachten und ich das Bett zum Beben brachte. Ich bewegte es vor und zurück wie beim Surfen und hämmerte damit das Kopfteil wieder und wieder gegen die Wand.

Die Musik hörte plötzlich auf, und ich fiel in mich zusammen, als ob ich angeschossen worden wäre. Mimi und Sophia hielten sich die Hände gegenseitig vor den Mund, als ich erschöpft auf dem Bett lag und mir selbst in die Knöchel meiner Hand biss, um nicht zu lachen. Der Irrsinn im Raum war ähnlich der Stimmung, wenn man dabei erwischt wurde, ein Haus mit Klopapier zu bewerfen, oder in einer Kirche zu laut lachte. Man konnte nicht aufhören, aber gleichzeitig auch nicht nicht aufhören.

Wumms. Rumms. Bumms.

Nein, das konnte doch nicht wahr sein. Er hämmerte zurück?

Wumms. Rumms. Bumms.

Er hämmerte wirklich zurück.

Wumms. Rumms. Bumms! Ich gab ihm alles zurück, was er auftischte. Ich konnte nicht glauben, dass er die Chuzpe besaß, zu versuchen, mich zum Schweigen zu bringen. Ich hörte männliche Stimmen glucksen.

Wumms. Rumms. Bumms, ertönte es noch einmal, und mein Temperament ging mit mir durch.

Oh, er war wirklich ein Arsch!

Ich blickte meine Mädchen ungläubig an, und sie sprangen mit mir zurück auf das Bett.

Wumms. Rumms. Rumms. Bumms, hämmerten wir, und sechs Fäuste, geschwungen von wütenden Mädels regneten auf die Tapete nieder.

Wumms. Rumms. Rumms. Bumms, ertönte es zurück – diesmal viel, viel lauter. Seine Jungs mussten mit eingestiegen sein.

„Gib auf, Mister! Kein Sex für dich!", brüllte ich gegen die Wand, und meine Mädchen gackerten wie die Wahnsinnigen.

„Tonnenweise Sex für mich, Schwester. Und keiner für dich!", brüllte er sehr deutlich zurück.

Ich hob erneut meine Fäuste. *Wumms. Rumms. Wumms. Bumms,* tönte es von meiner Seite.

Wumms. Rumms! Eine einzelne Faust antwortete, dann war alles still.

„Ooooohhh!", schrie ich Richtung Wand, und ich konnte hören, wie Simon und seine Jungs lachten.

Mimi, Sophia und ich starrten uns mit großen Augen an, bis wir ein winziges Seufzen hinter uns vernahmen.

Wir drehten uns um und sahen Clive auf der Kommode sitzen. Er starrte zurück, seufzte erneut und leckte dann weiter sein Hinterteil sauber.

„Diese Unverschämtheit, ich meine, die verdammte Unverschämtheit dieses Kerls! Er hatte echt die Nerven, an meine Wand zu hämmern. An meine Wand! Himmel, was für ein …"

„Arsch, das wissen wir", sagten Mimi und Sophia im Chor, während ich in meiner Tirade fortfuhr.

„Ja, ein Arsch!" Ich regte mich immer noch auf. Wir saßen im Auto auf dem Weg zu Jillians Party. Der Fahrdienst war pünktlich um halb neun Uhr abends eingetroffen, und wir waren dabei, die Brücke zu überqueren.

Als ich hinaussah auf die funkelnden Lichter von Sausalito, beruhigte ich mich langsam. Ich weigerte mich, diesem Kerl zu erlauben, dass ich mich aufregte. Ich war unterwegs mit meinen besten Freundinnen und dabei, an einer fantastischen Hauseinweihung bei der besten Chefin der Welt teilzunehmen. Und wenn wir Glück hatten, würde ihr Verlobter uns die Fotos anschauen lassen aus der Zeit, als er im College Schwimmer gewesen war – damals als die Sportler nur winzige Speedos trugen. Wir würden seufzen und endlos lange auf die Bilder starren, bis Jillian uns zwang, sie wegzulegen. Und dann würde sie normalerweise auch Benjamin für die Nacht wegschließen.

„Ich sage euch, ich habe ein richtig gutes Gefühl wegen heute Nacht. Ich habe das Gefühl, dass heute etwas passieren wird." Mimi blickte gedankenverloren aus dem Fenster.

„Ja, genau. Etwas wird geschehen. Wir werden eine großartige Zeit haben, viel zu viel trinken, und ich werde vermutlich auf der Rückfahrt Caroline begrabschen", sagte Sophia und zwinkerte mir zu.

„Mmm, Süße", neckte ich sie, und sie hauchte mir einen Kuss zu.

„Würdet ihr zwei eure pseudolesbische Romanze mal sein lassen? Ich meine es ernst", fuhr Mimi fort und seufzte mit dieser Cora-Liebesroman-Stimme, die sie manchmal benutzte.

„Wer weiß? Ich bin, was mich angeht, nicht sicher, aber vielleicht triffst ja du deinen Märchenprinzen heute Nacht?", flüsterte ich und lächelte über ihr hoffnungsvolles Gesicht. Mimi war sicherlich die am romantischsten veranlagte unter uns dreien. Sie behielt felsenfest ihren Glauben bei, dass jeder einen Seelengefährten hatte.

Ach … ich würde mich einfach mit meinem Seelen-O zufrieden geben.

Als wir vor Benjamins und Jillians Haus hielten, sahen wir, dass zahlreiche Autos überall an der gewundenen Straße parkten, und japanische Laternen und Papierlampen das Gelände beleuchteten. Wie bei den meisten Häusern, die sich in dieser hügeligen Landschaft befanden, gab es von der Straße aus nur wenig zu sehen. Wir kicherten, als wir durch das Tor gingen, und ich lächelte, als die Mädels die Vorrichtung anstarrten, die sich vor uns befand. Ich hatte die Pläne dafür gesehen, musste aber erst noch eine Runde damit drehen.

„Was für eine heruntergekommene Rikscha ist das denn?", stieß Sophia hervor, und ich brach in Gelächter aus.

Jillian und Benjamin hatten eine Art Hügelaufzug designt und installiert – also im Grunde einen Aufzug, der den Hügel hinauf und hinunter führte. Wenn man die Anzahl an Stufen bedachte, die man hinter sich bringen musste, um das Haus zu erreichen, war das eine sehr praktische Errungenschaft. Ihr Vorgarten am Hügel selbst wurde von Terrassengärten, Bänken und verschiedenen Gartenszenerien eingefasst, alle kunstvoll umrandet durch Pfade aus Steinfliesen, die von Tiki-Fackeln beleuchtet wurden und hinunter zum Haus führten. Für Einkäufe und andere weniger gemächliche Trips zum Haus allerdings würde sich der Hügelaufzug als angenehmere Alternative erweisen.

„Möchten die Ladys den Aufzug benutzen oder den Pfad entlang gehen?", fragte ein Angestellter, der von der anderen Seite des Aufzugkorbes auftauchte.

„Sie meinen, wir sollen in diesem Ding fahren?", quiekte Mimi.

„Sicher, dafür wurde es entwickelt. Komm schon!", ermutigte ich sie und schritt durch die kleine Tür, die der Mann an der Seite geöffnet hatte. Es fühlte sich wie in einem Skilift an, abgesehen davon, dass er einen Hügel hinab fuhr, statt hinauf in die Luft.

„Ja, gut, lass uns das Ding ausprobieren", sagte Sophia, kletterte hinter mir hinein und ließ sich auf einen Sitz fallen.

Mimi zuckte mit den Achseln und folgte uns.

„Es wartet jemand auf Sie am Boden des Hügels. Genießen Sie die Party, Ladys." Er lächelte, und wir fuhren los.

Während wir uns den Hügel hinab bewegten, wurde das Haus sichtbar, das uns förmlich begrüßte. Jillian hatte eine wirklich magische Welt erschaffen, da überall am Haus riesige Fenster angebracht waren, durch die wir die Party sehen konnten, während wir weiterfuhren.

„Wow, es sind ja eine Menge Leute da", bemerkte Mimi mit großen Augen.

Die Klänge einer Jazz-Band auf einer der vielen Terrassen schwebten zu uns herauf. Ich fühlte ein leises Flattern in meinem Magen, als der Lift zum Stehen kam und ein weiterer Angestellter uns die Tür öffnete. Als wir ausstiegen und unsere Absätze über den Sandstein klapperten, konnte ich Jillians Stimme aus dem Haus hören und lächelte unwillkürlich.

„Mädels! Ihr habt es geschafft!", rief sie, als wir hereinkamen.

Ich drehte mich im Raum einmal um meine eigene Achse, um alles aufzunehmen. Das Haus war fast wie ein Dreieck gestaltet, da es in die Seite des Hügels gebaut war und sich nach außen erstreckte. Dunkle Mahagoniböden erstreckten sich unter uns, und die klaren Linien der Wände kontrastierten damit wunderschön. Jillians persönlicher Geschmack war komfortabel und modern, und die Farben im Haus spiegelten die Farben der Hügellandschaft draußen wider: warmes Blattgrün, reichhaltige, erdfarbene Töne, weiche, abgeschwächte Cremefarben und Anflüge von tiefem Marineblau.

Fast die gesamte Rückseite des zweistöckigen Gebäudes bestand aus Glas und besaß einen herrlichen Ausblick. Das Mondlicht spiegelte sich auf dem Wasser der Bucht, und in der Ferne konnte ich die Lichter von San Francisco sehen.

Mir kamen die Tränen, als ich das Heim sah, das sie und

Benjamin für sich selbst geschaffen hatten, und als ich sie ansah, fiel mir die Begeisterung in ihrem Blick auf. „Es ist perfekt", flüsterte ich, und sie umarmte mich fest.

Sophia und Mimi schwärmten mit Jillian, als ein Kellner uns je ein Glas Champagner brachte. Als Jillian uns allein ließ, um sich ihren anderen Gästen zu widmen, machten wir uns auf den Weg zu einer der vielen Terrassen, um eine Bestandsaufnahme zu machen. Ober übergaben uns Tabletts, und wir knabberten an gerösteten Garnelen und nippten an unserem Champagner, während wir die Menge nach bekannten Gesichtern absuchten. Natürlich waren viele von Jillians Kunden anwesend, und ich wusste, dass ich heute ein wenig Arbeit mit meinem Vergnügen mischen würde, aber momentan war ich zufrieden, meine delikaten Schrimps zu verspeisen und Sophia und Mimi zuzuhören, wie sie die Männer abcheckten.

„Sophia, ich sehe da drüben einen Cowboy für dich – nein, nein, warte. Er ist schon an einen anderen Cowboy vergeben. Machen wir weiter." Mimi seufzte und setzte ihre Suche fort.

„Ich hab ihn! Ich habe deinen Schatz für heute Nacht entdeckt, Mimi", flüsterte Sophia begeistert.

„Wo? Wo?", flüsterte Mimi zurück und versteckte ihren Mund hinter einer Garnele.

Ich rollte mit den Augen und schnappte mir ein weiteres Glas Champagner, als ein Kellner mit einem Tablett vorbeiging.

„Drinnen. Siehst du ihn? Da drüben, bei der Mediterraninsel. Schwarzer Pullover und khakifarbene Hosen. Himmel, der ist ein Riese ... Hm, hat auch schöne Haare." Sophia verengte die Augen.

„Der mit dem lockigen braunen Haar? Ja, damit kann ich was anfangen." Mimi hatte ihr Ziel entdeckt. „Schaut euch an, wie groß er ist. Aber, Moment, wer ist denn der Hübsche, mit dem er da redet? Wenn nur diese Tussi aus dem Weg gehen würde", murmelte Mimi und zog eine Augenbraue in die Höhe, bis die erwähnte Tussi endlich weiterging und uns einen freieren Blick auf unser Gesprächsthema gewährte.

Ich sah auch hinüber, und als der Weg zu ihnen frei wurde, standen die beiden Männer, die im Gespräch waren, direkt in unserem Blickfeld. Der große Mann war, nun, groß. Hochgewachsen und breitschultrig – fast schon perfekte Schultern, wie für einen Linebacker. Sein Pullover stand ihm hervorragend, und als er lachte, strahlte sein ganzes Gesicht. Ja, er war auf jeden Fall Mimis Typ.

Der andere Mann hatte lockiges blondes Haar, das er ständig hinter seine Ohren schob. Er trug eine Brille, die ihm sehr gut stand. Er war groß und schlank und wirkte ernst, fast schon klassisch gut aussehend. Dieser Kerl war eine Mischung aus Nerd und Geek und darin einfach großartig, sodass Sophia bei seinem Anblick der Atem stockte.

Während wir weiter beobachteten, schloss sich ihnen ein dritter Mann an, und wir lächelten. Benjamin. Wir marschierten sofort in die Küche, um unserem Lieblingsmann auf diesem Planeten Hallo zu sagen. Zweifellos waren Sophia und Mimi auch begeistert, dass Benjamin ihnen die Herren vorstellen konnte. Ich sah zu, wie die beiden gleichzeitig einige Vorbereitungen trafen. Mimi kniff sich in die Wangen, wie Scarlett O'Hara, und ich bemerkte, wie Sophia rasch ihren BH richtete. Diese armen Jungs würden nie im Leben erahnen, was sie getroffen hatte.

Benjamin entdeckte uns, als wir uns auf dem Weg zu ihm befanden, und lächelte. Die Männer öffneten ihren Gesprächskreis, um uns einzulassen, und Benjamin schloss uns drei in einer Bärenumarmung in die Arme.

„Meine drei Lieblingsdamen! Ich hatte mich schon gefragt, wann ihr auftauchen würdet. Wie immer modisch spät", neckte er uns, und wir kicherten.

Benjamin hatte immer diese Auswirkung auf uns. Er verwandelte uns in alberne Schulmädchen.

„Hi, Benjamin", sagten wir im Chor, und mir fiel auf, dass wir uns wie *Drei Engel für Benjamin* anhörten.

Der Große und Brille grinsten ebenfalls und warteten vermutlich auf die Vorstellungsrunde, während wir drei Benjamin anstarrten. Das Alter stand ihm gut. Gewelltes braunes Haar, das an den Schläfen langsam grau wurde. Er trug Jeans, ein dunkelblaues Hemd und alte Cowboystiefel. Er sah aus, als ob er direkt von einem Ralph Lauren-Laufsteg hierher gekommen wäre.

„Erlaubt mir, euch vorzustellen. Caroline arbeitet mit Jillian zusammen, und Mimi und Sophia sind ihre … wie nennt ihr das? BFFs?" Benjamin lächelte und deutete auf mich.

„Wow, Beste Freundinnen für immer? Wer hat dir den Ausdruck beigebracht, Opi?" Ich lachte und reichte dem Großen meine Hand. „Hallo, ich bin Caroline. Schön, dich kennenzulernen."

Er umfasste meine Finger mit seiner Pranke. Mimi würde bei dem hier den Verstand verlieren. Sein Blick zeigte, wie sehr er sich amüsierte, als er auf mich hinunter lächelte.

„Hey, Caroline. Ich bin Neil. Und mein Handlanger hier ist Ryan", sagte er und nickte über seine Schulter zu Brille.

„Danke, erinnere mich daran, wenn du das nächste Mal dein Mailpasswort vergessen hast."

Ryan lachte gutmütig und streckte mir die Hand entgegen. Ich schüttelte sie und bemerkte, was für ein strahlendes Grün seine Augen hatten. Wenn Sophia mit diesem Kerl Kinder bekommen würde, würden sie verboten gut aussehen.

Ich setzte die Vorstellungen fort, als Benjamin wegging. Wir redeten ein wenig, und ich kicherte, als die vier ihren kleinen Kennenlern-Tanz vollführten.

Neil entdeckte jemanden hinter mir, den er kannte, und rief: „Hey, Parker, schwing deinen Arsch hier rüber und lern unsere neuen Freunde kennen."

„Ich komm ja schon", hörte ich eine Stimme hinter mir.

Ich drehte mich um, um zu sehen, wer sich unserer Gruppe anschloss. Das Erste, was ich sah, war Blau. Ein blauer Pullover, blaue Augen. Blau. Wunderschönes Blau. Dann sah ich rot, als ich erkannte, zu wem das Blau gehörte.

„Verfluchtes Wandbeben", zischte ich und fühlte mich wie auf der Stelle festgefroren.

Sein Grinsen verrutschte, als er einen Moment überlegte, woher er mich kannte. „Das verfluchte rosa Nachthemdchen", erkannte er schließlich. Er zog eine Grimasse.

Wir starrten uns an und schäumten vor Wut. Die Luft zwischen uns fühlte sich elektrisch an und knisterte. Die vier hinter uns waren verstummt und hatten sich unsere Begrüßung angehört. Dann begriffen sie.

„Das ist Wandbeben?", kreischte Sophia.

„Moment mal, das ist das rosa Nachthemdchen?"

Neil lachte, und Mimi und Ryan schnaubten vor Lachen. Mein Gesicht fühlte sich flammend rot an, als mir klar wurde, was das bedeutete, und Simons höhnisches Lächeln wurde zu diesem verdammten Grinsen, das ich in jener Nacht im Flur gesehen hatte – als ich an seine Tür gehämmert, ihn dazu gezwungen hatte, die Finger von Kicherliese zu lassen, und ihn angeschrien hatte. Als ich ein gewisses Etwas getragen hatte …

„Rosa Nachthemdchen. Rosa Nachthemdchen!", presste ich hervor. Ich war mehr als angefressen. Mehr als zornig. Ich befand mich mitten in Wutentbranntstadt. Ich starrte ihn an und ließ meine gesamte Anspannung in diesen einen Blick einfließen. All diese schlaflosen Nächte, verlorenen Os, kalte Duschen, Bananenstöße und gnadenlosen feuchten Träume flossen in diesen Blick. Ich wollte ihn mit meinen Augen platt machen, ihn um Gnade flehen sehen. Aber nein … Nicht Simon, den Vorsitzenden des Internationalen Orgasmushauses.

Er.

Grinste.

Immer.

Noch.

Kapitel 6

Wir starrten uns an. Wellen von Wut und Verstimmung wogten zwischen uns hin und her. Wir starrten uns böse an – er mit diesem höhnischen Grinsen und ich mit meinem herablassenden Blick –, bis mir klar wurde, dass unsere Zuschauer wieder einmal verstummt waren, gemeinsam mit allen anderen Gästen in der Küche. Ich blickte an meinem Nachbarn vorbei und entdeckte Jillian, die neben Benjamin stand und neugierig das Ganze beobachtete. Zweifellos wunderte sie sich, warum ihr Protegé sich mitten in ihrer Hauseinweihungsparty ein Starrduell mit einem der anderen Gäste lieferte.

Moment – woher zum Teufel kannte sie Simon? Warum war er überhaupt hier?

Ich spürte eine kleine Hand auf meiner Schulter und drehte mich rasch um.

„Nimm den Finger vom Abzug, Cowboy. Du solltest in Jillians Wohnung nicht die Beherrschung verlieren, okay?", flüsterte Mimi und lächelte Simon scheu an.

Ich warf ihr einen Blick zu und drehte mich wieder zu Simon um, zu dem sich gerade unsere Gastgeber gesellt hatten.

„Caroline, ich wusste nicht, dass du Simon kennst. Was für eine kleine Welt das doch ist!", rief Jillian und schlug die Hände begeistert zusammen.

„Ich würde nicht behaupten, dass ich ihn kenne, aber ich kenne seine Arbeit", erwiderte ich durch zusammengebissene Zähne.

Mimi tanzte wie ein kleines Kind, das ein Geheimnis kannte, in einem kleinen Kreis um uns herum. „Jillian, du wirst es nicht glauben, aber …", begann sie, wobei ihre Stimme nicht über ihre nur mühsam verborgene Schadenfreude hinwegtäuschte.

„Mimi …", warnte ich sie.

„Simon ist Simon von nebenan! Simon Wandbeben!", rief Sophia und packte Benjamin am Arm.

Ich bin sicher, dass sie das nur machte, um Benjamin berühren zu können.

„Verdammt", hauchte ich, als Jillian diese Information verdaute.

„Ihr verarscht mich doch", wisperte sie und schlug sich die Hand vor den Mund.

Normalerweise versuchte Jillian, sich wie eine Lady zu verhalten. Benjamin blinzelte verwirrt, und Simon besaß den Anstand, ein wenig zu erröten.

„Arschloch!", formte ich mit den Lippen.

„Schwanzblockade", formten seine Lippen und sein höhnisches Grinsen kehrte mit aller Macht zurück.

Ich schnappte nach Luft. Ich ballte meine Hände zu Fäusten und bereitete mich darauf vor, ihm deutlich zu sagen, was er mit seiner Schwanzblockade anstellen konnte, als Neil sich einmischte.

„Benjamin, erinnerst du dich? Die Kleine hier ist das rosa Nachthemdchen! Man glaubt es kaum, oder?"

Er lachte, während Ryan sich bemühte, ein ernstes Gesicht zu machen. Benjamins Augen weiteten sich, und er zog eine Augenbraue hoch. Simon verschluckte ein Lachen.

„Rosa Nachthemdchen?", fragte Jillian, und Benjamin beugte sich zu ihr, um ihr zu versprechen, dass er das alles später erklären würde.

„Okay, das reicht jetzt!", rief ich und zeigte auf Simon. „Du! Auf ein Wort", fauchte ich und packte ihn am Arm. Ich zerrte ihn hinaus und zog ihn auf einen der Pfade, die vom Haus wegführten. Er stolperte mir nach. Meine Stöckelschuhe legten ein rasches Stakkato auf dem Boden vor.

„Himmel, mach mal langsamer!"

Meine Antwort bestand darin, meine Fingernägel in seinen Arm zu graben, was ihn zu einem kurzen Aufschrei inspirierte. Gut.

Wir kamen an einer kleinen Einbuchtung an, die etwas weiter vom Haus und der Party entfernt war – weit genug, damit niemand ihn schreien hören würde, wenn ich ihm die Eier vom Leib riss. Ich ließ seinen Arm los, drehte mich zu ihm um und zeigte mit dem Finger auf sein überraschtes Gesicht.

„Du hast ja Nerven, jedem von mir zu erzählen, du Arsch! Rosa Nachthemdchen? Im Ernst?" Ich legte eine eindrucksvolle Flüster-Schreieinlage hin.

„Hey, ich könnte dir die gleiche Frage stellen! Warum nennen mich alle Frauen da drin Wandbeben, hä? Wer tratscht hier herum?"

Zugegeben, er konnte mit meinem Flüster-Schreien mithalten.

„Schwanzblockade? Nur, weil ich mich geweigert habe, dir eine weitere Nacht zuzuhören, wie du und dein Harem sich vergnügen, macht mich das noch lange nicht zu einer Schwanzblockade!"

„Geschuldet der Tatsache, dass dein Hämmern an meiner Tür meinen Schwanz abgehalten hat, seine Arbeit zu machen, bist und bleibst du wirklich eine Schwanzblockade. Schwanzblockade!"

Diese gesamte Unterhaltung begann einer Diskussion in der vierten Grundschulklasse zu ähneln – abgesehen von den vielen Erwähnungen von Nachthemden und Schwänzen.

„Jetzt hör mir mal zu, Mister", sagte ich und versuchte mich an einer etwas erwachseneren Tonlage. „Ich werde keine weitere Nacht damit verbringen, dir zuzuhören, wie du versuchst, den Kopf einer weiteren Frau allein mit der Kraft deines Schwanzes durch meine Wand zu treiben! Nein, Mister!" Ich zeigte mit dem Finger auf ihn.

Er packte ihn. „Was ich auf meiner Seite der Wand treibe, ist meine Sache. Lass uns das mal klarstellen. Und warum interessierst du dich überhaupt so sehr für mich und meinen Schwanz?"

Es war dieses Grinsen, dieses verdammte Grinsen, das mich in den Wahnsinn trieb. Das und die Tatsache, dass er immer noch meinen Finger festhielt.

„Es ist meine Sache, wenn du und dein Sex-Zug jede Nacht gegen meine Wand donnern!"

„Du bist wirklich darauf fixiert, nicht? Wünschst du dir, du wärst auf der anderen Seite der Wand? Würdest du gern auf diesen Sex-Zug aufspringen, Nachthemdchen?" Er lachte leise, während er mit seinem Finger vor meinem Gesicht wedelte.

„Okay, das reicht jetzt", knurrte ich. Ich packte seinen Finger, was uns sofort aneinandergeraten ließ. Wir mussten zwei Holzfällern ähneln, die versuchten, einen Baum zu fällen. Wir kämpften uns vor und zurück – es war mehr als lächerlich. Wir schnauften und prusteten beide, versuchten die Oberhand zu gewinnen und weigerten uns, aufzugeben.

„Warum bist du nur so eine arschige männliche Schlampe?", fragte ich. Mein Gesicht war nur wenige Zentimeter von seinem entfernt.

„Warum bist du nur so eine Schwanz blockierende Zicke?", fragte er zurück, und als ich meinen Mund öffnete, um ihm genau zu erklären, was ich dachte, küsste mich dieser Mistkerl.

Er küsste mich.

Drückte seine Lippen auf meine und küsste mich. Unter dem Mond und den Sternen, mit dem Klang der Wellen und den zirpenden Grillen im Hintergrund. Meine Augen waren immer noch offen und starrten wütend in seine. Seine Augen waren so blau, dass meine Aussicht der auf zwei zornige Ozeane ähnelte.

Er zog sich zurück, aber unsere Finger waren immer noch ineinander verzahnt. Ich ließ seine Hand los und schlug ihm ins Gesicht. Er wirkte schockiert – noch schockierter aber, als ich seinen Pullover packte und ihn näher zog. Ich küsste ihn, diesmal mit geschlossenen Augen. Meine Hände waren mit Wolle gefüllt, und meine Nase füllte sich mit seinem Geruch.

Verdammt, roch er gut.

Seine Hände glitten um meine Taille, und sobald er mich berührte, begriff ich, wo ich war und was ich tat.

„Verdammt", sagte ich und entzog mich ihm. Wir starrten uns an, und ich wischte mir über die Lippen. Ich begann wegzugehen, drehte mich dann aber rasch zu ihm um. „Das hier ist nie passiert, klar?" Ich deutete wieder auf ihn.

„Was immer du sagst." Er schmunzelte, und ich fühlte, wie mein Temperament wieder mit mir durchging.

„Und hör auf mit diesem rosa Nachthemdchen-Zeug, okay?" Ich bemühte wieder meine Flüster-Schrei-Stimme und wandte mich dann ab, um den Weg hinunter zu gehen.

„Bis ich deine anderen Nachthemden sehe, werde ich dich so nennen", kam seine Retourkutsche, und ich stolperte fast.

Ich strich mein Kleid glatt und kehrte auf die Feier zurück. Unglaublich.

„Also habe ich dem Kerl gesagt, dass ich ihm auf keinen Fall sein ‚Spielzimmer' neu organisieren werde. Der kann sich seine Reitgerten selbst sortieren!", rief Mimi, und wir alle lachten.

Sie konnte Geschichten erzählen wie niemand sonst und besaß die Gabe, eine Gruppe um sich zu scharen, besonders, wenn es sich um Fremde handelte, die sich gerade erst kennenlernten.

Als sich die Party ihrem Ende näherte, hatten sich meine Mädchen und Simons Jungs um ein Lagerfeuer auf einer der Terrassen versammelt. Es war tief in den Boden eingelassen und mit Fliesen abgegrenzt, und Bänke waren außen herum angebracht. Das Feuer knisterte fröhlich, und wir lachten, tranken und erzählten Geschichten. Und damit meine ich, dass Mimi, Sophia, Neil und Ryan Geschichten erzählten und Simon und ich uns über die Flammen hinweg böse anstarrten. Durch die Funken konnte ich mir vorstellen, dass er in den Flammen der Hölle röstete, wenn ich die Augen ein wenig verengte.

„Okay, werden wir über den unsichtbaren Elefanten, der im Raum steht, sprechen?", fragte Ryan, zog die Knie an und stellte sein Bier auf die Bank neben sich.

„Welcher Elefant sollte das sein?", fragte ich in süßlichem Ton und nippte an meinem Wein.

„Oh, bitte! Die Tatsache, dass der Kerl, der das Kopfteil von deinem Bett zum Beben bringt, der heiße Typ da drüben ist, Mädel!"

Mimi quietschte und kippte fast ihren Drink in Neils Gesicht. Er lachte mit ihr, nahm ihr aber das Glas aus der Hand, bevor sie wirklichen Schaden damit anrichten konnte.

„Da gibt es nichts zu bereden", sagte Simon. „Ich habe einen neuen Nachbarn. Ihr Name ist Caroline. Das ist alles."

Er nickte und beobachtete mich über das Feuer hinweg. Ich zog meine Augenbraue nach oben und nippte erneut an meinem Wein.

„Also, ich finde es nett, zu wissen, dass das rosa Nachthemdchen einen Namen hat. Deine Beschreibung von ihr war … Wow! Ich war nicht sicher, ob du echt bist, aber du bist genauso heiß, wie er gesagt hat."

Neil nickte mir anerkennend zu und versuchte, Simon die Faust durch die Flammen zum Abklatschen hinzustrecken, bevor ihm klar wurde, wie heiß sie waren.

Mein Blick schoss zu Simon. Er zog eine Grimasse bei der Beschreibung. Interessant.

„Also wart ihr die Kerle, die heute auf der anderen Seite das Bett gegen die Wand gedonnert haben? Die sich Guns N' Roses angehört haben?", fragte Sophia und stupste Ryan an.

„Dann wart ihr die Ladys, die mitgesungen haben, nehme ich an?" Er stupste sie mit einem Lächeln zurück.

„Die Welt ist klein, nicht?" Mimi seufzte und blickte zu Neil hoch.

Er zwinkerte ihr zu, und mir wurde rasch klar, wohin das alles laufen würde. Sie hatte ihren Riesen, Sophia ihren gut aussehenden Nerd, und ich meinen Wein. Letzterer wurde von Sekunde zu Sekunde weniger. „Entschuldigt mich", murmelte ich und stand auf, um einen Kellner zu suchen.

Ich ging im Haus durch Gruppen sich langsam verabschiedender Gäste und nickte ein paar Leuten zu, die ich erkannte. Ich nahm ein weiteres Glas Wein an mich und ging wieder hinaus. Ich näherte mich dem Feuer, als ich Mimi sagen hörte: „Und ihr hättet hören sollen, wie Caroline uns von der Nacht erzählt hat, als sie an seine Tür gehämmert hat."

Sophia und Mimi rutschten näher aneinander und sagten atemlos: „Er … war … immer … noch … hart!"

Sie brachen alle in Gelächter aus. Ich musste daran denken, dass ich diese Mädels morgen umbringen musste – und zwar langsam und schmerzhaft.

Ich stöhnte angesichts dieser öffentlichen Demütigung und fuhr herum, um in den Garten zu marschieren, als ich Simon in den Schatten stehen sah. Ich versuchte zurückzuweichen, bevor er mich erkannte, aber er winkte.

„Komm schon, komm schon. Ich beiße nicht", spottete er.

„Ja, sicher. Vermutlich nicht."

Ich ging zu ihm. Wir standen schweigend in der Nacht. Ich blickte hinaus auf die Bucht und genoss die Stille.

Dann sprach er. „Also, ich habe mir gedacht, da wir Nachbarn sind …"

Ich drehte mich zu ihm. Er bedachte mich mit einem kleinen sexy Grinsen, und ich wusste, das war genau seine Technik, um Frauen rumzukriegen und sie dazu zu bringen, für ihn aus ihren Höschen zu springen. Ha! Er hatte ja keine Ahnung, dass ich heute gar keins trug. „Du hast dir was gedacht? Dass ich mal mitmischen wollen würde? Anschauen wollen würde, worum so viel Wirbel gemacht wird? Auf den Zug aufspringen würde? Schatz, ich habe kein Interesse daran, eines deiner Betthäschen zu werden", antwortete ich und funkelte ihn an.

Er sagte nichts.

„Na?" Ich tappte ungeduldig mit dem Fuß. Der Typ hatte Nerven.

„Eigentlich wollte ich sagen, ob wir, da wir Nachbarn sind, vielleicht einen Waffenstillstand ausrufen könnten", sagte er leise und sah mich irritiert an.

„Oh." Das war alles, was ich sagen konnte.

„Oder auch nicht", schloss er und ging weg.

„Warte, warte, warte, Simon!" Ich stöhnte und packte ihn am Handgelenk, als er sich an mir vorbei schob.

Er blieb stehen und bedachte mich mit einem grimmigen Blick.

„Ja, okay. Waffenstillstand. Aber es sollte ein paar Grundregeln geben."

Er verschränkte die Arme vor der Brust. „Ich sollte dich vorwarnen, dass ich es nicht mag, wenn Frauen mir sagen, was ich tun soll."

„Nicht, nach dem, was ich mitbekommen habe", murmelte ich, aber er hörte es dennoch.

„Das ist etwas anderes." Seine Keckheit kam wieder zum Vorschein.

„Okay. Folgendes: Du kannst deinen Spaß haben, dein Ding machen, meinetwegen auch King Kong mit dem Deckenventilator spielen – mir egal. Aber muss das mitten in der Nacht sein? Könnten wir uns darauf einigen, dass es bei einem abgedämpften Brüllen bleibt? Bitte? Ich brauche meinen Schlaf."

Er überlegte einen Moment. „Ja, ich verstehe das Problem. Aber weißt du, im Grunde weißt du gar nichts über mich und sicherlich auch nichts über mich und meinen ‚Harem', wie du es nennst. Ich muss meine Lebensweise oder die Frauen darin dir gegenüber nicht rechtfertigen. Also bitte keine fiesen Anschuldigungen mehr, okay?"

„Einverstanden. Übrigens, ich wusste die Stille die Woche über zu schätzen. Ist etwas passiert?"

„Was meinst du?", fragte er, als wir zur Gruppe zurückkehrten.

„Ich dachte, dass du vielleicht im Dienst für das Vaterland verletzt worden bist. Dein Schniedel abgebrochen ist, oder so was", witzelte ich, stolz auf mich, dass ich meine auf ihn zugeschnittene Bemerkung noch einmal anbringen konnte.

„Unglaublich. Du glaubst wohl wirklich, dass das alles ist, was ich bin, oder?", gab er zurück. Sein Gesichtsausdruck hatte sich wieder verfinstert.

„Ein Schniedel? Ja, glaube ich!"

„Also hör mal …"

Neil tauchte aus dem Nichts vor uns auf. „Nett, dass ihr zwei euch so gut vertragt", rügte er und tat so, als ob er Simon zurückhielt.

„Lass stecken, Nachrichtenmann", murmelte Simon, während die anderen erschienen und sich wieder paarweise vor uns stellten.

„Musst du mich immer so nennen?"

Sophia wirbelte zu Neil herum. „Nachrichtenmann! Moment mal, du bist der Nachrichtensprecher für lokalen Sport auf NBC, nicht wahr? Hab ich recht?"

Ich sah, wie seine Augen aufleuchteten. Sophia mochte ja klassische Musik lieben, aber sie war auch ein Riesenfan der 49ers. Ich war ziemlich sicher, dass die 49ers ein Football-Team waren.

„Ja, das bin ich. Schaust du viel Sport?", fragte er und beugte sich zu ihr, was Mimi mitriss.

Da sie so an seinem Arm hing, war das unvermeidbar. Sie

stolperte ein wenig, und Ryan kam ihr zu Hilfe. Sie lächelten sich an, während Sophia und Neil weiter über Football redeten. Ich hüstelte, um sie daran zu erinnern, dass ich noch da war.

„Caroline, wir werden uns verabschieden." Sophia kicherte und lehnte nun an Ryans Arm.

Ich bedachte Simon ein letztes Mal mit einem bösen Blick, dann stakste ich zu den Mädchen. „Gut. Ich hatte genug Spaß für einen Abend. Ich werde den Wagen ordern, und wir können in ein paar Minuten verschwinden." Ich griff in meine Tasche, um mein Handy herauszunehmen.

„Eigentlich hat uns Neil von dieser großartigen kleinen Bar erzählt, und wir wollten da noch einkehren. Wollt ihr zwei mitkommen?", sagte Mimi und hielt mich auf. Sie drückte meine Hand, und ich sah, dass sie fast unmerklich den Kopf schüttelte.

„Nein?", sagte ich und hob die Augenbrauen.

„Großartig! Unser altes Wandbeben hier wird dafür sorgen, dass du gut heimkommst", sagte Neil und schlug Simon hart auf den Rücken.

„Ja, sicher", sagte er durch zusammengebissene Zähne.

Bevor ich auch nur blinzeln konnte, waren die vier unterwegs zum Hügellift und winkten ihre Verabschiedung Richtung Benjamin und Jillian, die nur lachten und sich gegenseitig gratulierten.

Wandbeben und ich starrten uns an, und ich fühlte mich auf einmal sehr erschöpft. „Waffenstillstand?", fragte ich müde.

„Waffenstillstand." Er nickte.

Wir verließen die Party gemeinsam. Wir fuhren zurück über die Brücke, umgeben vom nächtlichen Nebel und der Stille.

Er hatte die Tür für mich geöffnet, als ich mich dem Landrover genähert hatte – vermutlich ein verinnerlichtes Training durch seine Mutter. Seine Hand hatte auf meinem Rücken gelegen, als ich eingestiegen war, und dann war sie verschwunden und er auf seiner Seite, bevor ich eine Chance hatte, eine spitze Bemerkung zu machen. Vielleicht war das am besten. Immerhin hatten wir uns auf einen Waffenstillstand geeinigt. Der zweite Waffenstillstand innerhalb von wenigen Minuten. Ich konnte jetzt schon sagen, dass das alles übel enden würde. Aber ich würde mich dennoch bemühen. Ich konnte mich nachbarschaftlich verhalten, nicht wahr?

Nachbarschaftlich. Ha! Dieser Kuss war alles andere als nachbarschaftlich gewesen. Ich versuchte mit allen Mitteln, nicht daran zu denken, aber er tauchte immer wieder in meinen Gedanken auf. Ich presste meine Finger an meine Lippen, ohne dass es mir wirklich auffiel, und erinnerte mich an das Gefühl seines Mundes auf meinem. Sein Kuss war fast eine Herausforderung – ein Versprechen dessen, was folgen konnte, wenn ich es erlauben würde.

Mein Kuss? Der war Instinkt gewesen, was mich ehrlich gesagt überrascht hatte. Warum hatte ich ihn geküsst? Ich hatte keine Ahnung, aber ich hatte es getan. Es hatte mit Sicherheit absolut lächerlich ausgesehen. Ich hatte ihn geohrfeigt und dann geküsst, wie in einer Szene aus einem alten Cary Grant-Film. Ich hatte mich mit meinem ganzen Körper in diesen Kuss geworfen und alle meine weiblichen Stellen gegen seine starken, männlichen Stellen gepresst. Mein Mund hatte seinen gesucht, und sein Kuss war genauso eifrig geworden wie meiner. Es war keine märchenhafte Musik erklungen, aber es war etwas da gewesen. Und es war an meine Hüfte gepresst rasch härter geworden.

Ich kehrte in die Gegenwart zurück, als er mit den Radiosendern spielte. Er schien sich auf die Musik zu konzentrieren, als wir über die Brücke fuhren, was mich ziemlich nervös machte.

„Darf ich dir damit helfen? Bitte?", fragte ich und warf dem Wasser unter uns einen nervösen Blick zu.

„Nein, danke, ich hab's schon", sagte er und sah mich an.

Ihm musste aufgefallen sein, wie ich über das Geländer der Brücke schielte, und er lachte.

„Okay, sicher. Kümmere dich drum. Ich meine, du kennst jedes Wort in *Welcome to the Jungle*, also könntest du etwas Gutes aussuchen", forderte er mich heraus.

Er wandte seine Aufmerksamkeit wieder der Straße zu, aber selbst von der Seite konnte ich sein beeindrucktes Grinsen sehen, das sein Kinn wie aus dem heißesten Stück Granit, das jemals das Licht der Sonne erblickt hatte, gemeißelt wirken ließ – und ich hasste es, das zugeben zu müssen.

„Ich bin sicher, dass ich etwas finden kann." Ich griff über seinen Arm hinweg, während er ihn zurückzog und dabei mit der Hand die Unterseite meiner Brust berührte. Wir zuckten beide zusammen. „Hey, was wird das? Eine Fummelsession?", fauchte ich und wählte einen Titel.

„Du hast mir doch deine Brüste in die Hand gedrückt", fauchte er zurück.

„Ich glaube, deine Hand hat sich einfach in die Flugbahn meiner zwei Mädels verirrt, aber kein Problem. Du bist sicher nicht der Erste, den diese himmlischen Wesen in ihre Umlaufbahn gezogen haben." Ich seufzte dramatisch und beobachtete ihn aus den Augenwinkeln, um herauszufinden, ob er wusste, dass ich einen Witz machte. Seine Mundwinkel hoben sich zu einem Grinsen, und ich erlaubte mir selbst ein kleines Lächeln.

„Ja, himmlisch. Das war das Wort, das ich benutzen wollte. Also nicht von dieser Welt. Also durch Engel unterstützt. Also herzlichen Dank an Victoria's Secret." Er grinste, und ich tat so, als ob ich schockiert wäre.

„Oh, nein. Du kennst das Geheimnis aller Frauen? Und ich dachte, wir dummen Mädchen hätten euch alle hinters Licht geführt." Ich lachte und lehnte mich in meinem Sitz zurück. Wir hatten die Brücke überquert und kehrten jetzt in die Stadt zurück.

„Ich lasse mich nicht so leicht hinters Licht führen, besonders wenn es um das andere Geschlecht geht", erwiderte er, als die Musik anfing. Er nickte meine Wahl ab. „*Too Short*? Interessante Wahl. Nicht viele Frauen hätten das ausgesucht."

„Na ja, ich fühle mich heute Nacht sehr nach Bay Area. Und ich sollte dir sagen, dass ich nicht wie die meisten Frauen bin." Ich fühlte, wie sich ein weiteres Grinsen auf meinem Gesicht breitmachte.

„Ich fange an, das zu begreifen", sagte er.

Wir schwiegen für ein paar Minuten, dann fingen wir plötzlich gleichzeitig an zu reden.

„Was denkst du über …", begann ich.

„Glaubst du, dass sie alle …", sagte er.

„Fang du an." Ich gluckste.

„Nein, was wolltest du sagen?"

„Ich wollte fragen, was du von unseren Freunden heute Abend hältst."

„Genau das wollte ich auch sagen. Ich kann nicht glauben, dass sie einfach abgehauen sind und uns zurückgelassen haben!"

Er lachte, und ich konnte nicht anders als mitlachen. Er hatte ein großartiges Lachen.

„Ich weiß, aber meine Mädchen wissen, was sie wollen. Ich hätte keine besseren Jungs für sie entwerfen können. Sie sind genau das, wonach sie gesucht haben." Ich lehnte mich gegen das Fenster, damit ich beobachten konnte, wie er durch die hügeligen Straßen navigierte.

„Ja, Neil hat eine Schwäche für asiatische Frauen – und ich schwöre, dass sich das in meinem Kopf gerade weniger versaut angehört hat. Und Ryan liebt langbeinige Rothaarige."

Er lachte wieder und warf mir einen Blick zu, um abzuschätzen, ob ich den Kommentar über die Rothaarigen in Ordnung fand. Tat ich. Sie war langbeinig.

„Ich bin sicher, ich werde morgen sämtliche Details darüber erfahren, welchen Eindruck sie auf meine Mädels gemacht haben. Ich werde den vollen Bericht erhalten, keine Sorge." Ich seufzte. Mein Telefon würde aus der Station springen wegen des vielen Klingelns.

Stille legte sich wieder über uns, und ich fragte mich, was ich als Nächstes sagen sollte.

„Woher kennst du Benjamin und Jillian?", fragte er und erlöste mich damit aus meiner persönlichen Small-Talk-Hölle.

„Ich arbeite für Jillian. Ich bin Innendekorateurin."

„Moment. Warte mal, du bist *die* Caroline?", fragte er.

„Ich hab keine Ahnung, was das heißen soll." Ich fragte mich, warum er mich anstarrte.

„Verdammt, die Welt ist wirklich klein", rief er und schüttelte den Kopf, wie um ihn klarzubekommen.

Er war still, während ich mich in einem Mini-Fegefeuer wand.

„Hey, könntest du mich mal aufklären? Was meinst du mit *die Caroline*?", fragte ich und gab ihm einen Klaps auf die Schulter.

„Na ja ... es ist nur so, dass ... Jillian hat dich schon mal erwähnt. Belassen wir es dabei."

„Zum Teufel, nein! Wir werden es nicht dabei belassen. Was hat sie gesagt?" Ich schlug ihm noch einmal gegen die Schulter.

„Würdest du das sein lassen? Das tut weh."

Es gab viel zu viele Arten, wie ich diesen Kommentar beantworten konnte, daher hielt ich wohlweislich den Mund.

„Was hat sie über mich gesagt?", fragte ich schließlich ruhiger, besorgt, dass sie vielleicht etwas über meine Arbeitsweise gesagt hatte. Meine Nerven lagen bereits blank, und nun wurde schmerzhaft an ihnen gezupft.

Er sah zu mir. „Nein, nein, nicht so etwas", versicherte er rasch. „Es ist nichts Schlimmes. Es ist nur ... na ja ... Jillian mag dich. Und sie mag mich – was nur logisch ist, korrekt?"

Ich rollte mit den Augen, spielte aber mit.

„Und, na ja ... sie könnte ... ein paar Mal angedeutet haben ... ich solle dich treffen." Am Ende zwinkerte er mir zu, als ich seinen Blick erwiderte.

„Oh-oh!" Ich begriff, was er meinte. Ich errötete. Jillian, diese kleine, missratene Kupplerin. „Weiß sie vom Harem?", fragte ich.

„Würdest du damit aufhören? Nenn sie nicht den Harem. Du lässt das so schäbig klingen. Was, wenn ich dir sagen würde, dass diese drei Frauen mir sehr wichtig sind? Ich mag sie sehr gern. Die Beziehung, die ich mit ihnen habe, funktioniert für uns und niemand sonst muss das verstehen. Kapiert?"

Er lenkte den Landrover wütend an den Gehsteig vor unserem Gebäude. Ich schwieg, starrte auf meine Hände und beobachtete dazwischen, wie er sich durch sein bereits verstrubbeltes Haar fuhr. „Weißt du was? Du hast recht. Wer bin ich, dass ich sagen darf, was richtig oder falsch für andere ist. Wenn es für euch funktioniert, großartig. Weiter so. Mazel tov. Ich bin nur überrascht, dass Jillian mich mit dir verkuppeln wollte. Sie weiß, dass ich ein ziemlich altmodisches Mädchen bin, das ist alles."

Er grinste und bedachte mich mit der kompletten Stärke seiner blauen Augen. „Sie weiß nicht alles von mir. Ich sorge dafür, dass mein Privatleben privat bleibt – allerdings stellt meine Nachbarin mit den dünnen Wänden und der umwerfenden Nachtwäsche eine Ausnahme dar", sagte er mit tiefer Stimme, die alles zum Schmelzen bringen konnte.

Meinen Verstand auf jeden Fall, da ich plötzlich fühlte, wie er sich verabschiedete und in die Kernschmelze überging. „Außer der", murmelte ich.

Er ließ ein dunkles Lachen hören und stieg aus. Sein Blick blieb an meinem hängen, während er um das Auto herum ging und meine Tür öffnete. Ich kletterte heraus, nahm die Hand, die er mir anbot, und bemerkte fast nicht, wie er mit seinem rechten Daumen einen kleinen Kreis auf die Innenseite meiner linken Hand malte. Ich bemerkte es fast nicht – ja, klar! Es ließ meine Haut kribbeln und führte dazu, dass die kleine Caroline neugierig aufmerkte. Und meine Nerven? Die legten wie Feuerwerk in meinem Körper los.

Wir gingen in das Gebäude, und wieder einmal öffnete er die Tür für mich. Er war wirklich charmant, das musste ich ihm zugestehen.

„Woher kennst du Benjamin und Jillian?", fragte ich, als ich vor ihm die Stufen hinauf ging. Ich wusste, dass er meine Beine abcheckte, und warum sollte er nicht? Ich hatte ein großartiges Fahrgestell, das momentan durch den Rock meines Rüschenkleides in Szene gesetzt wurde.

„Benjamin ist seit Jahren ein Freund meiner Familie. Ich kenne ihn praktisch schon mein ganzes Leben. Er managt auch meine Investitionen", antwortete Simon, als wir den ersten Stock erreichten und den zweiten in Angriff nahmen.

Ich warf ihm über die Schulter einen Blick zu und bestätigte für mich, dass er meine Beine ansah. Ha! Erwischt. „Oh, deine Investitionen. Hast du ein paar Sparbriefe von deinen Geburtstagen auf die Seite gelegt, Dagobert?", neckte ich.

Er lachte leise. „Ja, so was in der Art."

Wir erklommen weiter die Stufen. „Es ist seltsam, meinst du nicht?", sagte ich.

„Seltsam?" Seine Stimme glitt über mich hinweg wie warmer Honig.

„Ich meine, dass Benjamin und Jillian uns beide kennen, wir uns auf der Party treffen und du derjenige bist, der mich all diese Wochen nachts unterhalten hat. Es ist wirklich eine kleine Welt, nehme ich an." Wir umrundeten die oberen Stufen, und ich zog meine Schlüssel hervor.

„San Francisco ist eine große Stadt, aber sie kann sich wie eine Kleinstadt anfühlen", sagte er. „Aber ja, es ist schon seltsam. Ein wenig faszinierend sogar. Wer hätte ahnen können, dass die nette Designerin, mit der mich Jillian verkuppeln wollte, das rosa Nachthemdchen war? Hätte ich das gewusst, wäre ich auf ihr Angebot vielleicht eingegangen." Das verdammte Grinsen stand ihm wieder im Gesicht.

Mist, warum hatte er nicht einfach ein Arsch bleiben können?

„Ja, aber das rosa Nachthemdchen hätte nein gesagt. Schließlich habe ich dünne Wände im Schlafzimmer." Ich zwinkerte, ballte die Faust und hämmerte an die Wand neben meiner Tür. Ich konnte Clive dahinter herumstreunen hören und musste hinein, bevor er zu krakeelen begann.

„Ah, ja, die dünnen Wände. Hmm … Gute Nacht, Caroline. Der Waffenstillstand steht noch, richtig?" Er drehte sich zu seiner Tür.

„Der steht noch, bis du etwas machst, das mich wieder wütend werden lässt." Ich lachte und lehnte mich an den Türrahmen.

„Oh, darauf kannst du zählen. Und wo wir gerade von dünnen Wänden reden …" Er öffnete seine Tür und sah zu mir. Er lehnte ebenfalls in seinem Türrahmen und hämmerte mit der Faust an die Wand.

„Ja?", fragte ich, ein wenig zu atemlos, meiner Meinung nach.

Das höhnische Grinsen erschien wieder, und er sagte: „Süße Träume." Er hämmerte noch einmal an die Wand, zwinkerte und ging hinein.

Äh. Süße Träume und dünne Wände. Süße Träume und dünne Wände …

Heilige Scheiße. Er hatte mich gehört.

Kapitel 7

Stups.
„Grrr."
Stups. Knet, knet. Stups.
„Genug."
Knet, knet, knet. Kopfstoß.
„Mir ist klar, dass du nicht weißt, wie man einen Kalender liest, aber du solltest wissen, wann Sonntag ist. Ehrlich, Clive!"
Schmerzhafter Kopfstoß.
Ich rollte mich herum, weg von Clives Kopfstößen und seinem insistierenden Stupsen, und zog mir die Decke über den Kopf. Rückblicke auf die gestrige Nacht erschienen vor meinem geistigen Auge. Simon in Jillians Küche, und die gegenseitige Vorstellung, die von aller Welt gehört worden war. Seine Freunde, die mich rosa Nachthemdchen genannt hatten. Benjamin, der eins und eins zusammenzählte, als er erfuhr, dass ich rosa Nachthemdchen war. Der Kuss mit Simon. Mmm, der Kuss mit Simon.
Nein, nichts da mit Küssen für Simon! Ich kuschelte mich tiefer unter die Decke.
Süße Träume und dünne Wände … Pure Scham durchflutete mich, als ich mich an seine Abschiedsworte erinnerte. Ich kroch noch tiefer unter die Decke. Mein Herz schlug schneller, als ich daran erinnert wurde, wie peinlich mir das gewesen war. Herz, beachte das Mädchen, das sich in die Decke eingegraben hat, gar nicht.
Die letzte Nacht war traumfrei gewesen, aber um sicherzugehen, dass niemand mich voller Leidenschaft schreien hörte, hatte ich mit laufendem Fernseher geschlafen. Die Neuigkeit, dass Simon gehört hatte, wie ich von ihm geträumt hatte, hatte mich so erschüttert, dass ich mich endlos durch die Kanäle gezappt hatte, um etwas zu finden, das sich nicht so anhörte, als ob ich meine eigene Version des feuchten Simontraums hatte. Am Ende war ich auf dem Shoppingkanal gelandet, der mich natürlich länger wachgehalten hatte als geplant. Alles, was sie verkauften, war faszinierend. Ich hatte

mir um drei Uhr früh das Telefon selbst aus den Fingern reißen müssen, als ich fast den Slap Chop, ein Küchengerät, gekauft hätte, und breiten wir bitte den Mantel des Schweigens über die halbe Stunde Lebenszeit, die ich nie wieder zurückbekommen werde, als ich Bowzer dabei zugesehen hatte, wie er versuchte, mir die Time Life-Sammlung der Lieder aus den 50er Jahren zu verkaufen.

Das alles mischte sich mit den Klängen von Tommy Dorsey, die durch die Wand drangen. Sie brachten mich zum Lächeln. Das kann ich nicht leugnen.

Ich streckte mich faul unter der Decke und unterdrückte ein Kichern, als ich beobachtete, wie der Schatten von Clive sich anschlich, um einen Weg hinein zu finden. Er versuchte jeden Winkel, während ich ihn abwehrte. Am Ende kehrte er wieder zu seinem Stups-Stups-Knet-Ansatz zurück, und ich streckte meinen Kopf hervor, um ihn auslachen zu können.

Ich konnte dieses Ding mit Simon managen. Ich musste mich nicht komplett schämen. Sicher, mein O war – vielleicht für immer – weg. Sicher, ich hatte Sexträume von meinem überaus attraktiven und viel zu selbstsicheren Nachbarn gehabt. Und, ja, besagter Nachbar hatte diese Träume gehört und kommentiert, sodass er das letzte Wort an diesem bereits äußerst bizarren Abend gehabt hatte.

Aber ich konnte damit umgehen. Natürlich konnte ich das. Ich würde es einfach zugeben, bevor er darüber etwas sagen konnte. Ihm also den Wind aus den Segeln nehmen. Er musste nicht immer das letzte Wort haben. Ich konnte mich hiervon erholen und unseren lächerlichen kleinen Waffenstillstand beibehalten.

Ich war total am Arsch.

Genau in diesem Moment hörte ich, wie der Wecker nebenan klingelte, und erstarrte. Dann fasste ich mich und schlüpfte wieder unter die Decke – nur meine Augen lugten heraus.

Moment mal. Warum versteckte ich mich? Er konnte mich nicht sehen.

Ich hörte, wie er den Wecker ausschlug und seine Füße auf dem Boden landeten. Warum stand er so früh auf? Wenn es still war, konnte man wirklich alles durch diese Wände hören.

Warum zum Teufel hatte ich nicht früher begriffen, dass er, wenn ich ihn hören konnte, auch mich hören konnte? Ich fühlte, wie mein Gesicht rot wurde, als ich wieder an meine Träume dachte, riss mich aber zusammen. Dabei erhielt ich Hilfe von Clive, der meinen Rücken mit dem Kopf anstieß, in dem Versuch, mich körperlich aus dem Bett zu befördern, damit ich ihm sein Frühstück richtete.

„Okay, okay, lass uns aufstehen. Himmel, du bist manchmal so ein kleiner Mistkerl, Clive."

Er feuerte eine Retourkutsche über seine Katzenschulter, als er in die Küche voranmarschierte.

Nachdem ich Mr. Clive gefüttert hatte und mir selbst eine Dusche gegönnt hatte, ging ich, um meine Mädchen zum Brunch zu treffen. Ich verließ das Gebäude und sah auf mein Handy, um einer Textnachricht von Mimi zu antworten, als ich mit einer nassen, heißen Simon-Wand zusammenstieß.

„Woah!", rief ich, als ich nach hinten fiel. Sein Arm fuhr nach vorn und fing mich, bevor ich mich, statt mich einfach nur peinlich berührt zu fühlen, auf meinem schmerzenden Hinterteil wiedergefunden hätte.

„Wohin rennst du denn so eilig am frühen Morgen?", fragte er, und ich sah ihn mir genauer an. Ein nasses weißes T-Shirt, schwarze Sportshorts, feuchtes lockiges Haar, iPod und ein Grinsen.

„Du schwitzt", brachte ich hervor.

„Passiert manchmal."

Er strich mit der Hand über seine Stirn, was seine Haare aufstellte. Ich musste förmlich die Neuronen in meinem Gehirn blockieren, um sie davon abzuhalten, meiner Hand den Auftrag zu geben, hochzugreifen und mit seinen Haaren zu spielen. Hochgreifen und spielen.

Er starrte auf mich herunter. Seine blauen Augen funkelten. Er würde das alles ziemlich peinlich machen, wenn ich nicht zuerst den gigantischen Sex-Elefanten erwähnte, der unsichtbar im Raum stand.

„Also, wegen letzter Nacht", begann ich.

„Was genau an letzter Nacht? Der Teil, an dem du mich über mein Sexleben ausgeschimpft hast? Oder der Teil, an dem du mein Sexleben deinen Freunden mitgeteilt hast?"

Er zog eine Augenbraue nach oben und hob sein T-Shirt, um sich über das Gesicht zu wischen. Ich sog den Atem ein, was sich wie ein Windtunnel anhörte, und starrte auf seine Bauchmuskeln, die deutlich sichtbar waren. Warum konnte er nicht einfach ein kleiner fetter Nachbar sein?

„Nein, ich meine den Witz, den du wegen der süßen Träume gemacht hast. Und die … na ja … die dünnen Wände", stammelte ich und mied seinen Blick.

Auf einmal fand ich die neue Farbe des Nagellacks an meinen Zehen besonders faszinierend. Sie war sehr hübsch.

„Ah ja, die dünnen Wände. Nun, das gilt auch umgekehrt, weißt du? Und wenn jemand, sagen wir mal, einen sehr interessanten Traum in einer bestimmten Nacht hat, nun, sagen wir einfach, das wäre sehr unterhaltsam", flüsterte er.

Meine Knie wurden ein wenig weich. Er und sein verdammtes Voodoo!

Ich musste mich wieder in den Griff bekommen. Ich wich einen Schritt zurück. „Ja, du könntest etwas gehört haben, von dem mir lieber gewesen wäre, du hättest es nicht gehört, aber so funktioniert es eben nicht immer. Also hast du mich erwischt. Aber du wirst mich nie wirklich erwischen, also machen wir einfach weiter. Verstanden? Und übrigens, Brunch."

Er sah verwirrt und zugleich amüsiert aus. „Und übrigens Brunch?"

„Brunch. Du hast gefragt, wohin ich heute Morgen unterwegs bin, und meine Antwort lautet Brunch."

„Ah, verstehe. Und du triffst deine Mädels, die mit meinen Jungs gestern Nacht ausgegangen sind?"

„Genau, und ich teile dir gern die neuesten Schlagzeilen mit, wenn sie halbwegs gut sind." Ich lachte und wand eine Locke um einen Finger. Wunderbar. Grundkurs Flirten. Was zum Henker war in mich gefahren?

„Oh, ich bin sicher, es werden großartige Schlagzeilen. Diese zwei sehen aus, als ob sie Männer zum Frühstück verspeisen", sagte er und wippte auf den Fußballen ein wenig zurück, als er begann, sich zu stretchen.

„Reden wir hier von Hannibal?"

„Nein, ich meine eher das Lied *Maneater* von Hall & Oates."
Er lachte mich von unten an, während er seine Oberschenkelmuskeln dehnte. Verdammt, er hatte sogar definierte Oberschenkelmuskeln!

„Nun, sie können auf jeden Fall eine Menschenmenge in einem Raum in andächtiges Schweigen tauchen, wenn sie hineingehen und es notwendig ist." Ich begann, langsam zurückzuweichen.

„Und du?", fragte er und richtete sich auf.

„Was ist mit mir?"

„Ich würde wetten, dass rosa Nachthemdchen jede Menschenmenge zum Schweigen bringen kann." Er lachte und seine Augen funkelten wieder.

„Na, dann verdau mal das hier", erwiderte ich und ging mit einem kleinen Funkeln in meinen eigenen Augen davon.

„Nett", meinte er, als ich ihm einen Blick über meine Schulter zuwarf.

„Oh, bitte! Als ob du nicht fasziniert wärst", rief ich ihm einige Meter entfernt zu.

„Oh, ich bin auf jeden Fall fasziniert", rief er, als ich rückwärts ging und mit den Hüften wackelte, während er applaudierte.

„Zu dumm, dass ich nicht gut mit anderen zusammenarbeite. Ich bin kein Haremsmädchen!", rief ich, inzwischen fast an der Ecke angekommen.

„Steht der Waffenstillstand noch?"

„Keine Ahnung, was sagt Simon dazu?"

„Simon sagt: Verdammt ja! Der steht noch!"

Ich ging um die Ecke und wirbelte in einer kleinen Pirouette herum. Ich grinste, als ich voranhüpfte und dachte, dass ein Waffenstillstand eine wirklich gute Sache war.

„Ein Eiweißomelett mit Tomaten, Pilzen, Spinat und Zwiebeln."

„Pancakes, vier Stapel bitte und dazu Bacon. Der sollte sehr kross sein, aber nicht schwarz."

„Zwei Spiegeleier, dazu Roggentoast mit Butter und den Fruchtsalat."

Nachdem wir bestellt hatten, machten wir es uns mit Kaffee und Klatsch gemütlich.

„Okay, jetzt erzähl mal, was passiert ist, nachdem wir letzte Nacht gegangen sind", sagte Mimi, stützte ihr Kinn auf die Hand und bedachte mich mit einem Augenaufschlag.

„Nachdem ihr gegangen seid? Ihr meint, nachdem ihr mich mit meinem blöden Nachbarn allein gelassen habt, der mich nach Hause fahren sollte? Was habt ihr euch da eigentlich gedacht? Und dabei, jedem die Er-war-immer-noch-hart-Geschichte zu erzählen? Ernsthaft? Ich streiche euch beide aus meinem Testament", fauchte ich, schluckte Kaffee, der zu heiß war, und verbrühte mir ein Drittel meiner Geschmacksknospen. Ich ließ meine Zunge aus dem Mund hängen, um sie zu kühlen.

„Zuerst mal haben wir diese Geschichte erzählt, weil sie lustig ist, und lustig ist gut", begann Sophia, fischte ein Eisstück aus ihrem Wasserglas und reichte es mir.

„Hiiielen 'ank", brachte ich hervor und nahm den Eiswürfel.

Sie nickte. „Und zweitens besitzt du gar nicht genug, um mir etwas zu hinterlassen, da ich schon die komplette Sammlung der *Barefoot Contessa*-Kochbücher besitze, die du mir selbst gekauft hast. Also streich mich. Und drittens wart ihr zwei solche Spaßbremsen, dass wir euch auf keinen Fall mit unseren zwei neuen Männern mitnehmen wollten", endete sie und grinste verrucht.

„Neue Männer. Ich liebe neue Männer!" Mimi klatschte in die Hände und sah aus wie frisch aus einem Disney-Film entsprungen.

„Wie war die Heimfahrt?", fragte Sophia.

„Die Heimfahrt. Nun, sie war interessant." Ich seufzte und lutschte jetzt in wilder Hingabe an dem Eiswürfel.

„Interessant gut?", quietschte Mimi.

„Wenn ihr es interessant findet, jemanden auf der Golden Gate Bridge flachzulegen, dann ja." Ich trommelte mit meinen Fingern auf dem Tisch.

Mimis Mund klappte auf, als Sophia ihre rechte Hand über Mimis linke legte, die dabei war, ihre Gabel in etwas Unidentifizierbares zu verformen.

„Süße, sie veräppelt uns. Wir würden wissen, wenn Caroline letzte Nacht flachgelegt worden wäre. Sie hätte eine bessere Hautfarbe." Sophia beruhigte sie.

Mimi nickte rasch und ließ ihre Gabel los. Ich bemitleidete jeden Mann, der sie verärgerte, während sie gerade sein bestes Stück in Händen hielt.

„Also, keine versauten Neuigkeiten?", fragte Sophia.

„Hey, du kennst die Regeln. Erst bringt ihr versaute Neuigkeiten auf den Tisch, dann mache ich das auch", antwortete ich.

Unser Frühstück wurde serviert. Nachdem wir gegessen hatten, feuerte Mimi den ersten Schuss ab. „Wusstet ihr, dass Neil Football für Stanford gespielt hat? Und dass er immer schon Nachrichten über Sport machen wollte?" Sie trennte methodisch die Melone von den Beeren auf ihrem Teller.

„Gut zu wissen, gut zu wissen. Wusstet ihr, dass Ryan ein paar großartige Computerprogramme an Hewlett-Packard verkauft hat, als er erst dreiundzwanzig Jahre alt war? Und dass er all das Geld auf die Bank gebracht, seinen Job gekündigt und zwei Jahre lang Kindern in Thailand Englisch beigebracht hat?", steuerte Sophia als Nächste bei.

„Das ist auch sehr gut zu wissen. Wusstet ihr, dass Simon seine Ladys nicht als Harem sieht, und Jillian ihm tatsächlich von mir erzählt und ihm empfohlen hat, mit mir auszugehen?"

Wir hmm-ten und kauten. Dann startete Runde zwei.

„Wusstet ihr, dass Neil Windsurfen liebt? Und er hat Tickets für das Symphonie-Benefizkonzert nächste Woche. Als er herausgefunden hat, dass ich schon mit dir hingehe, Sophia, hat er vorgeschlagen, dass wir alle gemeinsam gehen sollten."

„Mmm, klingt lustig. Ich habe überlegt, Ryan zu fragen. Der übrigens auch Windsurfen liebt. Das tun sie alle. Sie surfen in der Bucht, wann immer sie können. Und ich kann auch berichten, dass er jetzt eine Wohltätigkeitsorganisation leitet, die Computer und Lernmittel an innerstädtische Schulen in ganz Kalifornien liefert. Sie heißt …"

„No Line for Online?", beendete Mimi.

Sophia nickte.

„Ich liebe diese Einrichtung! Ich spende ihnen jedes Jahr etwas. Und Ryan leitet das? Wow ... was ist die Welt doch klein", murmelte Mimi und begann mit ihren Spiegeleiern.

Schweigen senkte sich über uns, als wir wieder kauten, und ich rang um etwas, das ich sagen konnte – abgesehen von seinem Kuss, meinem Kuss oder dass er von meinen heißen Träumen wusste.

„Äh, Simon hat *Too Short* auf seinem iPod", murmelte ich, was von einigen Hmms kommentiert wurde, aber ich wusste, dass meine Neuigkeiten nicht besonders gut waren.

„Musik ist wichtig. Wer war der Typ, mit dem du ausgegangen bist, der sein eigenes Album hatte?", fragte Mimi.

„Nein, nein. Er hatte kein Album. Er versuchte, seine eigenen CDs quasi als Haustürgeschäft zu verkaufen. Das ist nicht das Gleiche." Ich lachte.

„Du hast auch einen anderen Sänger gedatet – Kaffeehaus Joe. Erinnerst du dich an ihn?" Sophia prustete in ihr Frühstück.

„Ja, er war ungefähr fünfzehn Jahre zu spät dran für seine Flanellanzüge, aber er bekommt eine glatte eins für seine Lebensangst. Und er war mehr als annehmbar im Bett." Ich seufzte und erinnerte mich.

„Wann wird diese selbstverordnete Eiszeit auf der Datingfront vorbei sein?", fragte Mimi.

„Ich bin nicht sicher. Irgendwie will ich keinen daten."

„Bitte, wen willst du hier veräppeln?" Sophia prustete erneut.

„Brauchst du ein Taschentuch, Miss Piggy? Ernsthaft. Es gab zu viele Kaffeehaus Joes und Maschinengewehr Corys. Ich will nicht einfach irgendwen daten. Das ist wie ein Karussell. Ich investiere keine Zeit und Energie mehr, bis ich nicht weiß, dass das alles irgendwohin führen wird. Und nebenbei gesagt, O ist immer noch im Nirgendwo verschollen. Ich könnte genauso gut hinterher reisen." Ich versuchte mich noch einmal am Kaffee und vermied Blickkontakt.

Sie hatten ihre Os und jetzt auch noch neue Jungs. Ich erwartete nicht, dass sich jemand meinem Date-Urlaub anschloss, aber ihre Mimik zeigte deutlich ihr Mitleid. Ich musste das Gespräch wieder auf sie lenken.

„Also war die letzte Nacht toll für euch, nicht? Gab es Küsse auf der Schwelle? Eine Runde Spucke tauschen?", fragte ich mit einem fröhlichen Grinsen.

„Ja! Ich meine, Neil hat mich geküsst." Mimi seufzte.

„Oh, ich wette, er ist ein guter Küsser. Hat er dich eng an sich gezogen und seine Hände über deinen Rücken gleiten lassen? Er hat großartige Hände. Hast du seine Hände gesehen? Verdammt tolle Hände", schwärmte Sophia, ihr Gesicht in ihrem Pancake-Stapel vergraben.

Mimi und ich tauschten einen Blick und warteten, bis sie hochkam, um zu atmen. Als sie sah, wie wir sie anstarrten, errötete sie ein wenig.

„Was? Ich habe seine Hände bemerkt. Die sind riesig! Wie könnte man sie nicht bemerken?", stammelte sie und stopfte sich den Mund voll, damit wir weiterreden würden.

Ich kicherte und konzentrierte mich wieder auf Mimi. „Also, hat Mr. Riesenhände seine Riesenhände benutzt?"

Mimi war mit Erröten dran. „Er war eigentlich sehr süß. Nur ein kleiner Schmatz auf die Lippen und eine nette Umarmung vor meiner Tür", antwortete sie mit einem gigantischen Lächeln.

„Und du, Miss Ding? War das Computergenie freigebig mit seinem Gutenachtkuss?" Ich kicherte wieder.

„Äh, ja, war er. Er hat mir einen großartigen Gutenachtkuss gegeben", erwiderte sie und leckte Sirup von der Rückseite ihrer Hand ab.

Sie schien nicht zu bemerken, dass Mimis Augen etwas auflodernten, als sie die Verabschiedung erwähnte, die sie erhalten hatte, aber mir fiel es auf.

„Also bist du gestern Nacht unversehrt entkommen?", fragte Mimi mich und nippte an ihrem Kaffee.

Ich litt immer noch unter der schmerzenden Zunge, daher blieb ich beim Saft. „Bin ich. Wir haben Waffenstillstand geschlossen und werden versuchen, nachbarschaftlicher miteinander umzugehen."

„Was bedeutet das genau?"

„Das heißt, dass er versuchen wird, seine Aktivitäten auf früher am Abend zu beschränken, und ich werde versuchen, verständnisvoller auf sein Sexleben zu reagieren, egal, wie lebhaft es ist." Ich kramte in meinem Geldbeutel nach etwas Geld.

„Eine Woche", murmelte Sophia.

„Wie bitte?"

„Eine Woche. So lange gebe ich diesem Waffenstillstand. Du kannst deine Meinung nicht für dich behalten, und er kann diese Kicherliese nicht ruhigstellen. Eine Woche", sagte sie noch einmal, während Mimi lächelte.

Hm, wir würden sehen.

Am Montagmorgen tanzte Jillian gut gelaunt und früh in mein Büro. „Klopf, klopf", rief sie.

Sie war der Inbegriff für legeren Schick. Das Haar zurückgekämmt in einen lockeren Dutt, ein kleines Schwarzes am schlanken gebräunten Körper und Beine, die endlos schienen und in roten Pumps endeten. Pumps, die vermutlich eines meiner Wochengehälter gekostet hatten. Sie war meine Mentorin auf jede Art und Weise, und ich machte mir eine gedankliche Notiz, sicherzustellen, dass ich eines Tages die ruhige Souveränität erlangen wollte, die sie ausstrahlte.

Sie lächelte, als sie die neuen Blumen in der Vase auf meinem Tisch sah. Diese Woche hatte ich drei Dutzend orange Tulpen gewählt.

„Guten Morgen! Hast du gesehen, dass die Nicholsons ein Heimkino hinzugefügt haben? Ich wusste, dass sie sich dafür entscheiden würden." Ich lächelte, als ich mich zurücklehnte.

Jillian setzte sich auf den Stuhl an meinem Tisch und lächelte zurück.

„Oh, und Mimi kommt heute Abend zum Abendessen vorbei. Wir hoffen, dass wir die Pläne für das neue Kommodenset vervollständigen können, das sie entworfen hat. Sie möchte jetzt einen Teppich hinzufügen." Ich schüttelte den Kopf und nippte an meiner Kaffeetasse. Meine Zunge war so gut wie geheilt.

Jillian lächelte weiter. Ich fragte mich, ob mir ein Krümel meines Frühstücksmüslis im Gesicht klebte.

„Habe ich dir erzählt, dass ich die Glasfabrik in Murano dazu gebracht habe, mir einen Rabatt auf die Teile zu geben, die ich für den Badezimmerkronleuchter bestellt hatte?", preschte ich weiter voran. „Der wird wunderschön. Ich denke, wir sollten sie auf jeden Fall wieder engagieren." Ich lächelte hoffnungsvoll.

Schlussendlich seufzte sie und lehnte sich mit einem katzenartigen Ich-hab-den-Kanarienvogel-gefressen-und-bin-wegen-der-Federn-zurückgekommen-um-mit-ihnen-zu-spielen-Grinsen vor.

„Jillian, warst du heute früh beim Zahnarzt? Willst du mir deine neuen Zahnprothesen vorführen?", fragte ich, und sie zuckte zusammen.

„Als ob ich jemals Prothesen brauchen würde! Nein, ich warte darauf, dass du mir von deinem Nachbarn, Mr. Parker, erzählst. Oder sollte ich ihn Simon Wandbeben nennen?"

Sie lachte, lehnte sich in ihrem Sessel zurück und bedachte mich mit einem Blick, der mir deutlich machen sollte, dass ich nicht eher aus meinem Büro kam, bis ich ihr alles gesagt hatte, das sie wissen wollte.

„Hmm, Wandbeben. Wo fange ich an? Zuerst einmal kannst du mir nicht vormachen, dass du nicht wusstest, dass er nebenan wohnt. Wie in aller Welt konntest du dort so lange wohnen und nicht wissen, dass er derjenige ist, der jede Nacht rumvögelt?", bohrte ich nach und schenkte ihr mein bestes höhnisches Detektivlächeln.

„Hey, du weißt, dass ich so gut wie nie dort übernachtet habe, besonders in den letzten Jahren. Ich wusste, dass er in dieser Nachbarschaft lebt, aber ich hatte keine Ahnung, dass er neben dem Apartment wohnt, das ich untervermietet habe. Wenn ich ihn sehe, dann nur mit Benjamin, und wir gehen normalerweise gemeinsam etwas trinken oder er besucht uns. Egal, das ist der Anfang einer großartigen Geschichte, findest du nicht?" Sie grinste wieder.

„Oh, du und deine Kuppeleien! Simon sagte, dass du ihm von mir schon vorher erzählt hast. Du bist so was von aufgeflogen!"

Sie hielt ihre Hände hoch. „Warte, warte, warte! Ich hatte keine Ahnung, dass er so … ähm … aktiv ist. Ich hätte dich ihm nie vorgeschlagen, wenn ich gewusst hätte, dass er so viele Freundinnen hat. Benjamin muss es gewusst haben, aber das ist ein Männerding, vermute ich."

Nun lehnte ich mich vor. „Woher kennt er Benjamin eigentlich?"

„Simon stammt ursprünglich nicht aus Kalifornien. Er ist in Philadelphia aufgewachsen und hierher gezogen, als er nach Stanford ging. Benjamin hat ihn fast sein ganzes Leben gekannt – er war sehr gut mit Simons Vater befreundet. Benjamin hat wohl ein wenig auf Simon aufgepasst – eine Art Lieblingsonkel, großer Bruder, Ersatzvater eben." Ihr Gesichtsausdruck wurde sanft.

„Er war sehr gut befreundet? Haben sie sich gestritten, oder was?"

„Oh, nein, nein. Benjamin war immer einer der besten Freunde von Simons Vater. Er war für Benjamin am Anfang seiner Karriere ein Mentor. Benjamin war sehr eng mit der ganzen Familie verbunden." Ihr Blick wurde traurig.

„Aber jetzt?"

„Simons Eltern wurden getötet, als er im Abschlussjahr der Highschool war", sagte sie leise.

Ich schlug die Hand vor den Mund. „Oh nein", flüsterte ich. Mein Herz schlug voller Mitgefühl für jemanden, den ich kaum kannte.

„Ein Autounfall. Benjamin sagt, dass es schnell ging, nahezu sofort."

Wir schwiegen einen Moment, versunken in unseren Gedanken. Ich konnte mir nicht einmal vorstellen, wie es Simon damals ergangen sein musste.

„Nach der Beerdigung blieb Benjamin eine Weile in Philadelphia, und er und Simon sprachen darüber, dass er in Stanford zur Schule gehen sollte", fuhr Jillian nach einer Weile fort.

Ich lächelte, als ich mir vorstellte, wie Benjamin alles tat, das er konnte, um zu helfen. „Ich kann mir vorstellen, dass es wahrscheinlich eine gute Idee für ihn war, von allem wegzukommen", sagte ich und fragte mich, wie ich mit so einer Tragödie umgehen würde.

„Genau. Ich glaube, Simon sah die Chance und nutzte sie. Es war vermutlich einfacher für ihn, weil er wusste, dass Benjamin in der Nähe war, wenn er etwas brauchen würde."

„Wann hast du Simon getroffen?"

„In seinem Abschlussjahr am College. Er hatte einen Teil des Sommers davor in Spanien verbracht, und als er im August heimkehrte, kam er in die Stadt, um mit uns essen zu gehen. Benjamin und ich waren zu dem Zeitpunkt schon eine Weile miteinander ausgegangen, daher hatte er von mir gehört, mich aber noch nicht kennengelernt."

Wow, Simon in Spanien. Die armen Flamenco-Tänzerinnen – sie hatten bestimmt keine Chance gehabt.

„Wir haben uns zum Abendessen getroffen, und er verzauberte die Kellnerin, indem er auf Spanisch bestellte. Dann sagt er, dass er, wenn Benjamin jemals dumm genug wäre, mich zu verlassen, mehr als glücklich wäre, mein Bett zu wärmen." Sie kicherte und wurde rot.

Ich rollte mit den Augen. Das passte zu dem, was ich schon von ihm wusste. Obwohl, so frech wie meine Mädels und ich waren, wenn es um das Flirten mit Benjamin ging, sollte ich vorsichtig im Werfen von Steinen sein.

„Und so habe ich Simon getroffen", schloss sie. „Er ist wirklich ein großartiger Mensch, wenn man das ganze Wandgebebe mal beiseite lässt."

„Ja, abgesehen davon." Ich überlegte und fuhr mit den Fingerspitzen über die Spitzen der Blüten.

„Ich hoffe, du lernst ihn ein wenig besser kennen", sagte sie mit einem Grinsen – nun wieder voll und ganz die Kupplerin.

„Beruhige dich mal. Wir haben einen Waffenstillstand ausgerufen, nicht mehr." Ich lachte und drohte ihr mit dem Finger.

Sie stand auf und ging zur Tür. „Du bist ziemlich aufsässig für jemanden, der eigentlich für mich arbeitet." Sie bemühte sich um einen strengen Blick.

„Nun, ich würde sehr viel mehr arbeiten, wenn du mich

endlich wieder lassen und mit diesem Unsinn aufhören würdest." Ich erwiderte ihren Blick genauso streng.

Sie lachte und wandte sich an die Rezeptionistin. „Hey, Ashley, wann habe ich die Kontrolle über dieses Büro verloren?"

„Die hattest du noch nie!", tönte es zurück.

„Oh, mach Kaffee oder so was! Und du", sagte sie, drehte sich zu mir und zeigte auf mich. „Entwerfe etwas Brillantes für den Keller der Nicholsons."

„Ach, all die Dinge, die ich hätte tun können, während du hier rumgequatscht hast", murmelte ich und tippte mit meinem Stift auf meine Armbanduhr.

Sie seufzte. „Ernsthaft, Caroline, er ist wirklich sehr nett. Ich glaube, ihr zwei könntet gute Freunde werden." Sie lehnte sich an den Türrahmen.

Was hatten denn auf einmal alle, dass sie sich an Türrahmen lehnen mussten?

„Na ja, man kann immer einen neuen Freund brauchen, nicht?" Ich winkte, und sie ging.

Freunde. Freunde, die einen Waffenstillstand ausriefen.

„Okay, wir wissen also, dass die Böden im Schlafzimmer in honigfarbenem Holz wiederhergestellt werden sollen, aber du willst ganz sicher Teppich in der Kammer?", fragte ich und setzte mich neben Mimi auf die Couch. Ich war bei meiner zweiten Bloody Mary angekommen.

Seit fast einer Stunde gingen wir ihre Pläne durch, und ich versuchte, ihr klar zu machen, dass ich nicht die Einzige war, die Kompromisse bei ihren Entwürfen machen musste. Das musste sie auch. Solange wir schon befreundet waren, hatte Mimi geglaubt, dass sie jeden Streit gewinnen würde. Mimi sah sich selbst als eine knallharte Type, die jeden von allem überzeugen konnte. Sie wusste allerdings nicht, dass Sophia und ich herausgefunden hatten, dass wir sie nur dazu bringen mussten, zu glauben, dass sie ihren Willen bekam, was sie viel erträglicher machte.

Die Wahrheit war, dass ich schon immer gewusst hatte, dass ich einen Teppich in der Kammer hatte haben wollen – nur nicht aus den gleichen Gründen wie sie.

„Ja, ja, ja! Es muss ein Teppich sein. Ein wirklich dicker und luxuriöser. Der wird sich unter deinen kalten Zehen am Morgen so gut anfühlen", rief sie bebend vor Begeisterung.

Ich hoffte wirklich, dass Neil lange genug in ihrem Leben blieb, um sie richtig zu umwerben. Sie musste ein wenig von dieser überschüssigen Energie loswerden.

„Okay, Mimi, ich denke, du hast recht. Teppich in der Kammer. Aber dafür musst du mir die sechzig Zentimeter zurückgeben, die du vom Badezimmer wolltest, um ein sich drehendes Schuhregal einzubauen, das ich abgelehnt habe." Ich wählte meine Worte sorgfältig und fragte mich, ob sie sich darauf einlassen würde.

Sie überlegte einen Moment, sah sich ihre Pläne an, sog lange an ihrem Cocktail und nickte. „Ja, du bekommst die sechzig Zentimeter. Ich kriege meinen Teppich. Damit kann ich leben." Sie seufzte und bot mir ihre Hand dar.

Ich schüttelte sie und bot ihr meine Selleriestange an. Clive spazierte herein und fing an, vor der Vordertür hin und her zu streichen und an dem Spalt unter der Tür zu kratzen.

„Ich wette, unser Thai-Essen ist gleich da. Lass mich das Geld holen", sagte ich und deutete zur Tür, bevor ich mir meine Handtasche vom Küchentresen holte. Während ich redete, konnte ich Schritte im Flur hören.

„Mimi, mach mal die Tür auf, das wird der Lieferservice sein", rief ich und kramte in meiner Handtasche.

„Bin dabei!", rief sie zurück, und ich hörte, wie sie die Tür öffnete. „Oh, hallo, Simon!"

Dann erklang ein seltsames Geräusch. Ich würde auf einem Stapel Bibeln in einem Gerichtssaal schwören, dass ich meinen Kater sprechen hörte.

„Maaaauuuuuunnnnnzzzziiiii", sagte Clive, und ich wirbelte herum.

In der Zeitspanne von fünf Sekunden geschahen tausend Dinge gleichzeitig. Ich sah Simon und Maunzi im Flur stehen, Tüten eines Biomarktes in der Hand, der Schlüssel steckte in der Vordertür. Ich sah Mimi bei der Tür, barfuß und am Türrahmen lehnend. Ich sah, wie Clive sich auf die Hinterbeine stellte und sich auf einen Sprung vorbereitete, den ich bisher nur ein Mal bei ihm gesehen hatte – damals, als ich seine Katzenleckerli auf dem Kühlschrank versteckt hatte. Babys wurden geboren, alte Menschen starben, Aktien wurden verkauft und gekauft, und jemand täuschte einen Orgasmus vor. All das in diesen fünf Sekunden.

Ich warf mich Richtung Tür in einer Art Slow-Motion, die mit jedem Actionfilm mithalten konnte, der jemals gedreht worden war.

„Neiiiiiiiin!", rief ich, als ich den panikerfüllten Blick in Maunzis Augen und den lusterfüllten Blick in Clives Augen sah, als er sich darauf vorbereitete, sie zu umwerben. Wenn ich früher versucht hätte, die Tür zu erreichen, vielleicht nur eine Sekunde früher, hätte ich vielleicht das Chaos, das nun folgte, verhindern können.

Simon schob seine Tür auf und lächelte mir mit einem verwirrten Lächeln zu, als ich seinen Blick auffing. Zweifellos wunderte er sich, warum ich zur Tür raste und Neiiiiiin schrie. Genau in diesem Moment sprang Clive. Hechtete. Griff an. Maunzi sah, dass Clive direkt auf sie zu sprang, und tat das Schlimmste, was sie hätte tun können: Sie rannte. Sie rannte in Simons Apartment. Natürlich hatte die Göre, die beim Orgasmus miaute, Angst vor Katzen.

Clive setzte nach, und während ich mit Simon und Mimi im Flur stand, hörten wir Gekreische und Gemaunze, das zu uns hinaus echote. Es hörte sich seltsam vertraut an, und ich erinnerte mich daran, wie Simon zum Ende gekommen war. Ich schüttelte meinen Kopf und übernahm die Führung.

„Caroline, was zur Hölle war das? Deine Katze ist einfach …", sagte Simon, und ich drückte ihm meine Hand auf den Mund, während ich an ihm vorbei eilte.

„Wir haben keine Zeit, Simon! Wir müssen Clive holen."

Mimi folgte mir in sein Apartment – mein getreuer Watson. Ich folgte dem Gekreische und Gemaunze in den hinteren Bereich des Apartments und bemerkte, dass Simons Wohnung das genaue Spiegelbild meiner eigenen war. Es war eine Singlewohnung mit einem Flachbildschirm und einer großartigen Stereoanlage. Ich hatte nicht genug Zeit, um mir alles genau ansehen zu können, aber ich bemerkte das Mountainbike im Esszimmer genauso wie die wunderschönen gerahmten Fotos, die an allen Wänden hingen und von Retrolampen beleuchtet wurden. Ich konnte sie nicht lange bewundern, weil ich hörte, wie sich Clive im Schlafzimmer austobte.

Ich hielt an der Tür inne und hörte mir Maunzis Schrei an. Ich sah zurück zu Simon und Mimi, die identische Gesichtsausdrücke von Angst und Verwirrung trugen – obwohl Mimis zusätzlich mehr als nur ein wenig Vergnügen enthielt.

„Ich gehe rein", sagte ich mit mutiger Stimme. Nachdem ich einen tiefen Atemzug genommen hatte, drückte ich die Tür auf und sah zum ersten Mal das Schlafzimmer der Sünde. Tisch in der Ecke. Kommode an einer Wand, die Oberfläche bedeckt mit Kleingeld. Noch mehr Fotos an der Wand, diesmal schwarz-weiß. Und da war es: sein Bett.

Einsatz für die Fanfaren.

An der Wand – meiner Wand – stand ein gigantisches California Kingsize Bett, komplett mit einem gepolsterten Lederkopfteil. Gepolstert. Das hatte es ja wohl sein müssen, nicht? Es war riesig. Und er hatte die Kraft, dieses Ungetüm allein mit seinen Hüften in Bewegung zu versetzen? Wieder einmal setzte sich die kleine Caroline auf und machte sich Notizen.

Ich zentrierte mich, fokussierte und zwang meine Augen weg von der Orgasmuszentrale. Ich suchte und fand das Ziel. Da, beim Ledersessel vor dem Fenster. Maunzi hockte auf der Lehne dieses Sessels, die Hände im Haar und stöhnte, jammerte und weinte. Ihr Rock war zerrissen, und auf ihren Strümpfen konnte ich Krallenmale sehen. Sie versuchte mit aller Macht, vor dem Kater auf dem Boden zurückzuweichen.

Und Clive?

Clive stolzierte herum. Er marschierte vor ihr auf und ab und gab alles. Er drehte um, als ob er auf einem Laufsteg war, schritt auf einer imaginären Linie auf dem Boden entlang und blickte lässig zu ihr hoch.

Wenn Clive einen Blazer hätte tragen können, hätte er ihn ausgezogen, ihn lässig über seine Katerschulter geworfen und ihr zugezwinkert. Ich riss mich zusammen, um nicht vor Lachen umzufallen. Ich ging zu ihm, und Maunzi schrie mir etwas auf Russisch zu. Ich ignorierte sie und konzentrierte mich auf meinen Kater.

„Hey, Clive. Hey. Wo ist mein Junge?", gurrte ich, und er drehte sich zu mir. Er sah mich an und machte mit dem Kopf eine Bewegung zu Maunzi, als ob er die erste Vorstellungsrunde übernehmen wollte. „Wer ist deine neue Freundin?", gurrte ich wieder und schüttelte den Kopf Richtung Maunzi, als sie etwas sagen wollte. Ich hielt einen Finger vor meine Lippen. Das hier würde sehr viel Finesse erfordern.

„Clive, komm her!", rief Mimi und preschte in den Raum. Sie hatte schon immer Schwierigkeiten, ihre Aufregung zu unterdrücken.

Clive wetzte zur Tür, als Mimi sich auf ihn stürzte. Maunzi wetzte zum Bett, während ich Mimi nachlief, die vor der Schlafzimmertür mit Simon zusammenstieß, der immer noch seine verdammten Biomarkttüten festhielt. Sorgfältig ausgewählte nachhaltig produzierte und biologisch angebaute Produkte regneten auf beide herab, während ich mich an ihnen vorbeidrückte und auf dem Weg zur Vordertür über Gliedmaßen und einen Käselaib sprang. Ich erwischte Clive, als er sich den Stufen näherte, und drückte ihn an mich.

„Clive, du weißt doch, dass du nie vor Mommy weglaufen solltest", rügte ich, als Simon und Mimi endlich aufschlossen.

„Was zum Teufel hast du vor, Schwanzblockade? Willst du mich umbringen?", rief er.

Mimi fuhr zu ihm herum. „Nenn sie nicht so, du … du … Wandbeben!", brüllte sie zurück und hieb auf seine Brust.

„Ach, haltet die Klappe, ihr zwei!", rief ich.

Maunzi kam den Flur entlang auf uns zu. Sie trug einen ihrer Schuhe und einen wütenden Blick. Sie begann, in Russisch zu schreien.

Mimi und Simon brüllten, Maunzi schrie, Clive kämpfte, um loszukommen und mit seiner einzig wahren Liebe vereint zu werden, und ich stand mitten in diesem Chaos und versuchte herauszufinden, was zur Hölle in den letzten beiden Minuten geschehen war.

„Bring deinen verdammten Kater unter Kontrolle!", brüllte Simon, als Clive versuchte, in die Freiheit zu springen.

„Brüll Caroline nicht an!", brüllte Mimi und schlug ihn erneut.

„Sieh dir meinen Rock an!" Maunzi weinte.

„Hat jemand Pad Thai bestellt?", hörte ich über das Chaos hinweg.

Ich sah mich um und entdeckte einen verängstigten Jungen vom Lieferservice auf der obersten Stufe, der sich sträubte, weiterzugehen.

Alle hielten inne.

„Unglaublich", murmelte Mimi und ging in meine Wohnung. Sie winkte dem Jungen, ihr zu folgen.

Ich setzte Clive hinter der Tür ab und schloss sie, womit seine Katerschreie auch leiser wurden.

Simon schob Maunzi in sein Apartment und sagte ihr sanft, dass sie sich in seinem Zimmer etwas zum Anziehen suchen solle. „Ich bin in einer Minute bei dir", sagte er und nickte ihr erneut zu, damit sie hineinging.

Sie starrte mich noch einmal böse an, drehte sich mit einem Schnauben um und warf die Tür ins Schloss.

Er drehte sich zu mir um, und wir starrten uns an. Beide fingen wir gleichzeitig an zu lachen.

„Ist das gerade wirklich passiert?", fragte er zwischen seinen Glucksern.

„Ich fürchte ja. Bitte sag Maunzi, dass es mir leidtut." Ich wischte mir die Lachtränen von den Wangen.

„Werde ich, aber sie muss sich eine Weile beruhigen, bevor ich das versuchen werde – Moment mal. Wie hast du sie gerade genannt?"

„Äh, Maunzi."

„Warum nennst du sie so?", fragte er, nun nicht mehr lachend.

„Ernsthaft? Komm schon, kannst du dir das nicht denken?"

„Nein, sag es mir." Er fuhr sich mit der Hand durchs Haar.

„Oh, Mann, du wirst mich wirklich zwingen, es auszusprechen? Maunzi … weil sie … Himmel, sie miaut!" Ich lachte schon wieder.

Er wurde tiefrot und nickte. „Richtig, richtig, natürlich hast du das gehört." Er lachte. „Maunzi", murmelte er und lächelte.

Ich konnte hören, wie Mimi mit dem Lieferservice in meiner Wohnung debattierte, weil irgendwelche Frühlingsrollen fehlten.

„Sie ist ein bisschen zum Fürchten, weißt du?", sagte Simon und deutete auf meine Tür.

„Du hast ja keine Ahnung", sagte ich. Ich konnte immer noch hören, wie Clive hinter der Tür miaute. Ich drückte mein Gesicht an den Rand der Tür und öffnete sie einen Spaltbreit. „Klappe, Clive!", zischte ich.

Eine Pfote wurde sichtbar, und ich schwöre, er zeigte mir den Mittelfinger. Oder die Mittelpfote.

„Ich weiß nicht viel über Katzen, aber ist das ein normales Verhalten für Kater?", fragte Simon.

„Er fühlt sich auf seltsame Art zu deiner Freundin hingezogen, und zwar seit der zweiten Nacht, nachdem ich hier eingezogen bin. Ich glaube, er ist verliebt."

„Aha, nun, ich werde sicherstellen, dass ich Nadia über seine Gefühle unterrichte. Natürlich aber erst, wenn es sich anbietet." Er lachte und wollte hineingehen.

„Seid heute Nacht lieber ruhig, sonst schicke ich euch Clive rüber", warnte ich.

„Auf keinen Fall!"

„Dann mach Musik an. Du musst mir etwas entgegenkommen", flehte ich. „Oder er wird wieder die Wände hochgehen."

„Musik kriege ich hin. Irgendwelche Wünsche?"

Ich wich in meinen Türrahmen zurück und legte meine Hand auf die Klinke. „Alles ist okay, bis auf Bigbands", antwortete ich sanft. Mein Herz bewegte sich tiefer in meinen Magen und machte einen kleinen Salto.

Ein enttäuschter Blick glitt über sein Gesicht. „Du magst keine Bigbands?", fragte er mit leiser Stimme.

Ich legte meine Finger auf meinen Ausschnitt. Meine Haut fühlte sich warm an unter seinem Blick. Ich beobachtete, wie sein Blick meiner Hand folgte, und mir wurde noch heißer. „Ich liebe sie", flüsterte ich, und sein Blick zuckte überrascht zu meinem zurück. Ich lächelte ein scheues Lächeln und verschwand in meine Wohnung.

Mimi schrie immer noch den Lieferservice an, als ich hereinkam. Clive und ich trugen einen ähnlich albernen Gesichtsausdruck.

Fünf Minuten später, mit dem Mund voller Nudeln, hörte ich Maunzi auf der Treppe etwas Unverständliches auf Russisch schreien, und dann wurde Simons Tür zugeknallt. Ich versuchte, mein Grinsen zu verstecken, und tat so, als ob ich einen besonders scharfen Bissen erwischt hatte. Heute würde wohl kein Wandbeben stattfinden. Clive würde so deprimiert sein.

Gegen elf Uhr nachts, als ich mich bettgehfertig machte, spielte mir Simon Musik vor, die durch unsere geteilte Wand drang. Es war keine Bigband, aber dennoch ziemlich gut. Prince. *Pussy Control.*

Ich grinste trotz allem und erfreute mich an seinem verrückten Sinn für Humor. Freunde? Auf jeden Fall. Vielleicht. Möglicherweise.

Pussy Control. Ich dachte wieder daran und schnaubte.

Guter Spielzug, Simon. Ein wirklich guter Spielzug.

Kapitel 8

Einige Nächte später war ich auf dem Weg zum Yoga, als ich mich erneut Simon gegenübersah. Er kam die Stufen hoch, während ich sie hinunter stieg.

„Wenn ich sagen würde: „Wir müssen aufhören, uns so zu treffen", würde sich das so abgedroschen wie in meinem Kopf anhören?", sagte ich.

Er lachte. „Schwierig zu sagen. Versuch es mal."

„Okay. Wow, wir müssen aufhören, uns so zu treffen."

Wir warteten beide einen Moment und lachten dann erneut.

„Yep, abgedroschen", sagte er.

„Vielleicht können wir eine Art Zeitplan aufstellen und uns das Sorgerecht für den Flur teilen oder so?" Ich verlagerte mein Gewicht vom einen auf den anderen Fuß. Großartig. Jetzt sieht es aus, als ob du pinkeln müsstest.

„Wohin geht es bei dir heute Nacht? Ich scheine dich immer zu erwischen, wenn du gerade gehst." Er lehnte sich an die Wand.

„Nun, es ist deutlich zu sehen, dass ich zu einer sehr schicken Veranstaltung gehe." Ich deutete auf meine Yoga-Hosen und das Tanktop. Dann zeigte ich ihm meine Wasserflasche und die Yogamatte.

Er tat so, als ob er sorgfältig nachdenken würde, dann weiteten sich seine Augen. „Du gehst zum Töpfern!"

„Genau dahin gehe ich ... du Hirni!"

Er grinste sein typisches Grinsen. Ich lächelte zurück.

„Du hast mir nie die Schlagzeilen überbracht, die du bei diesem Brunch aufgeschnappt hast. Was machen unsere Freunde so?"

Ich hatte auf keinen Fall ein flatteriges Schmetterlingsgefühl in meinem Bauch bei der Erwähnung des Wortes ‚unsere'. Nein, gar nicht. „Nun, ich kann dir sagen, dass meine Mädels ziemlich beeindruckt von deinen Jungs waren. Wusstest du, dass sie nächste Woche alle gemeinsam auf das Symphonie-Benefizkonzert gehen?" Ich war im gleichen Moment erschrocken, wie rasch ich bei diesem Punkt angelangt war.

„Habe ich gehört. Neil bekommt jedes Jahr Karten. Sind

vermutlich die Vorteile seines Jobs. Sportnachrichtensprecher gehen immer in Symphoniekonzerte, nicht wahr?"

„Ich gehe davon aus. Besonders wenn sie versuchen, eine gewisse Promi-Persona zu kultivieren." Ich zwinkerte.

„Das hast du mitbekommen?" Er zwinkerte zurück, und wir lächelten uns erneut an.

Freunde? Das wurde inzwischen zu einer immer wahrscheinlicheren Möglichkeit.

„Wir müssen danach die Notizen vergleichen und herausfinden, wie gut sich die Fantastischen Vier schlagen. Wusstest du, dass sie die ganze Woche über auf Doppeldates gegangen sind?"

Sophia hatte mir anvertraut, dass sie ständig ausgingen, aber immer als Viererteam. Hmm …

„Davon habe ich gehört. Sie scheinen sich alle sehr gut zu verstehen. Das ist gut, oder?"

„Ja. Ich gehe nächste Woche mit ihnen aus. Du solltest auch mitkommen." Ich versuchte mich an einem lässigen Tonfall. Es ging mir nur um den Waffenstillstand, nur um den Waffenstillstand …

„Oh, wow! Ich würde gern, aber ich reise über den großen Teich. Tatsächlich bin ich schon morgen weg."

Wenn ich es nicht besser gewusst hätte, hätte ich schwören können, dass er fast enttäuscht aussah.

„Wirklich? Ein Fotoshooting?", fragte ich und erkannte sofort meinen Fehler. Das wissende Grinsen kehrte mit aller Macht auf sein Gesicht zurück.

„Hast du dich über mich informiert?"

Ich fühlte, wie sich meine Gesichtsfarbe zu einem Tomatenrot vertiefte. „Jillian hat erwähnt, was du als Job machst. Und mir sind die Fotos in deiner Wohnung aufgefallen. Als mein Kätzchen deine Russin verfolgt hat. Erinnerst du dich?"

Er schien sein Gewicht bei meiner Wortwahl zu verlagern. Hmm, ein Schwachpunkt?

„Dir sind meine Bilder aufgefallen?"

„Ja, du hast ein großartiges Set Retrolampen." Ich lächelte ihn an und sah auf seinen Schritt.

„Lampen?", murmelte er und räusperte sich.

„Berufliches Interesse. Also, wohin geht es bei dir? Über den Teich, meine ich." Ich riss meinen Blick los und lenkte ihn zurück auf seine Augen, nur um festzustellen, dass das Ziel seines Blickes weit von meinem Gesicht entfernt war.

„Was? Oh, äh, Irland. Ich schieße ein paar Küstenfotos für Condé Nast und dann reise ich in einige der kleineren Städte", antwortete er und erwiderte meinen Blick.

Es war angenehm, mal ihn ein wenig peinlich berührt zu sehen. „Irland, schön! Okay, bring mir einen Pullover mit."

„Pullover, ist notiert. Noch etwas?"

„Einen Topf voller Gold? Und ein Shamrock?"

„Großartig. Ich werde den Geschenkeladen am Flughafen gar nicht verlassen müssen für den Topf und das Kleeblatt", murmelte er.

„Und dann, wenn du heimkommst, werde ich einen kleinen irischen Tanz für dich aufführen", rief ich und begann wegen der Idiotie der gesamten Konversation zu lachen.

„Oh-ho, rosa Nachthemdchen, hast du gerade angeboten, für mich zu tanzen?", fragte er mit tiefer Stimme und kam ein wenig näher.

Vom einen auf den anderen Moment verschob sich die Machtbalance.

„Simon, Simon, Simon", hauchte ich und schüttelte den Kopf. Hauptsächlich deswegen, um ihn klarzubekommen, da er mir so nahe war. „Das hatten wir doch schon. Ich habe keine Lust, dem Harem beizutreten."

„Was lässt dich denken, dass ich dich fragen würde?"

„Was lässt dich denken, du würdest es nicht tun? Nebenbei gesagt würde das doch auch mit dem Waffenstillstand kollidieren, oder?" Ich lachte.

„Hm, der Waffenstillstand."

In diesem Augenblick hörte ich Schritte auf den Stufen unter ihm. „Simon? Bist du das?", rief eine Stimme nach oben.

Er zog sich von mir zurück. Ich sah hinunter und begriff, dass wir einander während unseres Gesprächs Stück für Stück auf dem Treppenabsatz immer näher gekommen waren.

„Hey, Katie, hier oben!", rief er runter.

„Eine Haremsdame? Ich werde meine Wände heute Nacht

im Auge behalten", sagte ich leise.

„Hör auf. Sie hatte einen harten Tag bei der Arbeit, und wir werden uns einen Film im Kino ansehen. Das ist alles."

Er lächelte mich verlegen an, und ich lachte. Wenn wir Freunde sein wollten, konnte ich genauso gut den Harem kennenlernen. Einen Moment später schloss sich uns Katie an, die ich unter dem Spitznamen Spanky kannte. Ich unterdrückte ein Lachen, als ich sie anlächelte.

„Katie, das ist meine Nachbarin Caroline", sagte Simon. „Caroline, das ist Katie."

Ich bot ihr meine Hand an, und sie blickte neugierig zwischen Simon und mir hin und her.

„Hi, Katie, schön, dich kennenzulernen."

„Gleichfalls, Caroline. Du bist die mit der Katze?", fragte sie, ein Funkeln in den Augen. Ich sah zu Simon, der mit den Achseln zuckte.

„Schuldig. Obwohl Clive wohl einen Streit anfangen würde, da er eigentlich eine richtige Person ist."

„Oh, ich weiß. Mein Hund hat immer Fernsehen gesehen und gebellt, bis ich etwas angeschaltet habe, das sie mochte. Sie war eine ziemliche Nervensäge." Sie lächelte.

Wir standen für einen Moment beisammen, und es wurde ein wenig seltsam.

„Okay, Kinder, ich muss ins Yoga. Simon, gute Reise, und ich werde dir den Klatsch über unsere neuen Paare erzählen, wenn du zurück bist."

„Hört sich gut an. Ich werde eine Weile weg sein, aber hoffentlich geraten sie nicht in zu viele Probleme, während ich unterwegs bin." Er lachte, dann gingen sie gemeinsam die Stufen hinauf.

„Ich werde sie im Auge behalten. Es war nett, dich kennen zu lernen, Katie", sagte ich und ging hinunter.

„Ebenfalls, Caroline. Nacht!", rief sie mir nach.

Als ich die Stufen hinunter stieg, langsamer als nötig, hörte ich sie sagen: „Das Rosa Nachthemdchen ist aber hübsch."

„Ruhe, Katie!", zischte er zurück, und ich schwöre, er gab ihr einen Klaps auf den Hintern.

Ihr kleiner Schrei eine Sekunde später bestätigte das.

Ich rollte mit den Augen, schob die Tür auf und ging hinaus auf die Straße. Wenn ich bei der Sporthalle angekommen war, würde ich meinen Kurs von Yoga auf Kickboxen ändern.

„Ich nehme einen Wodka Martini, „straight up" mit drei Oliven, bitte."

Der Barkeeper begann mit seiner Arbeit, während ich mich in dem überfüllten Restaurant umsah und eine Pause von den Fantastischen Vier nahm. Nach zwei Wochen, in denen ich ständig von ihren fabelhaften Doppeldates gehört hatte, hatte ich zugestimmt, mit ihnen auszugehen und sie in die Fantastischen Fünf zu verwandeln. Es machte Spaß, und ich hatte eine gute Zeit, aber nachdem ich die gesamte Nacht mit zwei Pärchen verbracht hatte, brauchte ich eine Pause.

Das Beobachten von Leuten an der Bar war perfekt dazu geeignet, eine kleine Auszeit von ihnen zu bekommen. Zu meiner Linken gab es ein interessantes Paar: ein silberhaariger Gentleman mit einer Frau, die jünger als ich war und offensichtlich neu erworbene Brüste besaß. Gutes Mädchen! Hol es dir. Ich meine, wenn ich mir ständig wabblige alte Männerhintern angucken müsste, würde ich auch größere Brüste wollen.

Ich hätte nie gedacht, dass ich es genießen würde, allein zu sein, aber in letzter Zeit fand ich, dass ich mich ohne einen Mann in meinem Leben ziemlich gut schlug. Ich war allein, aber ich war nicht einsam. Abgesehen von Orgasmen vermisste ich manchmal die Kameradschaft eines Freundes, aber ich mochte es, Orte allein aufzusuchen. Ich konnte allein reisen, also warum nicht? Nichtsdestotrotz hatte ich befürchtet, dass das erste Mal, an dem ich allein ins Kino ging, seltsam sein würde – die Wahrscheinlichkeit, dass ich jemandem begegnete, den ich kannte, während ich die Dschungel von Costa Rica unsicher machte, war weniger als niedrig, aber jemandem im Dschungel von San Francisco im Kino zu begegnen? Die Wahrscheinlichkeit war größer – aber es war großartig! Und ein Restaurant war allein genauso gut. Es stellte sich heraus, dass ich ganz allein ein wunderbares Date war.

Dennoch war das Abendessen mit meinen Freunden heute Nacht sehr unterhaltsam gewesen. Die Art, wie die beiden neuen Pärchen sich umkreisten, machte Spaß beim Zuschauen. Mimi und Sophia hatten sich beide die Männer geschnappt, die sie in ihrer Vorstellung als ihre perfekten Gegenstücke entworfen hatten.

Gerade jetzt entdeckte ich Sophia in der Menge, da ihre Größe und ihr herrliches rotes Haar sie selbst unter Hunderten herausstechen ließen. Ein angesagtes Restaurant und eine noch angesagtere Bar – dieser Ort war vollgestopft mit Leuten und Ambitionen.

Ich konnte sehen, dass sie mit jemandem redete, und auf der anderen Seite erkannte ich Mimi und Ryan. Was war seltsam? Neil, und nicht Ryan, schien Sophias Gesprächspartner zu sein. Ryan dagegen schien völlig von Mimi gefesselt zu sein, deren Hände beredt gestikulierten und ihre Ausführungen mit ihrem Olivenzahnstocher untermalten, während er zuhörte. Von dort, wo ich stand, erlaubte mir die Distanz perfekte klare Sicht. Ich musste lächeln. Sie hatten die Männer gefunden, von denen sie dachten, dass sie sie schon immer hatten haben wollen, aber nun schienen sie von dem jeweils anderen fasziniert zu sein … tja, das Gras war immer grüner und so weiter, nicht?

Sophia sah zu mir rüber und entdeckte mich an der Bar. Kurz darauf entschuldigte sie sich und kam auf mich zu.

„Hast du Spaß", erkundigte ich mich, als sie sich auf einen Stuhl neben mich setzte.

„Wahnsinnig viel Spaß." Sie überlegte. Dann wies sie den Barkeeper genau an, wie sie ihren Cocktail haben wollte.

„Wie geht es Neil heute Abend?"

Ihre Augen leuchteten kurz auf, dann schien sie sich wieder zu fangen.

„Neil? Gut, vermute ich. Ryan sieht gut aus, nicht wahr?", rettete sie sich rasch und wies auf den Rest unserer Gruppe, wo Mimi und Ryan immer noch ins Gespräch vertieft waren. Ryan sah wirklich gut aus in Jeans und einem Hemd, das exakt zu seinen grünen Augen passte – den Augen, die entzückt auf Miss Mimi gerichtet waren.

Wie konnten sie nur so blind sein?

„Neil sieht heute auch sehr gut aus", warf ich ein und konzentrierte mich wieder auf den muskulösen Sportnachrichtensprecher. Schwarzer Pullover, leichte Baumwollhose – er sah aus wie der perfekte Promi.

„Yep", sagte sie mit eisigem Tonfall und leckte Salz vom Rand ihres Glases.

Ich kicherte und legte ihr die Hand auf den Arm. „Komm schon, Hübsche, lass uns dich zurück zu deinem perfekten Mann bringen."

Wir schlossen uns der Gruppe wieder an.

Ich verließ die Party ein wenig früher als meine Freunde – müde, aber glücklich. Wieder einmal hatte ich den Abend allein verbracht und überlebt. Ich fragte mich, ob andere Singlefrauen die Freude verstanden, die darin bestand, das fünfte Rad am Wagen zu sein. Nicht gezwungen zu sein, Smalltalk mit einem Mann zu führen, mit dem man verkuppelt werden sollte, sich keine Gedanken über einen Idiot mit Pfefferkornpaniertem-Filet geschwängertem Atem machen zu müssen, der versuchte, seine sich windende Zunge in deinen Hals zu schieben, und dem gleichen Idioten nicht erklären zu müssen, warum man darauf bestand, ein Taxi nach Hause zu nehmen, wenn sein superschneller Camaro gleich um die Ecke geparkt ist.

Ich hatte eine Reihe von Beziehungen seit der Highschool genossen – oder sagen wir lieber meistens genossen –, aber ich hatte mich schon seit langer Zeit nicht mehr richtig verliebt. Nicht seit meinem Abschlussjahr auf dem College. Und seit diese Beziehung in die Brüche gegangen war, hatte ich nur eine Reihe von flüchtigen Affären gehabt, bei denen ich mich demjenigen nie richtig verbunden gefühlt hatte. Daher kam auch meine derzeitige Pause vom Daten. Alles in Einklang zu bringen, schien mir schwerer und schwerer zu fallen, als ich älter wurde, und der Vorgang an sich konnte ermüdend sein. Die kleine Caroline konnte sich dafür begeistern, aber Verstand und Herz schienen immer Bedenken zu haben. Zudem wirkte auf mich, nun da mein O auch wer weiß wie lange noch verschüttgegangen war, mein Single-Leben immer anziehender.

Während mir diese Gedanken durch den Kopf gingen und

ich in einem Taxi unterwegs nach Hause war, piepte mein Handy. Ich hatte eine SMS von einer Nummer erhalten, die ich nicht erkannte.

Hast du heute Abend Spaß?

Wer zum Teufel simste mir hier?

Wer zum Teufel simst mir hier?

Ich beugte mich vor und schlüpfte aus den Schuhen, während ich auf die Antwort wartete. Das waren fantastische High Heels, aber meine Füße taten verdammt weh. Mein Handy piepte wieder, und ich las.

Manche Leute nennen mich Wandbeben.

Ich hasste mich selbst ein wenig wegen der Art, in der sich meine nun nackten Zehen kringelten. Dumme Zehen!

Wandbeben, hm? Warte mal – woher hast du meine Nummer?

Ich wusste, dass er sie entweder von Mimi oder von Sophia erhalten hatte. Verdammte Mädels. In letzter Zeit reizten sie ihr Glück sehr aus.

Ich darf meine Quellen nicht verraten. Also, hattest du heute Nacht Spaß?

Okay, ich konnte dieses Spiel mitspielen.

Ja, hatte ich. Bin jetzt unterwegs nach Hause. Wie steht es auf der Grünen Insel? Bist du schon einsam?

Sie ist tatsächlich sehr schön. Frühstücke gerade. Und ich bin nie einsam.

Das glaube ich. Hast du meinen Pullover gekauft?

Daran arbeite ich noch. Will den richtigen finden.

Ja, bitte bring mir einen guten mit.

Darauf werde ich nicht antworten … Wie geht es deiner Muschi?

Darauf werde ich wirklich nicht antworten. Wolltest du was?

Dieses Nicht-drauf-antworten wird härter …

Ich weiß, was du meinst. Es ist hart, das Thema nicht anzurühren.

Okay, ich beende jetzt offiziell diese Runde. Die Anspielungen werden so zahlreich, dass ich nicht mehr klar sehen kann.

Och, ich weiß nicht. Es ist doch besser, wenn sie zahlreich sind …

Wow, ich genieße diesen Waffenstillstand mehr als ich gedacht hätte.

Ich gebe zu, dass er mir auch gut gefällt.

Bist du schon daheim?

Yep, gerade vor dem Gebäude vorgefahren.

Okay, ich warte, bis du drin bist.
Ich wette, du kannst es nicht erwarten, rein zu dürfen.
Du bist eine Teufelin, weißt du das?
Wurde mir schon mal gesagt. Okay, bin drin. Hab deine Tür gekickt.
Danke.
Bin nur eine gute Nachbarin.
Gute Nacht, Caroline.
Guten Morgen, Simon.

Ich lachte, als ich den Schlüssel im Schloss drehte und hineinging. Ich ließ mich auf die Couch fallen, während ich immer noch lachte. Clive sprang rasch auf meinen Schoß, und ich streichelte sein seidiges Fell, während er sein Willkommen schnurrte. Mein Handy piepte erneut.

Hast du wirklich meine Tür getreten?
Klappe. Geh frühstücken!

Ich lachte erneut und stellte mein Handy für die Nacht auf lautlos. Ich lehnte mich zurück in die Couch, Clive hockte auf meiner Brust, während ich mich ein wenig entspannte und meine Gedanken sich dem verdammten Wandbeben zuwandten. Es war erschreckend, wie deutlich ich ihn mir vorstellen konnte: weiche verwaschene Jeans, Wanderstiefel á la Jake Ryan aus dem Film „Das darf man nur als Erwachsener", eierschalfarbener gestrickter Rollkragenpullover, das Haar in Unordnung. Er stand irgendwo an einer steinigen Küste mit dem Meer im Hintergrund. Ein wenig Bräune, ein wenig wettergegerbt, Hände in den Hosentaschen. Und dieses Grinsen …

Kapitel 9

Textnachrichten zwischen Caroline und Simon:
Für dich ist ein Paket angekommen. Hab dafür unterzeichnet und es bei mir untergestellt.
Danke. Werde es holen, wenn ich wieder da bin. Wie geht's dir?
Gut, bin auf der Arbeit. Wie sind die Iren?
Glücklich. Wie ist dein verrückter Kater drauf?
Glücklich. Hab ihn dabei ertappt, wie er die Wände erklimmen wollte. Er sucht immer noch Maunzi. Vermisst sie.
Ich glaube nicht, dass eine Romanze zwischen den beiden in den Sternen steht.
Wahrscheinlich nicht ... Er wird aber nicht so schnell darüber hinweg sein. Muss vermutlich seine Katzenminze-Ration erhöhen.
Nicht zu sehr. Niemand mag eine Mieze, die kein ordentliches Gespräch führen kann.
Ich fürchte mich ein wenig vor dir.
LOL. Keine Angst. Warte dafür ab, bis ich dir Bonbons anbiete.
Wenn ich dich im Trenchcoat erwische, renne ich in die andere Richtung! Ach, wann kommst du heim?
Vermisst du mich ein wenig?
Nein. Ich wollte wieder ein paar Bilder an die Wand über dem Kopfteil meines Bettes aufhängen und frage mich, wie viel Zeit ich noch dafür habe.
Bin in 2 Wochen daheim. Wenn du so lang warten kannst, helfe ich dir. Das ist das Mindeste, was ich tun kann.
Wie wahr. Ich werde warten. Du bringst den Hammer mit, ich stifte die Cocktails.
Neugierig auf meinen Hammer, hm?
Ich gehe gleich über den Flur und kicke deine Tür.

Nachrichten zwischen Mimi und Caroline:
Liebes, halt dich fest! Das Haus von Sophias Großeltern ist nächsten Monat frei. Wir besuchen Tahoe, Baby!
Cool! Das wird schön. Ich wollte schon lange mal wieder mit meinen Mädels verreisen.
Wir überlegen, die Jungs einzuladen ... wär das okay für dich?
Klar. Ihr vier werdet viel Spaß haben.

Dummkopf! Natürlich bleibst du eingeladen.

Aww, danke! Ich liebe es, mit 2 Paaren ein romantisches Wochenende zu verbringen. FANTASTISCH!

Sei kein Arsch. Du kommst auf jeden Fall! Du wirst kein 5. Rad am Wagen sein. Es wird Spaß machen! Wusstest du, dass Ryan Gitarre spielt? Er bringt sie mit, und wir können dazu singen!

Was soll das werden? Ein Ferienlager? Nein, danke!

Nachrichten zwischen Mimi und Neil:

Hey, Großer, was machst du Mitte nächsten Monats?

Hey, Kleine. Noch nichts geplant. Was geht?

Sophias Großeltern überlassen uns das Tahoe-Haus. Bist du dabei? Frag Ryan …

Auf jeden Fall! Bin dabei. Ich frag den Nerd, ob er mitmacht.

Versuche, Caroline zum Mitkommen zu überreden.

Perfekt! Je mehr, desto besser. Das Treffen heute Abend mit Sophia und Ryan auf einen Drink steht?

Yep, bis dann!

Bis dann, Kleine.

Nachrichten zwischen Simon und Neil:

Hör auf, mich wegen Glücksbringern zu nerven!

Der kleine Kerl bringt mich jedes Mal zum Lachen! Hey, wann kommst du heim? Wir fahren nächsten Monat für ein Wochenende nach Tahoe.

Komme nächste Woche heim. Wer geht mit?

Sophia und Mimi, ich und Ryan. Vielleicht Caroline. Die ist ziemlich cool.

Yeah, ist sie, wenn sie nicht grad Schwanzblockade spielt. Tahoe, hm?

Yep, Sophias Großeltern haben dort ein Haus.

Nett!

Nachrichten zwischen Simon und Caroline:

Du fährst nach Tahoe?

Wie zum Henker hast du das schon wieder rausgefunden?

Ich komme halt rum … Neil ist ziemlich gespannt.

Oh, sicher. Sophia in einem Whirlpool – dafür muss ich nicht Einstein sein.

Moment, ich dachte, er datet Mimi.

Oh, tut er. Aber er denkt auf jeden Fall an Sophia in einem Whirlpool, glaub mir.

Was zur Hölle?

Seltsame Dinge geschehen hier in San Francisco. Sie daten jeweils die falsche Person.

Was?

Es ist eigentlich schockierend. Mimi kann nicht aufhören, von Ryan zu reden, der sie normalerweise wie ein kleiner trauriger Welpe anstarrt. Und Sophia schwärmt so von Neils gigantischen Männerhänden, dass sie nicht erkennt, dass er direkt zu ihr zurückstarrt. Ziemlich witzig.

Warum wechseln sie nicht?

Sprach der Kerl mit dem Harem … Es ist nicht immer so einfach.

Warte, bis ich heimkomme. Ich werde mich drum kümmern.

Okay, Mr. Dating-Guru. Vor oder nachdem du meine Bilder aufgehängt hast?

Keine Sorge, Rosa Nachthemdchen. Ich komme auf jeden Fall in dein Schlafzimmer.

Seufz

Hast du tatsächlich gerade das Wort seufz getippt?

Seufz …

Fährst du nach Tahoe?

Nicht, wenn ich es verhindern kann. Obwohl es fast wert wäre, das Chaos zu beobachten, wenn die 4 es endlich raffen.

Stimmt.

Nachrichten zwischen Caroline und Sophia:

Wieso muss ich hören, dass du nicht nach Tahoe kommst?

Urks! Was ist so schlimm dran?

Ruhig, du kleine Handgranate. Was ist dir denn in den Hintern gekrochen?

Verstehe nur nicht, wieso es notwendig ist, dass ich euch auf ein romantisches Wochenende begleite. Ich bin absolut zufrieden damit, das nächste Mal mitzufahren. Mit euch hier auszugehen, ist das eine. Aber mich euch nach Tahoe anzuschließen? Nee, danke.

So wird es nicht sein. Versprochen.

Ich muss schon Simon beim Hämmern an meine Wand zuhören, wenn er daheim ist. Ich muss nicht Ryan zuhören, wenn er dich im

nächsten Zimmer durchnimmt, oder wie Mimi durch die Mangel genommen wird.
Glaubst du, dass er sie in die Mangel nimmt?
Was?
Neil. Glaubst du, er nimmt sie in die Mangel?
Er ... wie bitte?
Oh, du weißt, was ich meine ...
Fragst du mich allen Ernstes, ob unsere liebe alte Freundin Mimi Sex mit ihrem neuen männlichen Spielzeug hat?
Ja! Frage ich!
Um ehrlich zu sein, nein. Sie nehmen sich noch nicht in die Mangel. Moment mal. Warum fragst du? Du hast mit Ryan geschlafen, richtig?
Richtig???
Muss weg.

Nachrichten zwischen Sophia und Ryan:
Ist es seltsam, dass wir uns ständig zu Doppeldates mit Mimi und Neil treffen?
Was?
Ist es seltsam?
Keine Ahnung. Ist es das?
Ja. Heute Abend kommst du rüber, allein, und wir sehen uns einen Film an.
Ja, Ma'am.
Und bitte deinen Kumpel Simon mal, nach Tahoe zu kommen.
Irgendein bestimmter Grund, weshalb ich das tue?
Yep.
Teilst du ihn mit mir?
Nope. Bring Popcorn mit.

Nachrichten zwischen Ryan und Simon:
Geht dir das Grün schon auf die Nerven?
Ich bin bereit für die Heimreise, ja. Mein Flug geht spät morgen Nacht. Oder heute Nacht. Scheiße, keine Ahnung.
Sophia hat mich gebeten, dich offiziell zu fragen, ob du mit nach Tahoe kommen willst. Kommst du?
Tahoe, hm?
Yep. Ich glaube, Caroline kommt.

Ich dachte, sie wollte nicht.
Hast du mit der Schwanzblockade geredet?
Ein bisschen. Sie ist ziemlich cool. Der Waffenstillstand scheint zu halten.
Hmm. Also, was ist mit Tahoe?
Lass mich drüber nachdenken. Windsurfen am Wochenende?
Yep.

Nachrichten zwischen Simon und Caroline:
Bin zum Tahoe-Ausflug eingeladen worden. Fährst du mit?
Du bist eingeladen worden? Urks …
Du bist immer noch nicht von der Vorstellung begeistert, wie ich vermute?
Bin nicht sicher. Ich liebe es da oben, und das Haus ist fantastisch. Fährst du?
Fährst du?
Ich hab zuerst gefragt.
Na, und?
Kleinkind! Ja, ich denke, ich werde mitfahren.
Großartig! Ich liebe es dort oben.
Oh, jetzt fährst du auch mit?
Ach, wieso nicht? Hört sich witzig an.
Hmm, wir werden sehen. Du kommst morgen heim, ja?
Yep, Spätflug und dann schlafe ich für mindestens einen Tag.
Lass mich wissen, wenn du wach bist. Ich hab dieses Paket für dich.
Mache ich.
Und ich backe Zucchinibrot heute Nacht. Werde dir etwas aufheben. Du hast vermutlich nichts zu essen daheim, oder?
Du machst Zucchinibrot?
Yep.
Seufz …

Ich wachte plötzlich auf und hörte Musik von nebenan. Duke Ellington. Ich sah auf die Uhr. Es war zwei Uhr früh. Clive steckte seinen Kopf unter der Decke hervor und fauchte.

„Oh, sei still. Sei nicht eifersüchtig", fauchte ich zurück.

Er sah mich böse an und drehte mir sein Hinterteil zu, als er sich umwandte und sich Kopf voraus seinen Weg zurück unter die Decke bahnte.

Ich kuschelte mich wieder ins Bett und lächelte, während ich der Musik lauschte.

Simon war wieder daheim.

Am nächsten Morgen war ich beim Aufwachen so glücklich, dass es Samstag war. Ich hatte alles erledigt: Wäsche, Einkäufe. Heute war ein Tag nur zum Genießen und Entspannen. Fantastisch!

Ich entschied mich, mit einem schönen langen Bad zu starten, und danach zu überlegen, was ich mit meinem Tag anfangen wollte. Ich dachte dabei an eine Joggingrunde im Golden Gate Park am Nachmittag. Der Herbst in San Francisco ist so hübsch, wenn das Wetter gut ist. Ich könnte auch ein Buch mitnehmen und den ganzen Nachmittag dort verbringen.

Ich begann mit dem Bad, und Clive kam herein, um mir Gesellschaft zu leisten. Er wand sich um meine Beine, als ich meinen Pyjama auf den Boden fallen ließ, und miaute beim Erforschen des Badewannenrandes. Er liebte es, auf dem Rand zu balancieren, während ich ein Bad nahm. Er war bisher nie hineingefallen, obwohl er manchmal seinen Schwanz hineinstreckte. Dummer Kater – eines Tages würde mehr als nur sein Schwanz im Wasser landen.

Ich prüfte die Temperatur. Das Wasser kroch gerade an der Seite meiner gigantischen Badewanne empor, als ich mich entschloss, dass ich einen kleinen Kaffee brauchte, bevor ich mich in die Wanne setzte. Ich tappte hinaus in die Küche – nackt wie Gott mich schuf –, um mir einen zuzubereiten. Ich gähnte, als ich die Bohnen für die Kaffeemühle abmaß.

Ich warf ein paar Löffel voll in den Filter und holte das Wasser. Gerade als ich den Hebel betätigte, begann das Kreischen.

Zuerst hörte ich Clive miauen wie nie zuvor. Dann hörte ich Platschen. Ich begann zu lächeln, weil ich dachte, dass er endlich hineingefallen war, als das Wasser mir aus dem Spülbecken direkt ins Gesicht schoss.

Ich blinzelte heftig und verwirrt, bis ich begriff, dass Wasser oben aus dem Hahn sprudelte und meine gesamte Küche taufte.

„Scheiße!", schrie ich und versuchte, den Hahn zuzudrehen. Keine Chance.

Ich rannte immer noch fluchend ins Bad und entdeckte Clive, der sich klatschnass hinter der Toilette versteckte. Der Hahn der Badewanne versprühte überall Wasser im Badezimmer.

„Was in aller…", rief ich und versuchte erneut, das Wasser abzudrehen.

Dann begann ich zu paniken. Es schien, als ob sich mein Apartment vom einen auf den anderen Moment in ein baufälliges Irrenhaus verwandelt hatte. Wasser spritzte überall hin, und Clive kreischte immer noch aus voller Seele.

Ich war nackt, patschnass und flippte gerade aus.

„Gottverdammteheiligescheißeverdammtverdammt!", rief ich und packte ein Handtuch. Ich versuchte nachzudenken, versuchte mich zu beruhigen. Irgendwo musste es doch einen Haupthahn geben, mit dem man das Wasser abdrehen konnte. Ich hatte Häuser renoviert, verdammt noch mal! Denk nach, Caroline!

Ungefähr zu diesem Zeitpunkt hörte ich das Hämmern, das irgendwo aus der Wohnung erklang. Natürlich dachte ich erst, dass es aus dem Schlafzimmer erklang, aber nein, es war die Vordertür.

Mit dem um mich gewickelten Handtuch und fluchend, dass ein Matrose rot geworden wäre, stapfte ich los und rutschte glücklicherweise nicht in dem sich sammelnden Wasser aus. Wütend riss ich die Tür auf.

Es war Simon.

„Spinnst du? Was brüllst du hier so rum?"

Ich nahm fast nicht die Boxershorts mit dem grünen Tartanmuster, das vom Schlaf verstrubbelte Haar oder die Bauchmuskeln wahr. Fast nicht.

Der Überlebensinstinkt sprang an, und ich packte ihn am Ellbogen, während er sich die Augen rieb, und zog ihn in die Wohnung. „Wo zum Teufel ist der Haupthahn für das Wasser in diesen Wohnungen?", kreischte ich.

Er sah sich in dem Chaos um: Wasser spritzte aus der Küche, Wasser stand auf dem Badezimmerboden, und ich in meinem „Camp Snoopy"-Handtuch, das das erste war, das mir in die Finger geraten war.

Selbst in einer Krise nahm sich Simon 2,5 Sekunden, um sich meinen halbnackten Körper anzusehen. Okay, ich hatte vielleicht selbst 3,2 Sekunden seinen betrachtet.

Dann setzten wir uns beide in Bewegung. Er rannte ins Bad, wie ein Mann mit einem Plan, und ich hörte, wie er herumrumorte. Clive fauchte und flitzte heraus, direkt in die Küche. Als er begriff, dass es dort genauso nass war, sprang er in einem Anfall von Akrobatik durch den Raum und landete hoch oben auf dem Kühlschrank. Ich wollte ins Bad rennen, um zu helfen, und stieß mit Simon zusammen, als er in die Küche rannte. Unbeirrt rutschte er über den Boden und öffnete die Schranktüren unter dem Spülbecken. Er begann meine Putzsachen auf dem Boden zu verteilen, und ich vermutete, dass er versuchte, an den Haupthahn zu kommen.

Ich versuchte nicht zu bemerken, wie seine Boxershorts an seinem Hintern klebten. Ich versuchte es wirklich. Er war jetzt auch patschnass, und genau in diesem Moment glitten seine Füße unter ihm weg, was ihn hart auf dem Boden aufkommen ließ.

„Aua", sagte er von seiner Position unterhalb des Spülbeckens. Seine Beine waren nun auf meinem nassen Küchenboden ausgestreckt. Dann rollte er sich herum. Er war klitschnass und ein klein wenig herrlich. „Komm rüber und hilf mir. Ich kriege den hier nicht zu." Seine Stimme dröhnte über das rauschende Wasser und das Miauen der Katze hinweg.

Ich kniete mich vorsichtig neben ihn, da ich ja nur ein Handtuch trug, und versuchte, seinen Körper nicht anzustarren – seinen nassen, großen, schlanken Körper, der gefährlich nahe an meinem war. Eine weitere Wasserfontäne, die direkt in mein Auge schoss, riss mich aus meiner Benommenheit und brachte mich dazu, meine Konzentration in den Griff zu bekommen.

„Was soll ich machen?", rief ich.

„Hast du einen Schraubenschlüssel?"

„Ja!"

„Kannst du ihn holen?"

„Sicher!"

„Warum brüllst du?"

„Keine Ahnung!" Ich saß neben ihm und versuchte, unter die Spüle zu blicken.

„Dann hol das Teil, verdammt noch mal!"

„Richtig. Richtig!" Ich rannte zum Schrank im Flur.

Als ich zurückkam, rutschte ich ein wenig auf den nassen Fliesen und glitt zurück an seine Seite.

„Hier!", rief ich und streckte den Schraubenschlüssel unter die Spüle.

Ich beobachtete ihn bei der Arbeit. Sein Gesicht war verdeckt, seine Arme angespannt, und ich sah, wie stark er wirklich war. Ich sah voller Bewunderung, wie sich seine Bauchmuskeln anspannten und sechs kleine Pakete zum Vorschein kamen. Oha, es waren sogar acht. Und dann ließ sich das V sehen. Hallo, V …

Er grunzte und stöhnte und setzte seinen ganzen Körper ein, um den Haupthahn zuzudrehen. Er kämpfte die Schlacht mit dem Haupthahn und kam siegreich daraus hervor. Ich behielt auch diese grünen Tartanboxershorts im Auge, die, wenn sie nass wurden, wie eine zweite Haut an ihm hingen. Haut, die nass war und vermutlich warm und …

„Hab's!"

„Hurra!" Ich klatschte, als das Wasser endlich stoppte. Er ließ ein letztes Stöhnen hören, das auf seltsame Weise vertraut klang, und entspannte sich. Ich beobachtete, wie er unter der Spüle hervor glitt.

Er lag neben mir auf dem Boden, nass und in seinen Boxershorts.

Ich saß neben ihm, nass und in ein Handtuch gehüllt.

Clive saß auf dem Kühlschrank, nass und wütend.

Clive schrie-miaute weiter, und Simon und ich starrten uns weiter an. Beide atmeten wir schwer – Simon wegen seines Kampfes und ich … wegen seines Kampfes. Clive sprang schließlich vom Kühlschrank auf den Tresen und rutschte in einer Pfütze aus. Er traf mein Radio, prallte zurück und fiel auf den Boden. Marvin Gaye dröhnte laut in der nassen Küche, als Clive sich schüttelte und in das Wohnzimmer rannte.

„Let's get it on …", sang Marvin, als ob er damit meinte, dass Simon und ich zur Sache kommen sollten. Wir sahen uns an, und unsere Gesichter wurden knallrot.

„Willst du mich verarschen?", sagte ich.

„Das kann doch nicht wahr sein", sagte er, und wir begannen beide zu lachen – wegen des Chaos, der Lächerlichkeit des Ganzen, der kompletten Idiotie dessen, was gerade geschehen war, und der Tatsache, dass wir jetzt halbnackt in meiner Küche lagen, die unter Wasser stand, uns ein Lied anhörten, das uns dazu aufforderte, „zur Sache zu kommen", und wie verrückt lachten.

Schließlich setzte ich mich auf und wischte mir die Tränen aus den Augenwinkeln. Er richtete sich neben mir auf und hielt sich den Magen.

„Das ist wie eine schlechte Episode von „Herzbube mit zwei Damen"." Er gluckste.

„Stimmt. Ich hoffe, jemand hat Mr. Furley gerufen." Ich kicherte und zog das Handtuch enger um mich.

„Sollen wir das Chaos hier aufräumen?", fragte er und stand auf.

Ich bemerkte, dass seine Boxershorts und alles, was er darin mit sich herumtrug, nun auf Augenhöhe mit mir waren. Ruhig, Klein-Caroline.

„Ja, ich schätze, das sollten wir." Ich lachte noch einmal, als er mir seine Hand reichte, um mir aufzuhelfen. Ich bekam keinen festen Halt unter den Füßen, daher klammerte ich mich an seine Hände. Meine Füße rutschten wild auf dem Boden umher.

„Das klappt so niemals", murmelte er und hob mich hoch. Er trug mich in das Wohnzimmer und setzte mich ab. „Pass hier auf. Snoopy rutscht ein wenig", bemerkte er und deutete auf den Teil des Handtuchs, der meine beiden Mädels bedeckte.

„Das hättest du wohl gern, hm?", gab ich zurück und zog das Handtuch erneut fester um mich.

„Ich werde mich umziehen und bringe dir ein paar trockene

Handtücher. Versuch, Probleme zu vermeiden." Er zwinkerte und ging zurück in seine Wohnung.

Ich lachte wieder und ging ins Badezimmer, wo Clive gerade Hügel unter der Bettdecke spielte.

Ich sah in den Spiegel über meiner Kommode, während ich nach etwas suchte, das ich anziehen konnte. Ich glühte förmlich. Hmm. Musste das ganze kalte Wasser sein.

Eine Stunde später hatten wir die Dinge wieder unter Kontrolle. Wir hatten das Wasser aufgewischt, die Leute unter mir informiert für den Fall, dass das Wasser seinen Weg nach unten gefunden hatte, und einen Monteur gerufen.

Wir bewegten uns Richtung Vordertür und wischten das letzte Nass mit den Handtüchern auf, die Simon großzügig gesponsert hatte.

„Was für ein Schlamassel!", rief ich, zog mich selbst vom Boden hoch und sank auf die Couch.

„Hätte schlimmer sein können. Du hättest damit konfrontiert werden können, nachdem du nur drei Stunden Schlaf gehabt hast und von einer Frau geweckt worden bist, die aus voller Lunge geschrien hat", sagte er und setzte sich auf die Armlehne der Couch. Ich hob eine Augenbraue, und er ruderte zurück. „Okay, schlechtes Beispiel, da dieses Szenario etwas ist, womit du Erfahrung hast. Was wirst du jetzt tun?"

„Keine Ahnung. Ich muss hier bleiben und auf den Kerl warten, der diesen Mist in Ordnung bringt. In der Zwischenzeit sitze ich hier ohne Wasser, was bedeutet, dass ich keinen Kaffee, keine Dusche, kein gar nichts habe. Mist", murmelte ich und verschränkte die Arme vor der Brust.

„Na ja, ich vermute, ich werde auf der anderen Seite des Flurs sein, Kaffee trinken und über meine Dusche nachdenken, wenn du was brauchst", sagte er und ging Richtung Tür.

„Du Mistkerl machst mir gefälligst Kaffee!"

„Willst du auch meine Dusche?"

„Du würdest da nicht mit mir drinstehen, weißt du?"

„Na, gut. Du kannst trotzdem eine nehmen. Komm schon, du kleine Schwanzblockade", schnaubte er, zog mich von der Couch und führte mich über den Flur.

Clive gab einen letzten wütenden Schrei aus dem Schlafzimmer von sich, und ich rief ihm ein Psst zu.

„Oh, warte, ich hole das Frühstück!" Ich packte mir ein in Folie gepacktes Päckchen vom Tisch.

„Was ist das?", fragte er.

„Dein Zucchinibrot."

Ich schwöre, er biss sich fast durch seine Unterlippe. Er musste Zucchinibrot wirklich sehr mögen.

Dreißig Minuten später saß ich an Simons Küchentisch, hatte meine Beine unter mich gezogen, trank French-Press Kaffee und trocknete mir die Haare mit einem Handtuch. Er schien entspannt und glücklich zu sein und hatte den gesamten Zucchinibrotlaib verschlungen. Ich hatte gerade eine halbe Scheibe abbekommen, bevor er sich den Rest geschnappt und sich einen großen Happen in den Mund geschoben hatte.

Er schob sich vom Tisch weg und tätschelte mit einem Stöhnen seinen vollen Bauch.

„Möchtest du noch einen Laib? Ich hab genug gebacken, du kleines Schweinchen." Ich kräuselte die Nase.

„Ich nehme alles, was du mir geben willst, Nachthemdchen. Du hast ja keine Ahnung, wie sehr ich hausgemachtes Brot liebe. Seit Jahren hat niemand mehr so etwas für mich gemacht." Er stieß einen kleinen Rülpser aus.

„Ah, wie sexy." Ich runzelte die Stirn und nahm meine Kaffeetasse mit ins Wohnzimmer und öffnete die Vordertür, um rasch in den Flur zu sehen, ob der Monteur schon aufgetaucht war.

Simon folgte mir und setzte sich auf seine große, bequeme Couch. Ich wanderte herum und sah mir seine Fotos an. Er besaß eine Reihe von Schwarzweißbildern an der einen Wand, mehrere Drucke der gleichen Frau an einem Strand. Hände, Füße, Bauch, Schultern, Rücken, Beine, Zehen und am Ende ein einziges ihres Gesichts. Sie war wunderschön.

„Das ist sehr schön. Eine aus deinem Harem?", fragte ich und sah über die Schulter zu ihm.

Er seufzte und fuhr sich mit der Hand durch das Haar.

„Nicht jede Frau ist in meinem Bett gelandet, okay?"

„Sorry, war ein Scherz. Wo hast du sie aufgenommen?" Ich setzte mich neben ihn.

„An einem Strand in Bora-Bora. Ich habe an einer Reisefoto-Serie gearbeitet: die schönsten Strände des Südlichen Pazifik. Es war ein wenig retro. Sie war an einem der Tage am Strand. Sie war eine Einheimische, und das Licht war perfekt, also habe ich gefragt, ob ich ein paar Aufnahmen machen darf. Sie sind sehr gut geworden."

„Sie ist wunderschön", sagte ich und nippte an meinem Kaffee.

„Ja", stimmte er mir mit einem niedlichen Lächeln zu.

Wir tranken schweigend. Die Stille war kameradschaftlich.

„Also, was hast du heute noch geplant?", fragte er.

„Du meinst, bevor meine Rohre revoltiert haben?"

„Ja, vor dem Angriff." Er grinste mir mit funkelnden blauen Augen über den Rand seiner Tasse hinweg zu.

„Eigentlich hatte ich nicht viel geplant, und das war ganz gut so. Ich wollte laufen gehen, vielleicht am Nachmittag draußen sitzen und lesen." Ich seufzte, und es fühlte sich alles gerade warm und bequem und kuschelig an. „Was ist mit dir?"

„Ich wollte den ganzen Tag schlafen, bevor ich mich dem Wäscheberg widme."

„Du kannst schlafen, wenn du willst. Ich kann in meiner eigenen Wohnung warten." Ich stand auf. Der arme Kerl war spät nach Hause gekommen, und ich hielt ihn vom Schlafen ab.

Aber er winkte ab und zeigte auf die Couch. „Ich weiß es besser. Wenn ich schlafe, werde ich die restliche Woche unter Jetlag leiden. Ich muss mich so rasch wie möglich wieder an die Pazifische Zeitzone gewöhnen, daher ist es wahrscheinlich gut, dass deine Rohre angegriffen haben."

„Hmm, vermutlich. Also, wie war Irland? Hattest du Spaß?", fragte ich und setzte mich wieder.

„Ich habe immer Spaß, wenn ich verreise."

„Himmel, was für ein großartiger Job! Das würde mir gefallen, so zu reisen, aus dem Koffer zu leben, die Welt zu sehen, faszinierende …" Ich verstummte, während ich mir die Fotos erneut ansah. Ich entdeckte ein schlankes Regal an der gegenüberliegenden Wand, in dem kleine Fläschchen standen. „Was ist das?", fragte ich und ging zu dem interessanten kleinen Regal. Sie enthielten etwas, das wie Sand aussah. Einige waren weiß, andere grau, die nächsten rosa und eine war fast pechschwarz. Sie trugen alle ein Etikett. Während ich sie mir ansah, fühlte ich eher als dass ich es sah, wie er sich hinter mir bewegte. Sein Atem strich mir warm am Ohr vorbei.

„Jedes Mal, wenn ich einen neuen Strand besuche, bringe ich ein wenig Sand mit, um eine Erinnerung daran zu haben, wo ich war und wann ich dort war", antwortete er mit leiser und wehmütiger Stimme.

Ich sah mir die Flaschen genauer an und staunte über einige der Namen, die ich dort entzifferte: Harbour-Island – Bahamas, Prince William Sound – Alaska, Punaluu – Hawaii, Vik – Island, Sanur – Fidschi, Patara – Türkei, Galizien – Spanien.

„Und du bist überall dort gewesen?"

„Mmm-hmm."

„Und warum bringst du Sand mit heim? Warum nicht Postkarten oder, noch besser, die Bilder, die du machst? Sind das nicht genug Souvenirs?" Ich drehte mich zu ihm um.

„Ich mache Bilder, weil ich das liebe und es mein Job ist. Aber das hier? Das ist fühlbar, anfassbar, real. Ich kann es berühren. Es ist Sand von Kontinenten, auf dem ich tatsächlich gestanden habe. Das bringt mich sofort wieder dorthin zurück." Seine Augen bekamen einen träumerischen Glanz.

Jeder andere Kerl, in jeder anderen Umgebung, hätte sich kitschig angehört. Aber Simon? Der Typ musste natürlich tiefsinnig sein. Verdammt.

Meine Finger fuhren weiter über all die Fläschchen – es waren fast mehr als ich zählen konnte. Meine Fingerspitzen blieben länger an einigen aus Spanien hängen, und er bemerkte es.

„Spanien, hm?"

Ich sah ihn an. „Yep, Spanien. Wollte ich schon immer mal hin. Und das werde ich auch eines Tages machen." Ich seufzte und ging zurück zur Couch.

„Reist du viel?", fragte er und setzte sich wieder neben

mich.

„Ich versuche, jedes Jahr irgendwohin zu reisen. Es ist nichts so schickes wie bei dir oder so häufig, aber ich versuche, jedes Jahr zu verreisen."

„Du und die Mädels?" Er lächelte.

„Manchmal, aber in den letzten Jahren bin ich gern allein unterwegs gewesen. Es ist irgendwie schön, wenn man sein eigenes Tempo bestimmen kann, gehen kann, wohin man will, und nicht erst jedes Mal ein Komitee einberufen muss, wenn man zum Essen ausgehen will, verstehst du?"

„Ich verstehe schon. Ich bin nur überrascht." Er runzelte die Stirn.

„Überrascht, dass ich gern allein reise? Du machst Witze! Das ist doch das Größte!"

„Zum Teufel, ich werde darüber nicht mit dir streiten. Ich bin nur überrascht. Die meisten Menschen reisen nicht gern allein – es wäre zu überwältigend oder zu furchterregend. Und sie glauben, dass sie dann einsam wären."

„Fühlst du dich jemals einsam?", fragte ich.

„Ich hab's dir doch schon mal gesagt. Ich bin nie einsam." Er schüttelte den Kopf.

„Ja, ja, ich weiß. Simon hat gesprochen, aber ich muss sagen, dass ich ein paar Probleme habe, das zu glauben." Ich drehte eine Locke meines fast trockenen Haares um meinen Finger.

„Fühlst du dich einsam?", fragte er.

„Wenn ich verreise? Nein, ich bin eine großartige Reisebegleitung", antwortete ich sofort.

„Ich hasse es, zustimmen zu müssen, aber ich würde dir da recht geben", sagte er und hob seine Tasse zum Toast auf mich.

Ich lächelte und errötete ein wenig, auch wenn ich es hasste, dass meine Wangen heiß wurden. „Wow! Werden wir etwa Freunde?"

„Hmm, Freunde …" Er schien sorgfältig nachzudenken und mich und mein derzeitiges Erröten genau unter die Lupe zu nehmen. „Ich glaube, das sind wir schon."

„Interessant. Von Schwanzblockade zum Freund. Nicht

schlecht." Ich kicherte und stieß mit seiner Tasse an.

„Oh, ich muss erst noch sehen, ob dein Schwanzblockade-Status auch wirklich aufgehoben worden ist", sagte er.

„Gib mir einfach nur Bescheid, bevor Spanky das nächste Mal rüberkommt, okay, mein Freund?" Ich lachte über seine verwirrte Miene.

„Spanky?"

„Ah, ja, nun, du kennst sie als Katie." Ich lachte.

Endlich besaß er den Anstand zu erröten und lächelte peinlich berührt. „Nun, Miss Katie ist nicht länger Teil meines Harems, wie du ihn so nett nennst."

„Oh, nein! Ich habe sie gemocht. Hast du sie zu hart verhauen?", neckte ich ihn. Mein Kichern geriet langsam außer Kontrolle.

Er fuhr sich hektisch mit den Händen durchs Haar. „Ich muss dir gestehen, dass das wirklich die seltsamste Unterhaltung ist, die ich jemals mit einer Frau geführt habe."

„Ich zweifle daran, aber ernsthaft mal: Wohin ist Katie gegangen?"

Er lächelte still vor sich hin. „Sie hat jemand anderen getroffen und scheint wirklich glücklich zu sein. Daher haben wir unsere körperliche Beziehung natürlich beendet, aber sie ist immer noch eine gute Freundin."

„Ah, das ist gut." Ich nickte und schwieg einen Moment lang. „Wie funktioniert das eigentlich?"

„Wie funktioniert was?"

„Na, du musst zugeben, dass deine Beziehungen immer sehr unkonventionell waren. Wie schaffst du das, jede glücklich zu machen?", bohrte ich nach.

Er lachte. „Du fragst doch nicht ernsthaft danach, wie ich diese Frauen befriedige, oder?" Er grinste.

„Verdammt, nein! Ich habe gehört, wie du das tust. Dahingehend ist keine Frage offengeblieben. Ich meine, wie gelingt es dir, dass keiner dabei emotional verletzt wird?"

Er überlegte kurz. „Ich vermute, weil wir offenen Auges in diese Beziehungen gehen. Es ist ja nicht so, als ob ich bewusst angefangen hätte, mir so eine kleine Welt aufzubauen. Katie und ich haben uns einfach immer gut verstanden, besonders im Bett, also sind wir einfach in diese Beziehung hineingeraten."

„Ich mag Spanky – ich meine Katie. War sie die Erste? Im Harem?"

„Genug vom Harem. Du lässt das so schäbig klingen. Katie und ich sind gemeinsam aufs College gegangen, haben versucht, miteinander auszugehen, aber es hat nicht geklappt. Sie ist großartig, obwohl sie … Moment mal. Bist du sicher, dass du all das hören willst?"

„Oh, ich lausche dir andächtig. Ich habe darauf gewartet, dieser besonderen Sache auf den Grund zu gehen, seit du das erste Mal dieses Bild mitsamt dem Putz von meiner Wand gedonnert und es mir dabei über die Rübe gezogen hast." Ich lächelte, lehnte mich auf der Couch zurück und zog meine Knie an.

„Ich habe ein Bild von deiner Wand fallen lassen?", fragte er und sah zu gleichen Teilen amüsiert und stolz aus. Typisch Mann!

„Fokus, Simon! Pack aus, was deine Damenbrigade betrifft. Und lass kein Detail aus. Das hier ist besser als HBO."

Er lachte und setzte sein Geschichtenerzählergesicht auf. „Also, alles begann vor langer Zeit mit Katie. Als Pärchen funktionierten wir einfach nicht, aber als wir uns vor ein paar Jahren nach dem College wieder begegneten, gingen wir vom Kaffeetrinken zum Essen über, und das Abendessen wurde zu ein paar Drinks, und die Drinks wurden zu … nun ja, wir landeten eben im Bett. Niemand von uns ging mit jemandem aus, also haben wir uns getroffen, wann immer ich in der Stadt war. Sie ist einfach großartig. Sie ist nur … Ich weiß nicht, wie ich es am besten beschreiben soll. Sie ist … weich."

„Weich?"

„Ja. Sie besteht nur aus Rundungen und ist warm und süß. Sie ist einfach … weich. Sie ist wunderbar."

„Und Maunzi?"

„Nadia. Ihr Name ist Nadia."

„Ich habe einen Kater, der steif und fest etwas anderes behauptet."

„Nadia habe ich in Prag getroffen. Ich habe im Winter eine

Fotosession gehabt. Normalerweise mache ich nie Modefotografien, aber die Vogue hat angefragt – sehr künstlerisch und sehr konzeptuell. Sie besaß ein Haus außerhalb der Stadt. Wir haben ein nacktes Wochenende zusammen verbracht, und als sie in die Staaten zog, hat sie nach mir gesucht. Sie arbeitet momentan an ihrem Master-Studiengang in Internationalen Beziehungen. Es ist meines Erachtens verrückt, dass sie mit 25 Jahren am Ende ihrer Model-Karriere angelangt ist. Daher arbeitet sie hart daran, etwas anderes zu machen. Sie ist sehr klug. Sie hat die ganze Welt bereist und spricht fünf Sprachen! Sie ist auf die Sorbonne-Universität in Paris gegangen. Wusstest du das?"

„Woher sollte ich?"

„Tja, es ist einfach, Vorurteile zu haben, wenn man jemanden nicht kennt, hm?" Er beäugte mich.

„Touché." Ich nickte und stupste ihn mit dem Fuß an, damit er weiter erzählte.

„Und dann kam Lizzie. Oh, Mann, die Frau ist verrückt! Ich habe sie in London kennen gelernt. Sie war stockbesoffen in einem Pub, ist zu mir gekommen, hat mich am Kragen gepackt, abgeknutscht und dann mit nach Hause geschleppt. Diese Frau weiß genau, was sie will, und scheut sich nicht, es sich zu nehmen."

Ich erinnerte mich an einige ihrer lauteren Momente in deutlichen Details. Sie war wirklich sehr spezifisch in dem, was sie wollte, wenn man über das Kichern hinwegsehen konnte.

„Sie ist Anwältin, und einige ihrer Hauptklienten leben hier in San Francisco. Ihr Geschäft sitzt in London, aber wenn wir beide in der gleichen Stadt sind, stellen wir sicher, dass wir uns treffen. Und das ist alles."

„Das ist alles? Drei Frauen, und das ist alles. Wieso werden sie nicht eifersüchtig? Wieso sind sie alle damit einverstanden? Und willst du nicht mehr? Wollen sie nicht mehr?"

„Momentan nicht. Jeder bekommt genau das, was er will, daher ist alles gut. Und ja, sie wissen alle voneinander, und da hier niemand verliebt ist, hat niemand Erwartungen, die über eine Sexfreundschaft hinausgehen. Versteh mich nicht falsch, ich mag sie alle und liebe sie auf ihre jeweilige Weise. Ich habe Glück. Diese Frauen sind großartig. Aber ich bin zu beschäftigt, um wirklich mit jemandem auszugehen, und die meisten Frauen wollen sich keinen Freund aufhalsen, der öfter in der Welt herumreist, als dass er zu Hause ist."

„Ja, aber nicht alle Frauen wollen das Gleiche. Wir wollen nicht alle das Häuschen mit Vorgarten."

„Jede Frau, mit der ich bisher ausgegangen bin, hat gesagt, dass sie das nicht will, aber dann will sie es doch. Und das ist in Ordnung – ich verstehe das ja auch –, aber mit meinem Terminplan, der so vollgestopft ist, ist es für mich sehr schwer, mit jemandem zusammen zu sein, der möchte, dass ich etwas sein soll, was ich einfach nicht bin."

„Also hast du dich noch nie verliebt?"

„Das habe ich nicht gesagt, oder?"

„Aha, du warst also schon mal in einer Beziehung mit nur einer Frau?"

„Natürlich, aber wie ich schon gesagt habe: Sobald mein Leben zu dem wurde, was es heute ist – das ständige Verreisen –, wurde es schwer, mit diesem Kerl weiter zusammen zu bleiben. Zumindest war das der Grund, den mir meine Ex genannt hat, als sie angefangen hat, mit einem Buchhalter auszugehen. Du weißt schon: Er trägt einen Anzug und eine Aktentasche, kommt jeden Abend um sechs Uhr heim – das scheint etwas zu sein, das Frauen haben wollen." Er seufzte, stellte seine Tasse ab und lehnte sich wieder zurück in die Couch. Seine Worte sagten, dass ihm das alles nichts ausmachte, aber der sehnsüchtige Blick auf seinem Gesicht sprach eine ganz andere Sprache.

„Das ist nicht das, was alle Frauen wollen", erwiderte ich.

„Ich korrigiere, das ist es, was alle Frauen, mit denen ich ausgegangen bin, haben wollten. Zumindest bisher. Daher hat das, was ich momentan habe, so gut für mich geklappt. Diese Frauen, mit denen ich die Zeit verbringe, wenn ich daheim bin? Sie sind wunderbar. Sie sind glücklich, ich bin glücklich. Warum sollte ich das aufs Spiel setzen?"

„Okay, du bist jetzt schon mal auf zwei zurückgefallen, und ich glaube, du würdest das anders sehen, wenn die richtige

Frau vorbei käme. Die richtige Frau für dich würde nicht wollen, dass du etwas an deiner Lebensweise änderst. Sie würde dein Spiel nicht unterbrechen, sondern sich dazusetzen und mitspielen."

„Du bist eine Romantikerin, oder?" Er lehnte sich vor und stupste meine Schulter an.

„Ich bin eine praktische Romantikerin. Ich kann die Vorteile darin sehen, wenn ein Mann viel reist, weil ich – ehrlich gesagt – meinen Freiraum mag. Ich okkupiere auch das ganze Bett, daher ist es für mich schwer, mit jemandem einzuschlafen." Ich schüttelte wehmütig den Kopf, als ich daran dachte, wie rasch ich meine One-Night-Stands immer wieder auf die Straße hinaus beförderte. Einiges in meiner Vergangenheit unterschied sich nicht so sehr von Simons. Er hatte nur seine „Sex-Episoden" in einem handlicheren Bündel verpackt.

„Eine praktische Romantikerin. Interessant. Und was ist mit dir? Gehst du mit jemandem aus?"

„Nö, und das passt mir gut."

„Wirklich?"

„Ist es so schwer zu glauben, dass eine heiße und sexy Frau mit einer großartigen Karriere keinen Mann braucht, um glücklich zu sein?"

„Zuerst einmal Respekt, dass du dich selbst heiß und sexy genannt hast, weil das der Wahrheit entspricht. Es ist schön, mal eine Frau zu sehen, die sich selbst ein Kompliment macht, statt ständig nach welchen zu fischen. Und zweitens spreche ich hier nicht von Heirat. Ich spreche von Dating. Du weißt schon … miteinander ausgehen?"

„Fragst du mich, ob ich grad mit jemandem rumvögle?"

Er verschluckte sich fast an seinem Kaffee. „Auf jeden Fall ist das hier die seltsamste Unterhaltung, die ich je mit einer Frau geführt habe", murmelte er.

„Einer heißen und sexy Frau", erinnerte ich ihn.

„Das ist auf jeden Fall mal sicher. Also, wie steht es mit dir? Warst du jemals verliebt?"

„Das wirkt grad wie eine ABC-Miniserie, mit dem ganzen Kaffee und dem Gespräch über Liebe", meinte ich. Eventuell versuchte ich damit etwas Zeit zu gewinnen.

„Komm schon! Lass uns diesen Moment in unserem Leben feiern." Er schnaubte und gestikulierte mit seiner Tasse.

„Ob ich jemals verliebt war? Ja. Ja, war ich."

„Und?"

„Und nichts. Es hat auf ungute Weise geendet, aber was für ein Ende ist jemals gut? Er hat sich verändert, ich habe mich verändert, also bin ich ausgestiegen. Das ist alles."

„Du bist ausgestiegen, wie …"

„Nichts Dramatisches. Er war nur nicht der, für den ich ihn gehalten hatte", erklärte ich, setzte meine Tasse ab und spielte mit meinem Haar.

„Was ist passiert?"

„Ach, du weißt doch, wie das so ist. Wir waren zusammen, als ich in der Abschlussklasse an der Berkeley war und er gerade die juristische Fakultät beendete. Es hat großartig begonnen, und dann war es das nicht mehr, also bin ich gegangen. Er hat mir das Klettern beigebracht. Dafür bin ich dankbar."

„Ein Anwalt, hm?"

„Yep, und er wollte ein kleines Anwaltsweibchen haben. Ich hätte das begreifen müssen, als er bei meinen Zukunftskarriereplänen immer von einem „kleinen Designgeschäft" sprach. Er wollte wirklich einfach nur jemanden, der gut aussah und seine Hemden pünktlich von der Reinigung abholte. Das war nichts für mich."

„Ich kenne dich noch nicht so gut, aber ich kann mir dich wirklich nicht in einer der Vorstädte vorstellen."

„Urks, dito. Es ist nichts Falsches an den Vorstädten, aber es ist einfach nicht das Richtige für mich."

„Du kannst nicht in die Vorstadt ziehen. Wer würde denn dann für mich backen?"

„Pah, du willst mich doch nur in meiner Schürze sehen."

„Du hast ja keine Ahnung." Er zwinkerte mir zu.

„Es ist schwer, alles, was man braucht, von einer einzigen Person zu erhalten. Weißt du, was ich meine? Moment, natürlich weißt du das. Was hab ich mir nur dabei gedacht?" Ich lachte.

Wir erschraken beide über das Klopfen an meiner Tür

draußen auf dem Flur. Der Monteur war endlich angekommen.

„Danke für den Kaffee und die Dusche und die Rohrrettung", sagte ich und streckte mich, als ich zur Tür ging und sie öffnete. Ich nickte dem Mann im Flur zu und hielt einen Finger in die Höhe, um ihm zu bedeuten, dass ich gleich bei ihm sein würde.

„Kein Problem. Es war nicht die netteste Weckmethode, aber ich vermute, dass ich das verdient habe."

„Auf jeden Fall. Aber vielen Dank nichtsdestotrotz."

„War mir ein Vergnügen, und danke für das Brot. Es war sehr lecker. Wenn ein weiterer Brotlaib seinen Weg hierher finden würde, wäre das okay."

„Ich schau mal, was sich machen lässt. Und … Hey, wo ist mein irischer Pullover?"

„Weißt du, wie teuer die sind?"

„Bäh! Ich will meinen Pullover!", rief ich und schlug ihm auf die Brust.

„Tja, wie es der Teufel will, habe ich dir etwas mitgebracht – eine Art Danke-für-das-Tür-Treten Geschenk."

„Ich wusste es. Du kannst es später vorbeibringen." Ich ging über den Flur, um den Monteur reinzulassen. Ich dirigierte ihn Richtung Küche und drehte mich wieder zu Simon um. „Freunde, hm?"

„Sieht so aus."

„Damit kann ich leben." Ich lächelte und schloss die Tür.

Während der Monteur das Problem beseitigte, wanderte ich in mein Schlafzimmer, um nach Clive zu sehen. In dem Moment, in dem ich eintrat, piepte mein Handy. Jetzt schon eine Nachricht von Simon? Ich grinste, ließ mich auf das Bett fallen und kuschelte meinen immer noch leicht paranoiden Kater an meine Seite. Er begann sofort zu schnurren.

Du hast meine Frage nicht beantwortet …

Ich fühlte, wie meine Haut sich erhitzte, als ich begriff, worauf er sich bezog. Ich fühlte mich auf einmal warm und ein wenig kribbelig, wie wenn der Fuß eingeschlafen ist. Aber überall. Und auf gute Art. Verdammt, er war ein Meister im Nachrichtenschreiben.

Die, ob ich grad jemanden vögle?
Himmel, bist du krass! Aber ja, Freunde können das doch fragen, oder?
Ja, können sie.
Also?
Du bist eine richtige Nervensäge. Aber das weißt du, richtig?
Schieß los. Werd' mir jetzt nicht schüchtern.
Wie es der Teufel will, nein. Tu ich nicht.

Ich hörte ein Wumms von nebenan und dann ein leichtes, aber konstantes Hämmern an der Wand.

Was zum Teufel tust du da? Ist das dein Kopf?
Du bringst mich um, Nachthemdchen.

Sobald ich fertig gelesen hatte, ging das Hämmern weiter. Ich lachte laut, als er seinen Kopf gegen die Wand stieß, legte meine Hand an die Wand über meinem Bett, an die Stelle, auf die sich das Hämmern konzentrierte, und kicherte erneut. Was für ein seltsamer Morgen …

Kapitel 10

Ich saß in meinem Büro und starrte aus dem Fenster. Ich hatte eine To-Do-Liste vor mir liegen – und sie war nicht gerade kurz. Ich musste bei den Nicholsons vorbeischauen. Die Renovierung war fast abgeschlossen. Das Schlafzimmer und das Bad waren beendet, und es blieben nur noch wenige Details zu erledigen. Ich musste ein paar neue Musterbücher aus dem Design-Center holen. Ich hatte ein Meeting mit einem neuen Kunden, den Mimi an mich weitergeleitet hatte, und zusätzlich musste ich einen Ordner voller Rechnungen durchgehen.

Dennoch starrte ich aus dem Fenster. Möglicherweise beherrschte Simon meine Gedanken. Aus gutem Grund. Durch die Explosion der Rohre, das Kopf-an-die-Wand-Hämmern und den ständigen Austausch von Nachrichten am Sonntag, in denen er nach neuem Zucchinibrot fragte, konnte mein Verstand ihn einfach nicht ausblenden. Und letzte Nacht hatte er die großen Geschütze aufgefahren: Er hatte mich ge-Glenn-Miller-t. Er hatte sogar an die Wand geklopft, um sicherzustellen, dass ich zuhörte.

Ich legte meinen Kopf auf den Tisch und ließ ihn ein paar Mal auf die Tischplatte klopfen, um herauszufinden, ob es half. Es schien Simon geholfen zu haben …

An diesem Abend ging ich direkt nach der Arbeit zum Yoga und stieg die Stufen zu meiner Wohnung hoch, als ich hörte, wie oben eine Tür geöffnet wurde.

„Caroline?", rief er runter.

Ich grinste und ging weiter die Stufen hoch. „Ja, Simon?", rief ich hoch.

„Du bist spät dran!"

„Ach, bewachst du jetzt meine Tür?" Ich lachte und ging um den letzten Treppenabsatz herum, um zu ihm hochzusehen. Er hing halb über dem Geländer, seine Haare fielen ihm ins Gesicht.

„Yep. Ich bin hier wegen des Brots. Zucchini mich, Frau!"

„Du bist verrückt, aber das weißt du, nicht?" Ich kletterte

den Rest hoch und blieb vor ihm stehen.

„Wurde mir schon mal mitgeteilt. Hmm, du riechst gut." Er beugte sich vor.

„Hast du grad an mir geschnüffelt?", fragte ich ihn ungläubig und öffnete meine Tür.

„Mmm-mmm, sehr gut. Kommst du gerade von einem Workout?" Er ging hinter mir in meine Wohnung und schloss die Tür.

„Yoga. Warum?"

„Du riechst großartig, wenn du dich angestrengt hast." Er wackelte mit den Augenbrauen.

„Ernsthaft? Kriegst du Frauen mit solchen Sprüchen rum?" Ich drehte mich um, um meine Jacke auszuziehen und meine Oberschenkel etwas zusammenzukneifen.

„Das ist kein Spruch. Du riechst wirklich großartig", hörte ich ihn sagen, und ich schloss meine Augen, um das Simon-Voodoo auszublenden, das gerade dazu führte, dass Klein-Caroline sich regte.

Clive kam aus dem Schlafzimmer gesprungen, als er meine Stimme hörte, und hielt abrupt inne, als er Simon sah. Unglücklicherweise bekam er keinen Halt auf dem Hartholzboden und rutschte wie ein Wollknäuel unter den Esszimmertisch weiter. In dem Bemühen, seine Würde wiederherzustellen, führte er einen schwierigen, meterhohen Sprung aus dem Stand auf das Bücherregal aus und winkte mich mit seiner Pfote zu sich. Er wartete, bis ich zu ihm kam – typisch Mann!

Ich ließ meine Sporttasche fallen und ging hinüber. „Hey, Süßer. Wie war dein Tag, hmm? Hast du schön gespielt und ein Nickerchen gemacht?" Ich kraulte ihn hinter seinem Ohr, und er schnurrte laut. Er bedachte mich mit einem träumerischen Katzenblick und sah dann zu Simon. Ich hätte schwören können, dass er ihm ein höhnisches Katzengrinsen zuwarf.

„Zucchinibrot. Genau. Ich vermute, du willst etwas davon?", fragte ich und warf meine Jacke über eine Stuhllehne.

„Ich weiß, dass du noch etwas hast. Simon sagt: Gib's mir!" Er zeigte mit seinem Finger wie mit einer Pistole auf mich.

„Du stehst irgendwie auf seltsame Art auf Gebackenes.

Gibt's dafür eine Selbsthilfegruppe?" Ich ging in die Küche, um den letzten Laib hervorzuholen. Möglicherweise hatte ich ihn für ihn aufgehoben.

„Ja, ich bin bei den AB. Den Anonymen Backsüchtigen. Wir treffen uns in der Bäckerei in Pine", antwortete er und setzte sich auf den Stuhl am Küchentresen.

„Ist es eine gute Gruppe?"

„Sie ist okay. Es gibt eine bessere drüben bei Market, aber da kann ich nicht mehr hingehen." Traurig schüttelte er den Kopf.

„Wurdest du rausgeworfen?" Ich lehnte mich über den Tresen.

„Stimmt", sagte er, dann krümmte er den Finger, um mir zu deuten, näher zu kommen.

„Ich hab Ärger bekommen, weil ich Brötchen befummelt habe", flüsterte er.

Ich kicherte und kniff ihn leicht in die Wange. „Du hast Brötchen befummelt." Ich schnaubte, als er meine Hand wegdrückte.

„Reich einfach das Brot rüber und niemand wird verletzt", warnte er mich.

Ich hielt meine Hände in einer Geste der Unterwerfung hoch und griff nach einem Weinglas aus dem Schrank über seinem Kopf. Ich hob eine Augenbraue, und er nickte.

Ich reichte ihm einen Merlot und den Flaschenöffner, dann nahm ich ein paar Trauben aus dem Obstfach im Kühlschrank. Er schenkte ein, wir stießen an, und ohne ein weiteres Wort begann ich damit, uns Abendessen zu machen.

Der Rest des Abends verlief auf natürlich Weise, ohne dass es mir überhaupt bewusst war. In der einen Minute diskutierten wir über die neuen Weingläser, die ich von Williams-Sonoma gekauft hatte, und dreißig Minuten später saßen wir am Wohnzimmertisch mit Pasta auf den Tellern vor uns. Ich trug immer noch meine Sportkleidung, und Simon hatte Jeans und ein T-Shirt und Socken an. Er hatte sein Stanford-Sweatshirt ausgezogen, bevor er die Pasta abgegossen hatte, wozu ich ihn nicht mal hatte auffordern müssen. Er war einfach hinter mir in die Küche marschiert und hatte sie abgegossen und zurück im Topf, als ich gerade die Soße fertig hatte.

Wir hatten uns über die Stadt, seine Arbeit, meine Arbeit und den anstehenden Ausflug nach Tahoe unterhalten, und jetzt gingen wir mit unserem Kaffee zur Couch.

Ich lehnte mich zurück und zog meine Beine an. Simon erzählte mir gerade von einer Reise, die er vor einigen Jahren nach Vietnam unternommen hatte.

„Das ähnelt nichts, was du jemals gesehen hast. Die Bergdörfer, die großartigen Strände, das Essen! Oh, Caroline, das Essen!" Er seufzte und legte seinen Arm über die Lehne des Sofas. Ich lächelte und versuchte, die Schmetterlinge in meinem Magen nicht zu bemerken, wenn er meinen Namen auf diese Art sagte: mit dem kleinen Wörtchen oh davor ... Mannomann ...

„Hört sich wunderbar an. Aber ich hasse vietnamesisches Essen. Kann ich nicht ab. Darf ich Erdnussbutter mitbringen?"

„Ich kenne da diesen Kerl. Er macht die weltbesten Nudeln auf einem Hausboot in der Mitte der Ha Long Bucht. Einmal geschlürft und du wirst deine Erdnussbutter über die Reling kippen."

„Mann, ich wünschte, ich könnte so reisen wie du. Hast du das nie über?"

„Hmm, ja und nein. Es ist immer schön, nach Hause zu kommen. Ich liebe San Francisco. Aber wenn ich zu lange daheim bin, juckt es mich, wieder auf Reisen zu gehen. Und keine Kommentare bitte über das Jucken – so langsam verstehe ich, wie du in diesen Dingen tickst, Nachthemdchen." Er tätschelte mir freundschaftlich den Arm.

Ich versuchte, empört auszusehen, aber die Wahrheit war, dass ich wirklich gerade dabei gewesen war, einen Witz zu machen. Mir fiel auf, dass er immer noch seine Hand auf meinem Arm hatte und abwesend kleine Kreise mit seinen Fingerspitzen zeichnete. War es wirklich schon so lange her, dass ich einem Mann erlaubt hatte, mich zu berühren, dass diese Fingerspitzenkreise mich in Aufregung versetzten? Oder war es das, was genau dieser Mann tat? Oh, Himmel, diese

Fingerspitzen! Egal, auf jeden Fall stellte es etwas mit mir an. Wenn ich meine Augen schloss, konnte ich O förmlich winken sehen – immer noch weit entfernt, aber nicht mehr so weit weg, wie er früher gewesen war.

Ich blickte zu Simon und bemerkte, dass er seine Hand beobachtete, als ob er davon überrascht sei, seine Finger auf meiner Haut vorzufinden. Ich atmete rasch ein, und das brachte seinen Blick dazu, sich mit meinem zu kreuzen. Wir beobachteten uns gegenseitig. Klein-Caroline war natürlich aufgeregt, aber nun fing das Herz auch noch an, ein wenig wild zu schlagen.

Dann sprang Clive auf die Rückenlehne der Couch, drückte Simon seinen Katzenhintern ins Gesicht und tötete damit die Stimmung. Wir lachten beide, und Simon rückte von mir ab, als ich Clive erklärte, dass es nicht höflich war, das in Gesellschaft zu machen. Clive schien aber seltsamerweise stolz auf sich zu sein, daher wusste ich, dass er etwas plante.

„Wow, es ist schon fast zehn Uhr! Ich habe dich den ganzen Abend mit Beschlag belegt. Ich hoffe, du hattest nichts vor", sagte Simon, stand auf und streckte sich. Sein T-Shirt rutschte nach oben, und ich biss mir kräftig auf die Zunge, um nicht das kleine Stück Haut abzulecken, das sich oberhalb seiner Jeans zeigte.

„Also, wirklich! Ich hatte eine spannende Nacht Dauerglotzen von Food Network geplant. Verdammt, Simon, das kann ich jetzt knicken!" Ich stand auf und schüttelte meine Faust vor seinem Gesicht.

„Und du hast mich sogar noch bekocht, was übrigens sehr lecker war." Er suchte nach seinem Sweatshirt.

„Kein Problem. Es war schön, mal für jemand anderen als für mich selbst zu kochen. Das ist das, was ich für jeden Kerl mache, der kommt und Brot verlangt." Ich drückte ihm den Laib in die Hand, den ich für ihn aufbewahrt hatte.

Er grinste und schnappte sich das Sweatshirt vom Boden neben dem Sofa. „Gut, nächstes Mal bin ich dran mit dem Kochen. Ich kann fantastische … äh, das ist seltsam", unterbrach er sich und zog eine Grimasse.

„Was ist seltsam?"

Er faltete sein Sweatshirt auseinander. „Das fühlt sich klamm an. Hmm, es ist mehr als klamm, es ist … nass?" Er sah mich verwirrt an.

Ich sah vom Sweatshirt zu Clive, der unschuldig auf der Rückenlehne der Couch saß. „Oh, nein …" Ich wurde blass. „Clive, du kleiner Mistkerl!" Ich starrte ihn böse an.

Er sprang von der Couch und rannte zwischen meinen Beinen hindurch Richtung Schlafzimmer. Er hatte gelernt, dass ich ihn hinter der Kommode nicht erreichen konnte, daher versteckte er sich dort immer, wenn er etwas ganz, ganz Schlimmes getan hatte. Das hatte er schon lange nicht mehr getan.

„Simon, lass das einfach hier. Ich wasche es, trockne es – was auch immer. Es tut mir so, so leid." Ich fühlte mich unendlich beschämt.

„Oh, er hat … Oh, Mann, wirklich?" Er verzog das Gesicht, als ich ihm das Sweatshirt abnahm.

„Ja. Ja, hat er. Es tut mir leid, Simon. Er will immer sein Territorium markieren. Wenn ein Mann seine Sachen auf dem Boden liegen lässt – oh, Mann -, dann pinkelt er irgendwann drauf. Es tut mir leid. Es tut mir so, so leid. Es tut mir …"

„Caroline, das ist schon okay. Ich meine, es ist eklig, aber es ist okay. Mir sind schon schlimmere Dinge passiert. Es ist alles in Ordnung, versprochen." Er wollte mir die Hände auf die Schultern legen, hielt aber inne, als ihm wohl klar wurde, was er als Letztes berührt hatte.

„Es tut mir so leid. Ich …", begann ich wieder, als er Richtung Tür ging.

„Stopp! Wenn du noch einmal sagst, dass es dir leidtut, schwöre ich, dass ich etwas von dir finde und draufpinkle."

„Okay, das ist einfach nur eklig." Ich lachte. „Aber wir hatten so einen schönen Abend, und er hat in Katzenpipi geendet!" Ich öffnete ihm die Tür.

„Es war ein schöner Abend, selbst mit dem Katzenpipi. Es wird andere geben. Keine Sorge, Nachthemdchen." Er zwinkerte mir zu und ging über den Flur.

„Spiel mir heute Abend etwas Gutes vor", bat ich, als er seine Tür öffnete.

„Verstanden. Schlaf gut", sagte er, und wir schlossen zur gleichen Zeit die Türen.

Ich lehnte mich an meine Tür und drückte das Sweatshirt in meinen Armen. Ich bin sicher, ich hatte das albernste Grinsen auf den Lippen, als ich mich an das Gefühl erinnerte, das seine Fingerspitzen auf meinem Arm hinterlassen hatten. Und dann erinnerte ich mich, dass ich ein Sweatshirt mit Katzenurin darauf umarmte.

„Clive, du Arsch!", brüllte ich und rannte ins Schlafzimmer.

Finger, Hände … Warme Haut drückte sich an meine in dem Bemühen, mir näher zu kommen. Ich fühlte seinen warmen Atem und seine Stimme, die wie ein feuchter Traum klang, an meinem Ohr: „Mmm, Caroline, wieso fühlst du dich so gut an?"

Ich stöhnte und drehte mich um, verwob meine Beine mit seinen, meine Arme mit seinen und schob meine Zunge in seinen wartend geöffneten Mund. Ich sog an seiner Unterlippe, schmeckte Minze und Hitze und das Versprechen, was kommen würde, wenn er sich zum ersten Mal mit meinem Körper vereinen würde. Ich stöhnte gemeinsam mit ihm, und in einem Sekundenbruchteil lag ich wie festgenagelt unter ihm.

Seine Lippen bewegten sich von meinem Mund zu meinem Nacken, leckten und sogen und fanden den richtigen Punkt – diesen Punkt unter meinem Kinn, der mein Inneres zum Explodieren und meine Augen zum Schielen brachte. Ein dunkles Lachen ertönte an meinem Schlüsselbein, und ich wusste, dass ich erledigt war.

Ich rollte mich über ihn und vermisste sein Gewicht auf mir. Aber ich spürte, wie meine Beine seinen Körper umschlossen und wie er genau dort, wo ich ihn brauchte, zuckte und pulsierte. Er strich mir die Haare aus dem Gesicht und sah mit diesen Augen zu mir hoch – mit genau dem Blick, der mich meinen Namen vergessen und seinen schreien ließ.

„Simon!", rief ich und fühlte seine Hände, die meine Hüften packten und mich an ihn zogen.

Ich setzte mich senkrecht im Bett auf. Mein Herz raste, als

die letzten Traumbilder verschwanden. Ich bildete mir ein, ein tiefes Glucksen von der anderen Seite der Wand zu hören, gemeinsam mit den Klängen von Miles Davis.

Ich legte mich wieder hin und versuchte ein kühles Fleckchen auf meinem Kissen zu finden. Meine Haut prickelte. Ich dachte über das nach, was sich auf der anderen Seite der Wand befand und nur wenige Zentimeter entfernt war. Ich steckte in Schwierigkeiten.

Später am Tag saß in an meinem Tisch, um mich auf das Treffen mit einem neuen Kunden vorzubereiten – den, der spezifisch nach mir gefragt hatte. Da ich immer noch eine neue Designerin war und viele meiner Aufträge durch Empfehlungen zustande kamen, schuldete ich demjenigen, der diesen Kunden an mich weitergeleitet hatte, sehr viel. Es ging um eine komplette Inneneinrichtung für irgendein schickes Apartment. Im Grunde handelte es sich um eine Rundumerneuerung, ein Traumprojekt. Wann immer ich mich auf einen neuen Klienten vorbereitete, zog ich Bilder der früheren Projekte, für die ich die Designs gemacht hatte, hervor und brachte meine Skizzenbücher in Reichweite unter, aber heute tat ich das alles mit besonderer Aufmerksamkeit. Wenn ich nämlich mein Gehirn auch nur eine Sekunde lang unbeaufsichtigt ließ, wanderte es unwillkürlich zurück zu dem Traum, den ich letzte Nacht gehabt hatte. Ich wurde jedes Mal rot, wenn ich daran dachte, was ich den Traum-Simon alles mit mir hatte anstellen lassen und was die Traum-Caroline mit ihm getan hatte …

Traum-Caroline und Traum-Simon waren ziemlich unartig.

Ich hörte ein Räuspern hinter mir und drehte mich um. Ashley stand in der Tür. „Caroline, Mr. Brown ist hier."

„Hervorragend, ich komme sofort." Ich nickte, erhob mich und strich meinen Rock glatt. Ich drückte die Hände an die Wangen und hoffte, dass sie nicht zu rot waren.

„Und er ist süß, süß, süß!", murmelte sie, als sie neben mir den Flur hinunterging.

„Oh, wirklich? Muss mein Glückstag sein." Ich lachte und bog um die Ecke, um ihn zu begrüßen.

Er war wirklich süß, und gerade ich sollte das ganz genau wissen. Mr. Brown war mein Ex-Freund.

„Oh, Gott! Wie hoch ist denn die Wahrscheinlichkeit für so etwas?", rief Jillian beim Mittagessen zwei Stunden später.

„Da mein gesamtes bisheriges Leben momentan aus seltsamen Zufällen zu bestehen scheint, glaube ich, dass das einfach ein weiterer davon ist." Ich brach ein Stück des Fladenbrotes ab und kaute entschlossen.

„Hey, komm schon! Wie hoch ist die Wahrscheinlichkeit wirklich?", fragte sie sich erneut und schenkte uns ein weiteres Glas San Pellegrino ein.

„Es handelt sich dabei auf jeden Fall nicht um Zufall. Dieser Kerl überlässt nichts dem Zufall. Er wusste genau, was er tat, als er dich bei dieser Benefizveranstaltung letzten Monat angesprochen hat."

„Nein", hauchte sie.

„Yep. Er hat es mir gesagt. Er hat mich gesehen, und als er herausgefunden hat, dass ich für dich arbeite? Tadah! Auf einmal braucht er eine Innendesignerin." Ich lächelte und dachte daran zurück, wie er immer alles genauso arrangiert hatte, wie er es wollte. Nun, fast alles.

„Keine Sorge, Caroline. Ich werde ihn einem anderen Designer übergeben oder selbst einspringen. Du musst nicht mit ihm arbeiten." Sie tätschelte mir die Hand.

„Auf gar keinen Fall! Ich habe ihm schon zugesagt. Ich werde das auf jeden Fall machen." Ich verschränkte die Arme vor der Brust.

„Bist du sicher?"

„Yep, kein Problem. Wir hatten keine Trennung im Bösen. Eigentlich war es, Trennungen an sich betrachtet, ziemlich geregelt. Er wollte nicht akzeptieren, dass ich ihn verlasse, aber am Ende hat er es kapiert. Er glaubte nicht, dass ich den Mumm hätte, es zu tun, daher war er ziemlich überrascht." Ich spielte mit meiner Serviette.

Ich war mit James fast mein gesamtes Abschlussjahr in Berkeley ausgegangen. Er war schon in der Jurafakultät gewesen und hatte sich beständig Richtung perfekter Zukunft vorangearbeitet. Himmel, er war wunderschön gewesen – stark und gut aussehend, und sehr charmant. Wir hatten uns eines Abends in der Bibliothek getroffen und waren ein paar Mal Kaffee trinken gewesen, was sich zu einer festen Beziehung entwickelt hatte.

Der Sex? War nicht von dieser Welt gewesen.

Er war mein erster fester Freund gewesen, und ich hatte gewusst, dass er mich eines Tages heiraten wollte. Er hatte genaue Vorstellungen davon gehabt, was er von seinem Leben wollte, und das beinhaltete auf jeden Fall mich als seine Ehefrau. Und er war alles gewesen, von dem ich geglaubt hatte, dass ich es in einem Ehemann haben wollte. Eine Verlobung war unabwendbar. Aber dann bemerkte ich einige Dinge, zuerst Kleinigkeiten, die aber über die Zeit hinweg gesehen ein vollständiges Bild ergaben. Wir gingen dorthin zum Essen, wohin er wollte. Ich durfte nie wählen. Ich hörte, wie er jemandem sagte, dass er glaubte, dass meine „Dekorations"-Phase nicht lange dauern würde, aber dass es schön sein würde, eine Frau zu haben, die ein hübsches Heim errichten konnte. Der Sex war immer noch großartig, aber ich ärgerte mich mehr und mehr über ihn und hörte auf, ihm alles recht machen zu wollen.

Als mir klar wurde, dass er nicht länger das war, was ich mir von meiner Zukunft erträumte, wurde alles ein wenig angespannt. Wir stritten ständig, und als ich mich entschloss, die Beziehung zu beenden, versuchte er mich davon zu überzeugen, dass ich die falsche Entscheidung traf. Ich wusste es besser, und schlussendlich akzeptierte er, dass es vorbei war – und ich nicht nur einen „Frauenwutanfall" hatte, wie er es gern nannte. Wir blieben nicht in Kontakt, aber er war lange Zeit Teil meines Lebens gewesen, und ich schätzte die Erinnerungen, die wir teilten. Und ich schätzte ganz besonders das, was ich dank ihm über mich gelernt hatte.

Nur weil es mit uns als Paar nicht geklappt hatte, musste das nicht bedeuten, dass wir nicht zusammenarbeiten konnten.

„Bist du dir sicher? Du willst wirklich mit ihm arbeiten?", fragte Jillian noch einmal, aber ich wusste, dass sie bereit war, es mir zu überlassen.

Ich dachte erneut darüber nach und spielte die Erinnerung noch einmal ab, mit der ich konfrontiert worden war, als ich ihn in der Lobby hatte stehen sehen. Sandblondes Haar, stechender Blick, charmantes Lächeln: Ich war von einer Woge Nostalgie überschwemmt worden und hatte gelächelt, als er zu mir herüber gekommen war.

„Hey, Fremde", hatte er gesagt und mir die Hand gereicht.

„James!", hatte ich hervorgebracht, mich aber rasch wieder erholt. „Du siehst großartig aus!"

Wir hatten uns umarmt, während Ashley überrascht und mit großen Augen daneben gestanden hatte.

„Ja, ich bin sicher", sagte ich zu Jillian. „Es wird gut für mich sein. Nenne es einfach eine Möglichkeit, zu wachsen. Außerdem will ich den Bonus nicht hergeben. Wir werden sehen, was heute Abend passiert."

Bei diesen Worten sah sie von ihrer Speisekarte auf. „Heute Abend?"

„Oh, habe ich dir das nicht gesagt? Wir gehen auf einen Drink aus, um uns gegenseitig auf den neuesten Stand zu bringen."

Ich stand vor dem Spiegel, schüttelte mein Haar auf und überprüfte meine Zähne auf Lippenstiftspuren. Der Rest meines Arbeitstages war rasch vorübergegangen, und nun befand ich mich zu Hause, um mich auf heute Abend vorzubereiten. Wir hatten ausgemacht, nur etwas trinken zu gehen, ganz ungezwungen, obwohl ich mir die Option offen gelassen hatte, danach noch zum Essen auszugehen. Aber eine Skinny Jeans, ein schwarzer Rollkragenpullover und ein abgeschnittenes graues Lederjackett war das einzige Eingeständnis an Schick, das ich machen würde.

Die Zeit, die ich diesen Morgen mit James im Büro verbracht hatte, war angenehm gewesen und als er mich zu einem Drink eingeladen hatte, hatte ich sofort zugestimmt. Ich war gespannt darauf zu erfahren, wie es ihm seither ergangen war, und wollte sichergehen, dass wir gut zusammenarbeiten würden. Er war damals ein großer Teil meines Lebens gewesen, und die Vorstellung, mit jemandem zusammenzuarbeiten, mit dem ich so eng verbunden gewesen war, fühlte sich gut an. Es fühlte sich erwachsen an. War die Sache abgeschlossen? Ich war nicht sicher, wie ich es nennen sollte, aber es schien mir natürlich zu sein.

Er holte mich um sieben Uhr abends ab, und ich hatte geplant, ihn draußen zu treffen. Die Parkmöglichkeiten in meiner Straße waren lachhaft. Ein Blick auf die Uhr zeigte mir, dass es Zeit war zu gehen, daher warf ich Clive, der sich seit dem Pinkelvorfall vorbildlich verhalten hatte, einen raschen Abschiedskuss zu und ging hinaus in den Flur.

Wo ich prompt in Simon lief, der vor meiner Tür stand.

„Okay, du wirst nun offiziell zu meinem Stalker ernannt! Es gibt kein Zucchinibrot mehr, Mister! Ich hoffe, du hast den Laib in sehr dünne Scheiben geschnitten, weil es nichts mehr für dich gibt", warnte ich ihn und schob ihn mit meinem Zeigefinger auf der Brust von der Tür weg.

„Ich weiß, ich weiß. Ich bin aus geschäftlichen Gründen hier." Er lachte und hielt zur Verteidigung die Hände hoch.

„Geh ein Stück mit mir." Ich nickte zu den Stufen.

„Ich gehe auch runter. Werde mir einen Film ausleihen", erklärte er, als wir hinunter gingen.

„Es gibt noch Menschen, die Filme ausleihen?", witzelte ich und umrundete eine Ecke.

„Ja, gibt es. Allein für diesen Kommentar wirst du gezwungen, das anzusehen, was ich heute auswähle", antwortete er und hob eine Augenbraue.

„Heute Abend?"

„Sicher, wieso nicht? Ich wollte rüberkommen und fragen, ob du Lust hast, mit mir rumzuhängen. Ich schulde dir noch wegen des letzten Abendessens was und habe Bock auf was Gruseliges …" Er pfiff die Melodie von „The Twilight Zone".

Ich musste lachen, als ich seine gekrümmten Hände und seinen schielenden Blick sah. „Das letzte Mal, als mich jemand zu einem Film eingeladen hat, war das der Geheimcode für „Lass uns wild auf meiner Couch rummachen". Bin ich bei dir in sicheren Händen?"

„Bitte! Wir haben doch diesen Waffenstillstand, richtig? Ich stehe auf diesen Waffenstillstand. Also, wie sieht es mit heute Abend aus?"

„Ich wünschte, ich könnte, aber ich habe heute was vor. Morgen Nacht?" Wir umrundeten den letzten Treppenabsatz und betraten den Eingangsbereich.

„Morgen geht klar. Ich kann nach der Arbeit vorbeikommen. Aber ich darf den Film aussuchen, und ich mache das Abendessen. Das ist das Wenigste, das ich für meine kleine Schwanzblockade tun kann." Er grinste mich schief an, und ich boxte ihm an den Arm.

„Bitte hör auf, mich so zu nennen. Sonst bringe ich kein Dessert mit", sagte ich mit Flüsterstimme und klimperte mit den Wimpern.

„Dessert?", wiederholte er und hielt mir die Tür auf, damit ich hinaus in die Nacht gehen konnte.

„Genau. Ich habe gestern ein paar Äpfel gekauft und sehne mich schon die ganze Woche nach Kuchen. Wie klingt das?" Ich scannte die Straße nach James ab.

„Apfelkuchen? Hausgemachter Apfelkuchen? Verdammt, Frau, willst du mich umbringen? Mmm …" Er schmatzte mit den Lippen und sah mich hungrig an.

„Oh, Sir, Ihr seht aus, als ob Ihr etwas gesehen habt, das Ihr gern verspeisen würdet", sagte ich in bestem Scarlett-O'Hara-Südstaaten-Slang.

„Wenn du morgen Abend mit Apfelkuchen auftauchst, könnte es sein, dass ich dich die Nacht nicht überleben lasse", hauchte er mit rosigen Wangen und vom kühlen Wind zerzausten Haaren.

„Was für eine Tragödie!", flüsterte ich. Wow. „Okay, also geh, hol deinen Film!" Ich schubste die vor mir stehenden heißen 1,80 Meter spielerisch an. Erinnere dich an den Harem!, schrie ich mir innerlich selbst zu.

„Caroline?", meldete sich eine besorgte Stimme hinter mir zu Wort, und ich drehte mich um. James kam auf uns zu.

„Hey, James!", rief ich und machte mit einem Kichern einen Schritt von Simon weg.

„Bist du fertig?", fragte er und behielt Simon vorsichtig im Blick. Simon richtete sich zu seiner vollen Größe auf und beobachtete James ebenso sorgfältig.

„Yep, bin fertig. Simon, das ist James. James, Simon."

Sie beugten sich leicht vor, um sich die Hände zu schütteln, und ich konnte sehen, dass sie beide ein wenig mehr Kraft als notwendig aufwendeten und keiner der beiden zuerst loslassen wollte. Ich rollte mit den Augen. Ja, Jungs. Ihr könnt beide eure Namen in den Schnee pinkeln. Die Frage ist, wer die größeren Buchstaben produzieren könnte …

„Nett, Sie kennen zu lernen, James. Es war James, korrekt? Ich bin Simon. Simon Parker."

„Ja, das ist korrekt. James. James Brown."

Ich konnte sehen, wie sich ein Lachen in Simons Mundwinkeln abzeichnete. „Okay, James, wir sollten los. Simon, ich seh' dich später", unterbrach ich sie und beendete damit den Handschlag des Jahrhunderts.

James wandte sich in die Richtung, in der er seinen Wagen in zweiter Reihe geparkt hatte, und Simon sah mich an. „Brown? James Brown?", formte er mit den Lippen, und ich unterdrückte mein eigenes Lachen.

„Psst!", machte ich zurück und lächelte James an, als er sich wieder zu mir drehte.

„Nett, Sie kennen zu lernen, Simon. Bis bald mal", rief James und führte mich zum Wagen – seine Hand an meine Taille gelegt. Ich dachte nicht weiter darüber nach, da wir früher immer so gegangen waren, aber Simons Augen weiteten sich ein wenig bei dem Anblick.

Hmm …

James öffnete mir die Tür, dann ging er um das Auto zu seiner Seite. Simon stand immer noch vor unserem Gebäude, als wir wegfuhren.

Ich rieb die Hände vor der Autoheizung aneinander und lächelte James an, als er durch den Verkehr navigierte. „Also? Wohin fahren wir?"

Wir machten es uns in der eleganten Bar bequem, die er ausgewählt hatte. Sie war James sehr ähnlich: chic und kultiviert und übersät mit subtiler Sexualität. Die tiefroten Lederbänke, flach gepolstert und kühl, umfingen uns, als wir uns setzten und damit begannen, uns nach so vielen getrennt verlebten Jahren wieder kennen zu lernen.

Während wir auf einen Kellner warteten, studierte ich sein Gesicht. Er sah immer noch so aus wie früher: kurz geschnittenes sandblondes Haar, intensiv blickende Augen und ein schlanker Körper, der sich wie der einer Katze bewegte. Das Alter hatte es mit seinem guten Aussehen gut gemeint, und seine präzise gearbeiteten, eingerissenen Jeans und der schwarze Kaschmirpullover umfingen einen Körper, der gut in Schuss war. James war ein Kletterer gewesen und ehrgeizig in der Ausübung des Sports gewesen. Er sah jeden Felsen, jeden Berg als ein Hindernis, das es zu überwinden galt, etwas, das er erobern musste.

Einige Male war ich gegen Ende unserer Beziehung mit ihm klettern gewesen, obwohl ich seit meiner Kindheit größten Respekt vor Höhen hatte. Aber ihn klettern zu sehen, zu sehen, wie seine Muskeln sich anspannten und seinen Körper in Positionen manövrierten, die unnatürlich zu sein schienen, war eine süchtig machende Erfahrung, und ich war auf diese Abende im Zelt abgefahren wie eine Besessene.

„Woran denkst du?", unterbrach er meine Erinnerungen.

„Ich habe mich daran erinnert, wie oft du klettern gegangen bist. Machst du das immer noch?"

„Ja, aber ich habe nicht mehr so viel Freizeit wie früher. In der Firma halten sie mich auf Trab. Ich versuche aber möglichst oft, nach Big Basin zu fahren", fügte er hinzu und lächelte, als unsere Kellnerin erschien.

„Was darf ich Ihnen bringen?", fragte sie und platzierte die Servietten vor uns.

„Sie nimmt einen trockenen Wodka-Martini, drei Oliven, und mir bringen Sie bitte drei Fingerbreit Macallan", antwortete er.

Die Kellnerin nickte und ging.

Ich beobachtete ihn, als er sich zurücksetzte und dann seinen Blick wieder auf mich richtete.

„Oh, Caroline, tut mir leid. Ist das immer noch dein Drink?"

Ich verengte meine Augen. „Wie es der Zufall will, ja. Aber

was, wenn ich ihn heute Nacht nicht gewählt hätte?" Ich klang spröde – Hallo, Scarlett!

„Mein Fehler. Natürlich, was wolltest du trinken?" Er winkte die Kellnerin zu uns zurück.

„Ich nehme einen trockenen Wodka-Martini mit drei Oliven, bitte", sagte ich mit einem Zwinkern zu ihr.

Sie wirkte verwirrt.

James lachte lauthals, und sie ging weg und schüttelte den Kopf. „Touché, Caroline, touché." Wieder beobachtete er mich.

„Also, erzähl mir, was du all die Jahre über gemacht hast." Ich stützte meine Ellbogen auf den Tisch und das Kinn in meine Hände.

„Hm, wie fasse ich Jahre in einigen kurzen Sätzen zusammen? Ich habe das Jurastudium beendet, bin bei einer Firma hier in der Stadt angestellt worden und habe zwei Jahre lang wie ein Tier geschuftet. Ich konnte ein wenig kürzer treten, sodass ich jetzt nur 65 Stunden die Woche arbeite. Ich gebe zu, es ist schön, mal wieder ein wenig Tageslicht zu sehen." Er grinste, und ich musste zurücklächeln. „Und natürlich hat mir dieses Arbeitspensum keine Zeit für ein Sozialleben gelassen, daher war es pures Glück, dass ich dich bei diesem Benefiz letzten Monat gesehen habe", schloss er und beugte sich ebenfalls auf seine Ellbogen gestützt vor.

Jillian nahm an so vielen Gesellschaftsereignissen in der Stadt teil, und ich begleitete sie mitunter. Das war gut fürs Geschäft. Ich hätte wissen müssen, dass ich auf einer dieser Veranstaltungen auf James treffen würde.

„Also hast du mich gesehen, aber nicht angesprochen. Und hier sitzen wir nun, Wochen später, und du engagierst mich, um deine Wohnung zu gestalten. Warum eigentlich genau?" Ich nahm meinen Drink entgegen, als die Kellnerin ihn brachte, und nahm einen tiefen Zug.

„Ich wollte mit dir sprechen, glaub mir. Aber ich konnte es nicht. Zu viel Zeit ist vergangen. Dann begriff ich, dass du für Jillian arbeitest, die mir ein Freund empfohlen hatte, und ich dachte nur: wie perfekt!" Er neigte sein Glas meinem entgegen, um mit mir anzustoßen.

Ich zögerte einen Moment, toastete ihm dann aber zu. „Also ist es dir ernst, dass du mit mir arbeiten willst? Das ist keine Taktik deinerseits, um mich ins Bett zu bekommen, oder?"

Er sah mich ernst an. „Immer noch genauso direkt wie eh und je. Aber nein, es geht ums Geschäft. Zugegeben, mir hat nicht gefallen, wie wir das mit uns beendet haben, aber ich habe deine Entscheidung akzeptiert. Und nun sind wir hier. Ich brauche eine Dekorateurin. Du bist eine Dekorateurin. Passt doch perfekt, oder?"

„Designerin", sagte ich ruhig.

„Wie bitte?"

„Designerin", sagte ich, diesmal etwas lauter. „Ich bin eine Innendesignerin, keine Dekorateurin. Da gibt es einen Unterschied, Mister Anwalt." Ich nahm einen weiteren Schluck.

„Natürlich, natürlich", erwiderte er und signalisierte der Bedienung.

Überrascht sah ich hinunter und stellte fest, dass mein Glas leer war.

„Noch einen?", fragte er, und ich nickte.

Während wir die nächste Stunde über sprachen, diskutierten wir auch darüber, was er in seinem neuen Heim brauchen würde. Jillian hatte recht gehabt. Er wollte im Grunde, dass ich seine komplette Wohnung neu einrichtete – von flächendeckenden Teppichen bis hin zu Beleuchtungskörpern und allem, was dazwischen angesiedelt war. Es wäre ein riesiger Bonus drin, und er hatte sogar zugestimmt, dass ich es für ein örtliches Designmagazin fotografieren lassen durfte, von dem Jillian schon seit längerem gewollt hatte, dass ich einen Beitrag dafür einreichte. James entstammte einer reichen Familie – den Browns aus Philadelphia, um genau zu sein – und ich wusste, dass sie diejenigen sein mussten, die für die meisten seiner Ideen bezahlen würden. Junge Anwälte verdienten nicht genug, um sich die Art von Wohnung leisten zu können, die er hatte – ganz zu schweigen davon, dass sich diese Wohnung in einer der teuersten Städte Amerikas befand. Aber Treuhandfonds lebten lange, und er besaß einen sehr großen. Einer der Vorteile davon, mit ihm während meiner Collegezeit ausgegangen zu sein, bestand darin, dass wir uns richtige

Dates leisten konnten, und nicht nur den billigsten Lieferservice. Ich hatte diesen Aspekt unseres Zusammenseins sehr genossen. Da werde ich nicht lügen.

Und ich würde diesen Aspekt des Projekts genießen. Ein praktisch unlimitiertes Budget? Ich konnte es nicht erwarten loszulegen.

Am Ende war es ein netter Abend. Wie immer bei alten Flammen gab es ein Gefühl des Wissens, eine Nostalgie, die man nur mit jemandem teilen kann, den man intim gekannt hat – besonders in einem Alter, wenn man sich noch in der Entwicklung befindet. Es war großartig, ihn wieder zu sehen. James besaß eine sehr starke Persönlichkeit. Er war intensiv und selbstbewusst, und ich wurde daran erinnert, weshalb ich mich damals zu ihm hingezogen gefühlt hatte. Wir lachten und erzählten uns Geschichten über die Dinge, die wir als Pärchen gemacht hatten, und ich war erleichtert, dass ihm sein Charme geblieben war. Wir verstanden uns sehr gut auf dem gesellschaftlichen Parkett. Es war keine Unbeholfenheit zu spüren, die hätte vorhanden sein können.

Als der Abend zu Ende ging und er mich heimfuhr, näherte er sich der Frage, von der ich wusste, dass er sie schon die ganze Zeit hatte stellen wollen. Er hielt den Wagen vor meinem Gebäude und drehte sich zu mir. „Also, gehst du mit jemandem aus?", fragte er ruhig.

„Nein, tue ich nicht. Und das ist kaum eine Frage, die ein Kunde mir stellen würde", neckte ich ihn und sah hinaus zu den Fenstern meiner Wohnung. Ich konnte Clive erkennen, der an seinem üblichen Platz saß, und ich lächelte. Es war wirklich nett, dass jemand auf mich wartete. Ich konnte mich nicht davon abhalten, zu prüfen, ob in Simons Apartment das Licht an war, und meinen Magen nicht von einem kleinen Purzelbaum abhalten, als ich seinen Schatten an der Wand und das blaue Licht seines Fernsehers sah.

„Nun, als Ihr Kunde, Miss Reynolds, werde ich in Zukunft solche Fragen vermeiden." Er gluckste.

Ich drehte mich zu ihm. „Schon okay, James. Wir haben die Grenzen der Designer-Kunden-Beziehung schon lange überschritten." Ich fühlte einen kleinen Triumph, als leichte Röte auf seinen Wangen eine Kerbe in seine sorgfältige Fassade schlug.

„Ich glaube, das wird Spaß machen."

Es war an mir zu lachen. „Okay, du kannst mich morgen im Büro anrufen, und wir legen los. Ich werde dich bis auf dein letztes Hemd ausnehmen, Freundchen. Bereite dich darauf vor, dass deine Kreditkarte qualmen wird." Ich stieg aus dem Wagen.

„Oh, verdammt, darauf hoffe ich!" Er zwinkerte und winkte mir zum Abschied.

Er wartete, bis ich drin war, daher winkte ich noch einmal, als sich die Türen schlossen. Ich war froh zu sehen, dass ich mit ihm umgehen konnte. Oben, als ich den Schlüssel in meinem Schloss drehte, dachte ich, dass ich etwas hörte. Ich sah über meine Schulter, und da war nichts. Clive rief mich von innen, daher lächelte ich und ging hinein, hob ihn hoch und flüsterte ihm Nichtigkeiten ins Ohr, als er seine großen Pfoten um meinen Nacken legte und mir eine kleine Katzenumarmung gab.

Am nächsten Abend rollte ich gerade den Kuchenteig aus, als ich eine Textnachricht von Simon erhielt.

Komm rüber, wann immer du bereit bist. Ich werde mit dem Abendessen anfangen, wenn du da bist.

Ich arbeite noch am Kuchen, aber ich komme bald rüber.

Brauchst du Hilfe?

Wie gut bist du im Apfelschälen?

Das Nächste, was ich hörte, war ein Klopfen an der Tür. Ich ging hinüber, die Hände voller Mehl, und machte mit dem Ellbogen die Tür auf. „Ah, sieh mal an. Hallo", sagte ich und hielt die Tür mit dem Fuß auf.

„Hier drin sieht es aus wie das Ende von *Scarface*", bemerkte er, berührte meine Nase und zeigte mir das Mehl auf seinem Finger.

„Ich neige dazu, die Kontrolle zu verlieren, wenn Kuchenteig im Spiel ist", sagte ich, als er die Tür schloss.

„Ist notiert. Das ist gut zu wissen." Er wehrte meine Hand ab, als ich versuchte, ihn zu schlagen. Er sah mich lange an.

Seine blauen Augen glitten von meinem Gesicht über meinen Körper. „Hmm, du hast keine Witze gemacht, als du von der Schürze gesprochen hast. Ich weiß nicht, wie lange ich es hier aushalte, ohne dir an den Hintern zu grabbeln."

„Komm rein und grabbel dir erstmal einen Apfel, du Schürzenjäger." Ich ging Richtung Küche und legte einen Extraschwung auf meine Hüften. Ich hörte, wie er träumerisch seufzte. Ich besah mir mein Outfit, mein Tanktop, die alten Jeans, nackten Füße und die Küchenschürze, auf der stand „Du solltest mal meine Scones sehen".

„Also, als du gesagt hast, ich solle einen Apfel angrabbeln ... Auf was genau hast du dich dabei bezogen?", fragte er aus der Küche, wo er seinen Pullover auszog.

Ich schüttelte den Kopf beim Anblick von Simon in einem schwarzen T-Shirt und einer ausgeblichenen Jeans. Seine Füße steckten mal wieder in Socken, und ich staunte darüber, wie heimisch er sich in meiner Küche zu fühlen schien.

Ich ging um den Küchentresen herum und griff mir das Nudelholz. „Weißt du, ich werde nicht zögern, dir damit eins über die Rübe zu ziehen, wenn du die haarfeine Grenze Richtung sexueller Belästigung noch einmal überschreitest", warnte ich ihn und ließ meine Hand am Nudelholz auf und ab gleiten.

„Ich würde dich bitten, das nicht zu tun, wenn es dir ernst damit war, dass ich Äpfel schälen soll." Seine Augen hatten sich geweitet.

„Über Kuchen mache ich nie Scherze, Simon." Ich sprenkelte ein wenig mehr Mehl auf den Marmor.

Er war still, als er mich dabei beobachtete, wie ich den Kuchenteig mit den Händen bearbeitete, und atmete durch den Mund. „Ah, was hast du damit vor?", fragte er mit tiefer Stimme.

„Damit?", fragte ich und lehnte mich über die Unterlage. Vielleicht drückte ich ein wenig den Rücken durch, als ich das tat.

„Mmm-mmm", kam von ihm.

„Ich rolle den Teig aus. Siehst du? So." Ich neckte ihn schon wieder, rollte das Nudelholz vor und zurück über den

Teig, wobei ich sicherstellte, dass ich immer meinen Rücken durchdrückte und die Vorwärtsbewegung meine zwei Mädels zusammendrückte.

„Oh, Mann", murmelte er, und ich grinste ihn frech an.

„Alles okay da drüben, mein Großer? Das ist nur die obere Kuchenteigschicht. Ich muss noch am Unterbau arbeiten", sagte ich über die Schulter.

Seine Hände klammerten sich an die Ecke meiner Theke. „Äpfel. Äpfel. Muss Äpfel schälen", sagte er zu sich selbst und drehte sich Richtung Sieb, das mit Äpfeln gefüllt in der Spüle stand.

„Moment, ich hole dir den Schäler." Ich trat hinter ihn und drückte mich an ihn, als ich mich um seine Seite wand, um den Gemüseschäler aus der anderen Spüle zu fischen. Das machte Spaß!

„Äpfel schälen, nur Äpfel schälen. Hab nicht gefühlt, wie sich deine Brüste an mich drücken. Nein, nein. Ich doch nicht", sing-sangte er, als ich ihn auslachte.

„Hier, schäl das hier", sagte ich, bekam einen kleinen Anfall von Mitgefühl und manövrierte mich aus seinem Kochbereich. Eventuell hatte ich an seinem T-Shirt gerochen.

„Hast du mich gerade beschnüffelt?", fragte er mit abgewandtem Körper.

„Könnte sein", gab ich zu und ging zurück zu meinem Nudelholz, das ich mit festem Griff packte.

„Dachte ich mir."

„Hey, wenn du schnüffeln kannst, kann ich das auch." Ich ließ meine sexuelle Frustration an einem wehrlosen Mürbeteig aus.

„Das ist nur gerecht. Also, wie schneide ich ab?"

„Gut. Sehr gut, um ehrlich zu sein. Weichspüler?"

„Yep, ich steh auf diese Bälle, die man in die Wäsche reinlegt."

Ich lachte, und wir wälzten weiter und schälten weiter. Innerhalb von einer Viertelstunde hatten wir eine Schale voller geschälter und geschnittener Äpfel, einen perfekt ausgerollten Kuchenteig, und wir hatten beide unser erstes Glas Wein getrunken.

„Okay, und jetzt?", fragte er, während er Mehl aufwischte und mit dem Saubermachen begann.

„Jetzt verleihen wir dem Ganzen ein wenig Würze, indem wir ein bisschen Zitrone hineingeben", antwortete ich und stellte mir Zimt, Muskat, meine Zuckerschüssel und eine Zitrone bereit.

„Okay, womit kann ich dir behilflich sein?", fragte er und stellte sicher, dass er mir seine Hände zeigte, die nun mit Mehl bedeckt waren.

Das Kopfkino in meinem Gehirn war nicht jugendfrei, und ich musste mir auf die Zunge beißen, um ihm nicht genau zu sagen, womit er mir behilflich sein konnte. „Zuerst mal machst du dich sauber, und dann fangen wir an. Du kannst mein Assistent sein."

Er sah sich nach einem Küchentuch um, und ich drehte mich, um das eine zu suchen, das ich bereits rausgelegt hatte. Ich hatte mich bereits über die Theke gestreckt, als ich zwei sehr starke und sehr präzise platzierte Hände an meinem Hintern fühlte. „Äh, hi?", sagte ich und erstarrte.

„Hi", antwortete er fröhlich. Seine Hände blieben an Ort und Stelle.

„Erklärung, bitte", befahl ich und versuchte nicht zu bemerken, dass mein Herz auf dem besten Weg war, mir mit einigen Saltos Richtung Mund aus dem Körper zu springen.

„Du hast mir gesagt, dass ich meine Hände sauber machen soll." Er geriet ins Stottern, während er sich bemühte, nicht zu lachen. Er drückte mit beiden Händen kurz zu.

„Und du hast daraus abgeleitet, dass ich meinen Hintern damit gemeint habe?" Ich lachte und drehte mich zu ihm um. Seine Hände schob ich mit meinen aus dem Weg.

„Was soll ich sagen? Ich nehme mir gewisse Freiheiten bei meinen Nachbarn heraus." Sein Blick wechselte zwischen meinen Lippen und meinen Augen hin und her.

„Wir müssen einen Kuchen machen, Mister. Benimm dich! Niemand fasst meinen Hintern ohne meine Einwilligung an." Ich kicherte und hielt immer noch seine Hände. Ich fühlte, wie seine Daumen kleine Kreise auf die Innenseite meiner Handgelenke malten, und meine Gedanken gerieten ins Stocken. Dieser Kerl würde mich noch frühzeitig ins Grab bringen. Geh da rüber, Oktopus, und benimm dich!"

Er grinste und wandte sich ab, was mir die Gelegenheit gab, „Oh, Mann …" an niemand bestimmten zu murmeln, bevor ich ihm bei der Apfelschüssel wieder begegnete.

„Okay, du tust, was ich dir sage, verstanden?" Ich streute Zucker in die Schüssel.

„Verstanden."

Ich begann, die Äpfel mit meinen Händen zu mischen, und Simon folgte meinen Instruktionen punktgenau. Wenn ich um mehr Zucker bat, zuckerte er. Wenn ich um mehr Zimt bat, gehorchte er. Wenn ich ihn bat, die Zitrone auszupressen, presste er so gut, dass ich Schwierigkeiten hatte, meine Zunge in meinem Mund und von seinem Hals fernzuhalten.

Ich warf und probierte, und als sie endlich richtig waren, hielt ich einen Apfelspalt an seinen Mund. „Aufmachen", sagte ich, und er beugte sich vor.

Ich platzierte den Apfel auf seiner Zunge, und er machte den Mund zu, bevor ich die Chance hatte, meine Finger in Sicherheit zu bringen. Er hatte seine Lippen um zwei davon geschlossen, und ich entzog sie ihm langsam. Ich spürte, wie sich seine Zunge absichtlich zart um sie legte.

„Köstlich", sagte er sanft.

„Ärks", antwortete ich und schielte ein wenig wegen des Sexappeals auf zwei Beinen, der sich vor mir befand.

Er kaute. „Süß. Süß, Caroline."

„Ärks", brachte ich noch einmal heraus. Mein Verstand wusste, dass das sehr schlecht war. Mein Herz hüpfte mir fast aus der Brust.

„War's gut für dich?", fragte er. Sein wissendes Grinsen geriet gefährlich nah an das Territorium vom „wölfischen Grinsen".

„Gut", murmelte ich. Ich stand nach dieser Fingerlatio in Flammen. Waffenstillstand? Harem? Schnöde Worte. Wen kümmerte es, wenn es keinen wirklichen O gegeben hatte? Ich brauchte den Körperkontakt der sehr, sehr schmutzigen Art mit diesem Mann.

An meine Sexwand war geklopft worden, und als ich mich

bereit machte, um ihm die Klamotten vom Leib zu reißen, ihn auf den Boden zu werfen und ihn inmitten eines Haufens von Äpfeln und Zimt in Grund und Boden zu reiten, läutete mein Telefon.

Danke, Gott!

Ich sah zu diesem blauäugigen Teufel und warf mich regelrecht durch den Raum – nur weg von diesem Verstand verschwurbelnden Voodoo. Ich sah sein Gesicht, als ich davonrannte, und er sah ein wenig enttäuscht aus.

„Mädel, was hast du heute Abend vor?", kreischte Mimi ins Telefon. Ich hielt es mir vom Ohr weg, bevor die Blutungen beginnen konnten. Mimi hatte nur drei Lautstärken: normal laut, aufgeregt laut und betrunken laut. Sie verließ gerade das Gebiet von „aufgeregt" und näherte sich „betrunken".

„Ich bin dabei, zu Abend zu essen. Wo bist du?", fragte ich und nickte Simon zu, der begonnen hatte, die Äpfel in den Kuchenteig zu schütteln.

„Ich bin mit Sophia einen trinken. Was machst du?", schrie sie.

„Habe ich dir gerade gesagt: Abendessen!" Ich lachte.

Simon kam in das Wohnzimmer, den Kuchen in den Händen. „Soll ich das in den Ofen schieben?", fragte er.

„Bleib mal dran, Mimi. Noch nicht. Ich muss ihn erst noch mit ein wenig Sahne bedecken", sagte ich zu ihm, und er kehrte in die Küche zurück.

„Caroline, das war ein Mann! Wer war das? Mit wem isst du zu Abend? Und was bedeckst du mit Sahne?" Ihre Fragen kamen wie Sperrfeuer auf mich zu, und ihre Stimme wurde noch lauter.

„Beruhige dich. Himmel, bist du laut! Ich esse mit Simon, und wir machen Apfelkuchen", erklärte ich, was sie sofort Sophia zukreischen musste.

„Scheiße", murmelte ich, als ich hörte, wie Mimi das Handy entrissen wurde.

„Reynolds, was tust du? Backst du Kuchen mit deinem Nachbarn? Bist du nackt?", rief Sophia. Nun war sie dran mit dem Spiel „Löchert Caroline mit Fragen".

„Okay, nein, und ihr müsst euch wirklich beruhigen. Ich lege jetzt auf!", rief ich über ihr Gebrülle. Ich konnte Mimi versaute Dinge über Kuchen und Sahne quietschen hören. Sophia drohte mir gerade, nicht aufzulegen, als ich genau das tat.

Ich seufzte und ging auf die Suche nach Simon, der seine Hände voll mit Kuchen hatte. Gegen meinen Willen schnaubte ich amüsiert.

„Oh, mein Gott, das ist so gut", wimmerte ich, schloss die Augen und ließ mich von den Empfindungen überschwemmen.

„Ich wusste, dass du es mögen würdest, aber ich hatte keine Ahnung, dass du es so sehr genießen würdest", flüsterte er und starrte mich hingerissen an.

„Hör auf zu reden, du ruinierst mir alles", stöhnte ich, streckte mich und fühlte, wie ich auf alles reagierte, was er mir gab.

„Möchtest du noch einen?", bot er an und stützte sich auf seinen Ellbogen ab.

„Wenn ich noch einen bekomme, werde ich morgen nicht gehen können."

„Komm schon, sei ein böses Mädchen. Du verdienst es. Ich weiß, dass du es willst, Caroline", neckte er mich und beugte sich zu mir.

„Okay", brachte ich heraus und öffnete noch einmal meinen Mund für ihn. Ich schloss meine Augen und hörte, wie er herumkramte, bevor er es mir auf die Zunge setzte. Ich seufzte und schloss meine Lippen um das, was er mir gegeben hatte.

„Ich habe noch nie gesehen, dass eine Frau so viel vertragen kann." Er staunte, als ich erneut in Ekstase geriet.

„Du hast einfach noch nie eine Frau getroffen, die Fleischbällchen so sehr liebt wie ich", stöhnte ich, während ich eine weitere Portion kaute. Ich fühlte mich vollgestopft ohne Ende, aber ich wollte nicht, dass das Essen endete.

Simon hatte mir gerade das wohl perfekteste Mahl aller Zeiten zubereitet, indem er jeden einzelnen Geschmacksnerv getroffen hatte, der getroffen werden musste. Er hatte das Rezept für diese unglaublichen Fleischbällchen von einer Frau aus Neapel gelernt und er hatte geschworen, dass es die besten gewesen seien, die er jemals gegessen hatte. Nach nicht weniger als sieben Witzen über Bälle und Münder musste ich ihm zustimmen: Es waren wirklich die besten Bällchen gewesen, die ich je im Mund gehabt hatte.

Himmel, er hatte damit fast einen Geschmacksorgasmus bei mir hervorgerufen.

Danach hatte ich fast ein Pfund Pasta gegessen, alle meine Fleischbällchen und die Hälfte von seinen. Ich bestand darauf, dass er das letzte aß, aber er weigerte sich und hatte die Perfektion, die er als Fleischbällchen bezeichnete, in meinen willigen Mund geschoben.

Simon war ein großartiger Gastgeber. Er bestand darauf, dass ich mich setzte, Wein trank und zusah, statt helfen zu müssen. Er unterhielt mich mit Geschichten über seine Reisen, während er alles fertig machte, und obwohl das Essen einfach war, war es sehr gut. „Nonni hat mich zu dem Versprechen gezwungen, dass ich ihre *polpette* nur mit ihrer Spezialsoße serviere, wenn sie mir das Rezept verrät. Wenn ich es wagen würde, sie mit Miracoli zu servieren, würde sie den Ozean überqueren, um mir ihren Holzlöffel über den Hintern zu ziehen."

„Sie hat dich dazu gebracht, sie Nonni zu nennen?" Ich lachte und lehnte mich in meinem Stuhl zurück. Schamlos machte ich den obersten Knopf meiner Jeans auf. Ich hatte einfach zu viel gegessen.

„Du weißt, was Nonni heißt?", fragte er überrascht.

„Ich hatte eine italienische Urgroßmutter. Sie bestand darauf, dass jeder sie Nonni nannte." Ich lachte wieder, als sein Blick zu meinen Händen glitt, mit denen ich meinen Bauch massierte.

„Geht's dir gut?" Er zog die Augenbrauen hoch und stand auf, um abzuräumen.

„Yep, muss nur ein wenig atmen." Ich stöhnte und zog mich am Tisch hoch.

„Nein, nein, du musst nicht helfen", sagte er, eilte an meine Seite und packte meinen Teller.

„Oh nein, das wollte ich gar nicht. Ich wollte das hier wegbringen und da drüben auf der Couch das Bewusstsein verlieren." Ich nickte Richtung Wohnzimmer.

„Geh und entspann dich. Jeder, der so viele Bällchen im Mund hatte, verdient eine Pause."

Ich schnippte gegen sein Ohr. „Ich habe gesagt, dass wir keine Bällchen-Witze mehr reißen. Du hattest deinen Spaß, jetzt lass mich in Frieden sterben." Ich schlurfte ins Wohnzimmer. Ich hatte mich in ein kleines Schweinchen verwandelt, aber es war wirklich und allen Ernstes göttlich gewesen. Ich lehnte mich zurück und öffnete einen weiteren Jeansknopf. Beim Entspannen zwischen den Kissen ließ ich einige der Höhepunkte des Abends noch einmal vor meinem geistigen Auge ablaufen.

Simon beim Kochen zuzusehen war, in einem Wort gesagt, heiß. Er fühlte sich in der Küche zu Hause, mal abgesehen von seinen früheren Späßen mit dem Kuchen. Selbst sein Salat – einfacher grüner Salat mit einem leichten Dressing aus Zitrone und Olivenöl, Salz, Pfeffer und gutem Parmesan – war einfach und perfekt.

„Rosa Himalaya-Salz, vielen Dank", hatte er stolz gesagt und eine Tüte aus seinem Vorratsraum gezogen. Er hatte sie von einer seiner vielen Reisen mitgebracht und mich probieren lassen, bevor er es über den Salat sprenkelte. Es hätte angeberisch wirken können, aber es passte zu Simon. Die vielen Facetten dieses Mannes waren erstaunlich. Meine frühesten Vorurteile, was ihn anging, waren komplett falsch gewesen. Wie es Vorurteile ja meistens sind …

Ich konnte ihn abwaschen hören, und obwohl ich ihm vermutlich hätte helfen sollen, konnte ich mich einfach nicht von der Couch erheben. Ich kuschelte mich auf die Seite und sah mir noch einmal sein Wohnzimmer an, der Blick wieder einmal magisch von den kleinen Sandflaschen aus aller Welt angezogen. Ich staunte darüber, wie weit er gereist war und dass er es immer noch zu genießen schien. Ich blickte auf die Bilder der Frau aus Bora-Bora – ihre dunkle, wunderschöne Haut und der glatte Körper – und dachte darüber nach, wie unterschiedlich die drei Frauen in seinem Harem waren. Ups, da waren's nur noch zwei, da Katie/Spanky ja nun mit ihrem neuen Mann zusammen war.

Plötzlich konnte ich Apfelkuchen riechen und hörte, wie die Ofentür zugeschlagen wurde. Ich hatte ihn in den Ofen gestellt, sobald wir hier herübergekommen waren, damit er zum Nachtisch fertig war.

„Wag es ja nicht, mir jetzt Kuchen zu servieren. Ich bin voll, sage ich dir. Voll!", rief ich.

„Ruhe, der kühlt nur ab." Er kam um die Ecke aus der Küche. „Du musst rutschen, Schwester. Jetzt ist Kinozeit." Er stieß mich mit seinem großen Zeh an, als ich darum kämpfte, mich gerade hinzusetzen.

„Was sehen wir uns an?"

„*Der Exorzist*", wisperte er, schaltete das Licht auf dem Beistelltisch aus und tauchte damit den Raum in Dunkelheit.

„Willst du mich verarschen?", kreischte ich, lehnte mich über ihn und schaltete die Lampe wieder an.

„Sei kein Feigling. Du guckst ihn dir an", zischte er und schaltete sie wieder aus.

„Ich bin kein Feigling, aber es gibt blöd und nicht blöd. Und blöd wäre es, einen Film wie *Der Exorzist* bei ausgeschaltetem Licht anzusehen! Das schreit ja förmlich nach Ärger!", zischte ich zurück und drückte wieder auf den Schalter.

Das Zimmer ähnelte einer Disco …

„Okay, ich mach einen Deal mit dir. Das Licht bleibt aus, aber …" Er drückte mir einen Finger auf die Lippen, als er sah, dass ich ihn unterbrechen wollte. „Aber wenn du dich zu sehr fürchtest, schalten wir es wieder an. Einverstanden?"

Ich lehnte immer noch über ihm, um das Licht einzuschalten, als ich bemerkte, wie nah ich an seinem Gesicht war. Und wie ich über ihn drapiert lag – wie eine Frau, die auf ihr Spanking wartete. Und ich wusste, dass er dazu fähig war …

„Also gut." Ich setzte mich leicht verärgert wieder in eine normale, sitzende Position, als der Vorspann lief.

Er grinste triumphierend und signalisierte mir Daumen-hoch.

„Wenn du mir diesen Daumen noch einmal zeigst, beiße ich ihn ab", grollte ich, zog eine Decke von der Lehne des Sofas und wickelte mich schützend darin ein. Bereits nach einer

Minute des Films hatte ich Angst.

Ich war von diesem Moment an komplett verspannt, und jegliche Vorstellung, die ich davon gehabt hatte, dass Frauen sich lächerlich verhielten, wenn sie gruselige Filme mit Männern ansahen, flog hochkant aus meinem Kopf, als Regan sich bei der Dinnerparty anpinkelte.

Zu dem Zeitpunkt, als der Priester zu einem kleinen Besuch vorbeikam, saß ich praktisch auf Simons Schoß, meine rechte Hand hatte sich in seinen Oberschenkel gekrallt und ich sah mir den Film durch ein Guckloch in der Decke an, die ich mir komplett über den Kopf gezogen hatte.

„Ich hasse dich wirklich und buchstäblich, weil du mich zwingst, diesen Film anzusehen", flüsterte ich ihm ins Ohr, das direkt vor meinem Gesicht war, da ich mich weigerte, auch nur einen Millimeter Abstand zwischen uns zuzulassen. Ich war sogar gemeinsam mit ihm zum Badezimmer gegangen, als wir eine Pause machten. Er hatte darauf bestanden, dass ich im Flur blieb, aber ich hatte direkt vor der Tür gestanden, mein Blick war furchtsam hin und hergeschossen und die Decke war fest über meinen Kopf gezogen gewesen.

„Soll ich aufhören? Ich möchte nicht, dass du Alpträume bekommst", wisperte er zurück, den Blick fest auf den Fernseher gerichtet.

„Ach, ich bin mit einigen Wandbeben freien Nächten zufrieden. Das packe ich nicht." Ich sah ihn durch eines meiner zwei Gucklöcher an.

„Hast du in letzter Zeit die Wände beben sehen?" Er rollte mit den Augen, wie jedes Mal, wenn er mich mit der Decke über dem Kopf ansah.

„Nein, habe ich tatsächlich nicht. Warum eigentlich?"

Er holte Luft. „Nun, ich …", begann er, aber dann ertönten die verrücktesten und gruseligsten Geräusche aus dem Fernseher, und wir beide zuckten zusammen. „Okay, vielleicht ist der Film ein wenig gruselig. Möchtest du näher kommen?", fragte er und drückte auf Pause.

„Ich dachte schon, du fragst nie!" Ich warf mich ihm auf den Schoß und kuschelte mich zwischen seine Beine. „Möchtest du ein bisschen Decke abhaben?", bot ich ihm an.

Er lachte. „Nein, ich packe das wie ein Mann. Du bleibst aber drunter."

Ich verengte meine Augen und streckte ihm einen Finger durch ein weiteres Loch entgegen. „Rate, was für ein Finger das ist", sagte ich und wackelte damit vor seiner Nase herum.

„Psst, Film", antwortete er, schlang seine Arme um mich und zog mich an seine Brust.

Er war warm und stark und kräftig, konnte aber dem Terror, den *Der Exorzist* darstellte, nichts entgegensetzen. Worüber hatten wir gleich noch gesprochen? Jetzt konnte ich an nichts anderes denken als wackelnde Wände, und zwar die eine, die Regan gerade vermöbelte und mit Erbsensuppe übergoss. Wir sahen uns den Rest dieses blöden Films ineinander verwoben wie Brezeln an, und am Ende ergab er sich der falschen Sicherheit, die die Decke und ihre Gucklöcher vermittelten.

Klick. Klick. Klick.
Was zum Teufel war das?
Klick. Klick. Klick.
Oh, nein.
Ich lag wie erstarrt im Bett. Die gesamte Wohnung war in ein Lichtermeer getaucht.
Klick. Klick. Klick.
Ich zog die Decke höher, versteckte mein Gesicht bis zu meinen Augen darunter, die nach wie vor eifrig nach dem Grund für das Geräusch im Schlafzimmer suchten. Mein Verstand wusste, dass wir sicher waren, aber er spielte auch immer wieder Szenen dieses schrecklichsten aller Filme ab, sodass es mir unmöglich war, mich für die Nacht zu entspannen und zu schlafen. Meine Nerven hatten alles lahmgelegt und zugleich eine brennende Bahn aus Adrenalin in meinem Körper hinterlassen. Ich hasste Simon in diesem Moment mit jeder Faser meines Seins. Ich wünschte mir aber auch, er wäre jetzt hier.
Klick. Klick. Klick.
Was war das?
Klick. Klick.

Nichts.

Dann sprang Clive auf das Bett, und ich schrie aus voller Kehle. Clives Schwanz sträubte sich, und er fauchte mich an, sicherlich weil er sich wunderte, weshalb Mommy ihn so anschrie. Das klick-klick-klick war sein verdammter Katerzehennagel gewesen.

Mein Handy vibrierte nur eine Sekunde später, brachte den gesamten Nachttisch zum Wackeln und rief damit einen weiteren Schrei bei mir hervor. Es war Simon.

„Was zur Hölle ist los? Weshalb schreist du so? Bist du okay?", brüllte er, als ich ranging, und ich konnte ihn durch das Telefon und die Wand hören.

„Beweg deinen Arsch sofort hier rüber, du gottverdammtes Gruselfilm-Beben!", schäumte ich und legte auf. Ich hämmerte gegen die Wand und rannte raus, um die Tür aufzusperren. Ähnlich der Zeit, in der ich als Kind die letzten Stufen aus dem Keller wieder hochgerannt war, rannte ich nun schleunigst wieder in mein Zimmer, sprang die letzten Meter nach vorn und landete in der Mitte meines Bettes. Ich schlang die Decke um mich, lugte hinaus und wartete.

Er klopfte, und ich hörte, wie die Tür aufging. „Caroline?", rief er.

„Hier hinten!", rief ich. Es war irgendwie traurig, dass ich auf das hier zurückgefallen war, aber ich war verdammt froh, ihn zu sehen.

„Ich hab den Kuchen mitgebracht", sagte er mit einem peinlich berührten Lächeln. „Und das hier." Er förderte seine Sofadecke zu Tage.

„Danke." Ich lächelte ihn hinter meinem Kissenschild hervor an.

Einige Minuten später saßen wir auf meinem Bett und balancierten jeweils einen Teller und ein Glas Milch auf den Knien. Wir waren vorher zu voll und danach zu erschrocken gewesen, um Kuchen zu essen. Clive und sein Phantomzehennagel hatten sich in den anderen Raum zurückgezogen, nachdem er Simon mit rollenden Augen und einem Zucken seines Schwanzes empfangen hatte.

„Wie alt bist du?", fragte ich und piekte in meinen Kuchen.

„28 Jahre. Wie alt bist du?"

„26 Jahre. Wir sind 28 und 26 Jahre alt und gruseln uns vor einem Film zu Tode." Ich nahm einen Bissen Kuchen. Der war wirklich gut.

„Ich würde nicht sagen, dass ich mich grusele", erwiderte er. „Erschrocken? Ja. Aber ich bin nur rübergekommen, um dich vom Schreien abzuhalten."

„Und meinen Kuchen zu probieren", sagte ich und zwinkerte ihm zu.

„Klappe, Kleine", warnte er, dann probierte er den Kuchen. „Gott, ist das gut", hauchte er und schloss die Augen, während er kaute.

„Weiß ich doch. Es geht doch nichts über Äpfel und selbstgebackenen Kuchen."

„Es wäre noch besser, wenn wir ihn nackt essen würden." Er grinste und öffnete ein Auge.

„Niemand zieht sich hier aus, Junge. Iss einfach deinen Kuchen." Ich zeigte mit der Gabel auf seinen Teller.

Wir kauten.

„Ich fühle mich besser", sagte ich einige Minuten später nach einem Schluck Milch.

„Ich mich auch. Nicht mehr erschrocken."

Er lächelte, als ich seinen Teller nahm und ihn auf den Nachttisch stellte. Ich seufzte zufrieden und lehnte mich an die Kissen, satt und weniger ängstlich.

„Also … Ich muss einfach fragen. James Brown? Wirklich? James Brown?" Er lachte, und ich kickte ihn, als er sich neben mich legte. Wir drehten uns auf die Seite, die Gesichter einander zugewandt und die Arme unter den Kissen vergraben.

„Ich weiß, ich weiß. Ich kann nicht glauben, dass du es so lange ausgehalten hast, nicht zu fragen! Ich weiß, dass du seit gestern Nacht am liebsten ständig Witze darüber reißen wolltest."

„Ernsthaft. Wer ist dieser Kerl?"

„Er ist ein neuer Kunde."

„Ah, verstehe", sagte er und sah zufrieden aus.

„Und mein alter Exfreund", fügte ich hinzu und wartete auf seine Reaktion.

„Alles klar. Neuer Kunde, aber alter Exfreund … Moment, er ist der Anwalt?", fragte er, wobei er versuchte, seinen Gesichtsausdruck neutral zu halten, dabei aber in ganzer Linie versagte.

„Yep. Hab ihn ein paar Jahre nicht gesehen."

„Wie wird das funktionieren?"

„Weiß noch nicht. Wir werden sehen."

Ich wusste wirklich nicht, wie das mit James verlaufen würde. Ich war froh, ihn zu sehen, aber es würde hart werden, die Sache auf einer beruflichen Ebene zu belassen, wenn er mehr wollte. Und jeder einzelne Instinkt, den ich besaß, sagte mir, dass er mehr wollte. In der Vergangenheit hatte er mehr Kontrolle über mich gehabt, als mir gefallen hatte. Ich war in die Umlaufbahn von James Brown gezogen worden – des Anwalts, nicht des Urvaters des Soul.

„Egal, wir werden einfach zusammenarbeiten. Es wird ein großartiger Job für mich werden. Er will, dass seine komplette Wohnung umdesignt wird." Ich seufzte und war schon dabei, die Farbpalette zu planen. Ich rollte mich auf meinen Rücken und streckte mich. Ich hatte wirklich meinem Magen einiges zugemutet an diesem Abend und wurde langsam müde.

„Ich mag ihn nicht", sagte Simon auf einmal nach einer langen Pause.

Ich drehte mich zu ihm und sah, wie er finster dreinblickte.

„Du kennst ihn doch nicht mal! Wie kannst du ihn dann nicht mögen?" Ich lachte.

„Ich mag ihn einfach nicht", sagte er und bedachte nun mich mit der ganzen Kraft seiner strahlend blauen Augen.

„Oh, bitte, du bist einfach ein Stinker." Ich lachte erneut und verwuschelte seine Haare. Oh, oh, falsche Bewegung. Sie waren so weich …

„Ich stinke nicht. Du hast selbst gesagt, dass ich nach Weichspüler rieche", protestierte er, hob seinen Arm an und schnüffelte unter der Achsel.

„Ja, Simon, du riechst fantastisch", sagte ich ernst, aber mit einem Augenzwinkern, während ich die Luft um mich herum einatmete.

Er ließ seinen Arm etwas höher auf dem Kissen wieder sinken, und ich wusste, dass ich, wenn ich nur ein klein wenig rollte, direkt in seine Armbeuge rutschen konnte. Er sah mich an und hob leicht die Augenbrauen. Dachte er das, was ich dachte?

Wollte er, dass ich mit ihm kuschelte?

Wollte ich mit ihm kuscheln?

Ach, zum Teufel …

„Ich komme jetzt kuscheln", gab ich bekannt und gab mir die Kuschelei: Kopf angelehnt, linker Arm über seiner Brust, rechter Arm unter seinem Kissen. Die Beine behielt ich bei mir – ich war ja keine komplette Idiotin.

„Na, schau mal an", sagte er überrascht. Dann wand er sich sofort um mich. Ich seufzte wieder, eingehüllt in Mann und Voodoo. „Was hat das denn hervorgerufen, Freundin?", flüsterte er in mein Haar, und mich durchlief ein warmer Schauder.

„Verspätete Reaktion auf Linda Blair. Ich brauche ein wenig Kuschelzeit. Freunde können kuscheln, oder?"

„Sicher, aber sind wir Freunde, die kuscheln können?", fragte er und malte Kreise auf meinem Rücken. Er und seine dämonischen Fingerkreise …

„Ich komme damit klar. Du?" Ich hielt den Atem an.

„Ich komme mit fast allem klar, aber …", begann er, dann hielt er inne.

„Was, was wolltest du sagen?" Ich lehnte mich leicht zurück, um zu ihm aufsehen zu können. Eine Locke hatte sich aus meinem Pferdeschwanz gelöst und war zwischen uns geraten.

Langsam und mit großer Sorgfalt schob er sie wieder hinter mein Ohr. „Sagen wir einfach, dass du, wenn du jetzt das rosa Nachthemd tragen würdest, in ziemlichen Schwierigkeiten stecken würdest."

„Nun, dann ist es ja gut, dass wir nur Freunde sind, korrekt?", zwang ich mich zu sagen.

„Freunde, ja." Er starrte mir in die Augen.

Ich atmete ein, er atmete aus. Wir tauschten im Grunde Luft miteinander.

„Kuschel einfach mit mir, Simon", sagte ich leise, und er

grinste.

„Komm hier runter", sagte er und lockte mich an seine Brust. Ich glitt hinunter und hielt dort inne, wo ich seinen Herzschlag hören konnte. Er schlug seine Sofadecke über uns, und ich nahm wieder einmal zur Kenntnis, wie weich sie war. Diese Sofadecke hatte mir heute Nacht sehr gute Dienste erwiesen.

„Ich liebe diese Decke, aber ich muss zugeben, dass sie nicht wirklich in deine Wohnung passt. Du weißt schon, zu diesem Cooler-Typ-Muster, das du sonst so pflegst." Sie war orange und erbsengrün und sehr altmodisch.

Er war still, und ich glaubte schon, dass er eingeschlafen war, als er leise sagte: „Sie gehörte meiner Mutter." Sein Griff um mich wurde fester.

Danach gab es nichts mehr zu sagen.

Simon und ich schliefen diese Nacht zusammen – und jedes einzelne Licht in der Wohnung war an.

Clive und sein Zehennagel blieben uns fern.

Kapitel 11

Ich erwachte ein paar Stunden später, weil ich von der Wärme des Körpers neben mir, der um einiges größer war, als der des Katers, der normalerweise an meine Seite gedrückt schlief, überrascht war. Ich rollte mich vorsichtig auf den Rücken und weg von Simon, sodass ich ihn beobachten konnte. Ich konnte ihn perfekt sehen, da die Lampen der gesamten Wohnung weiterhin in die Nacht leuchteten und alles Böse dieses furchtbaren Films fernhielten.

Ich rieb mir die Augen und inspizierte meinen Bettgenossen. Er lag auf seinem Rücken, die Arme immer noch so gekrümmt, als ob ich noch darin liegen würde, und ich dachte darüber nach, wie gut es sich anfühlte, mit Simon zu kuscheln.

Aber ich sollte nicht mit Simon kuscheln. Der Verstand wusste es besser. Die Nerven stimmten zu. Und obwohl die Bilder, wie ich Simon bestieg, die mir sofort in den Sinn kamen, weit entfernt von der Bezeichnung „unschuldig" waren, drängte ich sie zurück. Ich sah weg und bemerkte, dass die wunderschöne Sofadecke um seine – und auch meine – Beine geschlungen war.

Es war die seiner Mutter gewesen. Das Herz brach mir jedes Mal, wenn ich mich an seine süße und leicht zögerliche Stimme erinnerte, in der er dieses kleine Goldstück an Erinnerung mit mir geteilt hatte. Er wusste nicht, dass ich mit Jillian über seine Vergangenheit gesprochen hatte, dass ich wusste, dass seine Eltern nicht mehr lebten. Die Vorstellung, dass er immer noch an der Sofadecke seiner Mutter hing, war unaussprechlich lieb, und wieder einmal öffnete sich ihm mein Herz.

Ich stand meinen Eltern sehr nahe. Sie lebten immer noch im gleichen Haus in einer kleinen Stadt in Südkalifornien, in dem ich aufgewachsen war. Sie waren großartige Eltern, und ich besuchte sie, so oft ich konnte, was im Grunde hieß, an den Feiertagen und dem einen oder anderen Wochenende. Als typische Mittzwanzigerin genoss ich meine Unabhängigkeit, aber meine Eltern waren da, wenn ich sie brauchte –

immer. Die Vorstellung, dass ich eines Tages auf dieser Erde wandeln musste, ohne sie als Anker und irreführende Führung zu haben, ließ mich zusammenzucken, ganz zu schweigen davon, sie beide im zarten Alter von 18 Jahren zu verlieren.

Ich war froh, dass Simon gute Freunde zu haben schien und einen so mächtigen Fürsprecher wie Benjamin, der auf ihn aufpasste. Aber so eng Freunde und Geliebte sein konnten … es war einfach etwas Besonderes, wenn man zu jemandem gehörte, der einem Wurzeln gab – Wurzeln, die man manchmal brauchte, wenn die Welt sich gegen einen stellte.

Simon bewegte sich leicht im Schlaf, und ich beobachtete ihn wieder. Er murmelte irgendwas, das ich nicht verstand, aber es hörte sich ein wenig wie Fleischbällchen an. Ich lächelte und erlaubte meinen Fingern, mit seinem Haar zu spielen und die seidige Weiche, die auf meinem Kissen lag, zu erforschen.

Mann, er konnte wirklich klasse Fleischbällchen zubereiten.

Während ich sein Haar streichelte, vergnügte sich mein Verstand mit der Vorstellung eines Ortes, an dem unendlich viele Fleischbällchen und Kuchen für mehrere Tage vorhanden waren. Ich kicherte, als ich schläfrig wurde, und kuschelte mich wieder in seine Armbeuge. Während ich noch die Behaglichkeit fühlte, die nur die Arme eines Mannes vermitteln konnten, regte sich ein kleiner Alarm in meinem Kopf, der mich davor warnte, ihm zu nahe zu kommen. Ich musste vorsichtig sein.

Es war deutlich, dass wir uns beide unsäglich zueinander hingezogen fühlten, und zu jeder anderen Zeit und an jedem anderen Ort wären unsere Sexmarathons weit und breit legendär gewesen. Aber er hatte seinen Harem, und ich hielt meinen Winterschlaf von Männern, ganz zu schweigen davon, dass ich meinen O nicht hatte. Also würden wir weiter Freunde bleiben.

Freunde, die Fleischbällchen austauschen. Freunde, die kuscheln. Freunde, die schon bald nach Tahoe reisen würden.

Ich stellte mir Simon vor, wie er in dem Whirlpool lehnte und der eindrucksvolle Lake Tahoe hinter ihm zu sehen war.

Welcher Anblick eindrucksvoller war, blieb noch abzuwarten. Ich driftete wieder in den Schlaf und wachte nur ein wenig auf, als Simon mich näher zog.

Und obwohl es weniger als ein Flüstern war, hörte ich es. Er seufzte meinen Namen.

Ich lächelte, als ich wieder einschlief.

Am nächsten Morgen fühlte ich ein insistierendes Stupsen an meiner linken Schulter. Ich scheuchte es auf die Seite, aber es machte einfach weiter.

„Clive, hör auf, du Mistvieh", stöhnte ich und versteckte meinen Kopf unter dem Kissen. Ich wusste, dass er nicht eher Ruhe geben würde, bis ich ihn fütterte. Er wurde eindeutig von seinem Magen gelenkt. Dann hörte ich eindeutig ein menschliches Lachen – ruhig und auf keinen Fall von Clive.

Ich riss die Augen auf, und die Erinnerung an letzte Nacht kehrte wie ein Schnellzug zurück: der Horror, der Kuchen, das Kuscheln. Ich tastete mit meinem rechten Fuß nach hinten, ließ ihn über das Bett gleiten, bis ich fühlte, wie er von etwas warmem und haarigem gestoppt wurde. Obwohl ich nun mehr als sicher war, dass es nicht Clive war, stupste ich es mit meinem Zeh an – hoch und höher, bis ich ein weiteres glucksendes Lachen hörte.

„Wandbeben?", flüsterte ich, nicht gewillt, mich auf die andere Seite zu drehen. Wie immer hing ich ausgestreckt über meinem gesamten Bett, Kopf auf der einen Seite, die Füße fast auf der anderen.

„Das einzig wahre", flüsterte eine köstlich schokoladige Stimme in mein Ohr.

Meine Zehen und Klein-Caroline rollten sich zusammen. „Scheiße!" Ich rollte mich auf den Rücken, um den Schaden zu begutachten. Er hatte sich in die eine Ecke des Bettes getrollt, die ihm mein Körper erlaubt hatte. Meine Bett-teil-Fähigkeiten hatten sich absolut nicht gebessert.

„Du füllst das Bett ganz schön aus", bemerkte er und lächelte mich an. Er war eingehüllt in das kleine Stückchen der Sofadecke, das ich ihm übrig gelassen hatte. „Wenn wir das noch mal machen, müssen wir einige Grundregeln festlegen."

„Das wird nie wieder passieren. Das war die Antwort auf einen furchtbaren Film, mit dem du uns beide malträtiert hast. Kein Kuscheln mehr", bestimmte ich fest und fragte mich, wie grauenhaft mein Morgenatem wohl war. Ich hielt mir eine Hand vor den Mund, atmete aus und schnüffelte rasch.

„Rosen?", fragte er.

„Natürlich." Ich grinste herablassend.

Ich sah ihn mir an, wie er so wunderbar strubbelig in meinem Bett saß. Er lächelte dieses Lächeln, und ich seufzte. Ich erlaubte mir einen Moment lang die Fantasie, in der ich nun rasch herumgedreht und bis zur Erschöpfung rangenommen wurde, bekam meine innere kleine Schlampe aber vernünftigerweise wieder unter Kontrolle.

„Was, wenn du dich heute Nacht fürchtest?", fragte er, als ich mich aufsetzte und streckte.

„Werde ich nicht", warf ich ihm über die Schulter zu.

„Was, wenn ich mich fürchte?"

„Werd' erwachsen, Hübscher. Lass uns Kaffee machen, und dann muss ich zur Arbeit." Ich gab ihm einen Klaps mit dem Kissen.

Er rutschte unter der Sofadecke hervor, faltete sie sorgfältig und trug sie mit sich in die Küche, wo er sie vorsichtig auf den Tisch legte. Ich lächelte und erinnerte mich daran, wie er meinen Namen in der Nacht gesagt hatte. Was hätte ich nicht gegeben, um herauszufinden, was ihm im Kopf herumgeisterte.

Wir bewegten uns in der Küche ruhig und effektiv, mahlten Bohnen, maßen den Kaffee ab und kippten das Wasser hinzu Ich stellte den Zucker und die Milch auf die Theke, während er eine Banane abschälte und in Scheiben schnitt. Ich füllte das Müsli in die Schüsseln, er brachte die Milch und die Banane ins Spiel. Innerhalb weniger Minuten saßen wir nebeneinander auf den Barstühlen und aßen unser Frühstück, als ob wir das schon jahrelang so machen würden. Diese Leichtigkeit bei der Zusammenarbeit machte mich neugierig. Und sie machte mir gleichzeitig Sorgen.

„Was hast du heute geplant?", fragte ich.

„Ich muss heute beim Chronicle-Büro vorbeischauen."

„Arbeitest du an etwas für die Zeitung?", fragte ich, selbst über das Ausmaß an Interesse überrascht, das ich in meiner Stimme hörte. Würde er eine Weile in der Stadt sein? Warum interessierte mich das überhaupt? Oh, Mann.

„Ich verbringe ein paar Tage damit, einen Text über kurze Ausflüge in der Bay Area zu schreiben. Wochenendtrips und so was", antwortete er etwas undeutlich, da er den Mund voller Banane hatte.

„Wann machst du das?", fragte ich, begutachtete die Rosinen in meiner Schüssel und versuchte, nicht zu neugierig auf seine Antwort zu wirken.

„Nächste Woche. Ich fahre am Dienstag."

Mein Magen wurde sofort unruhig. Nächste Woche sollten wir nach Tahoe reisen. Warum zum Teufel kümmerte es meinen Magen, ob er mitkam oder nicht? „Verstehe." Meine Rosinen waren auf einmal sehr faszinierend.

„Aber ich werde vor Tahoe zurück sein. Ich habe vor, direkt dorthin zu fahren, wenn ich meine Aufnahmen beendet habe", sagte er und beobachtete mich über den Rand seiner Kaffeetasse hinweg.

„Oh, nun, das ist gut", antwortete ich ruhig. Nun flippte mein Magen komplett aus.

„Wann fahrt ihr übrigens hoch?" Nun schien er seine Müslischale besonders spannend zu finden.

„Die Mädels fahren mit Neil und Ryan am Donnerstag, aber ich muss mindestens bis Freitagmittag in der Stadt bleiben, um zu arbeiten. Ich werde einen Wagen mieten und an dem Nachmittag hochfahren."

„Brauchst du nicht. Ich komme hier durch und hole dich ab", bot er an, und ich nickte ohne ein weiteres Wort.

Da wir das nun beschlossen hatten, beendeten wir unser Frühstück und sahen Clive dabei zu, wie er eine verirrte Staubfluse wieder und wieder um den Tisch jagte. Wir sprachen nicht viel, aber wann immer sich unsere Blicke trafen, grinsten wir beide.

Nachrichten zwischen Mimi und Sophia:
Wusstest du, dass Caroline mit James zusammenarbeitet?

Welchem James?
James Brown offenbar. Wem sonst?
NEIN! Was in aller Welt hat sie denn da geritten?
Erinnerst du dich daran, dass sie einen neuen Kunden erwähnt hat? Sie hat vergessen zu erwähnen, wer es ist.
Ich werde ihr in den Hintern treten, wenn ich sie das nächste Mal sehe. Wehe, sie cancelt Tahoe! Hat Ryan dir gesagt, dass er seine Gitarre mitbringt?
Yep, er sagte, du möchtest irgendein seltsames Karaoke-Singstar-Spiel spielen.
Hat er das? Ha, ha, ha. Ich hab nur gedacht, es würde Spaß machen.

Nachrichten zwischen Neil und Mimi:
Hey, Winzling, steht das Bowlen mit Sophia und Ryan heute Abend noch?
Yep, und wehe, du bist nicht in Topform. Sophia und ich nehmen das sehr ernst.
Sophia weiß, wie man bowlt? Wow.
Warum ist das Wow?
Ich habe nur nicht erwartet, dass sie bowlen kann. Das ist alles. Bis heute Abend!

Nachrichten zwischen Neil und Simon:
Kommst du dieses Wochenende immer noch mit?
Yep, aber ich verspäte mich ein wenig, hab ein Shooting.
Wann kommst du?
Irgendwann Fr. Nacht, stoppe in der Stadt auf dem Weg.
Warum zum Geier fährst du zurück in die Stadt? Du hast das Shooting doch in Carmel, oder?
Muss einfach ein wenig Zeug für das Wochenende einpacken.
Mann, pack deinen Scheiß und beweg deinen Arsch nach Tahoe.
Werde ich, aber ich hole Caroline ab.
Aha.
Nichts aha.
Dreifach aha!
Ach, so? Was ist mit Sophia?
Sophia? Wieso fragt mich jeder wegen Sophia?
Bis dann in Tahoe.

Nachrichten zwischen Mimi und Caroline:
You have some splainin' to do, Lucy ...
Oh, nein. Ich hasse es, wenn du mir den Ricardo aus „I love Lucy" machst. Was zum Teufel habe ich getan?
Erklär mir, warum du mir nicht von deinem neuen Kunden erzählt hast.
Caroline, wage es nicht, meine Nachricht zu ignorieren! CAROLINE!
Oh, beruhig dich. DAS ist der Grund, weshalb ich es dir nicht gesagt habe.
Caroline Reynolds, das sind Neuigkeiten, über die ich auf jeden Fall hätte informiert werden müssen.
Schau, ich kann damit umgehen, okay?? Er ist mein Kunde, nicht mehr. Er wird ein Vermögen für dieses Projekt ausgeben.
Ehrlich gesagt interessiert es mich nicht, wie viel er ausgibt. Ich will nicht, dass du mit ihm arbeitest.
Hör dir mal selbst zu! Ich nehme jeden verdammten neuen Klienten an, der mir gefällt! Ich hab das unter Kontrolle.
Das werden wir sehen ... Hab ich richtig gehört, dass du mit Wandbeben nach Tahoe fährst?
Wow, Themenwechsel. Ja, tue ich.
Gut, fahrt die lange Route.
Was zum Teufel soll das jetzt wieder heißen?
Mimi?? Bist du da??
Verflucht, Mimi ... HALLO??

Nachrichten zwischen Caroline und Simon:
Wandbeben ... Wandbeben, bitte melden.
Wandbeben ist nicht hier, nur der Exorzist.
Das ist kein bisschen witzig.
Was gibt's?
Wann holst du mich morgen ab?
Sollte in der Stadt gegen Mittag ankommen. Wenn du dich mit der Arbeit beeilst, vermeiden wir die Rushhour.
Hab Jillian schon gesagt, dass ich einen halben Tag Urlaub mache. Wo bist du gerade?
In Carmel, auf einer Klippe, die über den Ozean hinaus ragt.

Hey, du bist ein verkappter Romantiker …

Ich bin Fotograf. Wir gehen dahin, wo wir für einen schnellen Schnappschuss Kohle bekommen.

Oh, Mann, lass uns nicht über Schnellschüsse reden.

Abgesehen davon dachte ich, du wärst die Romantische hier.

Ich hab's dir doch gesagt: Ich bin eine praktische Romantikerin.

Nun, wenn wir von praktisch reden – praktisch jeder würde diesen Ausblick genießen. Die Wellen schlagen hoch, die Sonne geht unter, es ist schön.

Bist du allein?

Yep.

Wette, du wünschtest es wäre nicht so.

Du hast ja keine Ahnung.

Pffft … alter Softie.

An mir ist nichts soft, Caroline.

Und da sind wir wieder …

Caroline?

Yep?

Bis morgen.

Yep.

Nachrichten zwischen Caroline und Sophia:

Kannst du mir die Adresse vom Haus noch mal geben, damit ich sie in mein Navi einprogrammieren kann?

Nö.

Nö?

Nicht, bevor du mir nicht gesagt hast, WESHALB DU JAMES BROWN VERSTECKST.

Himmel, das ist, als ob ich 2 weitere Mütter hätte …

Es geht hier nicht darum, grade zu sitzen oder mehr Gemüse zu essen, aber wir müssen über deine Haltung reden.

Unglaublich.

Ernsthaft, Caroline, wir machen uns nur Sorgen.

Ernsthaft, Sophia, das weiß ich. Die Adresse, bitte?

Lass mich drüber nachdenken.

Ich frage dich nicht noch mal …

Doch, machst du. Du willst Simon in dem Whirlpool sehen. Lüg mich nicht an.

Ich hasse dich …

Nachrichten zwischen Simon und Caroline:
Fertig mit der Arbeit?
Yep, ich warte zu Hause auf dich.
Ah, allein die Vorstellung …
Atme tief durch, ich hole grad Brot aus dem Ofen.
Mach mich nicht schwach, Frau … Zucchini?
Cranberry-Orange. Mmm …
Keine Frau hat je ein so tolles Frühstücksbrot-Vorspiel hingelegt wie du.
Ha! Wann kommst du?
Kann. Nicht. Klar. Schreiben.
Können wir nur einmal eine Unterhaltung führen, in der du nicht 12 bist?
Sorry, brauch noch 30 min.
Perfekt, dann kann ich noch meine Schnecken glasieren.
Wie bitte?
Oh, habe ich dir das nicht gesagt? Ich backe auch Zimtrollen.
Bin in 25 da.

„Ich höre mir das nicht an."

„Verflucht, das ist mein Auto. Der Fahrer wählt die Musik!"

„Da hast du so was von Unrecht! Der Beifahrer wählt immer die Musik aus. Das ist das Recht, das man erhält, wenn man die Fahrerprivilegien abtritt."

„Caroline, du bestitzt nicht mal ein Auto, wie konntest du also jemals Fahrerprivilegien haben?"

„Genau, also hören wir uns das an, was ich aussuche", sagte ich. Ich scrollte durch den iPod, bis ich etwas gefunden hatte, von dem ich glaubte, dass es uns beiden gefallen könnte.

„Guter Song", gab er zu, und wir summten beide mit.

Die Reise war bisher gut verlaufen. Als ich ihn zuerst getroffen – gehört hatte – hätte ich das nie geglaubt, dass Simon sich rasch in einen meiner Lieblingsmenschen verwandeln würde. Ich hatte bei ihm falsch gelegen.

Ich blickte zu ihm rüber: Er summte zu dem Lied und trommelte mit den Daumen auf dem Lenkrad. Während er sich auf die Straße konzentrierte, nutzte ich die Gelegenheit, um einige seiner Gesichtszüge, die bestimmt schon für Ohnmachtsanfälle verantwortlich gewesen waren, zu katalogisieren.

Kinn? Stark.

Haar? Dunkel und verstrubbelt.

Dreitagebart? Ungefähr zwei Tage alt und sehr sexy.

Lippen? Sie schrien förmlich danach, abgeleckt zu werden, und sie sahen sehr einsam aus. Vielleicht sollte ich sie genauer untersuchen und ein wenig mit der Zunge inspizieren …

Ich setzte mich auf meine Hände, um mich davon abzuhalten, mich über die Mittelkonsole zu stürzen.

Er summte und trommelte weiter. „Alles klar da drüben, Hemdchen? Du siehst ein wenig erhitzt aus. Brauchst du kühlere Luft?" Er griff an die Klimaanlage.

„Nein, mir geht es gut", antwortete ich. Meine Stimme klang absolut lächerlich.

Er warf mir einen seltsamen Blick zu, nahm aber sein Summen und Trommeln wieder auf. „Ich glaube, es wird Zeit, dass wir das Cranberry-Orangen-Brot testen. Gib's mir", sagte er einen Moment später, als ich gerade der Fantasie nachhing, wie ich mich auf seinen Schoß bugsieren konnte, ohne dass wir Einbußen bei der Geschwindigkeit hinnehmen mussten.

„Bin dran!", rief ich und tauchte auf den Rücksitz, womit ich uns beide überraschte. Ich streckte die Beine in die Luft und meinen Hintern in die Höhe, während ich mein Gesicht hinter dem Sitz in den Händen verbarg. Ich fühlte, wie heiß meine Wangen waren, und gab mir selbst eine kleine Ohrfeige, um mich in die reale Welt zurückzuversetzen.

„Das hier ist ein Weltklassearsch, Freundin." Er seufzte und lehnte seine Wange daran, als ob mein Hintern ein Kissen wäre.

„Hey, Hintern-Mann. Pass auf die Straße und nicht auf meine Kehrseite auf, oder du bekommst kein Brot." Ich gab seinem Kopf einen kleinen Schubs mit meinem Hintern und geriet ins Rutschen, als er eine Kurve fuhr.

„Caroline, du musst dich da hinten benehmen, oder ich fahre raus."

„Oh, Klappe! Hier ist dein verdammtes Brot", fuhr ich ihn an, krabbelte auf wenig elegante Weise zurück auf meinen Sitz und warf das Brot nach ihm.

„Was zum … Hey, nicht werfen! Was, wenn du es beschädigt hättest?", rief er und strich sanft über das in Folie gepackte Brot.

„Ich mach mir Sorgen um dich, Simon. Wirklich." Ich lachte, als er mit der Verpackung kämpfte. „Soll ich dir eine Scheibe abschneiden … okay, oder du machst es einfach so." Ich runzelte die Stirn, als er mit den Zähnen einen Riesenbissen aus einem Ende riss.

„Daf 'ier ift meinf, nich'?", fragte er, wobei er Krümel in alle Richtungen versprühte.

„Wie schaffst du es nur, dich in der Öffentlichkeit zu benehmen?", fragte ich und schüttelte den Kopf, als er einen weiteren Monsterbissen nahm. Er lächelte nur und machte weiter, sodass er den Laib in weniger als fünf Minuten verspeist hatte.

„Dir wird es heute Nacht so beschissen gehen. Das ist dazu da, Stück für Stück gegessen zu werden, nicht inhaliert zu werden." Seine einzige Antwort bestand in einem lauten Rülpsen und einem Tätscheln seines Bauches. Ich musste lachen. „Du bist ein sehr kranker Mann, Simon." Ich kicherte.

„Und dennoch bist du neugierig auf mich, oder?" Er grinste und bedachte mich mal wieder mit einem Blick aus seinen blauen Augen.

Mein Höschen löste sich in Nichts auf. „Seltsamerweise, ja", gab ich zu. Mein Gesicht fühlte sich wieder heiß an.

„Ich weiß." Er grinste, und wir fuhren weiter.

„Okay, die Abzweigung sollte gleich nach der nächsten Kurve sein … ich erinnere mich an das Haus hier!", rief ich und hüpfte in meinem Sitz auf und ab. Es war eine Weile her, seit ich hier gewesen war, aber ich hatte nie vergessen, wie wunderschön es war. Ich liebte Tahoe im Sommer – der Wassersport und das alles – aber im Herbst? Der Herbst war einfach wunderschön.

„Gott sei Dank. Ich muss pinkeln", stöhnte Simon, wie er es schon die letzten zwanzig Meilen getan hatte.

„Selbst schuld, weil du diesen Rieseneimer 7-Eleven trinken musstest." Ich hüpfte immer noch.

„Wow, ist es das da?", fragte er, als wir in die Auffahrt einbogen. Laternen erleuchteten den Weg zu einem lang gestreckten, zweigeschössigen Zedernhaus mit einem gigantischen Steinkamin an der linken Seite. Einige Autos standen bereits davor, und ich hörte Musik von der hinteren Terrasse erklingen.

„Hört sich an, als ob unsere Freunde die Party schon ohne uns gestartet hätten", bemerkte Simon. Quietschen und Gelächter mischten sich unter die Musik.

„Oh, kein Zweifel. Ich schätze, dass sie seit dem Mittagessen getrunken haben und jetzt halbnackt im Whirlpool sitzen." Ich stieg aus und ging um das Auto herum, um meine Tasche herauszuholen.

„Dann müssen wir aber aufholen, nicht?" Er zwinkerte mir zu und zog eine Flasche Galliano aus seiner Tasche. „Ich dachte, wir könnten ein paar Wallbanger machen, die wahre Wandbeben auslösen können."

„Ah, das ist interessant. Ich dachte an genau dasselbe", konterte ich und zog eine identische Flasche aus meinem Beutel.

„Ich wusste, dass du es einfach nicht abwarten kannst, mich zu vernaschen, Caroline." Er gluckste und nahm meine Tasche, als wir zur Tür gingen.

„Bitte, du würdest doch einen Drink erfinden und ihn Rosa Nachthemdchen nennen, nur damit du deinen Mund an mich ranbekommst – und versuch nicht mal zu lügen", neckte ich und stupste ihn mit der Schulter an.

Er stoppte mitten auf dem Weg zum Haus und sah mich mit brennender Intensität an. „Ist das eine Einladung? Weil ich nämlich ein verdammt guter Barkeeper bin." Seine Augen schienen förmlich in der Dunkelheit zu glühen.

„Das bezweifle ich nicht", hauchte ich. Der Abstand zwischen uns knisterte vor lauter Spannung, die immer schwieriger zu ignorieren war. Ich atmete tief ein und bemerkte, dass er das auch tat.

„Komm schon, lass uns beschickert werden und dieses Wochenende einläuten." Er lachte, stupste mich zurück und durchbrach damit die Anspannung.

„Auf ins Reich von Bacchus", murmelte ich und ging den Pfad hinter ihm entlang.

Da wir die Vordertür offen vorfanden, verstaute Simon unser Gepäck, und wir gingen durch das Haus zur hinteren Terrasse. Dort erstreckte sich der See vor uns, der nur geringfügig durch die Tiki-Fackeln, die die Terrasse säumten und die Wege, die zum Ufer führten, erleuchtet war. Die gesamte Rückseite des Hauses wurde von Steininnenhöfen- und Terrassen flankiert, und dort fanden wir auch unsere Freunde.

„Caroline!", kreischte Mimi aus dem Whirlpool, wo sie und Ryan sich gegenseitig anspritzten. Ah, wir waren bereits bei der Lautstärke „betrunken laut" angekommen.

„Mimi!", kreischte ich zurück und sah mich nach Sophia um. Sie und Neil saßen auf der Steinbank nahe der Feuerstelle und rösteten Marshmallows. Sie winkten beide fröhlich, und Neil machte eine obszöne Geste mit dem Stock. „Hm, sie dazu zu bringen, ihren Irrtum einzusehen, was die Partnerwahl angeht, könnte einfacher werden als gedacht, mein Verkupplungskumpel", flüsterte ich Simon zu, der bereits einen Cocktail an der Innenhofbar mixte.

„Glaubst du, das wird so einfach?", flüsterte er zurück und bedachte seine Freunde mit dem internationalen Männernicken, das sagte: „Wie steht's, Mann?"

„Natürlich! Sie sind schon fast soweit, selbst ohne unsere Hilfe. Alles, was wir tun müssen, ist ihnen zu zeigen, was direkt vor ihrer Nase ist."

Er drückte mir einen Cocktail in die Hand. „Also, wie mache ich mich?", fragte er und zwinkerte.

„Ist das einer dieser Wallbanger?"

„Exakt."

Ich nahm einen Schluck und ließ den Geschmack über die Zunge rollen. „Du bist genauso gut, wie ich es mir dachte", raunte ich und nahm einen gefährlich großen Schluck.

„Auf die Dinge, die direkt vor unserer Nase sind", fügte er hinzu, stieß mit mir an und nahm selbst einen großen

Schluck.

„Auf die Dinge, die direkt vor unserer Nase sind", wiederholte ich. Unsere Blicke trafen uns über den Rändern der Gläser.

Verdammtes Wandbeber-Voodoo.

Kapitel 12

„Wessen Fuß ist das?"

„Es ist meiner, Neil. Hör auf, ihn zu reiben."

„Mann! Hör auf, mit mir zu füßeln, Ryan!"

„Du hältst immer noch meinen Fuß fest."

Ryan und Neil versuchten, möglichst unbeteiligt auszusehen, als sie ihre Füßel-Session unter dem wirbelnden Wasser unterbrachen.

Ich lachte, als ich Simons Blick über dem Whirlpool begegnete, und er grinste zurück.

„Willst du noch einen?", fragte er lautlos und nickte in Richtung meines leeren Glases.

„Ich hatte heute genug, glaubst du nicht?", erwiderte ich ebenso still, während unsere Freunde um uns herum loskrakelten.

„Ich dachte, du bist die Frau, die nicht genug bekommen kann." Sein charakteristisches Feixen erschien wieder auf seinen Lippen.

Ich sah ihn an. Das Fantasiebild des Whirlpool-Simon, das sich die letzten Wochen in meinem Kopf festgesetzt hatte, verblasste im Vergleich zu der Realität. Er hatte die muskulösen Arme über den Rand des Whirlpools gelegt, seine Haare waren nass und kunstvoll nach hinten gestrichen. Wenn ich gedacht hatte, dass es anregend gewesen war, ihn nass und halbnackt auf meinem Küchenfußboden zu sehen, war das nichts verglichen damit, ihn im Schein der Tiki-Fackeln und durch einen mehr als leichten Rauschnebel zu betrachten.

Er war inzwischen einer der best aussehendsten Männer, die ich jemals gesehen hatte, und wenn ich mich nicht irrte, versuchte er, mich betrunken zu machen. Mein Verstand fühlte sich ein wenig schwammig an. Mein Herz fing an, Lieder von Etta James zu singen.

„Versuchst du, mich betrunken zu machen?", fragte ich und kicherte. Ich schob mein leeres Glas weg und beschloss, keinen Alkohol mehr zu trinken.

„Nein, ein besoffenes Rosa Nachthemdchen bringt mir nichts." Er grinste, als ich Wasser auf seine Seite spritzte.

Unsere Freunde waren verstummt und beobachteten uns mit unverhohlenem Interesse.

Nachdem Simon und ich angekommen und unsere Drinks genommen hatten, hatte ich ihm den Rest des Hauses gezeigt. Ich ließ meine Taschen bei der Vordertür stehen, weil ich nicht wusste, wie die Schlafzimmer aufgeteilt worden waren. Wir kehrten auf den Innenhof zurück, wo sich Sophia und Neil inzwischen Ryan und der trunkenen Mimi im Whirlpool angeschlossen hatten. Ein kleiner Trip zum Poolhaus sorgte dafür, dass ich nichts weiter trug als einen dunkelgrünen Bikini und ein Lächeln, als ich zu den anderen zurückkehrte. Simon war bereits hineingesprungen, und ich beobachtete, wie er mich ansah. Ich glitt ins warme Wasser, nippte an meinem Cocktail und nahm den Anblick meines Nachbarn in mich auf – nass und in Surfshorts. Sophia musste mich tatsächlich anstoßen, damit ich mit dem Starren aufhörte.

Nun saßen wir gemeinsam mitten in einer Sexsuppe, die mit zwei Pärchen falscher Liebender gewürzt und von mehr Pheromonen gekrönt wurde, als uns lieb war.

Wollte ich einen weiteren Cocktail? Es war egal, denn ich konnte es mir nicht erlauben, einen weiteren zu trinken.

Ich musste meinen Kopf ein wenig schütteln, um ihn klarer zu bekommen, als ich mir den Rest unserer Gruppe ansah. Mimi war es zu heiß geworden, daher saß sie auf einer Seite und kickte Neil, da sie ihre Beine hin und her bewegte. Er nahm das auf die gleiche Art hin, wie ein großer Bruder die Verrücktheiten seiner kleinen Schwester hinnahm. Sophia und Ryan saßen auf der anderen Seite. Sophia schrubbte Ryans Rücken, während sie und Neil in einen intensiven Dialog über die Startlinie oder Verteidigungslinie der 49ers oder irgendwas anderes, Football Betreffendes und – ehrlich gesagt – Langweiliges vertieft waren.

„Also, was haben wir dieses Wochenende vor?", fragte ich und konzentrierte mich auf die gesamte Gruppe und nicht die blauen Augen, die mich anstarrten. Verfluchte Augen! Die würden mich noch mal ins Grab bringen.

„Wir haben überlegt, morgen wandern zu gehen. Wer macht mit?", fragte Ryan.

Sophia schüttelte den Kopf. „Nein, danke. Auf keinen Fall gehe ich wandern."

„Warum nicht?", fragte Neil.

Simon und ich tauschten einen raschen Blick bei diesem plötzlich aufgeflammten Interesse.

„Kann nicht. Das letzte Mal, als ich wandern gegangen bin, habe ich mich auf die Nase gelegt und mein Handgelenk verstaucht. Während der Saison darf ich nicht noch einmal so ein Risiko eingehen", sagte sie, winkte und erinnerte uns damit, dass sie ihren Lebensunterhalt mit ihren Händen verdiente. Als Cello-Spielerin war sie in der Lage, sich aus sehr vielem herauszuwinden. Einmal hatte sie es den gesamten Winter über abgelehnt, ihrem damaligen Freund, dem Investmentbankier Bob, einen Handjob zu verpassen. Sagen wir es so: Bob war damals nicht besonders glücklich gewesen.

„Was ist mit dir, Winzling?", Neil zog an Mimis Fuß.

„Äh, nein. Mimi geht nicht wandern", antwortete sie und zog ihren schwarzen Mini-Bikini zurecht. Ihr wirklicher Freund bemerkte nichts davon, aber ich sah, wie Ryans Augen auf der anderen Seite des Whirlpools die Größe von Untertassen annahmen, als ihre Brüste fast herausfielen.

„Machst du auch nicht mit?" Simon nickte mir zu.

„Verdammt, nein! Ich gehe auf jeden Fall morgen mit den Jungs wandern!" Ich lachte, als Sophia und Mimi mit den Augen rollten. Sie hatten noch nie verstanden, weshalb ich „Bergmannaktivitäten", wie sie es nannten, liebte.

„Fein", schnurrte Simon, und eine Sekunde lang berechnete ich die Distanz zwischen seinem und meinem Mund.

Wir waren alle still, jeder in seinen eigenen Gedanken verloren.

Ich erinnerte mich an den Plan, die vier auf andere Weise zu verkuppeln, und platzte regelrecht heraus: „Ryan, wusstest du, dass Mimi jedes Jahr für deine Wohltätigkeitsorganisation spendet?" Damit überraschte ich beide.

„Wirklich?"

„Yep, jedes Jahr", sagte sie. „Ich habe gesehen, was der Zugriff auf einen Computer bewirken kann, besonders für die Kinder, die normalerweise nicht diese Möglichkeit hätten."

Sie sah ihn schüchtern an, und sie begannen ein Gespräch über den Prozess, mit dem er bestimmte, welche Schule jeweils die Unterstützung erhielt.

Simon und ich grinsten uns an.

Simon warf einen Blick zu Sophia und startete die zweite Attacke. „Hey, Neil, wie viele Plätze hast du dieses Jahr für das Symphoniekonzert bekommen?"

Neil errötete.

„Du hast Tickets gekauft?", fragte Sophia.

„Saison-Tickets", fügte Simon hinzu, als Neil nickte.

Sophia und Neil begannen daraufhin einen Dialog darüber, wo seine Plätze waren.

Simon hob seinen Fuß über die Wasseroberfläche. „Komm schon, lass mich nicht hängen."

„Was?"

„Schlag ein. Ich kann deine Hand nicht erreichen." Er wackelte mit dem Fuß vor und zurück.

Ich kicherte und glitt tiefer auf meinem Sitz, streckte meinen Fuß aus und berührte seinen leicht.

„Uh, du Dörrpflaume!" Er lachte.

„Dir zeig ich Dörrpflaumen", warnte ich ihn, tauchte meinen Fuß ein und bespritzte ihn ein wenig mit Wasser.

„Ich könnte es nicht bequemer haben. Ernsthaft. Ich könnte es wortwörtlich nicht kuscheliger haben, wenn ich tatsächlich in einem Marshmallow stecken würde", murmelte ich, die Zunge schwer wegen einer Mischung aus Bailey's und Kaffee. Ich hatte mich auf ungefähr fünfzig Kissen vor dem offenen Kamin niedergelassen – einem Kamin mit einer Feuerstelle von ungefähr drei Metern Breite und einem Rauchabzug, der fast drei Stockwerke hoch war. Er war aus Stein gebaut, der in der Nähe abgebaut worden war, massiv und der Mittelpunkt des gesamten Hauses, da die Zimmer von dort aus wegführten. Und er strahlte eine unglaubliche Hitze aus.

Als wir es endlich wieder ins Haus geschafft hatten, waren wir alle bis auf die Knochen durchgefroren. Einer nach dem anderen wärmten wir uns im Whirlpool wieder auf, bis es uns zu heiß wurde und wir herauskletterten, um uns wieder ein wenig abzukühlen. Zu dem Zeitpunkt, als wir feststellten, wie kalt die Nacht geworden war, zitterten wir alle, und unser Atem bildete kleine Wölkchen. Unser einziges Ziel bestand darin, uns nahe dem Feuer wieder aufzuwärmen. Da wir immer noch unsere Zimmer aussuchen mussten, wie ich herausfand, verzogen wir Mädels uns in das große Schlafzimmer, um unsere Schlafanzüge anzuziehen und uns dann wieder den Jungs anzuschließen, die ebenfalls in T-Shirts und Pyjamahosen auftauchten. Wir machten Kaffee, und ich schnitt ein paar Scheiben von einem weiteren Cranberry-Orangen-Brot, das ich wohlweislich vor Simon versteckt hatte. Einige Schuss Bailey's wurden auf die Kaffeetassen verteilt, bevor wir uns alle vor dem Kamin entspannten, wie in einem Currier & Ives-Druck.

Simon hatte sich wie ein König beim Kamin niedergelassen und klopfte auf einen Kissenstapel neben sich. Ich tauchte hinein, sodass ein paar vereinzelte Federchen um unsere Köpfe schwebten. Wir hatten herausgefunden, dass jeder der Männer eine eigene Methode hatte, um Feuer zu machen – Äste, Zeitungen, Äste und Zeitungen –, als letztendlich Sophia herausfand, dass der Abzug noch geschlossen war. Dermaßen in ihrer Kompetenz erschüttert, ließen die Männer Ryan den Vortritt, was vermutlich nur daran lag, dass er derjenige war, der zu diesem Zeitpunkt die Streichhölzer in der Hand hielt. Aber innerhalb weniger Minuten hatten sie danach das Feuer in Gang gebracht, und nun saßen wir alle um den Kamin herum, schläfrig und zufrieden.

Ich atmete tief ein. Es ging nichts über den Geruch eines echten Feuers – kein Gaskocher, kein Stapel von Kerzen, sondern ein richtiges, echtes Feuer mit dem Knistern und den Funken und dem lustigen, zischenden Kreischen, wenn der Dampf aus einem Riss im Holz entwich.

„Also, Caroline, hast du Simon schon gebeten, dir Windsurfen beizubringen?", fragte Mimi auf einmal. Sie saß auf der Armlehne der Couch.

Wir waren eine ganze Weile still gewesen, schlaftrunken und fast im Reich der Träume angekommen, daher erschrak ich ein wenig, als sie auf einmal sprach. „Was? Ich meine …

was?" Ich richtete mich ein wenig in meinen Kissen auf und kam zurück in die Gegenwart.

„Nun, die Jungs hier können Windsurfen. Du möchtest Windsurfen lernen, und ich wette, dass Simon es dir zeigen könnte, oder, Simon?" Sie kicherte, kippte den letzten Rest ihres Kaffees hinunter und rutschte von ihrem Platz hinunter direkt auf den praktischerweise dort wartenden Schoß von Ryan. Sie lächelten sich einen Moment an, bevor sie merkten, was sie taten, und Ryan sie lachend von seinem eigenen Schoß auf Neils beförderte. Er schien durch ihre Frage nicht geweckt worden zu sein, aber nun wirkte er hellwach, da die Ränke schmiedende Mimi auf seinen Knien saß.

„Du willst windsurfen lernen?", fragte Simon und wandte sich zu meinem Kissenberg um.

„Ja, ich wollte das schon immer mal probieren."

„Es ist schwer, da werde ich dich nicht anlügen. Aber es ist auf jeden Fall die Mühe wert." Er lächelte, und Ryan nickte bestätigend.

„Auf jeden Fall. Simon wird es dir zeigen. Das wird ihm ein Vergnügen sein." Ryan erhielt für diese Worte ein Zwinkern von Mimi und ein Augenrollen von mir.

„Wir könnten etwas für die Zeit planen, wenn wir zurück in der Stadt sind", schlug ich vor.

„Heute Nacht wird auf jeden Fall nichts mehr beredet. Ich bin tot", sagte Sophia. „Mausetot und fertig. Wo schlafen wir alle?" Sie hob den Kopf und sah über den Rücken des Lehnstuhls, in dem sie sich zusammengerollt hatte.

„Na ja, wie viele Zimmer gibt es denn?", fragte Simon, während ich mich aufsetzte und gähnte.

„Es gibt vier, also dürft ihr aussuchen." Sophia trank vorsorglich eine Flasche Wasser.

„Wird das in eine Runde Junge-Mädel, Junge-Mädel ausarten?", fragte ich und lachte über Simons überraschtes Gesicht.

„Können wir machen, klar." Mimi warf Neil einen nervösen Blick zu.

Ich unterdrückte ein Kichern, als Sophia und Ryan einen ähnlich ängstlichen Blick tauschten.

Simon beobachtete das ebenfalls. „Klar. Sicher. Caroline

und ich werden unseren Turteltauben nicht im Weg stehen. Mimi, du und Neil nehmt ein Zimmer, Sophia und Ryan können ein anderes nehmen, und Caroline und ich nehmen die Zimmer, die übrig sind. Perfekt, nicht wahr, Caroline?"

„Hört sich perfekt an. Ich werde nur die Tassen ausspülen. Also, ab mit euch ins Bett. Husch, husch!", scheuchte ich sie.

Simon und ich sammelten die Tassen ein, während wir die vier im Auge behielten. Sie sahen aus, als ob sie jemand zu einem Ringkampf bis zum Tod gezwungen hätte.

„Oh, Mann. Ich hoffe, das klappt ... aus reinem Selbstschutz." Ich stand hinter Simon. Die vier bildeten zwei Pärchen und trennten sich bei den Schlafzimmertüren.

„Warum aus Selbstschutz?", flüsterte er und drehte sein Gesicht, sodass es nur wenige Zentimeter von meinem entfernt war.

„Weil genau in diesem Moment, hinter diesen geschlossenen Türen, Sophia und Mimi sich überlegen, wie sie mir Schmerzen zufügen können. Große Schmerzen." Ich seufzte und wich ein wenig zurück, um die restlichen Kaffeetassen auszuschwenken und sie in der Spülmaschine zu platzieren.

Simon fügte das Pulver hinzu, schaltete sie an und ging zurück zum Feuer.

Wir gingen herum, schalteten die Lichter aus und sprachen über die Wanderung, die wir morgen unternehmen wollten.

„Du wirst mich doch nicht ausbremsen, oder?", neckte er mich.

Ich schob ihn an die Wand. „Ach was! Morgen wirst du nur noch Staub schlucken, Mister!" Ich packte meine Tasche und ging zu den Schlafzimmern.

„Wir werden ja sehen, Nachthemdchen. Wo wir grad davon reden ... hast du da drin ein paar Nachthemden für mich?" Er steckte seine Hand in meine Tasche, während er mir den Flur hinab folgte.

„Finger raus! Da ist nichts für dich drin – und auch nirgendwo anders!" Ich hielt vor dem Zimmer an, das ich nehmen wollte.

Er ging an mir vorbei zur nächsten Tür. „Sieh mal einer an, da teilen wir uns schon wieder eine Schlafzimmerwand." Er feixte.

„Diesmal weiß ich, dass du da drin allein sein wirst, wehe also, wenn ich irgendein Rummsen an die Wand höre", warnte ich ihn und lehnte mich an den Türstock.

„Nein, heute Nacht kein Rummsen. Nacht, Caroline", sagte er sanft. Er lehnte an seinem eigenen Türrahmen.

„Nacht, Simon." Ich wackelte kurz mit den Fingerspitzen, bevor ich die Tür schloss. Meine Tasche platzierte ich auf meinem Bett und lächelte in mich hinein.

„Kommt schon, Jungs, es ist nicht mehr weit", schrie ich hinter mich, als ich den letzten Abschnitt des Weges hinaufpreschte.

Wir wanderten nun schon seit ungefähr zwei Stunden, und während anfangs alle ziemlich zusammengeblieben waren, war Ryan in den letzten dreißig Minuten langsamer geworden, und Neil blieb mit ihm zurück. Simon und ich hatten miteinander Schritt gehalten und waren nun dabei, den Gipfel des Pfades zu erreichen.

Ich hatte es geschafft, mit Sophia oder Mimi nicht allein zu bleiben, obwohl die geschwollenen Augen und müden Gesichter der vier anderen zeigten, dass keiner von ihnen eine Mütze Schlaf bekommen hatte – abgesehen von Simon und mir.

Nach dem Frühstück hatte ich das Exekutionskommando umgangen, indem ich mich rasch umgezogen und draußen auf die Männer für die Wanderung gewartet hatte. Ich wusste, dass ich, wenn ich erstmal wieder im Haus war, dran wäre, obwohl ich zugeben musste, dass ich neugierig darauf war, wie sie wüten wollten, ohne zugeben zu müssen, dass ein Schäferstündchen mit den Jungs, mit denen sie nun seit Wochen ausgingen, nicht wirklich das war, was sie wollten.

Aber, wie Simon schon gesagt hatte: „Auf die Dinge, die direkt vor unserer Nase sind." Heute Nacht würde interessant werden.

Ich trieb mich selbst über die letzte Erhebung und erreichte den Gipfel. Simon war nur wenige Meter hinter mir, da ich ihn hören konnte. Ich atmete tief ein. Die klare Luft kitzelte meine Lungen. Es war kühl, aber ich schwitzte wegen der Anstrengung. Es war eine Weile her, dass ich aus der Stadt herausgekommen war, und mein Körper hatte Wanderungen wie diese vermisst. Meine Beine brannten, meine Nase lief, ich schwitzte wie ein Schwein und konnte mich nicht daran erinnern, wann ich mich je besser gefühlt hatte. Ich lachte laut, als ich hinunter auf den See und ein paar Falken einen Abwind hinab gleiten sah. Das stählerne Blau des Sees, das tiefe Grün des Waldes, das saubere Weiß und Creme der Steine: Es war wunderschön.

Und dann tauchte mein neues Lieblingsblau auf. Simon erschien an meiner Seite. Er atmete genauso tief wie ich, streckte die Arme aus und nahm den Anblick des Tals unten in sich auf. Er hatte sich schichtweise entblättert, während wir geklettert waren, und trug nun ein weißes T-Shirt, die Flanelljacke hatte er sich um die Taille gebunden. Khakihosen, Wanderstiefel und ein breites Grinsen komplettierten diesen feuchten Traum, den ich nun anstarrte, statt mich auf die Wunder der Natur um uns zu konzentrieren. Und diese blauen Augen – ich konnte sehen, wie er jedes einzelne Foto plante, als er sich umsah.

„Wunderschön", hauchte ich, und er drehte sich zu mir um, womit er mich beim Starren ertappte. „Ich meine, ist es nicht wunderschön?", stotterte ich und gestikulierte wild mit meinem Arm.

Er schien genau zu wissen, was ich tat, und ich spürte, wie mir die Hitze in die Wangen stieg. Glücklicherweise war ich von der Kletterpartie immer noch ein wenig außer Atem und hoffte, dass ich bereits genügend rot war, um es zu verbergen.

„Ja, es ist tatsächlich wunderschön. Überaus schön." Er lächelte, und wir blickten uns in die Augen.

Er kam ein paar Schritte näher, und ich fühlte, wie sich die Luft um uns veränderte. Ich biss mir auf die Lippen. Er fuhr sich mit der Hand durchs Haar. Wir lächelten. Es gab keine Worte, aber selbst die Tiere konnten erahnen, dass etwas geschehen würde, und blieben vorsorglich in ihren Schlupflöchern.

„Hi", sagte er leise.

„Hi", antwortete ich.

„Hi", sagte er wieder, machte einen letzten Schritt zu mir und betrat meinen kleinen Kreis. Ein weiterer Schritt, und er hätte praktisch auf mir gelegen. Und wie.

„Hi", sagte ich ein weiteres Mal, legte den Kopf auf die Seite und ließ ihn damit wissen, dass er den letzten Schritt machen konnte.

Simon beugte sich zu mir, nur ein wenig, aber fast, als ob er …

„Parker!", donnerte es von unten herauf, und wir beide sprangen auseinander. „Parker!" Da war es schon wieder, und ich erkannte Ryans Stimme in diesem Tarzan-Schrei.

„Ryan", sagten wir gleichzeitig und lächelten.

Nun, da das Voodoo nicht mehr so konzentriert war, konnte ich wieder klarer sehen und ich wiederholte immer und immer wieder das Wort Harem in meinem Kopf.

„Hier oben", rief Simon, und Ryan bog um eine Kurve.

„Hey! Neil ist fertig, fix und alle, hat quasi das Handtuch geschmissen. Seid ihr bereit, wieder runter zu klettern?", rief er und sprang von Stein zu Pfad zu Stein mit der Leichtigkeit einer Bergziege. Er schien nicht mal außer Puste zu sein. Hmmm …

„Yep, wir wollten gerade nach euch Jungs sehen", sagte ich und streckte ein Bein hinter mich, um mich ein wenig zu dehnen.

„Sag bloß, er kneift so kurz vor dem Gipfel?", fragte Simon und machte sich auf den Weg nach unten.

„Er liegt quer über dem Pfad, als ob er ihm gehört, und weigert sich, höher zu steigen." Ryan lachte, hüpfte voran und brüllte, um Neil Bescheid zu geben, dass wir unterwegs waren.

„Bist du sicher, dass du nicht ein wenig länger dort oben bleiben wolltest? Ich meine, wir haben so hart daran gearbeitet, bis hier hoch zu kommen." Simon hielt mich davon ab, den Berg hinter Ryan hinunterzurennen.

Ich fühlte die Wärme seiner Hand auf meiner Schulter und befahl meinen Hormonen, auf die andere – die sichere – Seite meines Körpers zu fliehen. „Ich bin mir sicher. Wir sollten zurückgehen. Es sieht so aus, als ob ein Sturm heraufzieht." Ich nickte Richtung Horizont, wo sich eine Gruppe dunkler Wolken gebildet hatte.

Sein Blick folgte meinem, und er runzelte die Stirn. „Du hast vermutlich Recht. Wir sollten davon nicht hier ganz allein überrascht werden", murmelte er.

„Und außerdem können wir Neil nicht ärgern, dass er von einem Mädchen geschlagen wurde, wenn wir uns nicht beeilen." Ich grinste, und er lachte lauthals.

„Teufel noch eins, das sollten wir uns nicht entgehen lassen. Komm schon!"

Und hinab ging es.

„Nun, wie war dein flotter Vierer, Caroline?", sang Sophia in süßlicher Tonlage, als sie uns alle in der Küche nach der Wanderung vorfand, wo wir Wasser tranken.

Die drei Jungs spuckten ihr Wasser wieder aus, aber ich nippte ruhig weiter, wie eine Lady. „Fantastisch, vielen Dank. Besonders Neil. Wir mussten ihn praktisch den Berg wieder runter tragen, nachdem ich mit ihm fertig war", antwortete ich genauso süßlich.

Die Jungs erholten sich wieder, aber Neil konnte fast nicht aufhören, Sophias enges Tanktop anzustarren. Ihr eigentlicher Bewunderer? Spielte inzwischen Finde Mimi, denn sein Kopf drehte sich so rasch, dass ich hätte schwören können, dass er eine Eule war.

Ich schüttelte den Kopf und erlöste ihn von seinem Elend. „Wo ist Mimi?", fragte ich.

„In der Dusche, die ihr vier auf jeden Fall braucht. Es ist eiskalt draußen. Wie habt ihr es geschafft, so zu schwitzen?" Sie rümpfte die Nase.

„Es war harte Arbeit, auf diesen Berg zu steigen. Wandern ist anstrengender, als du denkst", sagte Neil entrüstet.

Der Rest von uns hielt wohlweislich die Klappe und erwähnte nicht den halben Herzinfarkt, den er fünfzehn Meter vom Gipfel entfernt fast gehabt hätte.

Ich schnappte mir einen Apfel und ging in Richtung meines Zimmers. Wie erwartet war Sophia mir dicht auf den Fersen.

Ich feixte ein wenig und überlegte, ob ich es ihr leicht machen sollte – sie einfach danach fragen und ihr damit einen Ausweg anbieten sollte.

„Diese kurzen Hosen sehen schrecklich an dir aus, Caroline", bemerkte sie, als sie mir in mein Zimmer folgte.

Okay, der Ausweg war hiermit offiziell gestorben. „Vielen Dank, meine Liebe. Hätte ich für dich ein wenig Katzenfutter einstecken sollen, als ich Clives Reisetasche gepackt habe?"

Sie ließ sich auf mein Bett fallen und wickelte sich um eines der gigantischen Kissen. „Wo ist er überhaupt? Wer passt dieses Wochenende auf ihn auf?"

„Er übernachtet bei Onkel Euan und Onkel Antonio. Dieser Kater ruht momentan auf einem seidenen Bett und wird mit Thunfischröllchen handgefüttert. Er lebt das einzig wahre Leben."

„Wie wahr." Ihr Gesichtsausdruck verdüsterte sich kurz, als sie es sich bequem machte.

Ich zog mir die verschwitzten Kleider vom Leib und wickelte mich in einen Frotteebademantel, der an der Rückseite der Tür hing. Sie komplimentierte die Wahl meines Sport-BHs und lachte, als sie sah, dass ich ihn mit Leopardenhöschen kombiniert hatte, aber dann kehrte sie zu ihrer vorherigen sehnsüchtigen Miene zurück.

„Was ist los, Sophia?", fragte ich sie, legte mich neben sie auf das Bett und schlang mich ebenfalls um eines der Kissen.

„Nichts. Warum?"

„Du siehst wie ein Trauerkloß aus."

„Na ja, ich habe nur nicht gut geschlafen, denke ich."

„Oh, wirklich? Hat dich Mr. Ryan die Nacht über wach gehalten? Er hatte heute auch nicht besonders viel Energie auf dem Gipfel ..." Ich stieß sie mit meinem Ellbogen an.

„Nein, nein, nichts dergleichen. Es ist nur ... ich weiß nicht. Ich konnte mich einfach nicht entspannen. Normalerweise schlafe ich hier oben richtig gut, aber es war so ruhig letzte Nacht, dass ich einfach ..." Sie schlug mit der Faust auf ihr Kissen und brachte es damit in eine andere Form.

„Verstehe. Nun, ich habe wunderbar geschlafen!" Ich lachte, und sie versuchte, meinen Kopf in eine andere Form zu bringen.

„Willst du dich heute Nacht betrinken?", fragte sie, als wir uns wieder beruhigt hatten.

„Teufel, ja. Du?"

„Ja, Ma'am."

Es klopfte an der Tür, und Mimi steckte ihren handtuchbedeckten Kopf herein. „Ist das ein Privatzimmer oder darf eine Nichtlesbe mit auf dieses Bett?"

Wir winkten sie herein, und sie sprang vom Flur aus zum Bett, wo sie auf uns beiden landete.

„Was geht ab, Ladys? Vorspiel oder legen wir einfach los?"

„Bitte sag Vorspiel", sagte eine Männerstimme aus der Richtung der nun offenen Tür.

Wir rollten uns herum und sahen, dass die Männer im Türrahmen standen, alle mit verschiedenen Varianten des gleichen „Oh, mein Gott, da sind Mädels zusammen im Bett"-Blickes auf den Gesichtern.

„Ach, beruhigt euch. Als ob wir jemals einen Kerl bräuchten, der uns sagt, ob wir ein Vorspiel brauchen oder nicht." Sophia kicherte, streckte einen Fuß in die Luft und winkte ihnen über meine Schulter hinweg zu.

Sie wanden sich etwas ungemütlich und räusperten sich. Sie waren einfach so leicht zu durchschauen.

„Wir planen, uns heute Nacht zu betrinken. Seid ihr Jungs dabei?", rief Mimi. Obwohl noch kein Alkohol im Spiel war, tauchte das Stimmvolumen von Mimi im betrunkenen Zustand bereits auf.

„Auf alle Fälle", antwortete Ryan und salutierte so seltsam vor uns, dass wir noch mehr lachen mussten.

„Und jetzt kuscht euch, Jungs, und lasst uns ein wenig Mädchenzeit miteinander verbringen." Sophia hob meinen Bademantel ein wenig an und drückte mir einen lauten Schmatzer auf den Hintern. Ich quietschte auf und versuchte, mich wieder zu bedecken, aber es war zu spät.

„Hey, Leopardenlook", flüsterte Neil Simon in der Art von Geflüster zu, die lauter ist, als wenn man normal sprechen würde.

„Ich weiß, ich weiß", konterte Simon und fuhr sich mit der

Hand über das Gesicht, als ob er körperlich versuchte, sich das Bild aus dem Gehirn zu wischen.

Simon mochte also Animal Prints. Notiert.

„Kommt schon, Jungs, die Ladys haben um Ruhe gebeten, also sollten wir sie ihnen lassen." Ryan zog sie in den Flur und schloss die Tür mit einem Zwinkern hinter ihnen, das Mimis gesamten Nacken in ein feuriges Rot tauchte. Sophia betrachtete ihre Fingernägel.

Mit diesen beiden würde ich heute Nacht wirklich viel Spaß haben.

„Wo zum Henker hast du gelernt, so zu kochen? Gott, ist das gut!", rief Neil und nahm sich das dritte Mal von der Paella aus der riesigen Pfanne in der Mitte des Tisches.

„Danke, Neil." Ich lachte, als er einen weiteren Reisberg mit seinem Löffel erklomm.

Simon nickte zu meinem Weinglas, und ich nickte zurück.

Ich hatte mich entschlossen, eine schnelle Version einer Paella zu machen, als ich all die wunderbaren Meeresfrüchte heruntergesetzt bei einem Händler vor Ort entdeckt hatte, und als ich ihre Sonderangebote bezüglich spanischem Rosé und Cava-Sekt gesehen hatte, hatte das perfekt gepasst. Wir hatten mit dem Cava begonnen, während wir alles in der Küche vorbereitet hatten. Der funkelnde spanische Wein passte hervorragend zu dem Manchego-Käse, den ich mitgenommen hatte, und zu den kleinen salzigen Oliven. Wieder einmal war Simon mein Helfershelfer, und wir zauberten zusammen in der Küche. Die anderen vier hatten sich auf Barstühle gesetzt, während wir kochten, jemand legte eine alte Otis Redding-Platte auf den uralten Plattenspieler, und los ging es.

Der Wein floss so reichlich wie die Unterhaltung, und ich konnte jetzt schon vorhersagen, dass unsere Gruppe sich zu einer engen Freundschaft entwickeln könnte. Ähnliche Interessen, ähnlicher Humor, aber genug Unterschiede, um lebhaft zu bleiben.

Apropos lebhaft. Als der Alkohol inhaliert war, fielen die Hemmungen. Mimi und Sophia verbargen fast nicht mehr ihr verqueres Interesse am jeweils anderen Partner. Nicht, dass es die Jungs kümmerte. Tatsächlich ermutigten sie die beiden. Ryan untersuchte momentan Mimis Fuß nach etwas, von dem sie schwor, dass es ein Spinnenbiss war. Die Tatsache, dass er ihn seit mehreren Minuten begutachtete, und diese Inspektion eine Wadenmassage einschloss, entging weder mir noch Simon.

Er grinste und deutete mir, näher zu kommen. Ich glitt über die Bank und neigte meinen Kopf zu ihm. Sein Mund war nahe an meinem Ohr, und ich atmete ein. Wein, Hitze und Sex drangen direkt in meine Nasenlöcher und eroberten meinen Verstand, was alles sofort etwas verschwommen machte.

„Wie lange dauert es wohl, bis sie sich küssen?", fragte er. Sein Mund war mir so nah, dass ich hätte schwören können, dass seine Lippen mein Ohr berührten.

„Was?", fragte ich und kicherte auf die Weise, wie ich es immer tat, wenn ich ein wenig zu viel Alkohol intus und ein wenig zu viel Sexy vor Augen hatte.

„Wie lang. Du weißt schon. Bevor sie die falsche Person küssen."

Ich drehte mich, um in seine Augen zu sehen. Diese Augen, oh, diese Augen riefen nun nach mir. „Du meinst, die richtige Person?"

„Yeah, die richtige Person", antwortete er und rückte ein wenig näher.

„Keine Ahnung, aber wenn der Kuss nicht bald kommt, werde ich platzen", gab ich zu. Mir war klar, dass ich nicht länger über unsere Freunde sprach. Und mir war klar, dass ihm klar war, dass ich nicht länger über unsere Freunde sprach.

„Hmm, wir wollen ja nicht, dass du platzt." Er war nun nur noch wenige Millimeter von meinem Gesicht entfernt.

Harem. Harem. Harem. Ich wiederholte dieses Mantra immer und immer wieder.

„Ich will in den Whirlpool."

Das Gejammer riss mich von dem Voodoo weg und zurück in die Küche. In der Leute anwesend waren.

„Ich will in den Whirlpool", hörte ich wieder und drehte mich automatisch zu Mimi um. Überraschenderweise war es aber Sophia, die herumjammerte und wie ein Rucksack an Neils Rücken hing.

„Okay, dann geh in den Whirlpool. Niemand hält dich auf", sagte ich, rutschte von Simon weg und wieder vor meinen Teller, wo ich meine Erbsen von meinem Hummer trennte. Ich war voll, aber ich würde nie Hummer auf dem Teller übrig lassen. Ich hatte immerhin einige Standards.

„Du musst mitkommen", jammerte Sophia erneut, als ich anfing zu verstehen. Sophia war betrunken. Sophia wurde anhänglich, wenn sie betrunken war. Oh, Mann.

„Geh schon mal vor. Ich werde die Küche ein wenig aufräumen und euch dann später draußen treffen", sagte Simon, nahm meinen Teller und wollte aufstehen.

„Hey, hey, hey! Hummerbissen, hallo!", protestierte ich und grabschte nach meiner Gabel.

„Hier. Ich würde es nie wagen, mich zwischen eine Frau und ihren Hummer zu stellen." Er lächelte und gab mir meine Gabel zurück. Ich nahm den Bissen mit einem Lächeln und stand auf. Ich war betrunkener als ich gedacht hatte, was mir klar wurde, als die Schwerkraft sich bei mir bemerkbar machte.

„Whoa, langsam. Bist du okay?", fragte er und half mir, als Sophia Richtung Schlafzimmer verschwand.

„Ja, mir geht es gut, mir geht es gut", antwortete ich, setzte meine Füße fest auf den Boden und gewann diesen Kampf.

„Vielleicht solltest du langsam machen?" Er nahm mein Weinglas.

„Oh, entspann dich, das hier ist eine Party", rief ich und begann zu kichern. Plötzlich war alles lustig.

„Okay, weiter mit der Party." Er lächelte, als ich in das Schlafzimmer ging, um mich in meinen Badeanzug zu werfen, was sich als schwerer herausstellte als geahnt. Stringbikinis waren schwer zu binden, wenn man mehr als ein wenig angeheitert war.

„Okay, Caroline ist die Nächste. Wahrheit oder Pflicht?", rief Mimi und bewies damit wieder einmal, dass Trunken-Mimi nur eine einzige Lautstärke besaß.

„Wahrheit", schrie ich zurück und bespritzte aus Versehen Sophia, als ich wegen meines Weinglases hinter mich griff. Wir hatten die letzte Flasche Cava mit hinausgenommen und arbeiteten uns beständig auf den Grund der Flasche vor. Und sie bearbeitete uns ebenfalls, da unser Spiel immer gefährlicher wurde. Der Himmel wurde von einigen Blitzen erhellt, die etwas entfernt waren, und das tiefe Grollen von Donner konnte langsam über unser Kichern und Wasserplanschen gehört werden.

Kaum waren wir rausgekommen und in den Whirlpool gestiegen, hatte es nur Minuten gedauert, bis Neil eine Runde Wahrheit oder Pflicht vorgeschlagen hatte, und nur Sekunden, bis Sophia zugestimmt hatte. Ich hatte zuerst nur gelacht und gesagt, dass ich bei so einem kindischen Spiel auf keinen Fall mitmachen würde. Aber als Simon andeutete, dass ich ein Hasenfuß sei, hob der Alkohol seinen hässlichen Kopf und schrie etwas in der Art: „Ich werde Wahrheit oder Pflicht spielen, du Trottel, bis du deine Wahrheit nicht mehr von deiner Pflicht unterscheiden kannst."

Diese Aussage machte in meinem Kopf absolut Sinn, und musste sich auch für Mimi und Sophia logisch angehört haben, da sie mir sofort die Hände zum Einschlagen anboten und „Du rockst, Mädel!" zuriefen. Ich bin ziemlich sicher, dass ich sah, wie Simon seinen Kopf schüttelte, aber er lächelte, also ließ ich ihn damit durchkommen. Und schenkte mir ein weiteres Glas Cava ein.

„Welchen Ort wolltest du schon immer mal besuchen, konntest es bisher aber nicht?", fragte Sophia und summte zu den Klängen mit, die durch die Fenstertüren dröhnten.

Sophia hatte alle alten Schallplatten ihres Großvaters gefunden, und Simon hatte fast der Schlag getroffen, als er die Sammlung gesehen hatte. Er hatte ein Tommy Dorsey-Album ausgewählt, und die Big Band untermalte perfekt die Nacht.

„Langweilig, mach, dass sie Pflicht wählt", sang Simon, und ich streckte ihm die Zunge raus.

„Es ist nicht langweilig, und sie hat die Wahrheit gewählt, also bekommt sie die Wahrheit. Caroline, wohin auf dieser weiten Welt möchtest du gehen?", fragte sie noch einmal.

Ich lehnte meinen Kopf an den Rand des Whirlpools. Ich sah hoch zu den Sternen und sofort kam mir ein Bild in den Sinn: ein lauer Wind, warme Sonne auf meinem Gesicht, der Ozean, der sich vor mir erstreckte und von zerklüfteten Felsen gespickt war. Ich lächelte allein bei dem Gedanken daran.

„Spanien", seufzte ich leise. Mein Lächeln blieb, während ich mich an einen Strand in Spanien träumte.

„Spanien?", fragte Simon.

Ich wandte ihm mein Gesicht zu. Er lächelte mir zu. „Spanien. Dahin möchte ich gehen. Aber es ist so teuer, dass es noch ein wenig auf mich warten muss." Ich lächelte immer noch und war gedanklich nach wie vor dort.

„Hey, warte mal. Simon, fliegst du nicht nächsten Monat nach Spanien?", fragte Ryan, und ich starrte ihn an.

„Ähm, yeah. Ja, tue ich tatsächlich", antwortete er.

„Großartig! Caroline, du kannst doch mit ihm gehen", entschied Mimi, klatschte in die Hände und wandte sich Ryan zu. „Ryan, du bist der Nächste."

„Äh, Moment mal, nein. Erstmal kann ich nicht einfach mit Simon nach Spanien. Und zweitens bin ich dran", protestierte ich, als sich Simon aufsetzte.

„Eigentlich könntest du 'einfach mit Simon nach Spanien gehen", sagte er.

Die andere Seite des Whirlpools wurde sehr still.

„Nein, kann ich nicht. Du arbeitest. Ich kann mir so eine Reise nicht einfach so leisten und nebenbei gesagt weiß ich nicht, ob ich mir nächsten Monat freinehmen kann." Mir wurde warm ums Herz, als mir klar wurde, was er gesagt hatte.

„Also, ich habe gehört, wie Jillian dir letzt gesagt hat, dass der nächste Monat gut wäre, um Urlaub zu machen, bevor die Feiertage kommen", meldete sich Mimi zu Wort. Sie sank zurück in die Schatten, als ich sie böse ansah.

„Egal. Ich kann es mir auch nicht leisten, also Schluss mit der Diskussion. Gut, ich glaube, ich bin dran. Wen soll ich aussuchen?" Ich blickte in die Runde.

„Es wäre nicht sonderlich teuer. Ich miete ein Haus, also wäre dafür schon mal gezahlt. Ticket und Taschengeld – allein dafür müsstest du Geld mitnehmen." Simon schien das Thema noch nicht als beendet anzusehen.

„Hey, das ist ein wirklich guter Deal, Caroline!" Mimis Elan sorgte für kleine Wellen im Wasser.

„Okay, Mimi. Wahrheit oder Pflicht?", fragte ich, biss die Zähne zusammen und fuhr einfach mit dem Spiel fort.

„Hey, wir diskutieren hier über etwas. Wechsel nicht das Thema", protestierte sie.

„Ich hab genug darüber diskutiert. Wahrheit oder Pflicht, du kleines Miststück", wiederholte ich, was sie wissen ließ, dass es mir ernst war.

„Okay, Pflicht." Sie schmollte.

„Großartig. Ich fordere dich heraus, Neil zu küssen!" Ich ließ ihr keine Sekunde Zeit zu überlegen.

„Was?", stieß sie hervor, als der gesamte Whirlpool kollektiv den Atem anhielt.

„Hey, wir spielen doch nur ein Spiel, nicht wahr? Und wirklich, Mimi, es ist nicht so schockierend, wenn ich dich herausfordere, den Mann zu küssen, mit dem du nun schon seit Wochen ausgehst, oder?"

„Ah, nun, ich … ich mag einfach keine öffentlichen Zuneigungsbekundungen." Das klang sehr hölzern, während sie fast im Wasser unterging. Und das von der Frau, die fast wegen Erregung öffentlichen Ärgernisses verhaftet worden war, als sie unter der überdachten Tribüne bei einem Football-Spiel in Berkeley entdeckt worden war.

„Ach, komm schon, was ist schon dabei?", mischte sich nun Simon ein, und ich warf ihm einen dankbaren Blick zu.

„Nichts, es ist nur …", begann sie erneut, und Neil unterbrach sie.

„Na, komm schon her, Winzling." Er zog sie zu sich.

Sie starrten sich eine Sekunde lang an, dann strich Neil ihr das Haar aus dem Gesicht. Er lächelte, und sie beugte sich vor. Ich hörte, wie Sophia zum gleichen Zeitpunkt die Luft anhielt wie Ryan, und wir alle beobachteten, wie Mimi Neil küsste.

Es war einfach nur seltsam.

Sie rückten auseinander, und Mimi schwamm auf ihre Seite

zurück. Zu Ryan. Alle waren einen Moment still. Simon und ich sahen uns an, unsicher, was wir nun tun sollten. Wir waren überlistet worden. Und ich werde sauer, wenn ich überlistet werde. Ich fange dann an, für die Sache zu brennen. Die Tatsache, dass ich betrunken war, hatte überhaupt nichts mit meiner Überreaktion zu tun.

„Okay, ich schätze, ich bin der Nächste. Hmmm … Ryan, Wahrheit oder Pflicht?", sagte Neil, und ich stand auf, womit ich alle um mich herum mit Wasser bespritzte.

„Nein, nein, nein! So sollte das nicht sein!", schrie ich, stampfte mit dem Fuß auf, verlor die Balance und ging unter.

Simons starke Hände brachten mich wieder an die Oberfläche, und ich fuhr mit meiner vom Alkohol inspirierten Tirade fort. Blitze, die nun schon viel näher waren, zuckten über den Himmel. „Du hättest nicht zulassen dürfen, dass sie ihn küsst!", blubberte ich, spuckte Wasser aus und zeigte auf Ryan und dann auf Mimi. Ich wirbelte zu Sophia herum. „Und du hättest wütend auf sie sein sollen!"

„Warum sollte ich sauer auf Mimi werden, wenn sie ihren Freund küsst?", murmelte Sophia und entwickelte ein plötzliches Interesse an ihren Fingernägeln.

„Ärks!", machte ich, stemmte die Hände in die Hüften, ließ meine Wut wie Dampf in den Himmel wabern und wandte mich wieder an Mimi. „Mimi, interessierst du dich überhaupt für Neil?"

„Neil ist genau das, was ich immer in einem Mann gesucht habe. Er passt bis ins kleinste Detail zu meinen Vorstellungen", erwiderte sie mechanisch und zuckte zusammen, als Ryan sie verletzt ansah.

„Blah, blah, blah! Hast du mit Neil schon geschlafen?", kreischte ich und wedelte wild mit den Zeigefingern herum, was ich immer mache, wenn ich betrunken bin.

„Okay, Caroline, du hast deinen Standpunkt klar gemacht", versuchte Simon mich zu beruhigen und mich dazu zu bewegen, mich wieder hinzusetzen.

„Was für einen Standpunkt? Wovon redet ihr beiden?" Sophia beugte sich vor.

„Oh, bitte! Ihr vier seid ja so was von lächerlich! Mir egal, was ihr glaubt, auf dem Papier haben zu wollen. In Wahrheit liegt ihr so was von falsch!", antwortete ich und schlug zur Betonung meiner Worte auf die Wasseroberfläche. Warum begriffen sie es nur nicht? Ich wusste nicht mehr, wann ich mich so hineingesteigert hatte, aber in den letzten sechzig Sekunden hatte ich mich in enormen Zorn geredet.

„Spinnst du?", rief Mimi und sprang auf die Füße, was die Höhe des Wasserspiegels nicht besonders veränderte.

„Mimi, komm schon! Jeder, der Augen im Kopf hat, kann sehen, was du und Ryan füreinander fühlt. Warum zur Hölle verschwendest du deine Zeit mit jemand anderem?"

Simon zog mich zurück in seinen Schoß und versuchte erneut, mich zu beruhigen.

„Okay, das geht jetzt wirklich zu weit", sagte Neil und machte sich daran, aus dem Whirlpool zu steigen.

„Nein, nein! Neil, sieh dir Sophia an. Kannst du nicht sehen, dass sie total auf dich steht? Warum zum Teufel seid ihr nur so dickschädelig? Ernsthaft? Sind Simon und ich die einzigen, die das hier klar und deutlich sehen?", schrie ich noch einmal und brachte damit Simon ins Gespräch, ob er nun wollte oder nicht.

Neil sah zu Ryan und dann zu Simon. „Ey, Mann!", rief Neil.

„Ey, Mann", antwortete Simon und deutete auf Sophia, die aufstand, als ob sie etwas sagen wollte. Neil legte ihr eine Hand auf die Schulter, und sie hielt inne und setzte sich wieder.

Neil nickte Ryan zu. „Ey, Mann?", fragte er, und Ryan nickte zurück. Neil nahm einen tiefen Atemzug und sah zu Sophia. „Sophia, Wahrheit oder Pflicht?", fragte er.

„Wir spielen nicht mehr …", versuchte ich zu schreien, aber Simon nahm diesen Moment zum Anlass, mir seine Hand auf den Mund zu legen.

„Hier ist alles in Ordnung", verkündete Simon, während er mich fester auf seinen Schoß zog und dort mit seiner anderen Hand festhielt.

Donner rollte herein und versah die Szene mit einem bedrohlichen Flair.

„Sophia?", fragte Neil erneut.

Sie blieb still und sah nicht in Richtung Mimi und Ryan. „Pflicht", flüsterte sie und schloss die Augen.

Alkohol macht wirklich alles dramatischer.

„Ich fordere dich heraus, mich zu küssen", sagte Neil, und das Einzige, was noch zu hören war, waren ein oder zwei Gänse am See. Die Gänse im Pool waren endlich still.

Wir beobachteten alle, als Sophia sich Neil zuwandte und eine Hand an seinen Hinterkopf legte, um ihn zu sich zu ziehen. Sie küsste ihn, langsam, aber sicher, und es schien Tage zu dauern.

Ich lächelte in Simons Hand, und er tätschelte meinen Bauch, was ein ziemliches Glücksgefühl in mir aufsteigen ließ.

Als sie sich endlich voneinander lösten, lachte Sophia dicht an Neils Mund, und er antwortete mit seinem gigantischen Goofy-Glucksen.

„Es wurde verdammt noch mal Zeit", sagte Simon und ließ meinen Mund los.

„Mimi, ich …", begann Sophia, drehte sich zu Mimi um und sah sich mit einem leeren Whirlpool konfrontiert.

Mimi und Ryan waren verschwunden. Ich erhaschte gerade noch ein Eckchen von Ryans Handtuch, als er im Poolhaus verschwand – mit einer überaus nassen Begleiterin am Arm.

„Nun, dann gehen wir wohl alle ins Bett." Sophia seufzte und nahm Neils Hand.

„Gute Nacht!" Ich kicherte, als sie mit Neil im Schlepptau ins Haus ging. Sie kuschelten sich aneinander – sie gaben jetzt schon das perfekte Bild ab. Ich blickte zum Poolhaus und bemerkte, dass sie kein Licht gemacht hatten. Wahrscheinlich würden sie das auch in naher Zukunft nicht machen.

„Okay, das war eine gute Verkuppelung, auch wenn deine Elefant-im-Porzellanladen-Nummer, mit der du sie erledigt hast, einiges zu wünschen übrig ließ." Simon gluckste und ließ seinen Kopf an meinen Rücken sinken. Ich hockte immer noch auf seinem Schoß. Seine Hand hatte meinen Mund losgelassen und sank nun südwärts, während seine andere Hand immer noch an meiner Taille lag.

„Ja, normalerweise lasse ich sehr viel zu wünschen übrig",

gab ich trocken zurück. Ich wollte diesen herrlichen Fleck nicht verlassen, aber ich wusste, dass ich es musste – und zwar schon bald. Simon hinter mir schwieg, und ich machte Anstalten, von seinem Schoß zu rutschen.

„Du lässt nichts zu wünschen übrig, Caroline", sagte er leise, und ich erstarrte.

Einen Moment lang herrschte Stille. Wir bewegten uns beide nicht, bewegten uns aber doch aufeinander zu.

Ohne zurückzublicken lachte ich kurz. „Weißt du, ich habe diesen Ausdruck nie wirklich verstanden. Heißt das jetzt, dass ich begehrenswert bin oder …"

Seine Finger begannen, kleine Kreise auf meiner Haut zu malen. „Du weißt ganz genau, was das heißt." Er atmete an meinem Ohr.

Die Luft knisterte zwischen uns – sowohl vor Spannung als auch wegen des Wetters. Weitere kleine Kreise folgten. Am Ende waren es die winzigen Kreise, die mich vollkommen zusammenbrechen ließen.

Ich verlor vollständig die Kontrolle. Ich drehte mich rasch um, überraschte ihn, indem ich meine Beine um seine Taille schlang und sämtliche Vorsicht – und mein Harem-Mantra – in den Wind schlug. Ich vergrub meine Finger in seinen Haaren und genoss das Gefühl der nassen Seide an meinen Fingerspitzen, während ich ihn zu mir zog.

„Warum hast du mich in der Nacht damals auf der Party geküsst?", fragte ich mit meinem Mund nur wenige Millimeter von seinem entfernt.

Sobald er begriffen hatte, dass ich diejenige war, die die Geschwindigkeit kontrollierte, antwortete er, indem er seine Hüften an meine presste und uns damit einander näher brachte, als wir je gewesen waren.

„Warum hast du mich geküsst?", fragte er zurück und fuhr mit den Händen meinen Rücken hinauf und hinunter, bis er sie genau an der Stelle zusammenbrachte, an der er exakt meine Taille umfassen konnte – vorn die Daumen, hinten die Finger – und drückte mich noch enger an sich.

„Weil ich musste", antwortete ich ehrlich. Ich erinnerte mich daran, wie ich ganz instinktiv reagiert hatte und ihn ge-

küsst hatte, obwohl ich das auf keinen Fall hatte tun wollen.
„Warum hast du mich geküsst?", fragte ich noch einmal.

„Weil ich musste", sagte er, und sein Grinsen kehrte zurück. Glücklicherweise blieb es nicht lange auf seinem Gesicht, denn ich hatte nun endlich das allerletzte Geheimnis gelüftet.

Wie brachte man das Wandbeben dazu, mit dem Grinsen aufzuhören? Man küsste ihn.

Kapitel 13

Der Himmel öffnete sich und begoss uns mit kühlem Regen, der sich mit der Hitze um und zwischen uns mischte. Ich sah Simon unter mir, warm und nass, und es gab nichts auf der Welt, das ich mehr wollte, als seine Lippen auf meinen. Also schlang ich, obwohl sämtliche Alarmglocken in meinem Kopf läuteten, meine Beine enger um seine Taille und blickte direkt in seine Augen.

„Mmm, Caroline, was hast du vor?" Er lächelte, und seine Hände vermittelten mir seine Stärke, als er seine Finger an meine Haut drückte. Wir rieben uns durch die Nässe auf eine Art aneinander, die meinen Verstand aussetzen ließ, und ich konnte allen Ernstes seine Bauchmuskeln an meinem Bauch spüren. Er war so stark, so kraftvoll und köstlich, dass mein Verstand zu verglühen begann, und andere Körperteile meine Entscheidungen zu treffen begannen.

Ich glaube, sogar O tauchte mal kurz auf, wie ein Murmeltier. Er warf einen kurzen Blick in die Runde und erklärte, dass der Frühling näher bevorstand als es Monate lang der Fall gewesen war.

Ich leckte meine Lippen, und er erwiderte die Geste. Ich konnte ihn fast nicht durch den Dampfnebel des Whirlpools und die Lust erkennen, die nun in diesem kleinen Kessel chlorierter Chemie brodelte.

„Auf jeden Fall habe ich nichts Gutes vor, das steht fest", flüsterte ich und erhob mich ein wenig. Das Gefühl meiner Brüste an seiner Haut war unbeschreiblich. Als ich mich wieder auf seinem Schoß niederließ, fühlte ich seine Reaktion auf eine sehr körperliche Weise, und wir beide stöhnten auf.

„Nichts Gutes, hm?", sagte er. Seine Stimme war rau und dick wie Ahornsirup, der sich über mich ergoss.

„Genau", flüsterte ich ihm ins Ohr, als er seinen Mund an meinen Nacken drückte. „Willst du mit mir ungezogen sein?"

„Bist du dir sicher?", stöhnte er. Seine Hände packten mich mit herrlicher Hemmungslosigkeit.

„Komm schon, Simon. Lass uns die Wände zum Beben bringen", antwortete ich und gestattete mir, mit der Zunge die

Haut direkt unter seinem Kinn zu berühren. Seine Bartstoppel rieben über meine Geschmacksknospen und vermittelten mir ein Gefühl dafür, wie sich diese Stoppel an anderen, weichen Stellen meines Körpers anfühlen würden.

O streckte seinen Kopf ein klein wenig weiter hoch und marschierte direkt zum Verstand, der sich wiederum an meine Hände wandte.

Ich packte Simon fest am Nacken und positionierte ihn direkt vor mir. Seine Augen leuchteten und verwandelten sich in kleine Hypnotiseure.

Sein Grinsen war hart, genau wie er selbst.

Ich beugte mich vor und sog seine Unterlippe zwischen meine Zähne, nagte sanft an ihr, bevor ich fester zubiss und ihn enger an mich zog. Er kam mir willig entgegen und gab die Kontrolle ab, als meine Finger an seinem Haar zogen und zerrten, und meine Zunge sich in seinen Mund schob, was ihn dazu brachte, in meinen Mund zu stöhnen. Meine gesamte Welt bestand nur noch aus dem Gefühl dieses Mannes, dieses wundervollen Mannes in meinen Armen und zwischen meinen Beinen, und ich küsste ihn, als ob die Welt im nächsten Moment enden würde.

Es war nicht süß und zaghaft, sondern pure fleischliche Frustration, die mit einer unbegreiflichen Lust angereichert und in einen gigantischen Ballen von Bitte-Gott-lass-mich-für-alle-Zeiten-mit-dem-Mund-dieses-Mannes-verschmelzen gehüllt worden war. Mein Mund führte seinen in einem Tanz, der so alt war wie die Berge, die wohlwollend auf uns herabsahen. Unsere Zungen und Zähne und Lippen prallten aufeinander und verwoben sich in der süßen Spannung, die sich aufgebaut hatte, seit ich vor seiner Tür in dem Outfit aufgeschlagen war, das die Inspiration für meinen Spitznamen gegeben hatte.

Ich zitterte, als ich fühlte, wie seine Hände nach meinem Hintern griffen und mich noch näher an ihn heranzogen, während ich wie eine Besessene in der Kirche keuchte. Die Kirche von Simon … in der ich gern vor ihm niederknien würde.

Meine Augen waren geschlossen, meine Beine geöffnet, und

ich stöhnte in seinen Mund wie eine läufige Hündin … Himmel, die Tatsache, dass ein Kuss, ein einziger Kuss, mich in diese gigantische, lechzende Version von CarolineBrauchtDas verwandelt hatte, konnte ich nicht abstreiten, und ich wusste, dass ich ihn, wenn er mich weiterhin dazu brachte, mich so zu fühlen, direkt an mein eigenes Tahoe einladen würde. Großartige Idee.

„Komm an mein Tahoe, Simon", murmelte ich undeutlich an seinem Mund.

Er hielt inne. „Caroline, ich soll wohin kommen? Oh, Gott", brachte er heraus, als ich uns von der Ecke des Whirlpools abstieß und uns durch das Wasser katapultierte, womit sich die Hälfte des Inhalts auf die Terrasse ergoss und die andere Hälfte um uns herum wie bei der Flut hoch wogte. Er drückte mich an die gegenüberliegende Wand, presste mich hoch an die Bank und sorgte dafür, dass meine Beine wieder um ihn geschlungen waren, als ich spielerisch meinen Mund wieder an seinen drückte, da ich ihn nicht loslassen wollte. Einmal küsste ich ihn so hart, dass er mich zurückhalten musste, damit er nach Atem ringen konnte.

„Atmen, Simon, atmen." Ich kicherte und streichelte sein Gesicht, während er vor mir nach Luft schnappte.

„Du … bist … eine … verrückte … Frau", keuchte er und schob seine Hände unter meine Arme und von hinten über meine Schultern, sodass er mich eng am Rand halten konnte. Ich drückte meine Fersen in seinen Hintern und stieß ihn genau dahin, wo ich ihn brauchte. Er schloss die Augen und biss sich auf die Unterlippe. Ein tierisches Knurren drang aus seiner Kehle, als ich die zweite Phase meiner von der Kleinen Caroline befohlenen Attacke startete.

„Du fühlst dich ungewöhnlich gut an", stöhnte ich und ließ Küsse auf seinen Mund, seine Wangen und sein Kinn regnen, bis ich tiefer glitt, um an seiner Kehle zu saugen und zu knabbern, als er den Kopf zurück legte und mir meinen Angriff erlaubte. Seine Hände waren fast schon grob auf mir, fuhren meinen Rücken hinab und verfingen sich in meinen Bikiniknoten. Die Vorstellung, dass meine nackten Brüste an seine Haut gedrückt werden würden, machte mich halb wahnsinnig vor Lust, und ich nahm meine Finger aus seinem malträtierten Haar, um sie hinter meinen Rücken gleiten zu lassen und am Knoten zu ziehen. Bei meinem Manöver stieß ich an eine der leeren Cava-Flaschen, was einen Dominoeffekt von leeren Flaschen auslöste, die auf den Boden krachten. Ich kicherte, als er durch das Geräusch aufgeschreckt zurück zuckte.

Seine Augen hatten die Farbe rauchigen Blaus und waren vor Lust verhangen, aber als sie sich auf mich fokussierten, begannen sie, wie Kristalle zu funkeln. Ich schaffte es endlich, den Knoten zu lösen und konnte fühlen, wie das Wasser über meine nackte Haut wirbelte. Ich ließ die Enden fallen, als Simon sie fest in die Hände nahm. Er schüttelte den Kopf, wie um ihn klar zu bekommen, dann schloss er seine Augen fest und unterbrach damit unsere Verbindung.

„Hey, hey, hey!" Damit brachte ich ihn dazu, seine Augen zu öffnen und mich anzusehen. „Wohin bist du gerade verschwunden?", flüsterte ich.

Er schob seine Hände, die immer noch die Bikinibändel hielten, zurück um meinen Nacken. Langsam band er das Oberteil wieder fest, und ich fühlte, wie mein Gesicht flammend rot wurde, da mich das gesamte Blut meines Körpers in diesem Moment verriet.

„Caroline", begann er mit schwerem Atem und beobachtete mich vorsichtig.

„Was ist los?"

Seine Hände ruhten nun auf meinen Schultern, und er schien eine gewisse Distanz zwischen uns zu halten. „Caroline, du bist großartig, aber ich ... ich kann nicht ..."

Nun war ich diejenige, die die Augen schloss. Gefühle schossen hinter meinen Augenlidern hin und her – Scham das größte von allen. Mein Herz glitt hinab in die Dunkelheit. Ich konnte fühlen, dass er mich ansah, und erwiderte seinen Blick. „Du kannst nicht", sagte ich und sah überall hin, nur nicht zu ihm.

„Nein, ich meine, ich ..." Er stammelte und fühlte sich eindeutig unwohl, als er sich von mir entfernte.

Ich begann zu zittern. „Du ... kannst nicht?", fragte ich und fühlte mich auf einmal eiskalt, selbst im Wasser. Ich ließ meine Beine von seiner Taille sinken und erlaubte ihm, sich von mir weg zu bewegen.

„Nein, Caroline, es liegt nicht an dir. Es ist …"

„Ah, nun fühle ich mich wie eine verfluchte Idiotin", brachte ich heraus, lachte kurz auf und zog mich an der Seite des Whirlpools aus dem Wasser.

„Was? Nein, du verstehst nicht. Ich kann einfach nicht …" Er ging auf mich zu, und ich stieß mein Bein zurück, meinen Fuß mitten auf seiner Brust, um ihn mir vom Leib zu halten.

„Hey, Simon. Ich versteh' schon. Du kannst nicht. Schon in Ordnung. Wow, was für eine verrückte Nacht, hm?" Ich lachte wieder, schwang mich über die Seite und ging auf das Haus zu. Ich wollte nur weg, bevor er die Tränen sehen konnte, von denen ich wusste, dass sie auf dem Weg an die Oberfläche waren. Natürlich musste ich, als ich versuchte, die Stufen hinaufzugehen, auf einer nassen Stelle ausrutschten und mit einem lauten Geräusch hinfallen. Ich konnte fühlen, wie es hinter meinen Lidern zu brennen begann, als ich mich so rasch wie möglich aufrappelte, voller Panik, dass ich anfangen könnte zu weinen, bevor ich drinnen war. Nun, da ich mich bewegte, fühlte ich die Auswirkungen des Alkohols, den ich zu mir genommen hatte, und den Beginn von sehr starken Kopfschmerzen.

„Caroline! Geht es dir gut?", rief Simon und machte Anstalten, aus dem Whirlpool zu steigen.

„Mir geht's gut. Alles okay …", brachte ich heraus. Meine Kehle verengte sich, als ich versuchte, ein Schluchzen zu unterdrücken. Ich streckte eine Hand nach hinten aus und hoffte, dass er begriff, dass ich seine Hilfe nicht brauchte. „Mir geht es gut, Simon."

Ich konnte mich nicht umdrehen und ihn ansehen. Ich ging einfach weiter. Die verdammte Big Band-Musik spielte immer noch, aber ich hörte, wie er meinen Namen ein weiteres Mal sagte. Ich ignorierte ihn, ging zur Tür und fühlte mich in meinem winzigen Bikini nun unsagbar dämlich, der eindeutig nicht so bezaubernd war, wie ich gedacht hatte.

Ich machte mir nicht mal die Mühe, nach einem Handtuch

zu greifen. Stattdessen öffnete ich die Glastüren und hörte, wie sie hinter mir mit einem lauten Knall schlossen, als ich zu meinem Zimmer rannte. Ich hinterließ kleine Pfützen auf meinem Weg über den Schieferboden durch den Flur und versuchte, das Gekicher aus Sophias Zimmer zu überhören. Als die Tränen schließlich über mein Gesicht liefen, verschloss ich meine Tür und zog meinen Badeanzug aus. Ich stolperte in das Bad, schaltete das Licht ein … und da stand ich, gespiegelt in all meinem Chaos: nackt, das nasse Haar floss mir den Rücken hinab und an meiner Hüfte zeigte sich bereits ein kleiner blauer Fleck dank meines Sturzes wegen meiner Trunkenheit … und da waren auch die von den Küssen geschwollenen, roten Lippen.

Ich wickelte meine Haare in ein Handtuch, dann lehnte ich mich an das Waschbecken und starrte mein Gesicht aus wenigen Zentimetern Entfernung im Spiegel an.

„Meine liebe Caroline, du wurdest gerade von einem Mann abgewiesen, der einmal eine Frau über dreißig Minuten zum Miauen gebracht hat. Wie fühlst du dich?", wollte die nackte Frau im Spiegel von mir wissen und hielt meinen Daumen wie ein kleines Mikrophon vor mich.

„Nun, ich habe genug Wein getrunken, um ein spanisches Dörfchen zu versorgen, hatte seit ungefähr tausend Jahren keinen Orgasmus mehr und werde vermutlich alt und allein in einem wunderschönen Designerapartment umgeben von Clives unehelichen Kindern sterben … Wie glaubst du denn, dass ich mich fühle?", gab ich zurück und hielt der Spiegel-Caroline den Mikrophon-Daumen hin.

„Du dumme Caroline hast dafür gesorgt, dass Clive kastriert wurde", antwortete die Spiegel-Caroline und schüttelte den Kopf.

„Fick dich doch selbst, Spiegel-Caroline, da ich selbst das nicht tun kann!" Ich beendete das Interview und schob meinen nackten Hintern zurück ins Schlafzimmer. Nachdem ich ein T-Shirt angezogen hatte, fiel ich auf das Bett. Mein trunkenes Ich war von der Wanderung, dem Essen, dem Wein, der Musik und der besten Fummelei erschöpft, bei der ich jemals Mitspieler gewesen war. Die Erinnerung daran ließ meine Tränen wieder fließen, und ich rollte mich herum, um mir ein paar Taschentücher zu schnappen. Als ich nur eine leere Box vorfand, musste ich noch mehr weinen.

Blödes Wandbeben-Voodoo.

Konnte diese Nacht noch schlimmer werden?

Dann klingelte mein Telefon.

„Pancakes, Süßer?"

„Das wäre wunderbar. Danke, Babe."

Himmel.

„Gibt es noch Kaffeesahne?"

„Deine Sahne ist genau hier, Honigmäulchen."

Gütiger Himmel.

Gezwungen zu sein einem neuen Pärchen – ganz zu schweigen zwei neuen Pärchen – lauschen zu müssen, verursachte Brechreiz. Dazu noch mein Kater, und das würde ein wirklich langer Morgen werden.

Nachdem ich letzte Nacht mit James telefoniert hatte, hatte ich tief und fest geschlafen, wohl auch dank des Weins, den ich getrunken hatte. Ich erwachte mit einer pelzigen Zunge, pochenden Kopfschmerzen und einem aufgewühlten Magen, der sich noch mehr auf den Kopf stellte, da ich wusste, dass ich Simon sehen würde und ein seltsames Wir-haben-letzte-Nacht-rumgemacht-Gespräch würde führen müssen.

Dank James fühlte ich mich aber besser. Er hatte mich zum Lachen gebracht, und ich erinnerte mich daran, wie gut er damals auf mich aufgepasst hatte. Es war eine schöne Erinnerung und ein noch viel schöneres Gefühl. Er hatte mich unter dem Vorwand angerufen, mit mir über eine Wandfarbe sprechen zu müssen, was ich rasch als Bluff enttarnt hatte. Dann hatte er zugegeben, dass er nur mit mir hatte reden wollen. Frisch heimgekehrt von der Großen Whirlpool Zurückweisung war ich einfach glücklich, mit jemandem zu reden, von dem ich wusste, dass er meine Aufmerksamkeit wollte. Geh zur Hölle, Simon. Als James mich für das nächste Wochenende zum Essen einlud, sagte ich sofort zu. Wir würden viel Spaß haben … und da O sich wieder in seinem Versteck verkrochen hatte, konnte ich ebenso gut einen Abend in der

Stadt genießen.

Nun saß ich am Frühstückstisch und war von zwei neuen Pärchen umgeben, die die Küche mit genügend sexueller Befriedigung beräucherten, um mich zum Schreien zu bringen. Ich tat es aber nicht. Ich riss mich zusammen, als Mimi zufrieden auf Ryans Schoß saß, und Neil Sophia Melonenbällchen fütterte, als ob er nur aus diesem Grund auf der Welt wäre.

„Wie war der Rest deines Abends, Miss Caroline?", zwitscherte Mimi und hob mit wissendem Gesichtsausdruck eine Augenbraue.

Ich presste die Spitzen meiner Gabel in ihre Hand und sagte ihr, sie solle die Klappe halten.

„Wow, Brummbär! Jemand hat wohl die Nacht allein verbracht", murmelte Sophia Neil zu.

Ich sah überrascht zu ihr hinüber. Die Beiläufigkeit, mit der sie das alles behandelten, begann mich wirklich zu stören.

„Natürlich habe ich die Nacht allein verbracht. Mit wem zum Teufel glaubst du, dass ich meine Nacht verbringe, hä?", fragte ich, stieß mich vom Tisch ab und warf dabei mein Glas Orangensaft um. „Ach, scheiß verdammt noch mal drauf", murmelte ich, stürmte Richtung Terrasse und kämpfte zum zweiten Mal in weniger als zwölf Stunden mit den Tränen.

Ich setzte mich auf einen der Adirondack-Sessel und blickte hinaus auf den See. Die Kühle des Morgens beruhigte mein erhitztes Gesicht, und ich wischte ungelenk meine Tränen ab, als ich die Schritte der Frauen hörte, die mir hinausgefolgt waren.

„Ich will nicht drüber reden, okay?", informierte ich sie, als sie sich in die Stühle mir gegenüber setzten.

„Okay ... aber du musst uns etwas geben. Ich meine, ich ging davon aus, dass du und Simon ... als wir gestern gegangen sind ... Na ja, du und Simon, ihr seid einfach ..."

Ich unterbrach Mimis Gestammel: „Ich und Simon sind nichts. Es gibt kein Ich und Simon. Was? Habt ihr etwa geglaubt, wir kämen zusammen, nur weil ihr vier endlich euer Chaos in Ordnung gebracht habt? Gern geschehen, übrigens." Ich zog meine Mütze tiefer ins Gesicht und versteckte meine immer noch fließenden Tränen vor meinen besten Freundinnen.

„Caroline, wir haben einfach gedacht …"

Ich stoppte auch Sophia. „Ihr habt gedacht, dass wir einfach, weil wir die beiden Übriggebliebenen sind, auf magische Weise ein Paar werden? Wie in einem Märchen: drei perfekt zusammenpassende Paare, richtig? Als ob so etwas jemals geschieht. Das ist kein Liebesroman."

„Oh, komm schon! Ihr zwei seid füreinander geschaffen. Du hast gestern Nacht gesagt, dass wir blind seien? Hallo, Esel, ich bin's, das Langohr", fauchte Sophia zurück.

„Hey, Langohr, du hast genau dreißig Sekunden, bevor dieser Esel dir in den Hintern tritt. Nichts ist passiert. Nichts wird passieren. Für den Fall, dass ihr das vergessen haben solltet: Er hat einen Harem, Ladys. Einen Harem! Und ich werde nicht seinen Vierer vervollständigen. Also könnt ihr das einfach vergessen, okay?", schrie ich, sprang aus dem Sessel, drehte mich zum Haus und rannte direkt in einen schweigenden Simon. „Großartig! Du bist auch hier! Und ich sehe euch zwei durch die Jalousien lugen, ihr Idioten!"

Neil und Ryan wichen von den Fenstern zurück.

„Caroline, bitte, können wir reden?" Simon packte mich an den Armen und drehte mich zu sich herum.

„Sicher, warum nicht? Lass uns die Peinlichkeit vollständig machen, da ich weiß, dass ihr alle vor Neugier sterbt. Ich warf mich diesem Kerl letzte Nacht an den Hals, und er wies mich zurück. Okay, das Geheimnis ist gelüftet. Können wir das jetzt bitte sein lassen?" Ich wand mich aus seinem Griff und ging zum Pfad, der zum See führte.

Ich hörte nichts hinter mir und drehte mich um. Alle fünf standen dort, die Augen weit aufgerissen und eindeutig unsicher, was sie nun tun sollten.

„Hey, komm schon, Simon. Lass uns gehen." Ich schnippte mit den Fingern, und er folgte mir mit einem leicht ängstlichen Gesichtsausdruck.

Ich stürmte den Pfad hinunter und versuchte, meine Atmung zu verlangsamen. Mein Herz pochte, und ich wollte nicht reden, solange ich so aufgewühlt war. Daraus würde nichts Gutes entstehen. Während ich ein- und ausatmete, nahm ich den wunderschönen Morgen um mich herum wahr und versuchte damit, meine Stimmung ein wenig zu verbessern. Musste ich das hier unangenehmer machen, als es das eh schon war? Nein. Ich besaß die Kontrolle, trotz der letzten Nacht. Ich konnte dafür sorgen, dass die letzte Nacht nie geschehen war, oder es zumindest versuchen.

Ich atmete wieder und fühlte, wie ein wenig meiner Anspannung meinen Körper verließ. Trotz allem, das geschehen war, genoss ich Simons Begleitung und sah in ihm inzwischen einen Freund. Ich stampfte immer noch über den Pfad, aber schließlich verlangsamte ich meine Geschwindigkeit zu einem leicht angefressenen Gehtempo.

Ich ließ die Bäume hinter mir und hörte nicht eher auf, bis ich das Ende des Kais erreicht hatte. Die Sonne lugte nach dem Sturm letzte Nacht hervor und warf ein silbernes Licht auf das Wasser.

Ich hörte, wie er näher kam und direkt hinter mir anhielt. Ich nahm einen weiteren tiefen Atemzug. Er war still.

„Du wirst mich doch nicht reinschubsen oder? Das wäre ein schlechter Zug, Simon."

Er atmete mit einem Lachen aus, und ich lächelte unwillkürlich selbst ein wenig, obwohl ich es nicht wollte. „Caroline, darf ich dir letzte Nacht erklären? Du musst wissen, dass ..."

„Lass es einfach, okay? Können wir es nicht einfach dem Wein zuschreiben?", fragte ich und wirbelte herum, um ihn zu konfrontieren.

Er starrte eine Weile mit einem äußerst seltsamen Blick auf mich hinunter. Er sah aus, als ob er sich in großer Eile angezogen hätte: Weiße Thermos, ausgewaschene Jeans und Wanderstiefel, die noch nicht mal zugebunden waren und deren Schnürbändel nun feucht und matschig wegen der Wanderung durch die Wälder waren. Er sah immer noch umwerfend aus, und die Morgensonne beleuchtete die ziselierten Flächen seines Gesichts und dieses Dreitagebarts, der so köstlich war.

„Ich wünschte, ich könnte, Caroline, aber ...", begann er erneut.

Ich schüttelte den Kopf. „Ernsthaft, Simon, halt einfach

…" Ich wurde unterbrochen, als er seinen Finger auf meinen Mund legte.

„Halt einfach die Klappe, okay? Wenn du mich weiter unterbrichst, werfe ich dich wirklich noch in diesen See!" Die Warnung wurde von dem Funkeln in seinen Augen begleitet, an das ich mich so gewöhnt hatte.

Ich nickte, und er nahm seine Hand weg. Ich versuchte die Flammen zu ignorieren, die an meinen Lippen leckten und allein von dieser kleinen Berührung stammten.

„Letzte Nacht haben wir beinahe einen sehr großen Fehler begangen", sagte er. Als er merkte, wie ich meinen Mund öffnete, wackelte er mahnend mit dem Zeigefinger vor meinem Gesicht.

Ich verschloss meine Lippen und warf den imaginären Schlüssel in das Wasser.

Er lächelte traurig und fuhr fort: „Offensichtlich fühle ich mich zu dir hingezogen. Wer könnte dir auch widerstehen? Du bist großartig. Aber du warst betrunken, ich war betrunken, und so großartig es auch gewesen wäre, es wäre … na ja, es hätte die Dinge geändert, nicht wahr? Und ich kann es einfach nicht, Caroline. Ich kann mir nicht erlauben … Ich bin einfach …" Er kämpfte mit sich und fuhr sich mit den Händen durch die Haare in einer Geste, die ich inzwischen als Ausdruck seiner Frustration erkannte. Er starrte mich an, als ob er wollte, dass ich alles in Ordnung brachte und ihm sagte, dass das mit uns in Ordnung wäre.

Wollte ich wegen der ganzen Sache einen Freund verlieren? Auf keinen Fall.

„Hey, wie ich schon sagte: Es ist okay. Es war zu viel Wein im Spiel. Und übrigens weiß ich ja, dass du dein Arrangement hast, und ich kann einfach nicht … Die Dinge liefen mir gestern einfach aus dem Ruder", erklärte ich ihm und versuchte, ihm diese Version der Geschichte zu verkaufen.

Er öffnete seinen Mund, um einen Kommentar abzulassen, aber nach einem Moment nickte er und seufzte inbrünstig. „Sind wir noch Freunde? Ich möchte nicht, dass es zwischen uns ungemütlich wird. Ich mag dich wirklich, Caroline." Er sah aus, als ob seine Welt kurz vor dem Untergang stünde.

„Natürlich! Freunde. Was sollten wir sonst sein?" Ich schluckte schwer und zwang mich zu einem Lächeln.

Er lächelte auch, und wir gingen den Pfad zurück. Okay, das war gar nicht übel. Vielleicht konnte das klappen.

Er hielt an, nahm eine Handvoll Sand vom Strand und ließ sie in eine kleine Plastiktüte rieseln.

„Die Flaschen?"

„Die Flaschen." Er nickte, und wir gingen weiter.

„Sieht aus, als ob unser kleiner Plan geklappt hat", sagte ich auf der Suche nach einem Gesprächsthema.

„Mit den anderen? Oh, ja. Ich glaube, dass das gut geklappt hat. Sie scheinen gefunden zu haben, was sie brauchen."

„Das ist es doch, was jeder tut, nicht wahr?" Ich lachte, als wir von der Terrasse Richtung Küche gingen.

Vier Köpfe verschwanden vom Fenster und bemühten sich um eine gelassene Haltung am Küchentisch, um den sie sich versammelt hatten.

Ich kicherte.

„Es ist immer gut, wenn das, was du brauchst, und das, was du willst, das Gleiche ist", sagte Simon und hielt mir die Tür auf.

„Junge, das war tiefgründig." Traurigkeit zwickte mich kurz, aber ich musste mich nicht zum Lächeln zwingen, als ich sah, wie glücklich meine Freunde waren.

„Möchtest du frühstücken? Ich glaube, es sind noch Zimtrollen übrig." Simon ging hinüber zur Theke.

„Oh, nein, ich glaube ich werde zusammenpacken", sagte ich und bemerkte, wie Enttäuschung kurz über sein Gesicht huschte, bevor er tapfer lächelte.

Okay, es war also nicht alles in Ordnung. Nun, das passierte, wenn zwei Freunde sich küssen. Die Dinge ändern sich. Ich nickte meinen Mädels zu und ging in mein Zimmer.

Angetrieben von meinem Drang, zurück in die Stadt zu wollen, hatten wir alle innerhalb von zwei Stunden gepackt und entschieden, wer mit wem fuhr. Ich wollte nicht allein mit Simon fahren, also zog ich Mimi auf die Seite und instruierte sie, dass sie Ryan mitnehmen solle.

Nun standen wir alle draußen und sortierten unsere Taschen. Als Simon alles in den Land Rover einlud, fror ich ein wenig und erkannte zu spät, dass ich meine Fleecejacke in meine Tasche gepackt hatte, die nun unter allen anderen begraben war.

Als er sich zu mir umdrehte, bemerkte er es. „Ist dir kalt?"

„Ein bisschen, aber das ist okay. Meine Tasche ist ganz unten, und ich will nicht, dass du alles noch mal stapeln musst", antwortete ich und stampfte mit den Füßen auf, um mich warm zu halten.

„Oh, da fällt mir ein, dass ich etwas für dich habe", rief er und kramte in seiner Tasche, die oben lag. Er überreichte mir ein klumpiges Paket, das in braunes Papier eingewickelt war.

„Was ist das?", fragte ich, als er knallrot anlief. Simon wurde rot? Also, das war eine Seltenheit …

„Du glaubst doch nicht, dass ich das vergessen habe, oder?" Seine Haare fielen ihm ein wenig in die Augen, als er spitzbübisch lächelte. „Ich wollte es dir letzte Nacht geben, aber dann …"

„Hey, Parker! Ich könnte hier drüben Hilfe gebrauchen!", rief Neil, als er sich bemühte, Sophias Gepäck zu verstauen. Gestern wäre das Ryans Job gewesen. Nun war es Neils. Gestern. Wie sich die Welt doch innerhalb eines Tages geändert hatte.

Simon trat zurück, als Mimi und Ryan sich auf den Rücksitz setzten.

Ich öffnete das Paket und entdeckte einen sehr dicken, sehr kuscheligen irischen Pullover. Ich hob ihn aus dem Papier, fühlte sein Gewicht und die Struktur des Musters. Ich presste ihn gegen meine Nase und nahm den unverkennbaren Geruch von Wolle und Simon wahr, der daran klebte. Ich grinste versteckt in den Pullover, dann zog ich ihn rasch über mein T-Shirt. Ich bewunderte, wie er locker an mir hing und mich doch auf eine tröstende Weise umgab.

Ich drehte mich um und bemerkte, dass Simon mich von Neils Truck aus beobachtete. Er lächelte, als ich für ihn eine Drehung um die eigene Achse machte. „Danke", formte ich mit den Lippen.

„Gern geschehen", erwiderte er lautlos.

Ich nahm einen tiefen langen Atemzug von meinem Pullover und hoffte, dass es niemand merkte.

Kapitel 14

In einem schwarzen Land Rover auf dem Weg zurück nach San Francisco ...

Caroline: Okay, ich kann das ... Es sind nur ein paar Stunden zurück in die Stadt. Ich kann die Großzügige sein. Ich kann so tun, als ob er letzte Nacht nicht kurz vor einem Blick auf meine Tittis die Notbremse gezogen hätte – und was zur Hölle sollte das bedeuten? Welcher Mann sagt nein zu Tittis? Ich meine, es sind nette Titten. Sie waren schön hoch gedrückt und fest und, zum Teufel, sie waren nass gewesen! Warum hatte er meine Tittis nicht gewollt? Caroline, beruhige dich ... Lächle ihn einfach an und verhalte dich, als ob alles in Ordnung wäre. Moment, er sieht hier rüber. Lächeln! Okay, er lächelt zurück ... Blöder Tittis-Ablehner! Ich meine, was war da los? Und er hatte einen Steifen!

Simon: Sie lächelt mich an ... Ich kann zurücklächeln, oder? Ich meine, wir verhalten uns ganz normal, oder? Okay, erledigt. Ich hoffe, das sah natürlicher aus, als es sich angefühlt hat. Verdammt, wer hätte gedacht, dass so ein gigantischer Pullover so gut an einer Frau aussehen könnte ... Aber so ziemlich alles sieht an Caroline gut aus – besonders dieser grüne Bikini. Hab ich sie letzte Nacht wirklich zurückgewiesen? Gott, es wäre so einfach gewesen, einfach ... Aber dann konnte ich nicht. Warum konnte ich nicht? Himmel, Simon. Na ja, wir waren betrunken ... Korrigiere, sie war betrunken. Hätte sie es bereut? Vielleicht. Ich konnte das nicht riskieren. Das wäre ein kleines Desaster gewesen ... Oder waren es die Frauen? Ich sollte das den Frauen auch nicht antun. Aber dieser Tage läuft es mit den Frauen auch nicht wirklich gut, nicht wahr? Oh, ich habe nicht ein einziges Mal an sie gedacht an diesem Wochenende ... weil ich nicht aufhören konnte, an Caroline zu denken. Sie sieht mich schon wieder an ... Worüber zum Teufel werden wir reden während des ganzen langen Wegs zurück in die Stadt? Ryan passt nicht mal auf. Mistkerl! Ich habe ihm gesagt, dass er mir helfen soll ... Er verhilft sich inzwischen zu einer Handvoll Mimi. Es tut mir fast leid, dass Caroline und ich so hart daran gearbeitet haben, sie zusammenzubringen. Hmm … Caroline und ich … Caroline und ich in einem Whirlpool, in dem Bikinis nicht erlaubt sind … Himmel, Moment mal … Yep, ich habe eine halbe Latte …

Caroline: Warum zuckt er so rum? Himmel, muss er pinkeln? Vielleicht muss ich pinkeln. Vielleicht wäre das ein guter Zeitpunkt, um eine Pinkelpause vorzuschlagen … Dann kann ich mir Mimi schnappen und sicherstellen, dass sie sich daran erinnert, weshalb sie mit uns unterwegs sind – und zwar nicht, damit sie die ganze Zeit mit Ryan rumknutschen kann, sondern damit sie für mich mit dem Tittis-Angsthasen da drüben reden kann. Okay, bitte ihn einfach, an der nächsten Tankstelle rauszufahren. Wow, er muss wohl wirklich pinkeln. Ich hoffe, dass die Tanke Studentenfutter hat.

Simon: Gott sei Dank wollte sie anhalten. Jetzt kann ich meine Erektion in den Griff bekommen, ohne wie ein Perverser auszusehen … Oh, wen will ich eigentlich verarschen? Ich bin ein Perverser. Ich fahre ein Auto mit einer Frau, die letzte Nacht auf mir hockte, und nur der Gedanke an sie macht mich scharf. Perverser, Perverser, Perverser. Ich hoffe, die Tanke hat Studentenfutter.

Mimi: Ooh! Wir halten an! Ich hoffe, es gibt Kaugummi!

Ryan: Oh, Mann, wir halten schon? Wir werden es nicht in die Stadt schaffen, bevor es dunkel wird. Mimi will, dass ich mir ihre Wohnung anschaue, und ich hoffe wirklich, dass das heißt, dass sie nackt herumlaufen wird und mich zuschauen lassen wird … Ich hoffe, die Tankstelle hat Kondome.

Caroline: Okay, du hättest das ein wenig besser handhaben können. Mimis Vorschlag, dass Simon und ich uns die große Packung Studentenfutter teilen sollten, war auf keinen Fall so schlimm. Bin ich heute ein wenig empfindlich? Ja, vermutlich … Aber es ist eine Tatsache, dass Simon auf meinen Hintern gestarrt hat, als ich vom Auto weggegangen bin. Warum zum Teufel checkt er jetzt meinen Hintern ab? Letzte Nacht wollte er nicht mal unter meinen Bikini lugen. Ist er wirklich so kompliziert? Warum zum Teufel starrt er mich an? Er streckt die Hand aus. Ruhig bleiben, Caroline, ruhig bleiben … Oh, ein Sesamkorn auf meinem Kinn. Nun, wenn du nicht so oft auf meinen Mund starren würdest, Herr der gemischten Signale, hättest du das nicht mal bemerkt. Du wirst dieses Sesamkorn jetzt niemals bekommen, Mister! Verdammt! Warum muss dieser Pullover so gut riechen? Ich hoffe, er hat nicht bemerkt, dass ich die ganze Zeit an diesem Pullover schnüffle.

Simon: Sie zieht wirklich oft die Nase hoch. Hoffe, sie bekommt keine Erkältung. Wir waren dieses Wochenende so oft draußen … Es wäre blöd, wenn sie sich was eingefangen hätte. Gerade hat sie schon wieder die Nase hochgezogen. Sollte ich ihr ein Tempo anbieten?

Mimi: Erwischt, Caroline. Ich wusste ganz genau, dass du an diesem Pullover schnüffelst.

Ryan: Ich frage mich, ob Mimi noch etwas von dem Kaugummi hat. Hoffentlich hat sie nicht mitbekommen, wie ich die Kondome gekauft habe. Ich meine, ich möchte nicht mit zu hohen Erwartungen einsteigen. Aber ich will auf jeden Fall bald schon wieder unter ihr liegen. Wer hätte gedacht, dass jemand so winziges so laut sein könnte … und jetzt hab ich 'nen Steifen.

Mimi: Ryan Hall … Mimi Reyes Hall … Mimi Hall … Mimi Reyes-Hall …

Caroline: Okay, Caroline, es wird Zeit, diese schwere Unterhaltung zu führen – mit dir selbst. Warum genau hast du dich letzte Nacht Simon an den Hals geworfen? War es der Wein? War es die Musik? Das Voodoo? War es die Kombination all dieser Dinge? Okay, okay, genug mit diesem Scheiß. Ich habe es gemacht, weil … weil … Scheiße, ich brauche mehr Studentenfutter.

Simon: Sie ist so hübsch. Ich meine, es gibt hübsch und hübsch … Was für ein Weichei ich doch bin. Scheiß auf hübsch – sie ist wunderschön … Weichei … Und sie riecht gut … Weichei … Warum riechen manche Frauen einfach besser? Manche riechen wie blumiger, fruchtiger Blödsinn. Ich meine, warum wollen ein paar Frauen wie eine Mango riechen? Warum sollte eine Frau überhaupt wie eine Mango riechen? Vielleicht werde ich, wenn ich lang genug über Mangos nachdenke, nicht mehr über Caroline nachdenken? Caroline … Mango … Caroline … weiche Mangos in einem Bikini … Himmel! Und jetzt hab ich 'ne Latte …

Caroline: Er sieht aus, als ob er schon wieder pinkeln müsste … Er trinkt zu viel Kaffee. Er hatte schon ungefähr sechs Becher aus den Thermoskannen. Das ist witzig. Er trinkt nie eine zweite Tasse, wenn er daheim ist. Warum zum Henker weiß ich, wie viele Tassen Kaffee er trinkt? Stell dich den Tatsachen, Caroline, du weißt so viel über ihn, weil … weil …

Ryan: Mann, wir stoppen schon wieder? Wir werden nie zu Hause ankommen. Mein Kumpel hat heute ein paar wirklich schwerwiegende Probleme … Ich sollte vermutlich abchecken, ob er ein Bier oder sonst was trinken will, wenn wir zurückkommen – für den Fall, dass er über das reden will, was letzte Nacht passiert ist. Sollte ich das anbieten? Wow, Mimi sieht fantastisch in diesen Hosen aus … Ich frage mich, ob sie mehr Kaugummi kauft.

Mimi: Hör auf, an deinem Pullover zu schnüffeln, Caroline! Ernsthaft, Mädchen. Wenn ich sie nur mal allein erwischen würde … Okay, Simon scheint zur Toilette zu humpeln. Ich kann sie beim Beef Jerky erwischen.

Caroline: Urks … Ich kann nicht glauben, dass Mimi wusste, dass ich am Pullover geschnüffelt habe. Ich frage mich, ob es Simon aufgefallen ist.

Simon: Es scheint ihr besser zu gehen … Sie schnieft nicht mehr.

Mimi: Ich muss Sophia simsen. Sie muss wissen, dass die Simon-Caroline-Situation nicht besser wird. Was zum Teufel machen wir nur mit diesen beiden? Ich meine, ernsthaft … manchmal können die Leute einfach nicht erkennen, was direkt vor ihrer Nase liegt. Ooh … Ryan will, dass ich seinen Rücken für ihn kratze. Ich finde ihn so niedlich … Und verdammt, seine Finger sind lang …

Ryan: Mmm … Rücken … kratzen … Rücken … kratzen … Mmm …

Caroline: Okay, weich dem Thema nicht mehr in deinem eigenen Kopf aus, Reynolds. Und jetzt ist es mir ernst, weil ich sogar meinen Nachnamen benutze. Also, hör mal genau zu, Reynolds … Hehehe, ich höre mich an wie ein Mistkerl!

Simon: Äh … sie kichert? Ein innerlicher Witz, sagt sie. Vielleicht geht es ihr mit dem, was passiert, gut … Ups, habe nach der falschen Tüte Studentenfutter gegriffen. Hat sie mich gerade angeknurrt?

Caroline: Erst meine Tittis ablehnen und dann versuchen, mein Studentenfutter zu klauen? Beim besten Willen nicht, Junge. Okay, Reynolds, kein Gekicher mehr. Du kannst dem nicht für immer ausweichen, selbst in deinem eigenen Kopf. Legen wir die Fragen auf den Tisch: Erstens: Warum hast du dich letzte Nacht an Simon rangeschmissen? Und diesmal darfst du weder den Alkohol noch die Musik, die Urlaubsschwingungen oder die Nerven oder das Herz oder irgendwas anderes als Entschuldigung anbringen. Zweitens: Warum hat er dich zurückgewiesen? Wenn er nicht so weit gehen wollte, warum hat er dann seit Wochen mit dir geflirtet, und zwar nicht auf rein nachbarschaftliche Weise? Er hat einen Harem, zum Teufel. Er ist kein Puritaner. Argh! Drittens: Hat die Zurückweisung durch Simon etwas mit dem Date zu tun, das du mit James ausgemacht hast? Viertens: Wie zum Teufel kriegst du es hin, dass du und Simon wieder zurück zur Freundschaft finden, wenn ihr genau wisst, wie der Mund des jeweils anderen schmeckt? Und seiner schmeckt wirklich, wirklich, wirklich gut. Okay, ja. Du kannst an dem Pullover ein letztes Mal schnüffeln – lass es nur niemanden sehen.

Simon: Ich muss dieses Chaos mit Caroline regeln. Sie ist so großartig, und damit meine ich wirklich großartig … Gab es je eine Frau, die jede einzelne Eigenschaft verkörpert, nach der ich suche? Außer Natalie Portman natürlich. Aber Caroline? Ich muss aufhören, so viel Lifetime-Sendungen anzusehen … welcher Kerl, der seine Sinne beisammen hat, denkt überhaupt solche Sätze wie „Gab es je eine Frau, die jede einzelne Eigenschaft verkörpert, nach der ich suche?" Moment, habe ich überhaupt nach so einer Frau gesucht? Nein, habe ich nicht. Ich habe keine Zeit und keinen Platz für so was – und meine Mädels wollen kein Häuschen im Grünen. Sie meiden Männer, die sesshaft werden wollen. Caroline sagt, dass sie auch kein Mädchen für Sesshaftigkeit ist … Katie hat ihr Haus im Grünen gefunden, und ich freue mich für sie.

Wann habe ich das letzte Mal mit Nadia oder Lizzie gesprochen? Vielleicht sind sie nicht mehr das Richtige für mich. Ich will sie nicht auf die Art, wie ich Caroline vielleicht will … wollen könnte. Du bist so ein Weichei, Parker. … Gott, Caroline – sie ist eine für die verfluchte Ewigkeit … Moment mal. Was zum Teufel? Überlege ich wirklich gerade, mir eine … schluck … Beziehung anzulachen? Und warum zum Teufel habe ich das Wort „schluck" gedacht? Das war ein wenig dramatisch, Parker. Komm schon, denk nach … Wenn ich mich recht erinnere, habe ich sie nach Spanien eingeladen! Renn nicht davor weg. Junge, hat sie gerade am Pullover geschnüffelt?

Ryan: Mmmh … mein Mädchen mag Beef Jerky – mehr Glück kann man als Mann doch gar nicht haben! Sie kratzt mir den Rücken und isst Beef Jerky. Ich bin gestorben und im Himmel gelandet.

Mimi: Ich kann nicht glauben, dass er all mein Beef Jerky gegessen hat. Was für ein Blödmann. Hehehe.

Caroline: Frage eins ist zu schwer. Ich kann nicht damit anfangen. Ich werde sie in umgekehrter Reihenfolge beantworten. Vier: Ich weiß nicht, ob wir Freunde sein können, aber ich möchte es wirklich gern sein – und zwar nicht nur gespielt. Ich mag Simon wirklich, und obwohl das, was letzte Nacht passiert ist, wirklich dumm war, denke ich, dass wir das austüfteln können … Und ich hätte gern etwas von dem, was ich offenbar gerade rauche. Drei: NATÜRLICH HABE ICH DAS DATE MIT JAMES AUSGEMACHT WEGEN DEM, WAS MIT SIMON GESCHEHEN IST! Witzig, dass das sogar in meinem eigenen Kopf in Großbuchstaben auftaucht. Zwei: Wenn ich wüsste, weshalb er mich abgewiesen hat, wäre ich ein verdammtes Genie. Schlechter Atem? Nein. Weil ich betrunken war? Vielleicht … Aber wenn es war, weil ich betrunken war, war das das schlechteste Timing für Ritterlichkeit in der Geschichte des gesamten Universums. Er sagte ständig „Ich kann nicht" und dass es ein „Fehler" war. Hm, vielleicht wirklich ein Fehler. Aber er wäre es wert gewesen … Vielleicht war er einfach nur seinem Harem treu? Was auf eine seltsame Art süß wäre. Ich weiß, dass er sie wirklich mag.

Verdammt, er ist sogar großartig, wenn es um sie geht! Aber ich weiß, dass sein „Ich kann nicht" nicht akkurat war. „Nicht können" impliziert eine Art Erektionsstörung. Und ich habe diesen Baumstamm an meiner Taille gespürt. Seufz. Seufz-seufz. Dieser Pullover bringt mein Hirn durcheinander. Schnüffel …

Simon: Sie hat gerade wieder daran geschnüffelt. Warum zum Henker tut sie das immer wieder? Als ich ihn getragen habe, hat er nur nach Wolle gerochen. Mädchen sind seltsam … seltsam wunderbar … Du bist so ein Mädchen … Caroline ist ein Mädchen – und was für ein Mädchen … Uuuund ich hab 'ne Latte. Warum zum Teufel versuche ich überhaupt so zu tun, als ob ich nicht bis über beide Ohren in dieses Mädchen verknallt bin? Und das hat nichts mit dem zu tun, was sie zum Mädchen macht … und jetzt ist meine Hose noch viel unbequemer.

Caroline: Hör auf, dieser Frage auszuweichen. Stell dich ihr! Warum hast du dich Simon an den Hals geworfen und dabei die Freundschaft, den Harem und das O-Trockengebiet und all die ganzen guten Gründe vergessen, die du hattest, um ihm und seinem Wandbeben-Voodoo fernzubleiben??? Komm schon, Caroline. Reiß dich zusammen und sag es einfach. Was hat er gesagt, als du ihn gefragt hast, weshalb er dich in der Nacht, in der wir uns begegnet sind, geküsst hat? „Weil ich musste." Himmel, selbst in meinem Kopf hört er sich großartig an, wenn er das sagt … Da ist deine Antwort, Caroline: weil du musstest. Und jetzt musst du diesen Mist auseinanderpfriemeln.

Ich habe ihn geküsst, und er küsste mich, weil wir mussten. Und die Entscheidungen, die wir getroffen haben, waren ganz allein unsere … Und die Tatsache, dass er aufgehört und gesagt hat, dass er nicht konnte? Selbst nach den ganzen lächerlichen Wochen des Flirtens? Nachdem er mich nach Spanien eingeladen hat? Ins verdammte Spanien! Und ich will ins verdammte Spa… Moment, will ich überhaupt mit ihm nach Spanien gehen? Argh! Spanien Schmanien. Egal, er sollte lieber einen verdammt guten Grund haben, weil ich ein wirklicher Fang bin – mit oder ohne O – ein verdammt guter Fang.

Yeah, bist du, Reynolds. Seltsam, wie du zwischen erster, zweiter und dritter Person in deinen inneren Monologen wechselst … Gott sei Dank, da ist die Bay Bridge! Genug Introspektion …

Simon: Scheiße, die Bay Bridge. Wir sind fast daheim, und ich habe keine Ahnung, wie das mit Caroline weitergehen wird. Wir haben den gesamten Weg über fast nichts gesagt – obwohl ich auch froh bin, dass wir fast daheim sind. Ich rieche wie Beef Jerky und müsste ein anderes Stück Fleisch mal ordentlich bohnern …

Mimi: Yay! Die Bay Bridge! Ich frage mich, ob Ryan die Nacht bei mir verbringen will!

Ryan: Verdammt, endlich die Bay Bridge. Wir sind fast daheim. Ich frage mich, ob Mimi weiß, dass ich die Nacht bei ihr verbringe – und sie dazu bringen will, sich morgen krank zu melden? Kleines Mädchen, was ich alles plane, mit dir anzustellen … Aber ich esse nie wieder so viel Beef Jerky. Das war der ruhigste Roadtrip aller Zeiten.

Wir setzten das neue Pärchen bei Mimi ab – nicht, dass sie das wirklich wahrnahmen, da sie in ihrer eigenen Seifenblasenwelt steckten – und machten uns auf den Weg zu unseren Apartments. Obwohl wir die meiste Zeit unseren Gedanken nachhingen, war die Anspannung während der Fahrt gewachsen, und sie war nun viel greifbarer, da wir allein im Auto waren. Simon und ich hatten bisher immer Dinge gehabt, über die wir sprechen konnten, aber jetzt, da es so viel zu bereden gab, waren wir still. Ich wollte nicht, dass die Dinge seltsam wurden, und ich wusste, dass ich diejenige war, die sicherstellen musste, dass er wusste, dass es mir damit gut ging. Er hatte bereits seinen Teil geleistet, indem er eine Unterhaltung auf erwachsenem Niveau gehalten hatte, und wieder einmal schien meine Elefant-im-Porzellanladen-Nummer das erledigt zu haben.

Eine Vision meiner selbst, wie ich auf der Terrasse in voller Lautstärke gesagt hatte, dass ich mich an Simon herangemacht hatte, flitterte mir im Gehirn herum, und während sich meine Wangen vor Scham heiß anfühlten, musste ich auch innerlich lachen, als ich darüber nachdachte, wie seltsam ich ausgesehen haben musste: wedelnde Arme, der Mund geformt, als ob ich Nägel spucken würde. Und wie ich dann den furchtsamen Simon angeknurrt hatte, mir zum Strand zu folgen. Er musste überlegt haben, ob ich ihn zusammenschlagen und seine Leiche im See versenken würde.

Seine Hände lagen auf dem Lenkrad – die Hände, die letzte Nacht auf mir gelegen hatten –, und ich staunte über seine Fähigkeit, aufhören zu können, weil ich wusste, dass er voll bei der Sache gewesen war. Oder zumindest war es sein Körper gewesen, wenn schon nicht sein Kopf.

Die Sache war aber, dass ich gedacht hatte, dass sein Kopf auch dabei gewesen war, zumindest, bis er zu viel darüber nachgedacht hatte. Ich blickte erneut zu ihm rüber und bemerkte, dass wir unsere Straße hinab fuhren. Als wir am Bordstein hielten, sah er zu mir und biss auf die gleiche Unterlippe, an der ich weniger als vierundzwanzig Stunden zuvor das Glück gehabt hatte, selbst knabbern zu können.

Er sprang aus dem Auto und rannte auf meine Seite, noch bevor ich meinen Gurt abgeschnallt hatte.

„Äh, ich werde einfach … die Taschen holen", stammelte er, und ich beobachtete ihn aufmerksam. Er fuhr sich mit der linken Hand durch die Haare, während seine rechte gegen die Seite des Autos trommelte. War er nervös?

„Also, ja", stammelte er erneut und verschwand nach hinten.

Yep, er war nervös, genauso nervös, wie ich. Er hangelte meine Tasche aus dem Auto, und wir marschierten die drei Stockwerke zu unseren Apartments hoch. Wir redeten immer noch nicht, daher bestand das einzige Geräusch im Klicken unserer Schlüssel in den Schlüssellöchern. Ich konnte es nicht dabei belassen. Ich musste das mit ihm aussprechen. Ich atmete tief ein und drehte mich um. „Simon, ich …"

„Also, Caroline …"

Wir lachten beide ein wenig.

„Fang du an."

„Nein, du", sagte er.

„Nö. Was wolltest du sagen?"

„Was wolltest du sagen?"

„Hey, spuck es aus, Junge. Ich muss hier eine Muschi von zwei Schwulen im Erdgeschoss retten." Ich hörte nämlich schon, wie Clive mich aus dem Apartment unten rief.

Simon schnaubte und lehnte sich an die Tür. „Ich vermute, ich wollte einfach sagen, dass mir das Wochenende wirklich viel Spaß gemacht hat."

„Bis letzte Nacht, korrekt?" Ich lehnte mich an meine eigene Tür und beobachtete, wie er zusammenzuckte, als ich den Elefanten im Whirlpool zur Sprache brachte.

„Caroline", seufzte er, schloss die Augen und ließ seinen Kopf zurückfallen.

Es sah aus, als ob er wirkliche Schmerzen hätte, als sein Gesicht sich verzog. Ich hatte Mitleid. Sollte ich nicht haben, hatte ich aber.

„Hey, können wir einfach vergessen, dass es passiert ist?", fragte ich. „Ich meine, ich weiß, dass wir das nicht können, aber können wir nicht so tun, als ob wir es vergessen? Ich weiß, die Leute sagen ständig, dass es nicht seltsam wird, aber dann wird es das doch immer. Wie können wir sicherstellen, dass es nicht seltsam zwischen uns wird?"

Er öffnete die Augen und sah mich ernst an. „Ich vermute, wir stellen es einfach sicher. Wir stellen sicher, dass es nicht seltsam wird. Okay?"

„Okay." Ich nickte und wurde mit dem ersten wirklichen Lächeln belohnt, das ich von ihm gesehen hatte, seit ich den Pullover in Tahoe ausgepackt hatte.

Er sammelte seine Tasche ein.

„Spiel mir heute Abend was Gutes vor, okay?", fragte ich, als ich in meine Wohnung ging.

„Bekommst du", antwortete er, und wir schlossen unsere Türen.

Aber er ließ in dieser Nacht keine Big Band-Platte laufen.

Und wir unterhielten uns die gesamte Woche über nicht mehr.

„Wer hat dir denn in dein Chili gepinkelt?"

Ich sah von meinem Tisch auf. Jillian, gelassen wie immer,

trug einen auf lässige Art eleganten Chignon, schwarze Bleistifthosen, eine weiße Seidenbluse und einen himbeerfarbenen Kaschmirstricküberwurf. Wie ich wissen konnte, dass es Kaschmir war, obwohl ein gesamter Raum zwischen uns war? Weil es Jillian war.

Ich wählte einen der fünf Stifte, die derzeit in meinem hoch gedrehten Haardutt steckten, und wandte meine Aufmerksamkeit wieder der Unordnung zu, aus der mein Tisch gerade bestand. Es war Mittwoch, und die Woche flog auf der einen Seite nur so dahin, zog sich andererseits aber auch in die Länge. Kein Wort von Simon. Keine SMS von Simon. Keine Lieder von Simon.

Aber ich hatte mich auch nicht bei ihm gemeldet.

Ich war mit den letzten Details des Nicholson-Hauses beschäftigt, bestellte teure Kleinigkeiten für James' Wohnung und hatte mit Entwürfen für ein Designprojekt begonnen, das im nächsten Monat anstand. Es sah aus wie Chaos, aber manchmal war das die einzige Art, wie ich wirkliche Arbeit erledigen konnte. Es gab Tage, an denen brauchte ich Ordnung, und Tage, an denen brauchte ich Unordnung auf meinem Tisch, um die Unordnung in meinem Kopf widerzuspiegeln. Heute war so ein Tag.

„Was ist los, Jillian?", knurrte ich und stieß meine Tasse voller bunter Stifte um, als ich nach meinem Kaffee griff.

„Wie viel Kaffee hattest du heute schon, Miss Caroline?" Sie lachte, setzte sich mir gegenüber und reichte mir die Stifte, die auf dem Boden gelandet waren.

„Schwer zu sagen … Wie viele Tassen sind in anderthalb Kannen?" Ich stapelte ein paar Papiere, damit sie Platz für ihre Teetasse hatte. Die Frau marschierte im Büro herum und trank Tee aus feinsten Porzellantassen, aber sie bekam das hin.

„Wow, ich nehme an, du hast heute keine Termine mit Kunden?", fragte sie, lehnte sich über meinen Tisch und stellte nebenbei die Kaffeetasse um. Ich zischte sie an, und sie stellte sie wohlweislich wieder an ihren Platz.

„Ne, keine Kunden." Ich schob die neuen Zeichnungen in durch Farben geordnete Ordner und stopfte sie in ihre dafür vorgesehenen Schubladen.

„Okay, Schwester, was ist los?"

„Was meinst du? Ich arbeite – wofür du mich bezahlst, erinnerst du dich?" Ich schnappte mir einen Ring mit Stoffmustern und stieß meine Blumenvase um. Ich hatte dunkellila, fast schon schwarze Tulpen diese Woche gewählt, und nun lagen sie alle auf dem Boden. Ich seufzte schwer und zwang mich, langsamer zu machen. Meine Hände zitterten wegen des Koffeins, das ich intus hatte, und als ich mich hinsetzte und mir den Zustand meines Büros ansah, fühlte ich, wie sich zwei dicke Tränen in meinen Augen bildeten.

„Verdammt", murmelte ich und barg mein Gesicht in den Händen. Ich saß für eine Minute still da, lauschte dem Ticken der Retro-Uhr an der Wand und wartete darauf, dass Jillian etwas sagte. Als sie es nicht tat, lugte ich durch meine Hände. Sie stand mit meiner Jacke und meiner Handtasche in der Tür.

„Wirfst du mich raus?", flüsterte ich, als die Tränen sich todesmutig über meine Wangen stürzten. Sie winkte mich zur Tür. Missmutig stand ich auf, und sie hängte mir meine Jacke um meine Schultern und überreichte mir meine Handtasche.

„Komm schon, Liebes. Du lädst mich zum Essen ein." Sie zwinkerte und zog mich den Flur hinunter.

Zwanzig Minuten später hatte sie mich in eine verschnörkelte rote Sitzecke verfrachtet, die teilweise hinter zwei Goldvorhängen versteckt war. Sie hatte mich in ihr Lieblingsrestaurant in Chinatown gebracht, mir einen Kamillentee bestellt und schweigend auf eine Erklärung für meinen halben Zusammenbruch gewartet. Eigentlich war es kein wirkliches Schweigen, da wir zwei kochendheiße Reissuppen bestellt hatten.

„Also, du hattest wohl ein Wahnsinnswochenende in Tahoe, oder?", fragte sie schließlich.

Ich lachte in die kleinen Blubberblasen meiner Suppe. „So könnte man es nennen."

„Was ist passiert?"

„Nun, Sophia und Neil sind endlich zusammengekommen und …"

„Moment, Sophia und Neil? Ich dachte, Sophia war mit Ryan zusammen."

„War sie, war sie. Aber in Wahrheit war sie schon immer für Neil bestimmt, also ist es am Ende gut ausgegangen."

„Die arme Mimi und der arme Ryan. Das muss seltsam für sie gewesen sein."

„Ha! Oh, ja, die zwei armen. Sie haben das Poolhaus in Flammen gesetzt, zum Henker." Ich schnaubte.

Jillians Augen weiteten sich. „Das Poolhaus … wow", hauchte sie, und ich nickte.

Wir aßen unsere Suppe.

„Also, Simon ist nach Tahoe gefahren, richtig?", fragte sie ein paar Minuten später und sah überallhin, nur nicht zu mir.

Ich musste über sie lächeln, da sie so davon überzeugt war, subtil zu sein, und wenn Jillian eines nicht besaß, dann war es Subtilität. „Yep, Simon war da."

„Und wie war das so?"

„Es war großartig, und dann wieder nicht, und jetzt ist es seltsam", gab ich zu und schob meine Suppe auf die Seite, um meinen Tee zu trinken. Er war beruhigend und koffeinfrei, worauf Jillian bestanden hatte.

„Also, kein Poolhaus für euch zwei?", fragte sie und sah sich immer noch im Restaurant um, als ob sie mich nichts von Bedeutung fragen würde.

„Nein, Jillian, kein Poolhaus. Wir haben gewhirlpoolt, aber nicht gepoolhaust", betonte ich, bevor ich ihr die gesamte lächerliche Geschichte erzählte.

Sie hörte zu, sie hmm-te und stöhnte an den richtigen Stellen auf und regte sich auch an den richtigen Stellen auf. Als ich endete, weinte ich schon wieder, was mich wirklich ankotzte.

„Und das Bescheuertste ist, dass ich es eigentlich nicht hätte tun sollen, aber er ist derjenige, der alles stoppte, und ich glaube, er wollte es nicht wirklich!" Ich wischte mir die Tränen wütend mit meiner Serviette von den Wangen.

„Weshalb glaubst du, dass er es getan hat?"

„Er ist schwul?", schlug ich vor, und sie lächelte. Ich atmete tief ein und bekam mich wieder unter Kontrolle.

Jillian sah mich gedankenverloren an und beugte sich schließlich vor. „Dir ist klar, dass wir zwei kluge Frauen sind, die sich gerade nicht sehr klug verhalten."

„Hä?"

„Wir sollten es besser wissen als zu rätseln, was ein Mann sich denkt. Das wird sich schon klären, wenn es so sein soll. Und deine Tränen? Das sind Anspannungstränen, Frustrationstränen – nichts anderes. Ich werde dir aber eines sagen …"

„Und was?"

„So lange ich Simon schon kenne, habe ich noch nie gehört, dass er jemanden auf ein Fotoshooting eingeladen hat. Ich meine, seine Einladung nach Spanien? Das ist so untypisch für Simon."

„Nun, wer weiß, ob ich überhaupt noch eingeladen bin." Ich seufzte dramatisch.

„Ihr seid noch Freunde, oder?", fragte sie und zog die Augenbrauen hoch. „Warum fragst du ihn nicht einfach?" Als ich nicht antwortete, fügte sie hinzu: „Frag ihn. Pasta."

„Ich glaube, es heißt Basta, Jillian. Basta."

„Pasta, Basta, was auch immer. Iss deinen Glückskeks, Süße." Sie lächelte und schob mir den Glückskeks über den Tisch zu.

Ich öffnete ihn und entnahm den Zettel. „Was steht auf deinem?", fragte ich sie.

„Feuere alle Angestellten, die mehr als einen Stift in ihrem Haar tragen", sagte sie ernst. Wir lachten gemeinsam, und ich fühlte, wie ein Großteil meiner Anspannung mich verließ. „Was steht bei dir?"

Ich öffnete den Zettel, las die Worte und rollte mit den Augen. „Blöder Glückskeks." Ich seufzte und reichte ihn ihr.

Sie las ihn, und ihre Augen weiteten sich erneut. „Oh, Mann, du bist so was von fällig! Komm schon, lass uns zurück zur Arbeit gehen."

Sie lachte, zog mich an der Hand und führte mich wieder aus dem Restaurant. Sie reichte mir den Zettel zurück, und ich wollte ihn wegwerfen, schob ihn mir aber schließlich in die Handtasche:

Sei dir der Wände bewusst, die du baust,
Und dessen, was auf der anderen Seite sein könnte.
Konfuzius, du bringst mich noch ins Grab.

Text von James an Caroline:
Hey!
Selber hey!
Bleibt es bei Freitagnacht?
Yep. Wohin gehen wir zum Essen?
Es gibt ein großartiges neues vietnamesisches Restaurant, das ich gern ausprobieren möchte.
Hast du vergessen, dass ich nicht wirklich auf Vietnamesisch stehe?
Komm schon, du weißt, dass ich es liebe. Du kannst ja eine Suppe nehmen!
Na gut, dann eben vietnamesisch. Ich werde schon was finden. Übrigens, das letzte Möbelstück sollte Montag geliefert werden. Ich werde dort sein, um es entgegenzunehmen und zu platzieren.
Wie lange dauert es noch, bis das Projekt beendet ist?
Außer ein paar Stücken im Schlafzimmer sollte alles bis zum nächsten Wochenende fertig sein.
Vor der Deadline, möchte ich hinzufügen ...
Sehr gut. Du wirst also da sein, um die Dinge im Schlafzimmer zu vollenden?
Hör auf, Jaime.
Ich hasse es, wenn du mich Jaime nennst.
Weiß ich, Jaime. Bis Freitagnacht.

Der Tag hatte mich erschöpft. Es gab nichts mehr zu tun. Ich wollte eigentlich ins Yoga gehen, wirklich, aber als der Abend kam, wollte ich nur noch nach Hause. Ich wollte Clive, und ich konnte nicht länger vorgeben, dass ich nicht auch Simon wollte. Vielleicht wäre er ja daheim? Als ich die Stufen hinaufging, konnte ich Simons Fernseher durch die Tür hören. Ich schob bereits meinen Schlüssel in mein Schloss, als ich über den Glückskeks nachdachte. Ich konnte an der Tür klopfen, richtig? Ich könnte einfach hallo sagen, nicht wahr? Während ich noch mit mir rang, hörte ich sein Telefon klingeln, gefolgt von seiner Stimme, die durch die Tür zu hören war.

„Nadia? Hey, wie geht es dir?", sagte er, und das entschied die Sache für mich.

Er hatte seinen Harem, und ich konnte wirklich nicht an so etwas teilnehmen. Wenn ich Simon wollte, wollte ich den ganzen Simon. Ich hatte mir selbst versprochen, mich nicht mehr herumzutreiben. Als ich zum tausendsten Mal an diesem Tag Tränen in meinen Augenwinkeln spürte, ging ich in meine Wohnung, wo Clive auf mich wartete, und ich lächelte durch meine Tränen. Ich hob ihn hoch und kuschelte ihn an mich, als er mir in seiner Katzensprache alles über seinen Tag erzählte. Ich übersetzte für ihn, und es schien, als hätte Clives Tag aus einem leichten Snack, einem Nickerchen, ungefähr dreißig Minuten Katzenwäsche, einem weiteren Snack und einem weiteren Nickerchen bestanden und dann hatte er den restlichen Nachmittag und Abend die Nachbarschaft beobachtet. Nach einem Abendessen aus Lieferserviceresten mit Ina und Jeffrey in „Barefoot Contessa" auf der Couch und einer raschen Dusche ging ich früh ins Bett. Ich konnte diesem Tag einfach nicht erlauben, noch länger anzudauern.

Ich schlief ein, während Clive sich zwischen meine Beine kuschelte – wieder ohne Musikuntermalung von der anderen Seite der Wand.

Freitagnacht stand ich vor meinem Spiegel und probierte verschiedene Schuhe für mein Date/Nicht-Date/natürlich ist es ein Date mit James an. Ich hätte ihn zweimal fast angerufen, um ihm abzusagen, aber am Ende wollte ich es durchziehen und zog mich an. Manchmal muss ein Mädchen sich einfach herausputzen, und heute Nacht war ich auf Beute aus: eine dünne, anliegende schwarze Bluse, ein enger roter Bleistiftrock, schmale hohe Absätze.

Ich war die gesamte Woche über zwiegespalten gewesen, was diesen Termin – was auch immer er nun wirklich war – anging. Aber ich wollte ausgehen. Benutzte ich James ein wenig? Vielleicht. Aber ich hatte Spaß mit ihm, und vielleicht wäre es nicht das Schlechteste, wenn wir wieder etwas gemeinsam unternahmen.

„Caroline Reynolds, du Herzensbrecherin", flüsterte ich mir selbst im Spiegel zu. Ich brachte mich tatsächlich selbst zum Lachen. Clive schämte sich für uns beide und versteckte seine Nase hinter seiner Pfote. Ich lachte immer noch, als ich das Klopfen an der Tür hörte. Ich stöckelte den Flur hinab zur Tür, dicht gefolgt von Clive.

Ich nahm einen tiefen Atemzug und öffnete. „Hey, James."

„Caroline, du siehst großartig aus", murmelte er, trat ein und umarmte mich.

Als seine Arme sich um mich schlossen, wusste ich es sofort. Das hier war ein Date.

Er roch würzig. Ich weiß nicht, warum Mädchen immer sagen, dass Jungs würzig riechen, aber manche tun es. Und das ist gut, warm und würzig. Aber nicht wie ein Potpourri ...

„Bist du fertig?"

„Yep, lass mich nur meine Tasche holen." Ich kniete mich hin, um Clive einen raschen Kuss zu geben. Er ließ seinen Schwanz wütend in James' Richtung zucken und wollte mich ihn nicht küssen lassen.

„Was hast du für ein Problem?", fragte ich Clive, der sich umdrehte und mir sein Hinterteil zeigte.

„Weißt du, das wird mir langsam zu einer sehr unhöflichen Angewohnheit, Mr. Clive", warnte ich ihn und nahm meine Handtasche vom Tisch. Ich streckte Clive die Zunge raus, packte James und schloss die Tür hinter uns.

„Okay, Abendessen?", fragte ich, als wir vor meiner Tür standen.

„Yep, Abendessen." Er stand sehr dicht bei mir. Wir starrten uns an – es waren eigentlich nur Sekunden, aber es fühlte sich sehr viel länger an. Er kam ein wenig näher, und mein Atem stockte.

Natürlich entschloss sich Simon gerade in diesem Moment, seine Tür zu öffnen. „Hey, Caroline! Ich habe gerade ... Oh, hi. James, richtig?" Sein Lächeln verblasste etwas, als er mein Date erkannte. Date, Date, Date.

„Sheldon, korrekt?", sagte James und reichte ihm die Hand.

„Eigentlich Simon." Er hob seine mit Mülltüten beladenen Hände und verweigerte den Gruß. „Nach euch." Er nickte

Richtung Stufen, und wir drei begannen mit dem Abstieg.

„Also, wohin geht ihr zwei Verrückten heute Nacht?", fragte Simon, als wir vor ihm die Treppe hinabgingen.

Ich konnte seinen Blick in meinem Nacken spüren, und als ich den ersten Treppenabsatz erreichte, sah ich zurück. Er hatte ein falsches Lächeln aufgelegt, und seine Stimme war kälter, als ich sie je gehört hatte.

„Caroline und ich gehen essen", antwortete James.

Ich lächelte über die Schulter zurück. „Ja, ein sehr nettes kleines vietnamesisches Restaurant", gurrte ich und gab vor, begeistert zu sein.

„Du magst vietnamesisches Essen doch gar nicht." Er runzelte die Stirn.

Das brachte mich zum Lächeln. „Ich werde die Suppe probieren."

James starrte Simon an, als er mir die Tür aufhielt. Er ließ sie zurückschwingen, als Simon bepackt mit den Mülltüten gerade durch ging, aber ich fing sie rechtzeitig auf.

„Nun, hab einen schönen Abend", sagte ich, als James mich zu seinem Auto führte, indem er mir die Hand auf den unteren Rücken legte.

„Nacht", antwortete Simon mit schmalen Lippen. Ich konnte sehen, dass er irritiert war.

Gut.

James packte mich ins Auto, und wir fuhren los.

Das Essen war gut. Ich bestellte gebratenen Reis von der Fusionsseite der Speisekarte, und als das Essen kam, konnte ich einen Moment an nichts anderes denken als Nudeln auf einem Hausboot in der Mitte der Ha Long Bucht mit Simon zu essen.

Aber wie ich schon sagte, das Essen war gut, die Unterhaltung gut und der Mann, mit dem ich dort war, war gut. Er sah gut aus, hatte eine großartige Zukunft vor sich, genauso wie seine eigenen Abenteuer zu bestehen und Berge zu erklimmen. Und heute Nacht war ich der Berg. Ich wollte ihn irgendwie klettern lassen.

Er brachte mich hoch zu meiner Wohnungstür, obwohl ich

ihn davon hätte abhalten können. Als ich nach meinen Schlüsseln kramte, hörte ich Simons Telefon läuten, und er antwortete.

„Nadia? Hi. Yep, bin soweit, wenn du es bist." Er lachte.

Mein Herz zog sich zusammen. Gut. Ich drehte mich um, um James gute Nacht zu sagen, der verdammt gut aussah und direkt vor mir stand. Direkt vor mir. O war schon eine lange Zeit weg gewesen, und er und James hatten sich mal gut miteinander verstanden. Könnte er? Würde er? Ich würde es herausfinden. Ich bat ihn herein.

Während ich eine Flasche Wein aus dem Kühlschrank zog, beobachtete ich, wie er den Raum begutachtete: die Bose Stereoanlage, den Eames Stuhl am Tisch. Er begutachtete sogar meine Kristallgläser, als ich ihm sein Glas reichte. Er dankte mir, und sein Blick brannte sich in meinen, als unsere Finger sich berührten.

Die Natur übernahm das Ruder. Unsere Hände wussten, was zu tun war, unsere Haut erkannte die jeweils andere wieder, unsere Lippen neckten sich und lernten sich neu kennen. Es war zugleich neu und altbekannt, und ich würde lügen, wenn ich sagen würde, dass es sich nicht gut anfühlte. Sein Hemd fiel auf den Boden. Mein Rock glitt herunter, ich stieß meine Schuhe von mir, und unsere Arme verschränkten sich miteinander. Schließlich und unausweichlich steuerten wir das Schlafzimmer an.

Ich federte leicht auf dem Bett und beobachtete mit leicht verschleiertem Blick, wie er sich vor mich auf den Boden kniete.

„Ich habe dich vermisst."

„Ich weiß." Ich zog ihn auf mich. Alles war gut. Alles war so, wie es sein sollte, und als ich mechanisch meine Beine um seine Taille schlang und seine Gürtelschnalle sich kalt in meine Hüfte presste, sah er mir tief in die Augen und lächelte.

„Ich bin so froh, dass ich einen Dekorateur gebraucht habe."

Und damit war mir „gut" nicht mehr gut genug.

„Nein, James." Ich seufzte und drückte ihn an den Schultern von mir weg.

„Was, Baby?"

Ich hasste es, wenn er mich „Baby" nannte. „Nein. Nein. Einfach nein. Steh auf." Ich seufzte wieder, als er weiter meinen Nacken küsste. Tränen traten mir in die Augen, als ich begriff, dass etwas, das mich früher etwas fühlen ließ, mich nun absolut gar nichts fühlen ließ.

„Du machst Witze, oder?", stöhnte er in meinem Ohr, und ich drückte wieder gegen seine Schultern.

„Ich sagte, steh auf, James", befahl ich diesmal ein wenig lauter.

Diesmal hörte er auf mich. Was nicht bedeutete, dass er glücklich darüber war. Er stand auf, als ich meine Bluse glatt strich, die glücklicherweise noch größtenteils zugeknöpft war.

„Du musst gehen", brachte ich heraus, während mir die Tränen langsam über die Wangen liefen.

„Caroline, was zum …"

„Geh einfach, okay? Geh einfach!", rief ich. Es war ihm gegenüber nicht fair, aber ich musste mir gegenüber fair sein. Ich konnte jetzt nicht mehr zurück.

Ich schlug die Hände vors Gesicht und hörte ihn seufzen, dann davonstampfen und die Tür hinter sich zuschlagen. Ich konnte ihm nicht böse sein. Er musste gerade am Hormonstau aus der Hölle leiden. Ich war traurig und wütend und ein klein wenig betrunken, und ich hasste meinen O. Mein Blick landete auf einem meiner Fick-Mich-Schuhe auf dem Boden, und ich warf ihn so hart ich konnte in das Wohnzimmer.

„Uff!", hörte ich eine tiefe Stimme sagen, und es war nicht die von James Brown. Es war der Mann, den ich in meinem Bett haben wollte, und der, auf den ich momentan am meisten wütend war. Den Schuh in der Hand, wie eine Art Prinz Charming, der sich mir in meiner Rolle als liederlichem O-losen Aschenputtel näherte, erschien Simon in der Tür, barfuß und in seiner Schlafanzughose. Der Anblick seiner perfekten Bauchmuskeln brachte mich von wütend auf hundertachtzig.

„Was zum Teufel tust du hier?", fragte ich und wischte mir verärgert die Tränen vom Gesicht. Er würde mich weinen sehen.

„Äh, ich habe dich und James gehört ... Okay, ich habe dich gehört, und dann wie du schreist, und ich wollte sichergehen, dass du okay bist", stammelte er.

„Du bist nicht hier, um mich zu retten, oder?", schnappte ich und malte Anführungszeichen um das Wort „retten" in die Luft.

Er wich zurück, als ich vom Bett krabbelte, scheinbar in Angst vor meiner bevorstehenden Explosion. Selbst ich wusste, dass das übel werden würde.

„Warum glauben alle Männer, dass sie eine Frau retten müssen? Sind wir nicht in der Lage, uns verdammt noch mal selbst zu retten? Warum sollte ich gerettet werden müssen? Ich brauch keinen Mann, der mich rettet, und ich brauche sicher keinen Wände zum Beben bringenden, Maunzivögelnden und an meiner Wand lauschenden Psycho, der hier rüber kommen und mich retten muss! Verstanden, Mister?"

Ich zeigte auf ihn und wirbelte mit den Armen wie eine Wilde. Er hatte jedes Recht, verängstigt dreinzuschauen.

„Ich meine, was zum Teufel ist mit euch Kerlen los? Ich hab einen, der mich zurück will, und einen, der nichts mit mir zu tun haben will! Einer will mein Freund sein, kann sich aber nicht daran erinnern, dass ich Raumgestalterin bin. Designerin! Keine verdammte Dekorateurin!"

Ich hatte einen Lauf. Zu diesem Zeitpunkt ließ ich bloß Dampf ab, ganz einfach. Ich marschierte in einem Kreis um Simon herum und brüllte, während er versuchte, mir zu folgen, bis er aufgab, stillstand und mich mit großen Augen beobachtete.

„Ich meine, du solltest nicht jemanden dazu zwingen, vietnamesisches Essen zu essen, wenn man es nicht mag, oder? Ich sollte es nicht essen müssen, nicht wahr, Simon?"

„Nein, Caroline, ich glaube nicht, dass du ..."

„Nein, natürlich sollte ich das nicht, also habe ich mir gebratenen Reis bestellt. Gebratenen Reis, Simon! Ich werde nie wieder vietnamesisches Essen essen – nicht für James, nicht für dich, nicht für irgendjemanden! Verstanden?"

„Caroline, ich glaube ..."

„Und zu deiner Information", fuhr ich fort, „ich habe heute

keine Rettung gebraucht! Ich kann auf mich selbst aufpassen. Er ist weg. Und ich weiß, dass du James für eine Art Psycho hältst, aber das ist er nicht." Ich verlor an Schwung. Meine Unterlippe bebte schon wieder, und ich bekämpfte es, ließ es aber schließlich einfach laufen. „Er ist kein schlechter Kerl. Er ist … Er ist … Er ist einfach nicht der Richtige für mich." Ich seufzte, sank auf den Boden vor meinem Bett und barg mein Gesicht in den Händen.

Ich weinte einen Moment lang, während Simon erstarrt über mir stand. Schließlich sah ich zu ihm hoch. „Hallo? Hier unten weint ein Mädchen!", blubberte ich.

Er verschluckte ein Lächeln und setzte sich vor mich. Er zog mich über den Boden und nahm mich in seine Arme. Und ich ließ ihn. Er setzte mich auf seinen Schoß und hielt mich fest, während ich an seiner Brust weinte. Er war warm und sanft, und obwohl ich es besser wusste – oh, um wie viel ich es doch besser wusste -, kuschelte ich mich in seine Armbeuge und ließ mich von ihm trösten. Seine Hände rieben an meinem Rücken auf und ab, während ich weinte, und seine Fingerspitzen malten winzige Kreise auf meinen Schulterblättern, als ich seinen Geruch einatmete. Es war so lange her, dass ich einfach nur gehalten wurde, noch dazu von einem Mann, dass ich zwischen den kleinen Kreisen und dem Geruch seines Weichspülers langsam den Verstand verlor.

Endlich beruhigten sich meine Schluchzer, während er mit mir im Schneidersitz auf meinem Boden saß. „Warum hast du mir diese Woche keine Musik vorgespielt?" Ich zog die Nase hoch.

„Meine Nadel war kaputt. Ich muss sie richten lassen."

„Oh, ich dachte, dass … Na ja, ich habe das einfach vermisst", sagte ich schüchtern.

Er strich mir meine Haare zurück und legte seine Hand unter mein Kinn, um mich dazu zu bringen, ihn anzusehen. „Ich habe dich vermisst." Er lächelte sanft.

„Ich dich auch", hauchte ich, und seine Saphiraugen leuchteten. Oh, nein. Kein Voodoo. „Wie war Maunzi? Gut? Ich wette, sie hat dich auch vermisst", flüsterte ich und beobachtete, wie sich sein Gesichtsausdruck änderte.

„Warum bringst du ständig Nadia ins Gespräch?"

„Ich habe dich vorhin mit ihr am Telefon gehört. Hörte sich an, als ob ihr Pläne gehabt hättet."

„Ja, ich habe sie auf einen Drink getroffen."

„Bitte. Du willst, dass ich glaube, dass sie nicht mit zu dir gekommen ist?" Ich bemerkte, dass ich immer noch auf seinem Schoß saß.

„Frag deinen Kater. Ist er heute Nacht durchgedreht?" Simon zeigte auf Clive, der zurückgekommen war und uns nun von der Couchlehne aus beobachtete.

„Nein, ist er nicht, zugegeben."

„Weil sie nicht mitgekommen ist. Wir haben uns auf einen Drink getroffen, um uns zu verabschieden." Simon beobachtete mich sorgfältig.

Mein Herz begann so laut zu schlagen, dass er es nicht überhören konnte. Warum musste sich jetzt mein Herz einmischen? „Verabschieden?"

„Yep, sie fliegt zurück nach Moskau, um ihren Abschluss dort zu machen."

Mein Herz beruhigte sich ein wenig. „Oh, also habt ihr euch verabschiedet, weil sie weggeht, nicht aus einem anderen Grund. Ich Dummchen." Ich versuchte, mich von seinem Schoß zu lösen, als er mich näher zog. Ich kämpfte ein wenig.

„Sie geht, ja, aber das ist nicht der Grund, weshalb wir uns verabschiedet haben. Ich …"

Ich wand mich weiter in seinen Armen. „Wow, jetzt ist nur noch Kicherliese übrig! Und dann war's nur noch eine. Ich vermute, technisch gesehen ergibt eine Frau keinen Harem, wird sie also die Last der anderen mittragen oder wirst du Einstellungsgespräche mit neuen Frauen führen müssen? Wie funktioniert das genau?"

„Eigentlich habe ich vor, schon bald ein Gespräch mit Lizzie zu führen. Ich glaube, wir werden von jetzt an nur noch Freunde sein", sagte er und beobachtete mich scharf. „Das, was früher für mich funktioniert hat, funktioniert einfach nicht mehr."

Komplettstopp aller Systeme. Was? „Es funktioniert nicht mehr für dich?", hauchte ich. Ich konnte es kaum glauben.

„Mmm-hmm", antwortete er. Er fuhr mit der Nase über die Haut direkt unter meinem Ohr und atmete tief ein.

Würde es ihm auffallen, wenn ich seine Schulter ableckte? Nur ein kleines bisschen?

„Caroline?"

„Ja, Simon?"

„Tut mir leid, dass ich diese Woche keine Musik für dich gespielt habe. Es tut mir leid, dass ich … nun, sagen wir einfach, dass mir sehr viele Dinge leidtun."

„Okay", hauchte ich.

„Kann ich dich etwas fragen?"

„Nein, ich habe kein Zucchinibrot mehr", flüsterte ich, und sein Lachen echote durch den Raum. Ich lachte mit. Ich hatte es vermisst, mit Simon zu lachen.

„Komm mit mir nach Spanien", flüsterte er.

„Moment. Was?", fragte ich noch einmal. Meine Stimme bebte. Was? „Bist du sicher?"

„Ich bin mir sehr sicher."

Ich musste mich daran erinnern zu atmen. Da ich bereits high von dem Voodoo und dem Weichspüler war, schüttelte ich den Kopf, um ihn klar zu bekommen. Er brachte Spanien ins Gespräch?

Ich war froh, dass er auf einen Punkt hinter meinem Ohr konzentriert war, weil ich bezweifelte, dass er weiterhin so interessiert gewesen wäre, wenn er sehen würde, wie ich die Augen aufriss. Ich brauchte einen Moment für mich. Ich zwang mich, endlich aufzustehen.

„Ich werde mir das Gesicht waschen. Geh nicht weg", befahl ich.

„Süße Caroline, ich werde irgendwo hingehen", sagte er. Sein sexy Grinsen kehrte zurück.

Ich zwang mich wegzugehen. Jeder Schritt, den ich machte, jedes Mal, wenn meine Fersen mit einem dumpfen Geräusch auf den Dielen aufkamen, klang wie ein Lied in meinem Kopf: Spanien. Spanien. Spanien. Als ich im Bad war, warf ich mir etwas Wasser ins Gesicht, wobei das meiste davon in meinem Mund landete, da ich nicht aufhören konnte, zu lächeln. Der neue Harem-Stand: zwei weg, eine übrig? Es gab

Zeiten, in denen man vorsichtig sein musste, und dann gab es Zeiten, in denen man einfach ein Risiko eingehen musste. Ich musste etwas Rückgrat entwickeln. Ich dachte über das nach, was Jillian heute gesagt hatte, und entschied mich, meinem Impuls zu folgen. Ich richtete mich auf, entwickelte die sprichwörtlichen Eier in der Hose und ging wieder nach draußen.

„Okay, es ist spät, Simon. Zeit, dass du gehst." Ich nahm seine Hand, zog ihn vom Boden hoch und führte ihn Richtung Vordertür.

„Äh, wirklich? Du willst, dass ich gehe? Willst du nicht, ich weiß nicht … ein wenig länger reden?", fragte er. „Ich wollte dir sagen, wie …"

Ich zog weiter an ihm. „Nö. Kein Reden mehr heute Nacht. Ich bin müde." Ich öffnete meine Tür und schob ihn hinaus auf die Schwelle. Er setzte an, etwas anderes zu sagen, und ich hob zwei Finger. „Ich muss zwei Dinge sagen, okay? Zwei Dinge."

Er nickte.

„Zuerst einmal hast du meine Gefühle in Tahoe verletzt", begann ich, und er versuchte mich zu unterbrechen. „Klappe, Simon. Ich will das nicht noch mal aufwärmen. Aber sei dir einfach im Klaren, dass du mich verletzt hast. Tu das nie wieder." Ich konnte mein Lächeln nicht zurückhalten, als ich seine Reaktion sah.

Sein Blick rutschte Richtung Boden, und seine gesamte Körperhaltung zeigte seine Reue. „Caroline, es tut mir wirklich sehr, sehr leid. Du musst wissen, dass ich einfach nur …"

„Entschuldigung angenommen." Ich lächelte wieder und begann, meine Tür zu schließen.

Sein Kopf ruckte sofort nach oben. „Warte, warte! Was war das zweite?", rief er und lehnte sich in meinen Türrahmen.

Ich kam näher, sodass unsere Körper nur wenige Zentimeter voneinander entfernt waren. Ich konnte die Hitze seiner Haut über die knappe Entfernung fühlen, die uns trennte, und schloss die Augen wegen des Ansturms von Gefühlen. Ich atmete tief ein und öffnete meine Augen, um in diese sexy Saphire zu sehen, die auf mich herunter blickten.

„Ich komme mit dir nach Spanien", sagte ich. Und mit einem Zwinkern schloss ich die Tür vor seinem erstaunten Gesicht.

Kapitel 15

„Spiegeleier, Speck, weißen Toast mit Himbeermarmelade."
„Müsli mit Rosinen, Johannisbeeren, Zimt und braunem Zucker, dazu eine Portion Würstchen."
„Belgische Waffeln, ein Fruchtbecher, Speck und Würstchen", sagte Sophia, womit sie unsere Bestellung vervollständigte und erhobene Augenbrauen von Mimi und mir erntete. „Was? Ich habe Hunger."
„Schön zu sehen, dass du zur Abwechslung mal ein richtiges Frühstück bestellst. Du musst dir wohl letzte Nacht mit Mr. Neil einen ziemlichen Appetit erarbeitet haben, hm?", neckte ich sie und zwinkerte Mimi über meinem Orangensaft zu.
Wir drei saßen an einem Sonntag zum Frühstück zusammen, etwas, das wir seit Tahoe nicht mehr getan hatten. Sie waren zu beschäftigt damit gewesen, sich in das Leben als frisch verliebte Pärchen mit ihren kürzlich getauschten Freunden hineinzufinden, was mich die meiste Zeit außen vor ließ. Als sie mit den falschen Männern ausgegangen waren, waren sie immer mehr als glücklich gewesen, mich mitzunehmen – je mehr, desto besser, sagten sie immer. Es half, da keine wirkliche Verbindung zwischen ihnen bestand. Aber jetzt? Mimi und Sophia gingen nun auf jeden Fall mit den richtigen Männern aus und genossen jede einzelne Sekunde davon.
Anfangs war ich ein wenig besorgt gewesen, dass die gestellte Falle die Dinge ein wenig ungemütlich machen würde, aber die Mädels machten mich stolz. Sie nahmen es, wie es kam, und da jede mit ihrer neuen besten Hälfte zusammengekommen war, waren alle meine Sorgen umsonst gewesen.
Wir kicherten, als wir uns mit freundschaftlichem Smalltalk beschäftigten und warteten mit den großen Neuigkeiten, bis das Essen ankam, wie wir es immer taten.
„Okay, wer fängt an? Wer hat Neuigkeiten?", begann Mimi, und wir fanden uns in unserem Ritual wieder.
Sophia hielt beim Schaufeln ihrer Waffeln inne und deutete, dass sie die erste Salve abfeuern würde. „Neil muss nach Los

Angeles wegen einer Konferenz für Sportreporter im Fernsehen und hat mich gebeten mitzukommen."

Mimi und ich nickten.

„Ryan denkt darüber nach, mich sein Arbeitszimmer daheim umorganisieren zu lassen. Ihr solltet es sehen – allein sein Ordnungssystem lässt mich die Krise bekommen." Mimi schauderte.

„Natalie Nicholson hat mir zwei weitere Kunden vermittelt – Nob Hill, sehr schick, vielen Dank", fügte ich hinzu und schenkte mir neuen Kaffee ein, während sie mir gratulierten.

Wir kauten.

„Neil spricht im Schlaf. Es ist wirklich niedlich. Er ruft Football-Ergebnisse."

„Ryan hat mir letzte Nacht erlaubt, seine Zehennägel anzumalen."

„Ich habe Simon gesagt, dass ich mit ihm nach Spanien gehe."

Die Wahrheit am Versuch, andere zu übertrumpfen ist, dass er in den Filmen witzig ist, aber im wahren Leben nur eine Schlammschlacht.

„Moment mal, warte einen verdammten Moment mal … Was?", stammelte Sophia, während ihr Saft das Kinn hinablief.

„Caroline, du hast ihm was gesagt?", brachte Mimi hervor und rang immer noch nach Luft, als sie den Kellner herüberwinkte und um mehr Servietten bat.

„Ich habe ihm gesagt, dass ich mit ihm nach Spanien gehe. Ist doch keine große Sache." Ich grinste. Natürlich war es eine sehr große Sache.

„Ich kann nicht glauben, dass du es gewagt hast, hier zu sitzen, den gesamten Morgen nur nichtssagende Scheiße zu labern und uns nichts davon zu sagen. Wann ist das denn passiert?", fragte Sophia und lehnte sich auf ihren Ellbogen vor.

„In der Nacht, in der ich ein Date mit James hatte." Ich lächelte.

„Okay, genug. Kein Rumgezipfel mehr – raus damit!" Mimi hielt mir ihr Buttermesser unter die Nase und runzelte die Stirn.

„Was zum Teufel ist los, Caroline? Ich kann nicht glauben, dass du uns das alles verschwiegen hast. Wann bist du mit James auf ein Date gegangen? Und wage es jetzt nicht, etwas auszulassen. Sag uns jetzt alles, oder ich lasse Mimi auf dich los!", warnte Sophia.

Mimi gestikulierte erneut auf bedrohliche Weise mit ihrem Messer – auf eine „West Side Story"-Art bedrohliche Weise wohlgemerkt. Ich vermutete, dass ein tatsächlicher Kampf mit Mimi Kicks und Tritte aus dem Jazztanz beinhalten würde …

Nichtsdestotrotz nahm ich einen tiefen Atemzug und legte los. Ich erzählte alles. Warum ich mit James ausgegangen war, die Gefühle, die mit Simon hochgekocht waren, wie James mich eine Dekorateurin genannt und ich ihn rausgeworfen hatte. Sie hörten mir aufmerksam zu und warfen nur stellenweise eine Frage ein, wenn sie genauere Informationen wollten.

„Ich bin so stolz auf dich", sagte Sophia, als ich fertig war. Mimi nickte zustimmend.

„Wegen was?"

„Caroline, es gab eine Zeit, in der du verdammt noch mal gesprungen bist, wenn James dir sagte, du sollst springen. Ich denke, wir waren einfach besorgt, dass sein erneutes Auftauchen in seinem Leben dich wieder in dieses Mädchen verwandeln würde", erklärte Sophia.

„Ich weiß, ihr wart besorgt. Ihr seid beide süß, und niemand wird je so gut auf mich aufpassen wie ihr zwei, auch wenn ihr manchmal wie zwei alte Glucken über mich wacht." Ich lächelte meine resoluten Ladys an.

„Also hast du James Brown weggeschickt, und was ist dann passiert?", fragte Sophia, und ich beendete meine Geschichte: Simons Auftritt, seine Entschuldigung, die verabschiedete Maunzi, seine Einladung …

„Also hast du diese Offenbarung einfach im Bad gehabt? Einfach so? Mit Simon nach Spanien zu gehen?", fragte Mimi schließlich.

„Yep. Hab nicht wirklich lange drüber nachgedacht. Ich habe einfach … ich kann es nicht wirklich erklären … ich wusste einfach, dass ich diese Reise unternehmen sollte. Ich meine, ich wollte sowieso immer nach Spanien gehen, und ich weiß, dass er ein guter Reiseführer sein wird, und kommt schon! Das wird so viel Spaß machen! Wir werden eine so tolle Zeit haben!"

„Blödsinn", sagte Sophia einfach.

„Wie bitte?"

„Ich sage Blödsinn, Caroline. Du gehst, weil du willst, dass dort etwas mit ihm passiert. Gib es zu." Sie beäugte mich ernst.

„Ich gebe es zu." Ich signalisierte dem Kellner wegen der Rechnung.

„Kein Harem mehr, oder?", fragte Mimi.

„Scheinbar. Ich bin kein Dummkopf. Ich weiß, dass ein Mann wie er sich nicht über Nacht ändert, aber wenn Kicherliese vor Spanien aus dem Weg geräumt wurde? Nun, dann hat Simon sein Gefieder gewechselt, nicht wahr?" Ich grinste spitzbübisch und wackelte mit den Augenbrauen.

„Caroline Reynolds, ich glaube, du planst, diesen Mann zu verführen", sagte Sophia, und Mimi klatschte begeistert in die Hände.

„Simon wird dir deinen O zurückbringen!", rief Mimi und erregte damit einiges an Aufmerksamkeit.

„Oh, Ruhe! Wir werden sehen. Falls, und das ist ein großes, fettes Falls, Ladys. Falls ich es jemals erlaube, dass etwas zwischen Simon und Mir geschieht, wird es zu meinen Konditionen sein. Was beinhalten würde, dass es keinen Harem gibt, kein Trinkgelage und keinen Whirlpool."

„Ich weiß nicht, Caroline. Kein Trinkgelage? Ich finde, es wäre kriminell, in Spanien zu sein und nicht ein wenig vom Sangria zu probieren", meldete sich Mimi zu Wort.

„Nun, ich mag Sangria", überlegte ich laut. Visionen von Simon und mir, wie wir Sangria nippten und den spanischen Sonnenuntergang ansahen. Hmm …

Nachrichten zwischen Simon und Caroline:
Also, bist du die Art Mädchen, die einen großen Strohhut am Strand trägt?
Wie bitte?

Du weißt schon, diese verrückten, gigantischen Strandhüte? Hast du einen?
Wie es der Zufall will, ja. Macht dir das Sorgen?
Sorgen, nein. Ich versuche mir nur vorzustellen, wie du an einem Strand in Spanien aussehen wirst …
Wie kommst du voran?
Das ist ziemlich mondän.
Mondän? Hast du gerade mondän gesagt?
Ich habe es eigentlich getippt. Hast du was gegen mondän?
Es erklärt die alten Schallplatten …
HEY!
Ich mag die alten Platten. Das weißt du …
Weiß ich …
Gehen wir wirklich gemeinsam nach Spanien?
Yep.
Bist du daheim? Habe den Rover heute Morgen nicht gesehen.
Spionierst du mir nach?
Vielleicht … Wo bist du, Simon?
Hab ein Shooting in LA, fahre in ein paar Tagen zurück. Kann ich dich sehen, wenn ich zurück bin?
Mal sehen …
Ich spiele dir auch Platten vor.
Mondän.

„Also, da beim Nicholson Projekt alles beendet ist, habe ich mir gedacht … Ich komme mit dem Werbeprojekt, das als Nächstes ansteht, sehr gut voran, und du hast schon mal gesagt, dass ich mir Urlaub nehmen soll, bevor die hektische Urlaubssaison beginnt … dass ich … also, vielleicht könnte ich …"

„Spuck es aus, Caroline. Versucht du mich zu fragen, ob du mit Simon nach Spanien fahren kannst?", fragte Jillian und bemühte sich nur halbherzig, ihr Lächeln zu verbergen.

„Vielleicht." Ich verzog das Gesicht und legte meine Stirn auf den Tisch.

„Du bist eine erwachsene Frau und fähig, deine eigenen Entscheidungen zu treffen. Du weißt, dass ich es für eine gute Zeit für einen Urlaub halte, also warum sollte ich dir sagen, ob du mit Simon weggehen solltest oder nicht?"

„Jillian, um das klarzustellen, ich gehe nirgendwo mit Simon hin. Das hört sich an wie eine Art verbotene Affäre."

„Richtig, richtig, es geht ja nur darum, dass zwei junge Leute unterwegs sind, sich ein wenig in die spanische Kultur zu vertiefen. Wie konnte ich das nur vergessen?" Auf Jillians Gesicht konnte ich die Genugtuung bezüglich ihrer Anspielungen ablesen. Sie genoss mein Unbehagen.

„Okay, okay, also kann ich gehen?", fragte ich und wusste, dass ich das immer wieder zu hören bekommen würde, was mir inzwischen aber egal war.

„Natürlich kannst du. Aber darf ich dir eines sagen?"

„Also ob ich dich davon abhalten könnte", grummelte ich.

„Könntest du nicht, genau. Ich bitte dich nur, dass du eine tolle Zeit hast, aber auch auf ihn aufpasst, während ihr dort seid, okay?" Ihre Mimik zeigte eine Ernsthaftigkeit, die ich selten sah.

„Auf ihn aufpassen? Ist er sieben Jahre alt, oder was?" Ich lachte, unterdrückte es aber sofort, als ich sah, dass sie keine Scherze machte.

„Caroline, diese Reise wird die Dinge ändern. Du musst das wissen. Und ich liebe euch beide. Ich will nicht, dass einer von euch beiden verletzt wird, egal, was geschieht, während ihr dort seid", sagte sie sanft.

Ich begann, einen Witz zu machen, hielt aber inne. Ich wusste, worum sie mich bat. „Jillian, ich weiß nicht wirklich, was zwischen Simon und mir abläuft, und ich habe keine Ahnung, was in Spanien passieren wird. Aber ich kann dir sagen, dass ich mich auf die Reise freue. Und ich glaube, er tut das auch", fügte ich hinzu.

„Oh, meine Liebe, er freut sich auf jeden Fall. Es ist nur … Ach, egal. Ihr seid beide erwachsen. Spielt in Spanien einfach mal verrückt."

„Zuerst sagst du mir, ich soll aufpassen und jetzt, dass ich verrückt spielen soll?"

Sie griff über den Tisch, um meine Hand zu tätscheln. Dann atmete sie tief ein, und die Stimmung im Raum änderte sich komplett. „Gut, dann erzähl mir, wo wir mit James Brown stehen. Was muss noch getan werden?"

Ich lächelte und öffnete meinen Terminkalender für das Ende der Woche, zu dem ich alle Dinge, die mit James Brown zu tun hatten, zu einem Abschluss bringen würde.

Ein paar Nächte später lehnte ich mich auf meinem Sofa zurück und machte es mir mit Clive und der „Barefoot Contessa" gemütlich, als ich etwas im Flur hörte. Clive und ich sahen uns an, und er sprang von meinem Schoß, um nachzusehen. Ich wusste, dass Simon noch für ein oder zwei Tage nicht wieder zurück erwartet wurde, seinen Nachrichten nach zu urteilen – und der Tatsache, dass ich eventuell die Tage gezählt hatte –, daher folgte ich Clive zu meinem alten Posten: dem Türspion.

Als ich hinaus in den Flur sah, erhaschte ich einen Blick auf rotblondes Haar bei Simons Tür. Wer besuchte Simon da? War es falsch, zu spionieren? Was war das für ein Päckchen, das sie hielt? Die Frau, der das Haar gehörte, klopfte einmal, zweimal an die Tür und drehte dann, bevor ich wusste, was sie vorhatte, um und starrte auf meine Tür, direkt auf den Türspion. Da ich es nicht gewohnt war, jemanden in meinen Türspion starren zu sehen, erstarrte ich und konnte nicht einmal blinzeln, als sie meine Tür taxierte. Sie überquerte den Flur und klopfte energisch an meine Tür. Erschrocken sprang ich ein wenig zurück und stieß dabei gegen meinen Schirmständer, sodass sie nun wusste, dass jemand daheim war.

Ich drehte mein Gesicht auf die Seite und schrie: „Komme!"

Dann ging ich auf der Stelle, als ob ich zur Tür ging. Clive beobachtete alles neugierig, warf seinen Kopf zurück und versicherte mir damit, dass ich nicht halb so clever war, wie ich dachte.

Ich machte ziemlich viel Lärm beim Aufschließen der Schlösser, bevor ich die Tür öffnete.

Wir schätzten uns sofort ab, auf eine Art, wie das nur Frauen tun. Sie war groß und schön auf eine kalte, patrizische Weise. Sie trug einen schwarzen Hosenanzug, der streng geschnitten und bis zum Kragen zugeknöpft war. Ihr rotblondes

Haar war im Nacken zusammengesteckt, obwohl sich eine Strähne selbständig gemacht hatte und ihr nun ins Gesicht hing. Sie schob sie hinter ihr Ohr. Sie schürzte ihre kirschroten Lippen, als sie mit meiner Begutachtung fertig war, und lächelte mich dünn an.

„Caroline, ja?", fragte sie. Ein solider britischer Akzent schnitt so deutlich durch die Luft wie ihr kühles Verhalten. Ich wusste jetzt schon, dass ich diese Frau nicht mochte.

„Ja, kann ich Ihnen helfen?" Ich fühlte mich auf einmal underdressed in meinen Garfield-Boxershorts und meinem Tanktop. Ich wechselte mein Gewicht vom einen auf den anderen Fuß – die in gigantischen Socken steckten. Ich trat wieder ein wenig auf der Stelle, was so wirken musste, als ob ich pinkeln müsste. Zur gleichen Zeit wurde mir klar, dass diese Frau mich nervös machte, und ich hatte keine Ahnung, wieso. Ich richtete mich sofort gerade auf und legte mein Pokerface auf. All das geschah in weniger als fünf Sekunden – ein ganzes Leben in der Welt von Frau Taxiert Die Andere Frau.

„Ich muss das hier für Simon abgeben, und er erwähnte, dass, wenn er nicht daheim wäre, ich es bei der Wohnung gegenüber, bei Caroline abgeben solle. Sie sind Caroline, also hier, bitteschön", schloss sie und drückte mir die Schachtel in die Hand.

Ich nahm sie und erwiderte daher für einen Moment ihren Blick nicht mehr. „Was glaubt er denn, wer ich bin? Ein Postkasten?", murmelte ich, stellte es auf den Tisch in meiner Wohnung und drehte mich wieder zu der Frau um. „Soll ich ihm sagen, wer das abgegeben hat, oder wird er das wissen?"

Sie sah mich immer noch an, als ob ich ein riesiges Puzzle wäre. „Oh, er wird es wissen", antwortete sie. Ihr eisiger Tonfall hörte sich sowohl musikalisch, als auch knapp an. Als Amerikanerin gebe ich offen zu, dass ich von britischen Akzenten fasziniert bin, aber ich könnte auf diese spezielle Art der Überlegenheit verzichten.

„Okay, nun … Ich werde sicherstellen, dass er es bekommt." Ich nickte und legte meine Hand an die Tür. Ich schloss sie leicht, aber sie bewegte sich nicht. „Ist noch etwas?", fragte ich. Ich konnte hören, wie Ina an ihrem Shortbread im anderen Zimmer arbeitete, und wollte keine weitere Sekunde KitchenAid-Porno verpassen.

„Nein, nichts", sagte sie, machte aber immer noch keine Anstalten, zu gehen.

„Okay, dann gute Nacht", sagte ich, was fast wie eine Frage klang, während ich die Tür schließen wollte. Gerade als ich es tat, trat sie so weit vor, dass ich gezwungen war, die Tür aufzuhalten, bevor sie sie traf. „Ja?", fragte ich. Meine Verwirrung musste sich langsam auf meinem Gesicht und in meinem Tonfall widerspiegeln. Dieser Teebeutel hielt mich davon ab, die Vollendung der Pekannuss-Quadrate zu sehen, auf die ich die gesamte Episode über gewartet hatte.

„Ich … na ja, ich bin einfach froh, Sie kennen gelernt zu haben", antwortete sie. Ihr Blick wurde sanfter, und ein kleines Lächeln durchbrach ihre Fassade. „Und Sie sind wirklich ziemlich attraktiv", fügte sie hinzu.

Ich starrte sie an. Ihre Stimme klang seltsam bekannt, aber ich konnte sie nicht wirklich einordnen. „Ähm, okay, danke?"

Sie ging in Richtung der Treppen. Ihr Absatz verfing sich ein wenig, und sie stolperte leicht. Als ich die Tür schloss, kicherte sie, während sie ihren Schuh losmachte.

Da begriff ich, wer gerade zu Besuch gewesen war.

Meine Augen mussten die Größe von Untertassen angenommen haben, und ich riss die Tür wieder auf. Ich starrte sie an, und sie setzte das breiteste und frechste Grinsen der Welt auf. Sie zwinkerte, als ich fühlte, wie meine Wangen heiß wurden. Ich war bei einigen großen Momenten dieser Lady anwesend gewesen.

Sie wackelte mit den Fingern und verschwand die Stufen hinab. Clive riss mich aus meiner Starre, indem er mir in die Wade biss, und ich schloss die Tür.

Ich setzte mich auf meine Couch und hatte die Pekannuss-Quadrate so gut wie vergessen, da mein Verstand versuchte, alles zu verarbeiten.

Kicherliese hatte gesagt, dass ich attraktiv bin.

Sie hatte mir im Grunde gesagt, dass Simon ihr gesagt hatte, dass ich attraktiv bin.

Simon dachte, dass ich attraktiv bin.
War Kicherliese nun nicht mehr Mitglied des Harems?
Gab es überhaupt noch einen Harem?
Was bedeutete das?
Würde ich nun nur noch in Fragen denken?
Und falls ja, wer war Eric Cartmans Vater?

Nachrichten zwischen Simon und Caroline:
Was tust du?
Was tust DU?
Ich habe zuerst gefragt.
Sicher.
Ich warte …
Ich auch …
Himmel, bist du hartnäckig. Ich fahre von LA zurück. Zufrieden?
Ja, danke. Ich backe Kürbisbrot.
Gut, dass ich gerade an einer Tankstelle bin und nicht fahre, da ich sonst Schwierigkeiten hätte, das Auto auf der Straße zu halten …
Richtig, Backen macht dich heiß, nicht?
Du hast ja keine Ahnung.
Also sollte ich dir wohl nicht sagen, dass ich gerade nach Zimt und Ingwer rieche?
Caroline.
Meine Rosinen werden gerade in Brandy eingeweicht.
Das reicht jetzt …

Ich lugte erneut aus dem Fenster auf die Straße unten. Immer noch kein Anzeichen für den Land Rover. Der Nebel war sehr dicht und obwohl ich keine Nervensäge war, machte ich mir ein wenig Sorgen, dass er noch nicht zu Hause war. Hier saß ich mit abkühlenden Brotlaiben und ohne einen Simon, der sie inhalierte. Ich nahm mein Telefon, um ihm eine Nachricht zu schicken, rief ihn aber stattdessen an. Ich wollte ihm keine Nachrichten schicken, während er fuhr. Es läutete ein paar Mal, dann nahm er ab.

„Hi, meine Lieblingsbäckerin", schnurrte er, und meine Knie schlugen aneinander. Er war wie die beste Kegel-Übung aller Zeiten – ein sofortiges Zusammenziehen war immer die

Folge.

„Bist du nah dran?"

„Entschuldige?" Er lachte.

„Nah an Zuhause. Bist du nah an Zuhause?", fragte ich, rollte mit den Augen und entspannte meine Muskeln.

„Ja, warum?"

„Es scheint ein ziemlicher Nebel heute zu sein. Ich meine, mehr als normal … sei vorsichtig, ja?"

„Es ist sehr lieb, dass du dich um mich sorgst."

„Klappe, Mister. Ich sorge mich immer um meine Freunde", rügte ich ihn und machte mich bettgehfertig. Ich war schon immer eine Multitaskerin gewesen. Ich konnte meine Steuer erledigen, während ich eine Wachsenthaarung bekam, und nicht mit der Wimper zucken. Ich konnte mich auf jeden Fall ausziehen, während ich mit Simon redete. Ähem.

„Freunde? Ist das, was wir sind?", fragte er.

„Was zur Hölle sollten wir sonst sein?", gab ich zurück, zerrte meine Shorts runter und packte mir ein Paar dicke Wollsocken. Der Boden war heute Nacht kühl.

„Hmm", murmelte er, als ich mein T-Shirt auszog und in ein Hemd schlüpfte, in dem ich schlafen wollte.

„Nun, während du hmm-st, muss ich dir von einem Besuch erzählen, den ich Anfang der Woche von einer Freundin von dir erhalten habe."

„Eine Freundin von mir? Hört sich interessant an."

„Yep, Julie Andrews-Akzent, zugeknöpfte Britin? Klingelt's schon bei dir? Sie hat eine Schachtel für dich dagelassen."

Sofort erklang sein Gelächter. „Julie Andrews-Akzent – das ist brillant! Das muss Lizzie gewesen sein. Du hast Lizzie getroffen!" Er lachte, als ob das das witzigste Thema der Welt wäre.

„Lizzie Schmizzie. Sie wird für mich immer Kicherliese sein." Ich zog eine Grimasse, während ich auf dem Bettrand saß und Creme auftrug.

„Warum nennst du sie Kicherliese?", fragte er und spielte den Unschuldigen, obwohl ich genau wusste, dass er kurz davor war, in hysterisches Gelächter auszubrechen.

„Du willst wirklich, dass ich dir das sage? Komm schon,

selbst du kannst doch nicht so verbohrt sein – ah, warte, ich habe mich da selbst reinmanövriert." Ich unterbrach ihn, bevor er mir etwas über Bohren erzählen konnte. Ich war Zeuge einiger seiner nächtlichen Bohraktivitäten geworden, daher wusste ich so gut wie alles. Kegel. Und danke, eine weitere Kegelübung.

„Ich mag es, dich aufzuziehen, Nachthemdchen. Das bringt mich zum Lachen."

„Zuerst mondän und jetzt aufziehen? Ich mache mir Sorgen um dich, Simon." Ich kehrte in das Wohnzimmer zurück, um die Lichter auszuschalten und alles für die Nacht vorzubereiten. Das beinhaltete, Clives Wasserschüssel aufzufüllen und ein paar Leckereien für ihn in der Wohnung zu verstecken. Er mochte es, den großen Jäger zu spielen, während ich schlief, wobei die Leckereien seine Beute waren. In manchen Nächten waren unglücklicherweise die Kissen auch Teil der Jagd, genauso wie Haarbänder, lockere Schuhbänder und so ziemlich alles andere, das um zwei Uhr früh verlockend aussah. An manchen Morgen sah meine Wohnung aus, als ob dort nachts eine Episode von „Im Reich der Wilden Tiere" gedreht worden sei.

„Keine Sorge. Ich werde es holen, wenn ich daheim bin. Habt ihr zwei euch nett unterhalten?"

„Wir haben uns kurz unterhalten, ja. Aber es wurden keine schmutzigen Geheimnisse ausgetauscht. Obwohl … dank der dünnen Wände bin ich bereits damit vertraut. Wie geht es der einsamen Haremsdame? Vermisst sie ihre Schwestern?" Ich schaltete die Lichter aus und ging durch die Küche, um die Snacks für Clive zu holen. Ich wollte unbedingt wissen, ob er mit Kicherliese wirklich Schluss gemacht hatte. Hatte er? Hatte er nicht?

„Sie könnte vielleicht ein wenig einsam sein, ja", sagte er, wie ich meinte, vorsichtig. Hmm …

„Einsam, weil …" Ich hielt beim Verteilen der Leckereien inne.

„Einsam, weil … nun, wie soll ich sagen … zum ersten Mal in einer sehr langen Zeit bin ich … na ja … bin ich … weißt du …" Er stotterte und stammelte und tanzte um das eigentliche Thema herum.

„Komm schon, raus damit." Ich hielt den Atem an.

„Ohne … weibliche Begleitung. Oder, wie du es nennen würdest, ohne Harem." Seine Worte kamen in einem ruhigen Fluss, und meine Beine begannen ein wenig zu zittern. Das sorgte dafür, dass die Leckereien in ihrem Behälter klapperten, was Clive darauf aufmerksam machte, dass seine Jagd früh begonnen hatte.

„Ohne Harem, hm?", hauchte ich zurück. Bilder eines Single-Simon tanzten in meinem Kopf. Single-Simon in Spanien …

„Yep", flüsterte er, und wir schwiegen beide scheinbar eine Ewigkeit lang, was Clive genug Zeit gab, sein erstes Opfer zu erlegen: das Leckerchen, das in meinem Tennisschuh an der Eingangstür versteckt gewesen war. Ich ging hinüber, um ihm zu seinem Fang zu gratulieren.

„Sie hat etwas Seltsames gesagt", sagte ich und brach damit den Zauber.

„Oh, ja? Was denn?"

„Sie sagte mir, dass ich, und ich zitiere, ziemlich attraktiv sei."

„Sagte sie das?" Er lachte und bewegte sich nun scheinbar wieder auf gewohntem Terrain.

„Ja, und es schien mir, als ob sie damit jemandem zustimmen würde, der das bereits gesagt hatte. Ich bin niemand, der nach Komplimenten fischt, aber es schien mir, Simon, als ob du nett über mich gesprochen hättest." Ich lächelte und wusste, dass mein Gesicht einen rosa Schimmer angenommen haben musste. Ich ging Richtung Schlafzimmer, als ich ein leichtes Klopfen an der Tür hörte. Ich ging zurück und öffnete sie, ohne durch den Spion zu sehen. Ich hatte eine ziemlich gute Ahnung, wer sich auf der anderen Seite befinden musste.

Da stand er, Telefon am Ohr, seine Reisetasche in der Hand, und lächelte ein breites Grinsen.

„Ich habe ihr gesagt, dass du attraktiv bist, aber die Wahrheit ist, dass du mehr als nur attraktiv bist", sagte er und beugte sich zu mir hinab, bis er nur noch wenige Zentimeter von mir entfernt war.

„Mehr?", fragte ich atemlos. Ich wusste, dass mein Grinsen mit seinem mithalten konnte.

„Du bist exquisit", sagte er.

Und nach diesen Worten bat ich ihn herein. Während ich nur dieses Hemd trug. Von fern jubelte mein O …

Eine Stunde später saßen wir zusammen am Küchentisch; vor uns lag ein sehr dezimierter Brotlaib. Obwohl er ein Wahnsinnstempo vorgelegt und ständig nach den Scheiben gegrabscht hatte, hatte ich es geschafft, ein oder zwei Bissen zu mir zu nehmen. Der Rest lag nun in Simons Bauch, den er gerade stolz tätschelte. Wir hatten geredet und gegessen, uns gegenseitig auf den neuesten Stand gebracht, beobachtet, wie Clive seine Jagd beendet hatte, und entspannten uns nun, während der Kaffee durchlief. Simons Tasche stand noch bei der Tür – er war noch nicht in seine Wohnung gegangen. Ich trug immer noch das Hemd und starrte ihn an. Es war so angenehm, aber immer noch bestand da diese niedrige Frequenz der Elektrizität, die zwischen uns knisterte.

„Die Rosinen sind übrigens eine fantastische Idee gewesen. Ich liebe sie." Er grinste mich an und steckte sich eine weitere in den Mund.

„Du bist schrecklich." Ich schüttelte den Kopf, streckte mich und sammelte die Teller und wenigen Krümel ein, die nicht inhaliert worden waren. Ich fühlte, wie er mich beobachtete, während ich durch die Küche ging. Ich nahm die Kaffeekanne und bedachte ihn mit erhobenen Augenbrauen. Er nickte. Ich stand neben seinem Stuhl, um ihm seinen Kaffee einzuschenken und erwischte ihn dabei, wie er mir versuchte, unter das Hemd zu lugen.

„Na, was gesehen, das dir gefällt?" Ich beugte mich über ihn zur Zuckerschale.

„Yep", antwortete er.

„Zucker?"

„Yep."

„Sahne?"

„Yep."

„Ist das alles, was du sagen kannst?"

„Nö."

„Gib mir was, mit dem ich arbeiten kann. Irgendwas." Ich kicherte und ging zurück zu meiner Seite des Tisches. Wieder einmal beobachtete er mich, als ich mich wieder auf meinen Stuhl faltete.

„Wie wäre es damit", sagte er schließlich, stützte sich auf die Ellbogen und sah mich ernst an. „Wie ich vorher schon erwähnt habe, habe ich mit Lizzie Schluss gemacht."

Ich starrte zurück und atmete kaum. Ich versuchte, cool zu bleiben, so cool, aber ich konnte das Grinsen, das sich über mein Gesicht ausbreitete, nicht stoppen.

„Ich merke schon, du bist richtig traurig deshalb." Er schnaubte und lehnte sich zurück.

„Nein, nicht wirklich. Willst du die Wahrheit wissen?" Mein Grinsen wuchs wegen des abrupten Anwachsens meiner Selbstsicherheit.

„Die Wahrheit wäre gut."

„Ich meinte, die Wahrheit Wahrheit, also Wahrheit auf beiden Seiten. Keine witzigen Kommentare, kein bissiges Wortgeplänkel, obwohl wir darin richtig gut sind."

„Sind wir, aber ich könnte ein wenig Wahrheit vertragen." Seine Stimme war ruhig, und seine Saphieraugen strahlten mich an.

„Okay, Wahrheit. Ich bin froh, dass du die Sache mit Lizzie beendet hast."

„Aha."

„Ja. Warum hast du es getan? Und jetzt bitte die Wahrheit", erinnerte ich ihn.

Er beobachtete mich für einen Moment, nippte an seinem Kaffee, fuhr sich wie ein Verrückter durch die Haare und nahm einen tiefen Atemzug. „Okay, die Wahrheit. Ich habe mit Lizzie Schluss gemacht, weil ich nicht mehr mit ihr zusammen sein wollte. Mit irgendeiner anderen Frau, um genau zu sein." Er setzte seine Tasse ab. „Ich bin sicher, wir werden immer Freunde bleibe, aber die Wahrheit ist, dass drei Frauen … nun, es wurde ein wenig zu viel für mich. Ich möchte alles ein wenig ruhiger angehen, vielleicht mit nur einer für eine Weile." Er lächelte, und das Blau seiner Augen funkelte gefährlich.

Ich wusste, dass ich nur ein Grinsen und eine Muskelanspannung davon entfernt war, mich komplett zum Affen zu machen, daher stand ich rasch auf und schüttete den Rest meines Kaffees in die Spüle. Ich hielt dort für eine Sekunde inne, nur für eine Sekunde, da meine Gedanken Achterbahn fuhren. Er war Single. Er war … Single. Heilige Mutter Erde, das Wandbeben war Single.

Ich fühlte, wie er sich durch die Küche bewegte, bis er hinter mir stand. Ich erstarrte. Seine Hände strichen sanft mein Haar von meinen Schultern und fuhren hinab zu meinen Hüften. Sein Mund – dieser verdammte Mund – berührte gerade so meine Ohrmuschel, und er flüsterte: „Die Wahrheit? Ich kann nicht aufhören, an dich zu denken."

Meine Kinnlade klappte nach unten, und meine Augen weiteten sich, als ich hin- und hergerissen war zwischen der Entscheidung, meine Faust siegreich in die Luft zu strecken oder tatsächlich in meiner Küche Sex zu haben. Bevor ich mich entscheiden konnte, bewegte sich sein Mund mit einem eindeutigeren Ziel, presste sich an die Haut genau unter meinem Ohr und brachte damit meinen gesunden Menschenverstand zum Schmelzen und Körperteile weiter unten zum Tanzen.

Seine Hände packten meine Hüften, und er drehte mich zu sich herum, sodass ich nun mit seinem Körper und Grinsen konfrontiert wurde. Rasch kontrollierte ich meine Mimik und versuchte verzweifelt, mich zusammenzureißen.

„Die Wahrheit? Ich habe an dich gedacht, seit der Nacht, in der du an meine Tür gehämmert hast", flüsterte er und beugte sich zu mir, um meinen Nacken mit atemberaubender Präzision zu küssen. Sein Haar kitzelte meine Nase, und ich kämpfte damit, meine Hände bei mir zu behalten. Er drückte mich ein wenig auf die Seite und überraschte mich damit, dass er mich auf die Theke hob. Meine Beine öffneten sich automatisch, um ihn dazwischen zu lassen. Das Universelle Wandbeben-Gesetz brachte jeden Gedanken, den ich noch hatte, zum Erliegen. Aber keine Sorge, meine Hüften wussten, was zu tun war.

Eine seiner Hände schlang sich um meine Taille, während

die andere meinen Nacken umfasste. „Die Wahrheit?", fragte er noch einmal und zog meine Hüften an den Rand der Theke, sodass ich dazu gezwungen war, mich zurückzulehnen, als meine Beine mal wieder auf Autopilot liefen und sich selbst um seinen Körper schlangen. „Ich will dich in Spanien", hauchte er und brachte seinen Mund nahe an meinen.

Irgendwo begann eine Katze zu miauen … und ein O trat endlich seine Heimreise an.

„Mehr Wein, Mr. Parker?"

„Für mich nicht mehr. Caroline?"

„Vielen Dank, nein." Ich streckte mich in meinem Sitz. First Class nach LaGuardia, dann First Class nach Malaga in Spanien. Von dort aus würden wir ein Auto bis nach Nerja nehmen, einer kleinen Küstenstadt, in der Simon ein Haus gemietet hatte. Tauchen, Höhlenforchen, Wandern, wunderschöne Strände und Berge – alles in einem idyllischen Dörfchen.

Simon wand sich ein wenig in seinem Sitz und warf einen bösen Blick über die Schulter.

„Was? Was ist das Problem?", fragte ich, sah hinter mich und sah nichts Außergewöhnliches.

„Das Kind bringt ständig meinen Sitz zum Beben", knurrte er durch zusammengebissene Zähne.

Ich lachte ganze zwanzig Minuten.

Kapitel 16

„Das war zu früh. Wir hätten warten sollen."

„Wir haben lang genug gewartet – du machst Witze, oder? Du weißt, dass ich Recht hatte. Es war Zeit, es zu tun."

„Es war Zeit, es zu tun, ja klar! Wir hätten ein wenig länger warten können, dann würden wir nicht in dem Chaos stecken, in dem wir uns jetzt befinden."

„Ich habe keine Beschwerden von deiner Seite gehört. Wenn ich mich recht entsinne, warst du ziemlich zufrieden."

„Ich konnte mich nicht beschweren. Mein Mund war voll. Aber ich hatte ein Gefühl. Ich wusste einfach, dass das falsch war, absolut falsch."

„Okay, ich gebe auf. Sag mir, wie wir das wieder in Ordnung bringen."

„Zuerst einmal hältst du sie falsch herum", gab ich zurück, packte die Karte und drehte sie richtig herum.

Wir standen seit fünf Minuten auf dem Seitenstreifen der Straße und versuchten herauszufinden, wie wir nach Nerja kamen.

Nach unserer Landung in Malaga, dem Gang durch den Zoll, dem Besuch bei der Autovermietung und der erfolgreichen Fahrt durch das Stadtzentrum hatten wir uns nun verfahren. Simon fuhr, daher hatte ich die Aufsicht über die Karte. Und damit meine ich, dass er sie mir alle zehn Minuten abnahm, ansah, hmm-te und druckste herum und drückte sie mir wieder in die Finger. Er hörte mir nicht zu, sondern verließ sich stattdessen auf seine angeborene Männer-Karte. Er weigerte sich auch, das GPS anzuschalten, das uns zur Verfügung gestellt worden war, da er entschlossen war, uns auf die altmodische Weise ans Ziel zu bringen.

Was genau der Grund war, weshalb wir uns verirrt hatten. Einen Zug zu nehmen wäre zu einfach gewesen. Simon brauchte ein Auto, um wegen seiner Shootings herumzukommen, was im Grunde auch der Grund war, weshalb wir hier waren. Nachdem wir die Nacht über geflogen waren, waren wir beide erschöpft, aber der beste Weg, um Jetlag zu bekämpfen, war der, sich so rasch wie möglich auf die Ortszeit einzustellen. Wir hatten beide beschlossen, kein Nickerchen zu machen, bis wir uns heute Nacht schlafen legen würden.

Nun stritten wir darüber, wo wir eine falsche Abzweigung genommen hatten. Ich hatte ein paar Churros von einem Straßenhändler gegessen, als wir angeblich die falsche Kurve genommen hatten, daher spielten wir gerade das Wer hat Schuld-Spiel.

„Ich sage ja nur, dass wir, wenn sich hier nicht jemand gerade vollgestopft hätte, sondern auf die Kreuzungen geachtet hätte, nicht …"

„Vollgestopft? Ernsthaft? Du hast meine Churros geklaut. Ich habe dir gesagt, du hättest dir deine eigenen holen sollen, als wir angehalten haben!"

„Da hatte ich keinen Hunger, aber dann hast du mit den Lippen geschmatzt und die Schokolade abgeleckt, und ich wurde … abgelenkt." Er sah von der Karte auf, die er über die Motorhaube gebreitet hatte, und grinste, womit er die Anspannung durchbrach.

„Abgelenkt?" Ich grinste zurück und lehnte mich ein wenig zu ihm. Während er auf die Karte sah, sah ich ihn an. Wie konnte jemand, der die letzten hundert Jahre in einem Flugzeug verbracht hatte, so gut aussehen? Denn genau das tat er: ausgewaschene Jeans, schwarzes T-Shirt, dunkelblaue Jacke. Ein vierundzwanzig Stunden Bartschatten, der danach schrie, abgeleckt zu werden. Wer leckte über Bartstoppel? Ich. Er stützte sich auf den Armen ab, während er die Karte studierte, und bewegte lautlos die Lippen, als er versuchte, sie zu entziffern.

Ich schob mich unter seine Arme und drapierte mich wie das schamloseste Pin Up-Girl in einem Männerkalender über die Motorhaube. „Darf ich einen Vorschlag machen?"

„Ist es ein schlüpfriger Vorschlag?"

„Überraschenderweise nicht. Können wir bitte das GPS anschalten? Ich würde gern ankommen, bevor ich in ein paar Tagen wieder gehen muss", stöhnte ich. Da ich auf die letzte Sekunde gebucht hatte, musste ich einen Tag vor Simon abreisen. Aber fünf Tage in Spanien … ich würde mich nicht beschweren.

„Caroline, nur Weicheier benutzen GPS", schnaubte er und drehte sich wieder zur Karte.

„Dieses Weichei hier würde für ein Abendessen sterben, und für eine Dusche und ein Bett, und diesen Jetlag loswerden. Also, außer du möchtest mich „Es geschah in einer Nacht" in der spanischen Version nachspielen sehen, schalte das GPS ein, Simon." Ich packte ihn an der Jacke und zog ihn zu mir herunter. „Klang das zu unfreundlich?", flüsterte ich und gab ihm einen winzigen Kuss aufs Kinn.

„Ja, ich habe jetzt eine Mordsangst vor dir."

„Heißt das, GPS?"

„Heißt es." Er seufzte resigniert, lehnte sich zurück und zog mich vom Auto. Ich gab einen kleinen Jubel von mir und steuerte die Tür an. „Nein, nein, nein. Du warst unfreundlich, Nachthemdchen. Ich brauche ein wenig Zucker", befahl er mit glitzernden Augen.

„Du brauchst Zucker?"

Er zog an meinem Arm, sodass ich an ihn gedrückt wurde. „Ja, benötige ich. Dringend."

„Du bist ziemlich verdreht, Simon." Ich schlang ihm die Arme um den Hals.

„Du hast ja keine Ahnung." Er leckte sich die Lippen und wackelte wie ein Gangster der alten Schule mit den Augenbrauen.

„Komm schon, hol dir deinen Zucker", neckte ich ihn, als er seine Lippen an meine legte.

Ich würde nie müde werden, Simon zu küssen. Ich meine, wie könnte ich auch? Seit der Nacht, in der er mich durch die Wahrheit direkt auf meiner Küchentheke erwischt hatte, hatten wir langsam diese neue Seite unserer Beziehung erforscht. Unter all dem Knistern und Funkensprühen hatte sich in den vergangenen Monaten eine ernsthafte sexuelle Spannung aufgebaut. Und wir lebten sie aus – wenn auch langsam. Sicher, wir hätten in der Nacht damals ins Schlafzimmer rennen können und tagelang mit unseren Aktivitäten im Bett die Stadt erhellen können, aber Simon und ich schienen, ohne darüber gesprochen zu haben, auf der gleichen Schiene zu denken und waren zufrieden, der Geschichte ihren Lauf zu lassen.

Er umwarb mich. Und ich ließ ihn mich umwerben. Ich wollte die Werbung. Ich verdiente sie. Ich brauchte das Wow, das der Werbung mit Sicherheit folgen würde, aber momentan war die Werbung bereits ein dickes „Woah".

Und da wir gerade von Werbung sprachen …

Meine Hände fuhren in seine Haare, zogen, zerrten und versuchten seinen ganzen Körper in meinen zu ziehen. Er stöhnte in meinen Mund, ich fühlte die Berührung seiner Zunge an meiner und schmolz dahin. Ich seufzte einen winzigen Seufzer, und es wurde immer schwerer ihn zu küssen wegen des gigantischen Grinsens, das sich auf meinem Gesicht ausbreitete.

Er zog sich ein wenig zurück und lachte. „Du siehst sehr glücklich aus."

„Küss mich bitte weiter", befahl ich und zog ihn wieder an mich.

„Das wäre, als ob ich einen Halloweenkürbis küsse. Weshalb grinst du so?" Er lächelte mit einem Grinsen, das so breit wirkte wie meines, auf mich herunter.

„Wir sind in Spanien, Simon. Da ist Grinsen inklusive." Ich seufzte zufrieden und brachte sein Haar in Unordnung.

„Ach, und ich dachte, es hätte mit meinen Küssen zu tun", antwortete er und küsste mich wieder, sehr sanft.

„Okay, Cowboy. Bereit zu sehen, wo uns das GPS hinführt?", fragte ich und machte einen Schritt weg. Ich musste meine Hände von ihm nehmen, oder wir würden nie wegkommen.

„Lass mal sehen, wie sehr wir uns verfahren haben." Er lächelte, und wir machten uns wieder auf den Weg.

„Ich glaube, hier ist die Abzweigung … Yep, das ist sie", sagte er.

Ich hüpfte in meinem Sitz auf und ab. Es hatte sich herausgestellt, dass wir näher waren als geahnt und wir waren ein wenig ungeduldig geworden. Als wir die letzte Kurve nahmen, sahen wir uns an, und ich quietschte vor Freude. Wir hatten die letzten Kilometer das Meer gesehen, das zwischen ein paar Bäumen oder über eine Klippe hinweg aufblitzte. Nun, da wir auf einen winzigen Kopfsteinpflasterweg abbogen, ging mir langsam auf, dass Simon ein Haus nicht nur nahe des Strandes, sondern am Strand gemietet hatte, und der Anblick ließ mich verstummen.

Simon hielt vor dem Haus, die Reifen knirschten auf den abgerundeten Steinen. Als er das Auto zum Stehen brachte, konnte ich hören, wie die Wellen nur ungefähr dreißig Meter entfernt gegen die felsige Küste schlugen. Wir saßen einen Moment lang da, nahmen alles in uns auf und grinsten uns an, bevor ich aus dem Auto sprang.

„Hier bleiben wir? Das ganze Haus … ist unseres?", rief ich, als er unsere Taschen nahm, kam und sich neben mich stellte.

„Es ist unseres, ja." Er lächelte und machte eine Bewegung, dass ich vor ihm gehen sollte.

Das Haus war gemütlich und großartig zugleich: weiße Stuckwände, ein Tonziegeldach, klare Linien und sanft geschwungene Bögen. Orangenbäume säumten den Weg von der Einfahrt, und Bougainvilleen erklommen die Wände des Gartens. Das Haus war ein klassisches Cottage und gebaut, um das schlimmste Wetter abzuhalten und diejenigen, die darin wohnten, zu behüten. Als Simon unter den Blumentöpfen nach dem Schlüssel suchte, inhalierte ich den Zitrusduft und die salzige Luft.

„A-ha! Hab ihn. Bereit für die Besichtigung?" Er kämpfte einen Moment lang mit der Tür, bevor er sich zu mir umdrehte.

Ich griff nach seiner Hand, verflocht meine Finger mit seinen und beugte mich vor, um seine Wange zu küssen. „Danke."

„Für was?"

„Weil du mich hierher gebracht hast." Ich lächelte und küsste ihn direkt auf die Lippen.

„Mmm, mehr von dem Zucker, den du mir versprochen hast." Er ließ die Tasche fallen und zog mich an sich.

„Zucker, klar! Lass uns das Haus ansehen!", rief ich, entzog mich ihm und rannte an ihm vorbei durch die Tür. Aber sobald ich es durch den Eingang geschafft hatte, hielt ich an. Da er mir direkt gefolgt war, stieß er mit mir zusammen, während ich alles in mich aufnahm.

Ein abgesenktes Wohnzimmer, aufgelockert durch vornehme weiße Sofas und gemütlich aussehende Stühle, öffnete sich auf das, von dem ich vermutete, dass es die Küche war. Fenstertüren auf der Rückseite des Hauses führten auf mehrere große, terrassenartig angelegte Veranden, die bis auf den steinigen Strand hinab führten. Aber das, was mich wirklich stoppte, war das Meer. Auf der gesamten Rückseite konnte man durch die riesigen Fenster das tiefe Blau des Mittelmeers sehen. Die Küstenlinie wand sich bis zur Stadt Nerja, wo die Lichter gerade anfingen zu funkeln, als sich das Zwielicht über den Strand legte. Sie erleuchteten die anderen weißen Häuser, die sich an die Klippen schmiegten.

Ich erinnerte mich daran, wie man sich bewegte, rannte los, um die Türen zu öffnen und ließ die laue Luft über mich streichen und ins Haus hinein. Sie tauchte alles in diesen Abendduft.

Ich ging zum schmiedeeisernen Geländer, das sich am Rand der erdfarbenen Ziegelveranda befand und umgeben war von Olivenbäumen. Ich legte meine Hände auf das warme Metall und starrte und starrte und starrte. Ich fühlte, wie Simon hinter mich trat und ohne ein Wort seine Arme um meine Taille schlang. Er schmiegte sich an mich und legte seinen Kopf auf meine Schulter. Ich lehnte mich zurück und fühlte sämtliche Ecken und Kanten seines Körpers, die sich perfekt an meinen Körper anpassten.

Diese Momente, in denen alles genauso ist, wie es sein sollte? Wenn man fühlt, wie man selbst und das gesamte Universum sich in perfekter Synchronisation bewegt, und nicht zufriedener sein könnte? Ich befand mich in genau so einem Moment und war mir dessen bewusst. Ich kicherte ein wenig und fühlte Simons Lächeln, als er sein Gesicht an meinen Nacken presste.

„Gut, nicht?", flüsterte er.

„So gut", antwortete ich, und wir sahen uns in gebanntem Schweigen den Sonnenuntergang an.

Wir sahen uns den Sonnenuntergang an, bis es dunkel war, dann erforschten wir den Rest des Hauses. Es wurde mit jedem Raum schöner und schöner, und ich quietschte erneut vor Freude beim Anblick der Küche. Es war, als ob ich direkt in Inas Zuhause in East Hampton versetzt worden wäre, aber mit spanischem Flair: Kühlschrank mit Gefriertruhe, großartige Granittheken und ein Herd von Viking. Ich wollte nicht mal wissen, wie viel Simon für dieses Haus zahlen musste. Ich hatte mich entschieden, es einfach zu genießen. Und wir genossen es, indem wir hin und her rannten und wie die Kinder lachten, als wir das Bidet im Flurbadezimmer entdeckten.

Und dann betraten wir das Schlafzimmer. Ich kam gerade um die Ecke und sah ihn am Ende des Flurs direkt vor der Tür stehen.

„Was in aller Welt hast du entdeckt, dass dich so ruhig hat… Oh, wow! Sieh dir das an!" Ich hielt neben ihm inne und bewunderte den Anblick von der Tür aus.

Wenn mein Leben einen Soundtrack hätte, wäre in diesem Moment das Thema von „2001: Odyssee im Weltraum" erklungen.

In der Mitte des Raumes, der an der Ecke des Hauses angebracht war und eine eigene Terrasse besaß, die auf das schönste Meer der Welt hinausführte, stand das größte Bett, das ich jemals gesehen hatte. Es schien aus Teakholz gemacht und so groß wie ein Fußballfeld zu sein. Tausende seidigweicher weißer Kissen waren an das Kopfende gestapelt und verteilten sich über einer weißen Tagesdecke. Sie war aufgeschlagen, und die vermutlich aus einer Million Fäden bestehenden Laken schimmerten – sie schimmerten allen Ernstes -, als ob sie von innen beleuchtet würden. Durchsichtige weiße Vorhänge hingen von Stangen herab, die über dem Bett hingen, und schufen so einen Betthimmel, während weitere Vorhänge an den Fenstern hingen, die den Blick auf das Meer darunter freigaben. Die Fenster waren geöffnet, und die Vorhänge bewegten sich sanft in der Brise, was dem Raum dank der Rüschen ein wogendes, wellenartiges Gefühl verlieh.

Es war das Bett aller Betten. Es war das Bett, von dem alle kleinen Betten träumten, dass sie einmal so enden würden, wenn sie erwachsen werden würden. Es war ein Bettenhimmel.

„Wow", brachte ich heraus. Ich stand immer noch neben Simon im Flur.

Es war hypnotisierend. Es war wie eine Bett-Sirene, die uns heranlockte, damit wir untergingen.

„Das kannst du laut sagen", stammelte er. Sein Blick wich nicht ein einziges Mal von dem Bett.

„Wow", wiederholte ich laut, immer noch starrend.

Ich konnte nicht aufhören und ich war auf einmal sehr, überaus und furchtbar nervös. Ich durchlitt einen schlimmen und sehr einsamen Anfall von Versagensangst.

Simon gluckste über meinen schlechten Scherz, was mich ins Hier und Jetzt und an seine Seite zurückrief. „Kein Druck, hm?", sagte er. Sein Blick wirkte schüchtern.

Oh? Nervös? War der Anfall doch nicht so einsam, wie ich dachte? Ich hatte die Wahl. Ich konnte mich auf die allgemein gängige Weisheit stützen, die besagte, dass zwei Erwachsene, die gemeinsam Urlaub in einem wunderschönen Haus mit einem Bett machten, das förmlich Sex schrie, sofort und ohne Pause in besagtem Bett landen würden, oder ich konnte den Druck wegnehmen und alles einfach genießen. Genießen, zusammen zu sein und die Dinge einfach geschehen zu lassen, wenn sie geschehen würden. Yep, diese Version gefiel mir besser.

Ich zwinkerte und sprang mit Anlauf auf das Bett, wobei die Kissen sich über das gesamte Zimmer verteilten. Ich lugte über den verbleibenden Kissenberg Richtung Tür, in der er nach wie vor stand – ein Anblick, den ich schon so viele Male zuvor genossen hatte. Er sah ein wenig nervös aus, aber immer noch äußerst attraktiv.

„Also, wo schläfst du?", rief ich, und seine Mimik entspannte sich in ein Lächeln. Mein Lächeln.

„Wein?"

„Schnaufe ich oder nicht?"

„Also, Wein." Er schnaubte und wählte eine Flasche Rosé aus dem gut bestückten Weinschrank. Simon hatte arrangiert, dass einige Grundlebensmittel vor unserer Ankunft in das Haus gebracht worden waren – nichts Außergewöhnliches, aber genug, damit wir etwas mampfen und es uns gemütlich machen konnten.

Es war nun vollkommen Nacht geworden, und jegliche Überlegung, in die Stadt zu gehen, verschwand unter dem sich bemerkbar machenden Jetlag. Stattdessen wollten wir heute Nacht zu Hause bleiben, schön ausschlafen und am Morgen in die Stadt gehen. Es gab Brathähnchen, Oliven, einen Keil Manchego-Käse, einen großartig aussehenden Serrano-Schinken und genug andere Kleinigkeiten, um ein leckeres Mahl zu zaubern.

Ich stellte die Teller hin, während er den Wein einschenkte, und schon bald saßen wir auf der Terrasse. Der Ozean schlug unten gegen die Klippen, und die hölzerne Treppe hinunter zum Strand wurde von winzigen weißen Lichtern eingefasst.

„Wir sollten vor dem Schlafengehen hinunter zum Strand gehen und zumindest ein klein wenig spazieren gehen", sagte ich.

„Einverstanden. Was willst du morgen machen?"

„Hängt davon ab. Wann musst du anfangen zu arbeiten?"

„Ich kenne ein paar der Orte, an die ich gehen muss, aber ich muss noch ein paar auskundschaften. Willst du mitkommen?"

„Natürlich. Wollen wir morgen mit der Stadt anfangen und dann sehen, wohin es uns verschlägt?", fragte ich und knabberte an einer Olive.

Er hob sein Glas und nickte. „Lass uns darauf anstoßen, dass wir einfach sehen, wohin es uns verschlägt."

„Darauf trinke ich." Ich stieß mit ihm an, und unsere Blicke trafen sich. Wir lächelten beide, eine Art intimes Lächeln. Wir waren endlich allein, und es gab keinen anderen Ort auf der Welt, an dem ich lieber gewesen wäre. Wir aßen, warfen uns heimliche Blicke zu und nippten an unserem Wein. Er machte mich ein wenig schläfrig und gefühlsduselig.

Danach suchten wir uns vorsichtig einen Weg hinab über die steinige Küste zum Strand. Wir nahmen uns an den Händen und ließen nicht los. Schließlich standen wir am Rand der

Erde, während der starke, salzige Wind durch unsere Haare und Kleider fuhr und uns ein wenig zurückdrängte.

„Es ist schön, bei dir zu sein", sagte ich. „Ich … ähm … also … ich mag es, deine Hand zu halten", gab ich zu und fühlte mich mutig wegen des Weins. Witziges Geplänkel hatte seinen Zeitpunkt, aber manchmal brauchte man nichts als die Wahrheit.

Er antwortete nicht, sondern lächelte einfach und hob meine Hand an seinen Mund, um einen kleinen Kuss darauf zu platzieren.

Wir beobachteten die Wellen, und als er mich an seine Brust zog, um mich an sich zu kuscheln, atmete ich langsam aus. War es wirklich so lange her, dass ich mich – wie nannte man das doch gleich? – umsorgt gefühlt hatte?

„Jillian hat mir gesagt, dass du weißt, was mit meinen Eltern passiert ist", sagte er so leise, dass ich ihn fast nicht hörte.

„Ja, sie hat es mir gesagt."

„Sie hielten sich immer an den Händen. Aber nicht, um anderen etwas zu beweisen, weißt du?"

Ich nickte an seiner Brust und atmete seinen Geruch ein.

„Ich sehe immer Paare, die Händchen halten und dabei eine solche Show abziehen, sich Baby und Süße und Liebling nennen. Es wirkt, ich weiß nicht, falsch auf mich. Als ob sie das nicht machen würden, wenn sie nicht gerade in Gesellschaft wären, verstehst du?"

Ich nickte wieder.

„Meine Eltern? Damals habe ich nicht wirklich viel darüber nachgedacht, aber wenn ich jetzt darüber nachdenke, wird mir klar, dass ihre Hände fast schon zusammengewachsen waren, da sie immer Händchen hielten. Selbst wenn niemand zusah. Ich kam nach dem Sport nach Hause, und sie sahen fern, beide am jeweiligen Ende der Couch, aber ihre Hände lagen auf einem Kissen in der Mitte, damit sie sich immer noch berühren konnten … Es war einfach … ich weiß nicht, es war einfach nett."

Meine Hand, die immer noch in seiner lag, drückte sanft zu, und ich spürte, wie seine starken Finger zurückdrückten.

„Hört sich an, als ob sie immer noch ein Paar waren, nicht

nur Mama und Papa", sagte ich. Sein Atem wurde etwas schneller.

„Ja, genau."

„Du vermisst sie."

„Natürlich."

„Das hört sich vielleicht seltsam an, da ich sie nie gekannt habe, aber ich habe das Gefühl, dass sie sehr stolz auf dich wären, Simon."

„Ja."

Wir schwiegen eine weitere Minute lang und fühlten nur die Nacht um uns herum.

„Sollen wir zurück zum Haus gehen?", fragte ich.

„Gern." Er küsste meinen Scheitel, bevor wir zurückgingen – unsere Hände immer noch miteinander verbunden, als ob sie mit Alleskleber bedeckt worden wären.

Ich hatte Simon das Aufräumen unseres Abendessens überlassen, da ich eine rasche Dusche vor dem Schlafengehen nehmen wollte. Nachdem ich den Reisestaub abgewaschen hatte, schlüpfte ich in ein altes T-Shirt und Shorts, da ich zu müde war, um die Reizwäsche anzuziehen, die ich eingepackt hatte. Ja, ich hatte sexy Nachtwäsche eingepackt. Ich war ja keine Nonne.

Ich stand vor dem Spiegel in meinem Schlafzimmer (yep, ich hatte das große mit Beschlag belegt) und föhnte meine Haare, als ich sah, wie er in der Tür stand. Er war auf dem Weg zu seinem eigenen Zimmer nach seiner Dusche, trug Pyjamahosen und hatte ein Handtuch um seinen Nacken geschlungen. Ich war erschöpft, aber nicht so erschöpft, dass ich den Anblick nicht genoss. Ich beobachtete ihn im Spiegel, als er mich ebenfalls ansah.

„War die Dusche schön?", fragte er.

„Ja, großartig."

„Geht's ab ins Bett?"

„Ich halte nur mit Mühe die Augen offen", erwiderte ich und gähnte, um es zu unterstreichen.

„Soll ich dir noch etwas bringen? Wasser? Tee? Etwas anderes?"

Ich drehte mich zu ihm um, als er eintrat. „Kein Wasser, keinen Tee, aber es gibt eines, das ich gern hätte, bevor ich schlafen gehe", schnurrte ich und ging ein paar Schritte auf ihn zu.

„Was denn?"

„Einen Gutenachtkuss?"

Sein Blick verdunkelte sich. „Oh, ist das alles? Das kann ich erledigen." Er trat vor mich und schlang die Arme um meine Taille.

„Küss mich, du Trottel", neckte ich ihn und fiel ihm wie in einem altmodischen Melodram in die Arme.

„Ein küssender Trottel. Kommt sofort." Er lachte, aber innerhalb weniger Sekunden lachte keiner mehr. Und innerhalb von Minuten stand niemand mehr.

Nachdem wir in der Kissenstadt versunken waren, wanden wir uns, die Arme und Beine verstrickten sich ineinander, die Küsse wurden immer hektischer. Mein T-Shirt rutschte hoch auf meine Taille, und das Gefühl seiner Härte, die sich zwischen meine Beine presste, war unbeschreiblich. Er ließ Küsse auf meinen Nacken regnen, leckte und saugte, während ich stöhnte, als ob ich einen Wettbewerb gewinnen wollte, bei dem die Gewinnerin einen Simon bekam, der an ihrem Nacken lecken und saugen würde.

Um gerecht zu bleiben: Ich hatte bisher noch nie eine Besessene in einer Kirche stöhnen gehört, aber ich hatte das Gefühl, dass sie sich wohl ähnlich anhören würde wie die Laute, die sich aus meinem Mund ergossen.

Er drehte mich wie eine Puppe herum und brachte mich auf ihm zum Liegen, meine Beine an seinen Seiten – genau so, wie ich schon immer hatte liegen wollen. Er seufzte und sah auf, als ich ungeduldig meine Haare aus meinem Gesicht strich, damit ich den großartigen Anblick unter mir richtig genießen konnte.

Wir verlangsamten unsere Bewegungen, hielten schließlich komplett inne, starrten uns ungeniert an und taxierten uns schamlos.

„Unglaublich", hauchte er und griff sanft nach oben an meine Wange, während ich mich an seine Finger schmiegte.

„Das ist ein gutes Wort dafür, ja. Unglaublich." Ich küsste seine Fingerspitzen. Er starrte erneut in meine Augen. Diese Saphire zauberten schon wieder ihr Voodoo, das mich in eine Pfütze Sehnsucht verwandelte. Gott, er war dran schuld, dass ich poetisch wurde.

„Ich will das nicht versemmeln", sagte er auf einmal. Seine Worte rissen mich aus meiner Welt der Poesie.

„Moment … was?" Ich schüttelte den Kopf, um ihn klar zu bekommen.

„Das hier. Dich. Uns. Ich will das hier nicht gegen die Wand fahren." Er setzte sich unter mir auf, wodurch meine Beine sich um seine Taille wanden.

„Okay, also tu es einfach nicht." Ich war nicht sicher, wo er hinwollte mit seiner kleinen Rede.

„Also, du solltest wissen, dass ich keine Erfahrung damit habe."

Ich hob eine Augenbraue. „Ich habe eine Wand daheim, die das Gegenteil beschwören würde …" Ich lachte, und er presste mich unglaublich eng an seine Brust. „Hey, hey … was ist los?" Ich rieb beruhigend über seinen Rücken.

„Caroline, ich … Himmel, wie sage ich das am besten, ohne wie der Scriptschreiber von Dawson's Creek zu klingen?", murmelte er gegen meinen Nacken.

Ich musste ein wenig kichern, als ein Bild von Pacey in meinem Kopf auftauchte, was Simon zur Besinnung kommen ließ. Ich lehnte mich ein wenig zurück, um ihn sehen zu können, und er lächelte kläglich.

„Okay, Dawson's Creek mal beiseite gelassen. Ich mag dich wirklich, Caroline. Aber ich hatte seit der Highschool keine Freundin mehr und keine Ahnung, wie ich vorgehen soll. Aber du musst wissen, dass das, was ich für dich fühle, einfach etwas anderes ist, okay? Und was auch immer deine Wand daheim sagt, du musst einfach wissen, dass das, was wir haben oder haben werden, etwas anderes ist. Du weißt das, oder?"

Er sagte mir, dass ich anders war, dass ich also kein Ersatz für den Harem war. Und das, das wusste ich. Er sah mich so ernst an, dass sich mein Herz ein wenig weiter für ihn öffnete.

Ich drückte ihm einen sanften Kuss auf seine süßen Lippen.

„Zuerst einmal weiß ich das alles. Zweitens bist du darin besser, als du glaubst." Ich lächelte, wartete, bis er die Augen schloss, und küsste dann seine Augenlider. „Und fürs Protokoll: Ich habe Dawson's Creek geliebt, und du hast der Serie alle Ehre gemacht." Ich lachte, als seine Augen sich öffneten und deutlich seine Erleichterung zeigten. Ich umarmte ihn und hielt ihn, während wir uns hin- und herwiegten. Der Überschwang der Hormone ließ nach, als wir uns in diesem neuen Gefühl zurechtfanden, in dieser stillen Intimität, die fast genauso süchtig machte.

„Ich mag es, dass wir die Dinge langsam angehen. Du machst diese Umwerbungssache wirklich gut", flüsterte ich.

Er erstarrte unter mir. Ich konnte fühlen, wie er ein wenig zitterte.

„Umwerbungssache?" Er versuchte, sein Gelächter zu kontrollieren, was dazu führte, dass ihm die Tränen in die Augen traten.

„Ach, sei einfach still!", rief ich und zog ihm eines der Kissen über.

Wir lachten noch ein wenig länger, fielen zurück auf das großartige Bett, und als der Jetlag uns endlich einholte, machten wir es uns bequem. Zusammen. Es gab keinen Zweifel mehr in meinem Kopf, dass wir zusammen schlafen sollten. Ich wollte ihn hier haben. Bei mir. Umgeben von Kissen und Spanien kuschelten wir uns zusammen. Der letzte Gedanke, den ich hatte, bevor ich in seinen starken Armen einschlief, war: Vielleicht verliebte ich mich in mein Wandbeben.

Kapitel 17

Am nächsten Morgen wurde ich von einem lauten Grollen geweckt. Eine Sekunde lang vergaß ich, wo ich war, und nahm automatisch an, dass ich daheim war und wir ein Erdbeben erlebten. Ich war halb aus dem Bett gesprungen und bereits mit einem Fuß auf dem Boden angekommen, als ich bemerkte, dass der Ausblick vor dem Schlafzimmerfenster blauer war als daheim und viel „mittelmeerlicher". Und das Grollen? Es gab kein Grollen. Simon schnarchte. Schnarchte. Schnarchte, dass die Wände wackelten, und seine Nase gab die unheimlichsten Geräusche von sich. Ich schlug die Hände vor den Mund, um mein Lachen zu unterdrücken und krabbelte zurück ins Bett, um mir die Situation genauer zu betrachten.

Wie bei mir üblich hatte ich den Großteil des Bettes in der Nacht übernommen, und er war auf die weiter entfernt liegende Ecke verdrängt worden, wo er sich mit einem Kissen zwischen den Beinen in einen kleinen Ball zusammengerollt hatte. Aber das, was er an Raum einsparte, machte er mit seinen Geräuschen wieder wett. Die Laute, die aus seiner Richtung kamen, waren eine Mischung aus Grizzlybär und explodierendem Traktoranhänger. Ich rutschte über das riesige Bett, beugte mich über seinen Kopf und sah hinab auf sein Gesicht. Obwohl er diese furchtbaren Geräusche von sich gab, wirkte er überaus liebenswert. Ich legte vorsichtig meine Finger an seine Nase und hielt sie zu. Und dann wartete ich.

Nach ungefähr zehn Sekunden versuchte er, einzuatmen, schüttelte den Kopf und blickte wild um sich. Als er mich über sich gebeugt sah, entspannte er sich und bedachte mich mit einem schläfrigen Lächeln.

„Hey, hey, was ist los?", murmelte er, rollte sich herum und schlang die Arme um meine Taille. Er legte seinen Kopf auf meinen Bauch.

Ich fuhr mit den Händen durch seine Haare und genoss die Beiläufigkeit und die Freiheit, die wir endlich verspürten, wenn es um Berührungen ging. „Bin grad aufgewacht. Auf dieser Seite des Bettes war jemand ziemlich geräuschvoll."

Er schloss ein Auge und sah zu mir hoch. „Ich glaube kaum, dass jemand, der so ruderig ist wie du, sich beschweren darf.

„Ruderig? Das ist noch nicht mal ein Wort", schnaubte ich und genoss das Gefühl seiner Arme um mich mehr, als ich zugeben wollte.

„Ruderig, du weißt schon, weil du im Schlaf mit den Armen herumruderst. Weil du, obwohl du in einem Bett der Größe von Alcatraz schläfst, immer noch den Großteil der Matratze brauchst, um dich auszubreiten und um dich zu treten." Er schob versehentlich-absichtlich mein T-Shirt hoch, um seinen Kopf auf meinen nackten Bauch legen zu können.

„Rudern ist besser als Schnarchen, Mr. Schnarchnase", neckte ich ihn erneut und versuchte dabei zu ignorieren, wie sein Dreitagebart auf angenehme Weise über meine Haut strich.

„Du ruderst. Ich schnarche. Was können wir wohl dagegen tun?" Er lächelte glücklich, immer noch im Halbschlaf gefangen.

„Ohrstöpsel und Schienbeinschoner?"

„Yep, das ist sexy. Wir können uns jede Nacht ausrüsten, bevor wir ins Bett gehen." Er seufzte und drückte einen winzigen Kuss genau über meinen Bauchnabel.

Ein Geräusch, das sich traurigerweise wie ein Wimmern anhörte, entrang sich meinen Lippen, bevor ich es zurückhalten konnte, und meine Ohren fühlten sich heiß an, als mir auffiel, dass er „jede Nacht" gesagt hatte, als ob wir in Zukunft jede Nacht zusammenschlafen würden. Oh, oh …

Wir aßen ein rasches Frühstück im Haus, bevor wir in die Stadt fuhren. Ich verliebte mich sofort in das Dorf: die alten Steinstraßen, die weiß getünchten Wände, die im brennenden Sonnenlicht glitzerten, die Schönheit, die sich hinter jedem offenen Torbogen befand. Ich war süchtig nach jedem kleinen Fleckchen Azurblau, das von der Küste hervorblitzte, und dem freundlichen Lächeln auf den gutmütigen Gesichtern der Leute, die diesen verzauberten Flecken Erde Heimat nannten.

Es war Markttag, und wir wanderten zwischen den Buden hin und her, während wir frische Früchte nahmen, die wir später naschen wollten. Ich hatte wunderschöne Orte auf der Welt gesehen, aber diese Stadt schien mir der Himmel zu sein. Ich hatte niemals etwas Vergleichbares erlebt.

Ich war seit Jahren allein verreist und hatte meine eigene Gesellschaft ziemlich angenehm gefunden. Aber das Reisen mit Simon? Es war … cool. Einfach cool. Er war ruhig, auf genau die gleiche Art wie ich, wenn ich etwas Neues sah. Er hatte nie das Bedürfnis, die Stille mit Geplapper zu füllen. Wir waren zufrieden, die Landschaft zu genießen. Wenn wir sprachen, war es, um auf etwas hinzuweisen, von dem wir dachten, dass es der andere nicht verpassen sollte, wie spielende Welpen in einem Durchgang oder einen alten Mann und eine Frau, die über ihre Balkone hinweg miteinander redeten. Er war ein großartiger Begleiter.

Wir gingen zurück zum Mietwagen, während sich die Nachmittagssonne durch die dünne Baumwolle hinweg in meine Schultern brannte, als meine Hand sich nebenbei mit seiner verflocht. Und als er sich die Zeit nahm, um meine Tür für mich zu öffnen und sich in der warmen spanischen Sonne zu mir herabbeugte, um mich zu küssen, waren seine Lippen und der Geruch von Olivenbäumen die einzigen Dinge, die ich auf der Welt brauchte.

In der Zeit, in der ich Simon nun kannte, hatte ich einige Bilder von ihm abgespeichert: als ich ihn das erste Mal sah, nur mit einem Bettlaken und einem hämischen Grinsen bekleidet. Als wir in der Nacht von Jillians Party über die Brücke zurückgefahren waren und wir unseren Waffenstillstand ausriefen. Ein verzerrter und verschwommener Simon, den ich von meinem Ausblick unter der Sofadecke hervor gehabt hatte. Wie er von hinten von den Tiki-Fackeln beleuchtet worden war, nass und verboten gut aussehend beim Whirlpool. Und ein kürzlich hinzugefügtes „Best of Simon"? Der Anblick von ihm unter mir, als er mich an sich gepresst hatte, seine warme Haut und sein süßer Atem, während wir im gigantischen Bett der Sünde gekuschelt hatten.

Aber nichts, und damit meine ich absolut nichts, war mehr

sexy als der Anblick von Simon bei der Arbeit. Ich meine das ernst. Ich musste mir tatsächlich ein wenig Luft zufächeln – was er nicht bemerkte, da er, wenn er arbeitete, wunderbar konzentriert war.

Und nun saß ich hier und beobachtete Simon bei der Arbeit. Wir waren die Küste hinauf gefahren, um ein paar Testfotos an einem Ort zu machen, von dem ihm ein örtlicher Touristenführer erzählt hatte, und der gefährlich gut aussehende Simon konzentrierte sich nun vollkommen auf die anstehende Aufgabe. Wie er mir erklärt hatte, ging es nicht um die Fotos, die er machte, sondern es ging darum, das Licht und die Farben auszuprobieren. Daher saß ich, während er von Fels zu Fels kletterte, auf einer Decke, die wir aus dem Kofferraum gezogen hatten, und behielt ihn im Auge. Da wir auf den Klippen hoch über dem Meer hockten, konnten wir meilenweit sehen. Die felsige Küstenlinie wand sich, während Millionen Wellen vom Meer aus hereinwogten. Und obwohl die Aussicht großartig war, lag meine Aufmerksamkeit auf der Art, wie Simons Zunge zwischen seinen Lippen auftauchte, als er sich die Szenerie ansah. Darauf, wie er auf seine Unterlippe biss, wenn er über etwas nachgrübelte. Darauf, wie Aufregung über sein Gesicht glitt, wenn er etwas Neues durch die Linse entdeckte.

Ich war froh, dass ich etwas zu tun hatte, mich auf etwas konzentrieren konnte, da ein Kampf in meinem Körper ausbrach. Seit wir den Druck wahrgenommen hatten, den das riesige Bett auf uns hätte ausüben können, konnte ich nur über diesen Druck nachdenken. Genauso wie über den Druck eines lang unterdrückten O, der geduldig – und manchmal ungeduldig – auf seine Freisetzung wartete. Der Druck war so stark, so intensiv, dass jeder einzelne Teil von mir ihn fühlen konnte.

Momentan lieferten sich folgende Teilnehmer eine Debatte: Verstand, Klein-Caroline (die für den abwesenden O sprach), Rückgrat und, obwohl es in letzter Zeit überwiegend geschwiegen hatte und den Verstand und die Nerven die Kontrolle hatte übernehmen lassen, das Herz mischte nun ebenfalls mit.

Es sollte betont werden, dass KC (Klein-Caroline wollte einen hippen, aber abgekürzten Namen) irgendwie Simons Penis einbezogen hatte, und obwohl sein Penis noch nicht direkt mit ihr in Kontakt gekommen war, fühlte KC sich verpflichtet, für ihn zu sprechen. Obwohl ich den Begriff Penis nicht wirklich mochte, hatte ich ein seltsames Gefühl, wenn ich ihn Schwanz oder Glied nennen würde, daher hieß er eben Penis … noch.

Gut, Rückgrat und Verstand waren felsenfest im Mit-dem-Sex-Warten-Camp, da sie davon überzeugt waren, dass das notwendig für diese wachsende Beziehung war. KC – und damit auch Simons Penis – waren offensichtlich Teil der Hab-so-schnell-wie-möglich-Sex-mit-ihm-Gesellschaft. Obwohl O nicht offiziell anwesend war, war er ein Unterstützer der KC-Gruppe. Aber ich fühlte ein Zwicken, und zwar nur ein Zwicken, dass er über beiden Camps schwebte, gemeinsam mit dem Herz, das derzeit Lieder über immerwährende Liebe und warme, flauschige Dinge sang.

Wenn man all das zusammennahm, was kam dann heraus? Eine vollständig verwirrte Caroline. Eine zwiegespaltene Caroline. Kein Wunder, dass ich mit dem Daten aufgehört hatte. Dieser Mist hier war hart. War ich also froh, dass ich über etwas anderes nachdenken konnte als den Druck von unbestimmtem Sex? Ja. Konnte ich ein wenig mehr Zeit damit verbringen, mir einen besseren Namen für Simons Penis einfallen zu lassen? Wahrscheinlich. Das verdiente er. Männliches Mammutgemächt? Nein. Pulsierende Säule der Leidenschaft? Nein. Jungfrauenschänder? Himmel, nein! Flöte? Hörte sich zu brav an.

Ich sagte es mir einige Male laut vor, wobei ich mit dem Gelächter kämpfte. „Flöte. Flöte. Flöööte", sang ich vor mich hin.

„Hey! Nachthemdchen! Beweg dich mal hierher", rief Simon und riss mich damit aus meiner Flötenstudie. Ich ließ meinen mentalen Kampf auf der Picknickdecke zurück und suchte mir vorsichtig einen Weg über die gezackten Felsen bis dahin, wo er hockte.

„Ich brauch dich."

„Hier? Jetzt?" Ich schnaubte.

Er ließ die Kamera so weit sinken, dass er eine Augenbraue heben konnte. „Ich brauche dich wegen des Maßstabs. Geh da rüber." Er deutete auf den Rand der Klippe.

„Was? Nein, nein. Keine Fotos, nein, nein." Ich wich zurück zu meiner Decke.

„Ja, ja, Fotos. Komm schon. Ich brauche etwas im Vordergrund. Geh da rüber."

„Aber ich sehe unmöglich aus! Ich wurde vom Wind durcheinander gewirbelt und bin von der Sonne verbrannt. Schau doch!" Ich zog meinen V-Pullover ein wenig hinunter, um ihm zu zeigen, dass ich anfing, pink zu werden.

„Obwohl ich es wirklich zu schätzen weiß, dass du mir dein Dekolleté zeigst, sparst du es dir am besten, Schwester. Das ist nur für mich, um mir die Perspektive zu zeigen. Und du siehst nicht vom Winde verweht aus. Höchstens ein bisschen." Er tappte mit dem Fuß auf den Boden.

„Du wirst mich nicht mit einer Rose zwischen den Zähnen posieren lassen, oder?" Ich seufzte und schlurfte Richtung Klippe.

„Hast du eine Rose?", fragte er und sah ernst dabei aus, abgesehen vom dämlichen Grinsen.

„Klappe. Mach deine Fotos."

„Okay, sei einfach natürlich. Kein Posieren, steh einfach da. Es wäre super, wenn du dich Richtung Wasser drehen könntest."

Ich gehorchte. Er bewegte sich um mich herum, versuchte verschiedene Winkel, und ich konnte ihn über das, was funktionierte, murmeln hören. Ich gebe zu, dass ich, obwohl ich schüchtern war, was das Schießen von Fotos von mir anging, fast seinen Blick fühlen konnte, durch die Linse, und wie er mich beobachtete. Er bewegte sich nur einige Momente um mich herum, aber es fühlte sich länger an. Der innere Krieg begann wieder zu toben.

„Bist du fertig?"

„Du kannst Perfektion nicht hetzen, Caroline. Ich muss den Job richtig erledigen", warnte er. „Aber ja, ich bin fast fertig. Hast du Hunger?"

„Ich will diese Orangen aus dem Korb ... holst du mir eine? Oder wird das dein Meisterwerk ruinieren?"

„Nein, ich werde es einfach Windzerzaustes Mädchen auf einer Klippe mit einer Klementine nennen." Er lachte und ging hinüber zum Auto.

„Du bist witzig", sagte ich ironisch, fing die winzige Orange auf, die er mir zuwarf, und begann, sie abzuschälen.

„Teilst du mit mir?"

„Ich denke mal, ja. Das ist wohl das Mindeste, was ich für den Mann tun kann, der mich hierher gebracht hat, nicht?" Ich lachte, biss in ein Stück und fühlte, wie mir der Saft das Kinn herab lief.

„Hast du ein Loch in der Lippe?", fragte er und fing den Moment ein, als ich mit den Augen rollte.

„Glaubst du wirklich, dass du witzig bist, oder nimmst du einfach an, dass du es sein könntest?", konterte ich und winkte ihn mit der Schale näher zu mir. Er schüttelte den Kopf und lachte, als er ein Stück nahm. Er nahm einen Bissen und sabberte dabei natürlich nicht. Er öffnete seine Augen in vorgetäuschtem Erstaunen, und ich nutzte die Gelegenheit, um ein weiteres Stück an sein Gesicht zu quetschen. Saft rann von der Spitze seiner Nase bis zu seinem Kinn.

„Schmutziger Simon", flüstere ich, als er mich ansah.

Blitzschnell presste er seine Lippen auf meine und verschmierte damit den Saft über uns beide, als ich in seinen Mund quietschte.

„Süße Caroline", flüsterte er grinsend. Er drehte uns, sodass das Meer hinter uns war, hielt die Kamera hoch und machte ein Foto: wir beide, bedeckt mit orangem Matsch.

„Übrigens, warum hast du vorhin Flöte gesagt?", fragte er.

Ich lachte lauthals.

„Das ist es. Das ist nun offiziell das Beste, das ich jemals im Mund hatte", verkündete ich, schloss meine Augen und stöhnte.

„Das hast du heute Nacht von allem gesagt, das du gegessen hast."

„Ich weiß, aber ich kann ehrlich nicht fassen, wie gut das ist.

Hau mich, kneif mich, wirf mich über Bord, das ist einfach zu gut", stöhnte ich noch einmal.

Wir saßen an einem kleinen Tisch in der Ecke eines kleinen Restaurants in der Stadt, und ich war fest entschlossen, alles auszuprobieren. Simon, der mit seinen Sprachkenntnissen angab, hatte für uns bestellt. Ich hatte ihm gesagt, er solle einfach loslegen, dass ich mich in seine Hände begeben würde und wusste, dass er mich nicht in die Irre führen würde. Und er erledigte einen großartigen Job. Wir schlemmten.

Wir aßen natürlich die traditionellen Tapas, begleitet vom Hauswein. Kleine Schüsseln und Teller tauchten danach alle paar Minuten an unserem Tisch auf: kleine Fleischbällchen vom Schwein, Schinkenstücke, marinierte Pilze, wunderschöne Würstchen, gegrillter Tintenfisch in fruchtigem, regionalem Olivenöl. Mit jedem Bissen war ich sicher, dass ich gerade das beste Gericht aller Zeiten aß, dann tauchte eine weitere Welle großartigen Essens auf und überzeugte mich von Neuem. Und dann kamen diese Garnelen. Unwirklich. Frittiert in Olivenöl mit Tonnen von Knoblauch, Petersilie, rauchigem Paprika und einem Hauch Hitze. Ich fiel fast in Ohnmacht. Allen ernstes.

Simon? Er liebte es. Er nahm alles in sich auf. Meine Reaktionen, genauso wie das Essen, glaube ich. Er nahm alles in sich auf.

„Ehrlich, ich kann nicht mehr", protestierte ich und zog ein Stück knusprigen Brots durch das Olivenöl.

Er lächelte, als er beobachtete, wie ich schamlos ein weiteres Brotstück genoss, bevor ich mich wirklich mit einem Stöhnen vom Tisch zurückschob.

„Das beste Essen aller Zeiten?", fragte er.

„Könnte es wirklich sein. Das war überirdisch", seufzte ich und streichelte meinen vollen Magen. Ladylike, schmadylike – ich hatte das Essen inhaliert, als ob es mir jemand wegnehmen wollte. Ein Kellner kam mit zwei kleinen Gläsern regionalen Weins. Süß und frisch war er der perfekte Drink nach dem Essen. Wir nippten langsam. Eine Brise strich durch die Fenster mit einem Hauch von Meerluft.

„Das war ein großartiges Date, Simon. Wirklich. Es hätte

nicht perfekter sein können", sagte ich und nippte erneut an meinem Wein.

„War das ein Date?", fragte er.

Meine Mimik erstarrte. „Ah, nein, ich vermute nicht. Ich habe einfach …"

„Entspann dich, Caroline. Ich weiß, was du meinst. Es ist einfach witzig, es als Date zu sehen: zwei Leute, die zusammen verreisen, aber erst jetzt auf ein Date gehen." Er lächelte, und ich entspannte mich.

„Hmm, wir sind bisher nicht wirklich den traditionellen Regeln gefolgt, nicht wahr? Das könnte wirklich unser erstes Date sein, wenn wir technisch werden wollen."

„Nun, was definiert genau genommen ein Date?", fragte er.

„Ein Abendessen, vermute ich. Obwohl wir schon mal gemeinsam zu Abend gegessen haben."

„Und ein Film – wir hatten schon mal einen Film", erinnerte er mich.

Ich schauderte. „Ja, und das war auf jeden Fall ein Trick, um mich dazu zu bringen, mit dir zu kuscheln. Ein Gruselfilm – das ist so offensichtlich", höhnte ich.

„Hat doch geklappt, nicht wahr? Ich glaube, in dieser Nacht habe ich bei dir geschlafen, Nachthemdchen."

„Ja, ich bin billig, ich gebe es zu. Ich vermute, wir haben das alles wirklich von hinten angefangen." Ich grinste, glitt mit dem Fuß unter dem Tisch zu seiner Seite und kickte ihn leicht.

„Ich mag es von hinten." Er grinste.

Ich kniff die Augen zusammen. „Darauf gehe ich jetzt nicht ein."

„Ernsthaft. Wie ich schon sagte, ich habe keine Erfahrung damit. Wie funktioniert das? Was, wenn wir das nicht … von hinten aufgezogen hätten? Was würde als Nächstes kommen?"

„Ich vermute, es gäbe ein weiteres Date, und danach noch eins." Ich lächelte schüchtern.

„Und Stufen. Wird nicht von mir erwartet, dass ich ein paar Stufen mit dir nehmen sollte?", fragte er ernsthaft.

Ich verschluckte mich an meinem Wein. „Stufen? Aus welchem Zeitalter stammst du? Meinst du damit grabbeln, fummeln über der Bluse, unter der Bluse, solche Stufen?" Ich lachte ungläubig.

„Ja, genau. Womit komme ich noch durch? Als Gentleman, meine ich. Wenn das wirklich ein erstes Date wäre, würden wir nicht gemeinsam nach Hause gehen, richtig? Erstmal ginge es ums Dating, nicht um Sex. Denk dran, angeblich mache ich diese Umwerbungssache wirklich gut", sagte er mit funkelnden Augen.

„Ja, ja, das machst du. Wir würden nicht gemeinsam heimgehen, korrekt. Aber um ehrlich zu sein, möchte ich nicht, dass du im Schlafzimmer den Flur hinunter schläfst. Ist das seltsam?" Ich konnte fühlen, wie meine Ohren und mein Gesicht heiß wurden.

„Das ist nicht seltsam", antwortete er ruhig.

Ich schlüpfte aus meiner Sandale, drückte meinen Fuß an seinen und rieb leicht an seinem Fuß entlang. „Kuscheln ist gut, nicht wahr?"

„Kuscheln ist auf jeden Fall gut", stimmte er zu und stupste mit seinem eigenen Fuß zurück.

„Was die Stufen angeht, denke ich, du könntest auf jeden Fall ein wenig unter-der-Bluse-Fummeln einplanen, wenn du dich danach fühlst." In mir jubelten der Verstand und das Rückgrat kurz, während KC und Flöte ein paar Stühle umwarfen. Meine Tittis waren begeistert, dass jemand mal an sie dachte, statt sie nur als Stopp auf der Reise nach Süden zu betrachten. Das Herz? Nun, es schwebte noch immer in eigenen Sphären und zwitscherte sein Lied.

„Also werden wir traditionell, aber nicht komplett traditionell. Gehen wir es langsam an?" Seine Saphiraugen begannen ihren kleinen hypnotischen Tanz.

„Langsam, aber nicht zu langsam. Wir sind schließlich erwachsen, zum Henker."

„Auf das Unter-der-Bluse-Fummeln!" Er hob sein Glas zum Toast.

„Darauf trinke ich." Ich lachte, als wir anstießen.

Fünfundsiebzig Minuten später lagen wir im Bett. Seine Hände waren warm, als er mit sicherem Griff jeden einzelnen Knopf durch das Knopfloch schob und meine Haut entblößte. Er ließ sich bewusst Zeit. Seine Fingerspitzen malten eine direkte Linie von meinem Schlüsselbein zu meinem Nabel. Wir seufzten beide zur gleichen Zeit.

Ich konnte es nicht erklären, aber das Wissen, dass wir für den Abend Grenzen gezogen hatten, machte es, so seltsam es sich anhören mochte, so viel sinnlicher und zu etwas, das wir wirklich genießen wollten. Seine Lippen bewegten sich über meinen Nacken, hauchten winzige Küsse auf meine Haut, unter meinem Ohr, unter meinem Kinn, in die Kuhle zwischen meinem Nacken und meiner Schulter, und arbeiteten ihren Weg hinab zur Wölbung meiner Brüste. Seine Finger spreizten sich und glitten leicht, ehrfürchtig und fast schon geisterhaft über meine empfindliche Haut, als ich einatmete und dann den Atem anhielt.

Als seine Finger leicht über meine Brustwarze fuhren, wechselte jedes Nervenende in meinem gesamten Körper die Richtung und begann, in dieser Richtung zu pulsieren. Ich atmete aus und fühlte, wie Monate der Spannung gleichzeitig aus mir flossen und noch mehr davon aufgebaut wurde. Mit süßen Küssen und sanften Berührungen begann er, meinen Körper kennen zu lernen, und das war genau das, was ich brauchte. Lippen, Mund, Zunge – alles auf mir, schmeckend, streichelnd, fühlend und liebend.

Während sich seine Lippen um meine Brust schlossen und sein Haar mein Kinn auf niedliche Weise kitzelte, schloss ich meine Arme um ihn und hielt ihn fest. Das Gefühl von seiner Haut an meiner war pure Perfektion und etwas, das ich noch nie zuvor erlebt hatte. Ich fühlte mich … verehrt.

Das, was witzig und niedlich und Teil unseres ständigen Geplänkels begonnen hatte, wurde während des Ausprobierens in dieser Nacht mehr. Was vulgär „Fummeln unter der Bluse" genannt wurde, wurde Teil einer Romanze, und etwas, das einfach nur körperlich hätte sein können, wurde gefühlvoll und rein. Und als er mich an sich zog, mich in seine Armbeuge mit zärtlichen Küssen und atemlosem Kichern bettete, schliefen wir zufrieden ein.

Ruderlein und Mr. Schnarchnase.

Die nächsten zwei Tage genoss ich einfach. Es gab tatsächlich kein anderes Wort in der englischen Sprache, um die Erfahrung, die ich machte, in Worte zu fassen. Für einige mochte die Definition eines luxuriösen Urlaubs endloses Shoppen, das Verwöhnprogramm in einem Spa, teures Essen und ausgeklügelte Shows beinhalten. Aber für mich bedeutete „luxuriös" zwei Stunden in der Sonne auf der Terrasse hinter der Küche zu dösen. „Luxuriös" bedeutete, vor Honig tropfende und mit Krümeln von regionalem Käse bedeckte Feigen zu essen, während Simon mir ein weiteres Glas Cava einschenkte – und all das vor zehn Uhr früh. „Luxuriös" bedeutete, Zeit für mich selbst zu haben, in der ich durch die kleinen, von Familien betriebenen Läden von Nerja schlenderte und mich durch Wannen voller wunderschöner Spitze arbeitete. „Luxuriös" bedeutete, nahe gelegene Höhlen mit Simon zu erforschen, während er fotografierte, und wir uns in den Farben unter der Erde verloren. „Luxuriös" bedeutete, Simon anzusehen, der an einem Stein hing, während er nach einem weiteren Halt für seine Füße suchte – oben ohne. Erwähnte ich das „oben ohne"?

Und „luxuriös" bedeutete auf jeden Fall, dass ich jede Nacht in diesem Bett mit Simon verbrachte. Das war ein unbezahlbarer Luxus, der nicht auf jeder Tour angeboten wurde. Wir erklommen die ein oder andere weitere Stufe, neckten uns gegenseitig mit ein wenig Fummeln-mit-Unterwäsche. War es lächerlich, mit der Hauptattraktion bis zur letzten Nacht in Spanien zu warten? Vielleicht, aber wen kümmerte es? Er verbrachte ungefähr eine Stunde damit, eine Nacht lang jeden Zentimeter meiner Beine zu küssen, und ich verbrachte die gleiche Zeitspanne damit, mit seinem Bauchnabel zu reden. Wir … genossen uns einfach.

Aber all dieser Spaß wurde von einem gewissen Ausmaß von, sagen wir mal, nervöser Energie begleitet.

Daheim in San Francisco hatten wir Monate mit verbalem Vorspiel verbracht. Aber jetzt und hier? Das tatsächliche Vorspiel? Es war unglaublich. Mein Körper war so auf seinen eingespielt, dass ich e wusste, wenn er in den Raum kam, und ich wusste, wenn er dabei war, mich zu berühren – Sekunden, bevor er es tat. Die Luft zwischen uns war sexuell aufgeladen, die Schwingungen bitzelten hin und her mit genug Energie, um eine gesamte Stadt zu beleuchten. Sexuelle Anziehungskraft? War vorhanden. Sexuelle Frustration? Auf dem aufsteigenden Ast und knapp davor, den kritischen Punkt zu erreichen.

Verdammt, ich werde es einfach sagen. Ich war S-P-I-T-Z.

Das war der Grund, weshalb wir uns, nachdem wir den Nachmittag in den Höhlen verbracht hatten, in der Küche wiederfanden. Wir küssten uns wie Wahnsinnige. Wir waren beide ein wenig müde vom Tag, und ich wollte die wunderschöne Viking-Kochfläche ausprobieren. Ich hatte Gemüse für den Grill vorbereitet und Safranreis umgerührt, als er von seiner Dusche in die Küche kam.

Es ist fast unmöglich, seinen Anblick zu beschreiben: ausgewaschenes weißes T-Shirt, ausgeblichene Jeans, barfuß, sein nasses Haar rubbelte er mit einem Handtuch trocken. Er grinste, und ich begann doppelt zu sehen. Ich konnte wortwörtlich nicht durch den Schleier von Lust und Sehnsucht, der auf einmal durch mich strömte. Ich musste meine Hände auf seinen Körper legen, und zwar genau in diesem Moment.

„Mmm, hier riecht es aber lecker. Soll ich den Grill anheizen?", fragte er und ging zu mir, wo ich das Gemüse auf der Theke geschnitten hatte. Er stand hinter mir, sein Körper nur wenige Zentimeter von meinem entfernt, und etwas in mir zerbrach. Und dabei handelte es sich nicht nur um die Bohne, die ich gerade in der Hand hielt ...

Ich drehte mich um, und Schmetterlinge tanzten in meinem Magen bei seinem Anblick. Ich drückte meine Hand gegen seine Brust, fühlte die Stärke dort und die Wärme seiner Haut durch die Baumwolle. Die Vernunft setzte aus, und nun wurde es rein körperlich. Ein Jucken, das gekratzt werden musste, meldete sich zu Wort – wieder und wieder. Ich fuhr mit der Hand in seinen Nacken und zog ihn zu mir herunter. Meine Lippen prallten auf seine, mein intensives Bedürfnis nach ihm floss in seinen Mund und bis hinab in die Spitzen meiner Zehen. Zehen, die meine Flip-Flops wegkickten und schamlos über seine Füße strichen. Mein Körper musste Haut fühlen, irgendein Stück Haut, und zwar genau jetzt.

Er antwortete, erwiderte meine rauen Küsse mit seinen, sein Mund bedeckte meinen, als ich bei dem Gefühl seiner Hände auf meinem verlängerten Rücken aufstöhnte. Ich wirbelte ihn herum und drückte ihn an die Theke.

„Runter! Das muss sofort weg", murmelte ich zwischen den Küssen und zerrte an seinem T-Shirt. Mit einem Wispern von Stoff wurde sein T-Shirt durch den Raum geworfen, als ich meinen Körper gegen seinen manövrierte und seufzte. Ich versuchte abwechselnd, ihn zu umarmen und ihn zu erklimmen. Die Lust brodelte nun frei in meinem Körper. Ich griff zwischen uns und umfasste ihn durch seine Jeans. Sein Blick fesselte meinen. Ich war auf einem guten Kurs. Ich fühlte, wie er sekündlich unter meinen Fingern härter wurde, und auf einmal war alles, was ich wollte, alles, was ich brauchte, alles, was ich benötigte, um im Leben voranzukommen, er. In meinem Mund.

„Hey, Nachthemdchen, was hast du … oh Gott …"

In einer instinktiven Bewegung öffnete ich seine Jeans, fiel vor ihm auf die Knie und entblößte ihn. Mein Puls hämmerte, und ich glaube, mein Blut kochte wirklich in meinen Adern, als ich ihn sah. Ich sog meinen Atem in einem Zischen ein, während ich ihn betrachtete – die ausgeblichenen Jeans gerade weit genug herabgezogen, um diesen glorreichen Anblick einzurahmen.

Simon trug keine Unterwäsche. Gott segne Amerika.

Ich wollte sanft sein, ich wollte zärtlich und nett sein, aber ich brauchte ihn einfach zu sehr. Ich sah zu ihm auf. Sein Blick war umwölkt, aber hektisch, und seine Hände strichen mir das Haar aus dem Gesicht. Ich nahm seine Hände in meine und legte sie auf die Theke.

„Hierfür willst du dich festhalten", versprach ich.

Er stöhnte ein köstliches Stöhnen und tat, was ich wollte, indem er sich ein wenig zurücklehnte. Er schob die Hüften vor, behielt mich aber weiter im Auge.

Ich gab ein Schnurren von mir, als ich seine Länge in meinen Mund schob, und sein Kopf fiel etwas zurück. Meine Zunge streichelte ihn, und ich nahm ihn tiefer in mich auf. Das reine Glück, das zu tun, das pure Glück, seine Reaktion auf mich zu spüren, war genug, um mich verrückt zu machen. Ich zog mich ein wenig zurück und ließ meine Zähne ganz sanft seine empfindliche Haut streifen, was ihn die Thekenkante fester umfassen ließ. Meine Fingernägel zogen sich an der Innenseite seiner Beine hoch, und ich schob seine Jeans tiefer, um mehr von seiner warmen Haut erreichen zu können. Ich drückte Küsse auf die Spitze seines Glieds, umfasste ihn, streichelte und massierte. Er war perfekt, glatt und straff, als ich ihn wieder und wieder mit den Lippen umfasste. Ich fühlte mich trunken von seinem Geruch und seinem Geschmack.

Er stöhnte immer wieder meinen Namen, und seine Worte schmolzen über mich hinweg wie Schokolade, bis in mein Gehirn, wo sie alle meine Sinne auf ihn ausrichteten. Nur auf ihn. Es ging immer weiter. Ich machte ihn verrückt und mich selbst, indem ich leckte, saugte, schmeckte und neckte und in der Verrücktheit dieses köstlichen Aktes schwelgte. Ihn hier zu haben, auf diese Art, war die wahre Definition von Luxus.

Er versteifte sich noch mehr, und seine Hände kehrten endlich zu mir zurück in dem Versuch, mich zurückzuziehen.

„Caroline, oh, Caroline, ich ... du ... zuerst ... du ... oh Gott ... du", stammelte er.

Glücklicherweise konnte ich es übersetzen. Er wollte, dass ich auch etwas davon hatte. Was er nicht erkannte, war, dass die vollständige Hingabe, die er mir gab, alles war, was ich brauchte. Ich entließ ihn nur für einen Moment, um seine Hände erneut auf der Theke zu platzieren.

„Nein, Simon. Du", erwiderte ich und nahm ihn erneut so tief auf, dass ich ihn am Ansatz meines Rachens fühlte. Meine Hände kümmerten sich um den Rest von ihm, den mein Mund nicht erreichte. Seine Hüften bewegten sich einmal, dann noch einmal und mit einem Schaudern und dem fabelhaftesten Stöhnen, das ich jemals gehört hatte, kam Simon. Warf den Kopf zurück, schloss seine Augen und ließ los.

Es war wundervoll.

Momente später seufzte er zufrieden, nachdem er zusammengesunken und hinab auf den Küchenboden geglitten war. „Gütiger Gott, Caroline. Das war … unerwartet."

Ich kicherte und beugte mich hinab, um seine Stirn zu küssen. „Ich konnte mich nicht kontrollieren. Du hast einfach viel zu gut ausgesehen, und ich … na ja … ich wurde mitgerissen."

„Wie wahr. Obwohl ich nicht glaube, dass es fair ist, dass ich hier ein wenig im Freien stehe und du noch vollständig angezogen bist. Aber das könnten wir rasch in Ordnung bringen." Er zog an den Bändern meiner Hosen.

Ich hielt ihn auf. „Zuerst einmal stehst du nicht ein wenig im Freien, sondern du hängst ziemlich frei auf dem Küchenboden rum, und das mag ich. Und es ging nicht um mich, auch wenn ich zugebe, dass ich es sehr genossen habe."

„Dummes Mädchen, jetzt will ich dich genießen." Er fuhr mit den Fingern am Rand meiner Hosen entlang und ließ sie über die Haut dort tanzen.

Meine Nerven begannen einen Flamenco und flehten um mehr Zeit – mehr Zeit! Nicht bereit! KC kickte gegen ein paar Dinge. „Nein, nein, nicht heute Nacht. Ich will dir ein schönes Abendessen machen. Lass mich dich ein wenig umsorgen. Kann ich nicht einfach das machen?" Ich schob seine teuflischen Hände auf die Seite und küsste sie.

Er lächelte zu mir hoch. Sein Haar war durcheinander und immer noch lag ein albernes Grinsen auf seinem Gesicht. Er seufzte, gab sich geschlagen und nickte. Ich raffte mich vom Fußboden auf, als er mich um die Taille packte und mich noch einmal hinab zog. „Ein Wort noch, bitte, bevor du mich – wie hast du das genannt – auf dem Küchenfußboden hängen lässt."

„Ja, Liebes?", fragte ich, wodurch ich eine hochgezogene Augenbraue erntete.

„Wenn wir das Stufen-Modell zu Rate ziehen, das wir in dieser Woche benutzt haben, würde ich sagen, dass wir einige Dates übersprungen haben, oder?"

„Korrekt." Ich lachte und tätschelte ihn leicht auf den Kopf.

„Dann wäre es nur fair, dich zu warnen. Morgen Nacht? An deiner letzten Nacht in Spanien?" Seine Augen blitzten im Zwielicht auf.

„Ja?", wisperte ich.

„Werde ich versuchen, die letzte Stufe zu nehmen."

Ich lächelte. „Dummer Simon, ich werde dir sogar mit einer Räuberleiter rauf helfen", schnurrte ich und küsste ihn auf die Lippen.

Später in der Nacht, als ich eng von Simon umarmt wurde, begann sich KC vorzubereiten. Und der Verstand und das Rückgrat begannen zu singen: O … O … O. Flöte? Nun, wir wussten, wo sie war, nämlich ziemlich eng an das Rückgrat gepresst.

Das Herz schwebte weiterhin über allem, kreiste aber etwas näher an der Heimat. Allerdings machte sich eine zusätzliche Wesenheit erneut bemerkbar und beeinflusste die anderen. Sie verfärbten meine Träume mit ihrem leisen Flüstern.

Hallo, Nerven.

Mein Schlaf war auf jeden Fall … ruderig.

Kapitel 18

„Wusstest du schon immer, dass du mit Fotos deinen Lebensunterhalt verdienen wolltest?"

„Was? Wo kam das denn auf einmal her?" Simon lachte, lehnte sich in seinem Stuhl zurück und betrachtete mich über den Rand seiner Kaffeetasse hinweg.

Wir genossen ein gemütliches Frühstück an meinem letzten Tag in Spanien. Dunkler Kaffee, winzig kleine Limettenkuchen, frisch gepflückte Beeren und Sahne, und ein Ausblick bestehend aus einer sonnigen Küstenlinie. Gekleidet in Simons Hemd und ein Lächeln befand ich mich direkt im Himmel. Die Nerven schienen heute sehr weit entfernt zu sein.

„Ich meine ja nur", betonte ich. „Hast du das schon immer tun wollen? Du scheinst mir sehr konzentriert zu sein, wenn du arbeitest. Und es wirklich sehr zu lieben."

„Das tue ich. Ich meine, es ist ein Job, daher hat es auch seine anstrengenden Momente, aber ja, ich liebe es. Es war aber nicht etwas, das ich schon immer geplant hätte. Tatsächlich hatte ich einen komplett anderen Plan", erwiderte er, und ein finsterer Blick huschte über sein Gesicht.

„Was bedeutet das?"

„Ich hatte lange geplant, meinem Vater in seinen Beruf zu folgen." Er seufzte und setzte ein reuevolles Lächeln auf.

Meine Hand lag in seiner, bevor ich selbst begriff, dass ich sie ihm gereicht hatte. Er drückte leicht und nahm dann einen weiteren Schluck eines Kaffees.

„Wusstest du, dass Benjamin für meinen Vater gearbeitet hat?", fragte er. „Dad hat ihn direkt aus der Schule eingestellt, war ihm ein Mentor und hat ihm alles beigebracht. Als Benjamin sich dann selbständig machen wollte, hätte man denken können, dass Dad sauer gewesen wäre, aber er war so stolz auf ihn."

„Er ist der Beste." Ich grinste.

„Glaub ja nicht, dass ich nicht von eurer Schwärmerei für ihn weiß. Ich kenne dich und deine Mädels." Er warf mir einen strengen Blick zu.

„Na, das hoffe ich doch. Wir sind nicht gerade subtil in unserer Bewunderung."

„Parker Financial Services wuchs, und Dad wollte, dass ich mitmischte, sobald ich mit dem College fertig war. Ich dachte wirklich niemals, dass ich Philadelphia irgendwann verlassen würde. Es wäre ein großartiges Leben gewesen: arbeiten mit Dad, Country Club, ein großes Haus in der Vorstadt. Wer würde das nicht wollen?"

„Nun ...", murmelte ich. Es war ein idyllisches Leben, sicher, aber ich konnte Simon darin nicht erkennen.

„Ich arbeitete an unserer Highschoolzeitung und machte Fotos. Ich hatte sie gewählt, um mir leicht eine gute Note verdienen zu können. Du weißt schon, gut für meinen Studiennachweis? Aber obwohl ich Themen bekam wie die Tryouts der Hockeymannschaft der Mädchen, mochte ich es wirklich. Ich mochte es wirklich wirklich. Ich dachte nur, es wäre immer ein nettes Hobby. Ich hatte nie gedacht, darin Karriere zu machen. Meine Eltern unterstützten mich, und meine Mom hat mir sogar eine Kamera an Weihnachten geschenkt in dem Jahr – dem Jahr, in dem ... nun ..." Er pausierte und räusperte sich.

„Egal, nach all dem, was mit Mom und Dad passiert war, kam Benjamin nach Philadelphia wegen der ... Beerdigung. Er blieb eine Weile, um die Dinge zu regeln. Du weißt schon. Er war mit der Ausführung des Willens meiner Eltern betreut worden. Und da er an der West Coast lebte, hörte sich die Vorstellung, weiter in Philadelphia zu bleiben, nicht gut an. Also, um eine lange Geschichte kurz zu machen, ich kam nach Stanford, studierte Photojournalismus, hatte Glück bei einigen Praktika und befand mich dann zur rechten Zeit am rechten Ort, und Bamm! So habe ich diesen Auftrag bekommen", schloss er, tunkte seinen Kuchen ein und nahm einen Bissen.

„Und du liebst es." Ich lächelte.

„Und ich liebe es", stimmte er zu.

„Was ist mit der Firma deines Dads passiert? Parker Financial." Ich löffelte ein paar Beeren.

„Benjamin hat eine Weile einige der Klienten übernommen,

und nach einer Weile schloss er das Geschäft im Stillen. Die Anlagewerte wurden mir überwiesen wegen des Testaments, und er verwaltet sie für mich."

„Anlagewerte?"

„Yep. Hab ich dir das nicht gesagt, Caroline? Ich bin stinkreich." Er zuckte zusammen und sah hinaus auf das Meer.

„Ich wusste, es gab einen Grund, weshalb ich mit dir herumhänge." Ich schenkte seinen Kaffee nach.

„Ernsthaft. Stinkreich."

„Okay, jetzt bist du einfach ein Arsch", sagte ich in dem Bemühen, die Spannung, die über dem Tisch hing, aufzulockern.

„Menschen werden seltsam, wenn es um Geld geht. Man weiß ja nie."

„Wenn wir nach Hause kommen, kaufst du einfach unser Gebäude auf und installierst einen Whirlpool auf dem Treppenabsatz", witzelte ich, was mir ein kleines Lächeln einbrachte.

Wir sahen uns an, verloren in unseren Gedanken. Er hatte so viel allein getan. Kein Wunder, dass er mir immer ein wenig verloren vorkam. Er lebte aus dem Koffer, erlaubte sich nicht, sich fest an jemanden zu binden, und gehörte nirgends richtig dazu – könnte es wirklich so einfach sein? Mein Wandbeben hatte einen Harem aufgebaut, weil er es nicht ertragen konnte, jemanden zu verlieren? Freud lässt grüßen …

Freud oder nicht, es machte Sinn. Er fühlte sich zu mir hingezogen, hatte sich bereits seit Anfang an zu mir hingezogen gefühlt. Aber was war diesmal anders? Offensichtlich fühlte er sich auch zu den anderen Frauen hingezogen. Wow, das setzte mich ja wohl gar nicht unter Druck … Ich versuchte, das Thema zu wechseln.

„Ich kann nicht glauben, dass ich morgen abreise. Ich habe das Gefühl, als ob wir gerade erst angekommen wären." Ich stützte mich auf die Ellbogen.

Er lächelte und musste wohl meinen offensichtlichen Themenwechsel bemerken, aber er wirkte dankbar. „Bleib doch. Bleib bei mir. Wir können ein paar Tage mehr hier verbringen, und wer weiß, was dann passiert? Wohin möchtest du noch gehen?"

„Pah! Du wirst dich erinnern, dass ich deshalb vor dir fliege, weil das der einzige Flug ist, den ich noch bekommen habe. Und ich werde an der Arbeit erwartet, organisiert und in der richtigen Zeitzone, wenn es Montag wird. Hast du eine Ahnung, wie viele Jobs Jillian für mich angesammelt hat?"

„Sie wird es verstehen. Sie steht auf gute Romanzen. Komm schon. Bleib. Ich werde dich im Handschuhfach für den Flug nach Hause verstauen." Seine Augen funkelten über seine Kaffeetasse hinweg.

„Handschuhfach, ja klar. Und das ist das hier? Eine Romanze? Solltest du mich nicht am Strand umarmen? Und an meinem Korsett zerren?" Ich legte meine nackten Füße in seinen Schoß, und er nutzte die Chance, um sie zwischen seinen warmen Händen zu massieren.

„Glücklicherweise für dich bin ich von früher noch ein ziemlich guter Korsettzerrer. Ich könnte vermutlich sogar ein Piratenkostüm auftreiben, wenn du auf so etwas stehst", erwiderte er. Die Saphire begannen zu rauchen.

„Es ist eine ziemlich romantische Geschichte, nicht wahr? Wenn mir jemand diese Handlung erzählt hätte, zweifle ich, dass ich sie geglaubt hätte", sagte ich nachdenklich und stöhnte, als ich den letzten Bissen nahm.

„Warum nicht? Es ist doch nicht so seltsam, wie wir uns kennengelernt haben, oder?"

„Wie viele Frauen kennst du, die freiwillig mit einem Mann nach Europa fliegen, der wochenlang den Putz von ihren Wänden gewummert hat?"

„Stimmt, aber du könntest mich auch als den Mann hinstellen, der dir all diese großartigen Platten vorgespielt hat, und den Kerl, der dir, und ich zitiere, die besten Fleischbällchen aller Zeiten gegeben hat."

„Ich vermute, du hast angefangen meine Abwehrmaßnahmen mit Glenn Miller zu unterlaufen. Das hat mich erwischt." Ich sank in meinen Stuhl, als seine Hände wunderbare Dinge mit den Sohlen meiner bestrumpften Füße anstellten. Socken, die ich auch von seiner Seite des Raums geliehen hatte.

„Ich hab dich erwischt, hm?" Er grinste und beugte sich zu mir.

„Oh, Klappe!" Ich schob sein Gesicht auf die Seite und lächelte breit, als ich über das nachdachte, was er gesagt hatte. Hatte er mich erwischt? Ja. Komplett. Und er würde mich später in der Nacht noch vollständig und komplett bekommen.

Bei diesem Gedanken traf ein Nervenbündel meinen Magen, und ich fühlte, wie mein Lächeln ein wenig nachließ. Die Nerven hatten sich festgesetzt und egal, wohin der Verstand sich begab, am Ende infiltrierten die Nerven jeden Gedanken und jede Idee, die ich darüber hatte, wohin die Nacht sich weiter entwickeln würde. Ich war bereit, Gott wusste, wie bereit ich war, aber ich war verdammt nervös. O würde zurückkommen, nicht? Ich wusste, dass er es tun würde. Erwähnte ich, dass ich nervös war?

„Bist du mit deiner Arbeit so gut wie fertig? Musst du morgen noch viel tun?", fragte ich und wechselte erneut das Thema.

Wie immer, wenn das Gespräch auf seine Arbeit kam, leuchteten Simons Augen auf. Er beschrieb die Fotos, die er noch von dem römisch wirkenden Aquädukt in der Stadt machen musste.

„Ich wünschte, wir hätten Zeit, um tauchen zu gehen. Ich hasse es, dass uns die Zeit davonläuft." Ich runzelte die Stirn.

„Auch das würde sich lösen lassen, wenn du bei mir bleiben würdest." Er runzelte ebenfalls die Stirn und zog eine ziemliche Show ab, als er versuchte, meine Augenbrauenstellung zu kopieren.

„Und noch einmal: Manche von uns haben einen Tagesjob. Ich muss nach Hause!"

„Zuhause, richtig. Du weißt schon, dass wir uns einem Erschießungskommando gegenübersehen, wenn wir heimkommen. Alle werden wissen wollen, was hier zwischen uns geschehen ist", sagte er ernst.

„Ich weiß. Wir werden das schon schaukeln." Ich wand mich bei dem Gedanken an die Befragung, der mich meine Mädels unterziehen würden, ganz zu schweigen von Jillian.

Ich fragte mich, ob sie an einen Blowjob in der Küche gedacht hatte, als sie gesagt hatte, ich solle in Spanien auf ihn aufpassen.

„Wir?"

„Was? Wir was?", fragte ich.

„Ich könnte mit dir wir-en." Er lächelte.

„Wir-en wir nicht schon längst?"

„Ja, wir wir-en im Urlaub. Es ist was anderes, zurück zu Hause zu wir-en, in der realen Welt. Ich reise ständig, und das verlangt einem Wir-Päckchen einiges ab." Seine Augenbrauen zogen sich zusammen.

Mir hingegen verlangte es alles ab, keinen Witz über das „Päckchen" zu machen.

„Simon, beruhige dich. Ich weiß, dass du reist. Das ist mir bewusst. Bring mir einfach hübsche Dinge von fernen Orten mit, und dieses Mädchen hier hat kein Problem mit deinem Wir, okay?" Ich tätschelte seine Hand.

„Hübsche Dinge bekomme ich hin. Garantiert."

„Da wir grad davon sprechen. Wohin fliegst du als Nächstes?"

„Ich werde ein paar Wochen daheim sein, dann geht es nach Süden."

„Süden? LA?"

„Nein, noch südlicher."

„San Diego?"

„Südlicher."

„Du hast in Stanford studiert, richtig? Wohin gehst du?"

„Versprich mir, nicht böse zu sein."

„Spuck's schon aus, Simon."

„Peru. Die Anden. Noch spezifischer: Machu Picchu."

„Was? Oh, Mann, das reicht. Ich hasse dich jetzt ganz offiziell. Ich werde in San Francisco sein, die Weihnachtsbäume reicher Menschen planen, und du darfst da hin?"

„Ich schicke dir eine Karte?" Er sah aus wie ein Kind, das versuchte, sich Ärger zu ersparen. „Nebenbei gesagt weiß ich gar nicht, warum du so sauer bist. Du liebst deinen Beruf, Caroline. Versuch gar nicht erst, mir was anderes zu sagen."

„Ja, ich liebe meinen Job, aber momentan wünsche ich mir,

dass ich nach Süden reisen könnte", schnaubte ich und entzog ihm meine Füße.

„Also, wenn du südlich reisen willst, habe ich eine Idee …"

Ich hielt ihm meine Hand vor den Mund. „Auf keinen Fall, Kumpel. Ich machu jetzt nicht deinen Picchu. Auf keinen Fall." Ich würde nicht ins Wanken geraten, obwohl er gerade mit dem offenen Mund Küsse gegen meine Handfläche drückte. Nein, würde ich nicht …

„Caroline", flüsterte er gegen meine Hand.

„Ja?"

„Eines Tages", begann er, bewegte meine Hand weg und hinterließ winzige Küsse auf der Innenseite meines Arms. „Eines Tages …" Kuss. „Versprochen …" Kuss, Kuss. „Bringe ich …" Kuss. „Dich …" Kuss, Kuss. „Nach Peru", endete er, kniete nun vor mir und fuhr mit dem Mund über meine Schulter, zog den Stoff weg, um an meinem Schlüsselbein zu verweilen, und seine Lippen sorgten dafür, dass ich mich heiß und zittrig fühlte.

„Echt? Du?", fragte ich. Meine Stimme war hoch und dümmlich und täuschte ihn keine Sekunde lang. Er wusste genau, was für eine Wirkung er auf mich hatte.

„Ja, ich. Nach Peru." Seine Finger verstrickten sich in meinem Haar und zogen dadurch meinen Mund in die Nähe von seinem.

Einen Moment lang überlegte ich, was sich auf Peru reimen würde, gab jedoch auf und küsste ihn mit allem, was ich hatte, zurück. Und so ließ ich ihn mit mir herummachen auf der Terrasse, die über das Meer hinaus zeigte. Ich trauerte ein wenig einem sexy Outfit dafür nach … also einem … Dessous. Ähem, genau.

Die ganze Woche über hatten wir Anzeichen dafür gesehen, dass ein Festival in der Stadt geplant war. Es begann heute Nacht, als ob meine Abreise gefeiert werden sollte, und wir gingen zum Abendessen zu einem etwas schickeren Ort, als wir bisher besucht hatten. Ich hatte herausgefunden, dass Simon und ich in vielen Geschmacksfragen ähnlich empfanden. Ich war total dafür, sich von Zeit zu Zeit aufzubrezeln, bevorzugte aber eindeutig kleinere, zwanglose Orte, genau wie er. Daher hatte es etwas Besonderes, sich heute Nacht schick zu machen, in einen etwas nobleren Laden zu gehen und danach vielleicht noch das Festival zu besuchen. Ich war auf jeden Fall neugierig auf diesen Abend, auf mehr als eine Art.

Wenn ein Soldat im Kampf sein Bein verliert, fühlt er manchmal spät in der Nacht immer noch, wie es zuckt – Phantomschmerzen werden sie genannt. Ich hatte meinen O im Kampf verloren, dem Kampf von Cory Weinstein – diesem Maschinengewehr-Dreckskerl – und fühlte immer noch die Nachwirkungen. Und mit Nachwirkungen meinte ich absolut nichts. Aber ein Ende war in Sicht. Ich hatte die ganze Woche über Zuckungen des Phantom-Os gespürt und freute mich jetzt sehr auf seine Rückkehr später an diesem Abend. Die Rückkehr des O. Natürlich sah ich das wie einen Actionfilmtitel in meinem Kopf – aber wenn er wirklich zurückkam, würde ich alles in Großbuchstaben setzen. Jedes Einzelne Ding.

Denn heute Nacht, Sportsfreunde, würde ich mir meine Portion abholen. Um mich nicht so hochgestochen auszudrücken: Ich war bereit für eine ernsthafte Bekanntschaft mit der Simon-Flöte.

Ich fuhr mir noch einmal mit den Fingern durch die Haare und bemerkte, wie die starke Sonne den natürlichen Honigton verstärkt hatte. Ich strich über die Vorderseite meines Kleids, das aus weißem Leinen mit einem kleinen Schwung im Rock bestand. Ich hatte es mit Türkisschmuck aufgepeppt, den ich in der Stadt erstanden hatte, und mit kleinen Schlangenhautsandalen. Ich war schicker angezogen als die ganze Woche über und fühlte mich – abgesehen von einem unterliegenden Flattern der Nerven – ziemlich gut. Ich warf einen letzten Blick in den Spiegel und bemerkte, dass meine Wangen ziemlich rosa waren, obwohl ich kein Rouge aufgetragen hatte.

Ich ging in die Küche, um mir ein Glas Wein einzuschenken und auf Simon zu warten. Als ich mir den Cava einschenkte, sah ich ihn auf der Terrasse, wo er auf das Meer hinab sah. Ich grinste, als ich sah, dass er ein weißes Leinenhemd trug.

Wir waren heute Nacht ziemlich gut aufeinander eingestimmt. Khakis komplettierten seinen Look, und er drehte sich in dem Moment um, in dem ich hinausging, um ihn zu treffen. Meine Absätze klapperten auf dem Stein, als ich an meinem Wein nippte, und er lehnte sich auf den Unterarmen zurück an das geschmiedete Eisengeländer. Als Fotograf musste er wissen, was für ein Bild er abgab, da war ich mir sicher. Jedes Mal, wenn er sich irgendwo anlehnte, verströmte er reinen Sex. Ich hoffte nur, dass ich nicht auf meinen Absätzen ausrutschte, denn Sexpheromone konnten schlüpfrig sein.

Ich bot ihm meinen Wein an, und er ließ mich das Glas an seine Lippen legen. Langsam nippte er, während er meinen Blick festhielt. Als ich das Glas wegnahm, legte er rasch einen Arm um meine Taille, zog mich an sich und küsste mich leidenschaftlich, der Geschmack des Weins schwer auf seiner Zunge.

„Du siehst ... gut aus", hauchte er und wandte sich von meinen Lippen ab, um seinen Mund gegen die Haut direkt unter meinem Ohr zu pressen. Sein Dreitagebart kitzelte mich auf fantastische Art.

„Gut?", fragte ich und legte den Kopf ein wenig zurück, um ihn in dem zu ermutigen, was er tat.

„Gut. Gut genug, um dich aufzuessen", flüsterte er und knabberte mit den Zähnen an meinem Nacken, gerade genug, dass ich ihrer bewusst wurde.

„Wow", brachte ich hervor, als ich meine Arme um seinen Nacken schlang und in seine Umarmung sank.

Die Sonne versank langsam und verbreitete einen warmen Schein. Sie verlieh dem Terrakotta einen roten und orangen Schimmer und versetzte uns in ein Flammenmeer. Mein Blick wurde von dem kühlen Blau des Meers angezogen, das gegen die Felsen unten wogte. Das Salz in der Luft legte sich auf meine Zunge. Ich klammerte mich an ihn und erlaubte mir, alles zu fühlen und zu erfahren. Seinen Körper, hart und warm an meinem, das Gefühl seines strubbeligen Haares an meiner Wange, die Hitze des Geländers an meiner Hüfte, der Rausch, in dem sich jede Zelle meines Körpers in Richtung dieses Mannes und des Vergnügens bewegte, das er mir sicher verschaffen würde.

„Bist du bereit?", fragte er. Seine Stimme klang rau in meinem Ohr.

„So bereit", stöhnte ich. Meine Augen rollten zurück wegen seiner Nähe.

Und dann nahm Simon mich mit in die Stadt.

Nachdem Simon mich mit seinen Küssen auf der Terrasse an den Rand des Wahnsinns getrieben hatte, fuhr er mit mir wirklich an den Rand. Wir waren nun in einem Restaurant, das eine Aussicht direkt auf das Meer besaß, was einfach war in einer Küstenstadt. Aber während die kleinen Spelunken, in denen wir diese Woche gewesen waren, einen anheimeligen Charme besaßen, war das hier ein romantisches Restaurant mit Betonung auf Romantik. Romantik wurde hier auf einem Tablett serviert. Sie war im Wein, in den Bildern an der Wand, dem Boden unter unseren Füßen und für den Fall, dass man die Romantik vermisse, hing sie auch noch in der Luft. Wenn ich die Augen verengte, konnte ich das Wort Romantik auf einer Meeresbrise durch die Luft schweben sehen … Ich musste die Augen sehr zusammenkneifen, aber da war es, das schwöre ich.

Raumhohe Fensterrollläden waren aufgezogen worden, um die salzige Küstenluft einzulassen, und Hunderte winziger Teelichter glitzerten in Sturmgläsern. Jeder Tisch war in Weiß geschmückt und besaß niedrige Gläser, die mit einer Kombination aus Dahlienblüten in den Schattierungen Purpur, Granatapfel und einem kraftvollen Pink überflossen. Kleine Weihnachtslichter waren zwischen die hölzernen Dachbalken gewunden und verliehen der ganzen Szene einen magischen Braunton wie in einem alten Foto. In diesem Restaurant gab es keine Kinder und keine Tische für vier oder sechs Personen. Nein, dieses Restaurant war mit Liebenden gefüllt, alten und neuen.

Nun saßen wir eng beisammen an einer geradezu epischen Mahagoni-Bar, nippten langsam an unserem Wein und warteten darauf, dass unser winziger Tisch frei wurde. Simons Hand lag an meinem verlängerten Rücken und machte damit ruhig deutlich, zu wem ich gehörte.

Der Barkeeper stellte ein Tablett Austern auf die Bar vor uns. In den verdrehten und unebenen Schalen glitzerten sie, dazwischen Zitronenscheiben.

Simon hob eine Augenbraue, und ich nickte, als er die Zitrone ausdrückte und seine starken und eleganten Finger machten kurzen, erotischen Prozess mit den Austern. Er nahm eine mit einer kleinen Gabel aus ihrer Hülle und brachte sie an meine Lippen. „Mund auf, Nachthemdchen", instruierte er mich, und ich tat, wie mir befohlen.

Kalt, knackig, wie ein Schwall frischen Seewassers – ich stöhnte um die Gabel herum, als er sie aus meinem Mund zog. Er nahm seine eigene Auster und schlürfte sie wie ein Mann. Er leckte seine Lippen, während ich diese kleine Aufführung von erotischer Nahrungsaufnahme beobachtete. Er zwinkerte mir zu, als ich wegsah, und versuchte, mir nicht anmerken zu lassen, wie verzweifelt angetörnt ich war. Der ganze Tag hatte aus einem riesigen, kontrollierten Ball sexueller Spannung bestanden, einem langsamen Brennen, das sich nun zu einem Buschfeuer ausdehnte. Er schlürfte zwei weitere in rascher Abfolge, und als ich sah, wie seine Zunge hervorkam, um seine Lippen zu lecken, hatte ich das plötzliche Bedürfnis, ihm helfen zu wollen. Ohne Scham oder Sinn für Benehmen in der Öffentlichkeit überwand ich den Abstand zwischen uns und küsste ihn. Hart.

Er grinste überrascht, küsste mich aber mit gleicher Intensität zurück. Die Süße und Zärtlichkeit, die die ganze Woche über zwischen uns gebrodelt hatte, wuchs sich rasch zu einem Berühr-mich-jetzt-und-zwar-sofort aus, und ich war vollständig damit einverstanden. Mein ganzer Körper drehte sich zu ihm, meine Beine schmiegten sich zwischen seine, als seine Finger meine Haut fanden – die Haut über dem Rand meines Kleids. Wir küssten uns im kompletten Hollywood-Stil. Langsam, nass und wundervoll. Ich legte den Kopf schief, damit ich ihn tiefer küssen konnte, meine Zunge glitt an seine, führte und ließ sich führen. Er schmeckte süß und salzig und nach Zitronen, und ich musste mich zusammenreißen, um ihn nicht bei seinem hübschen Leinenhemd zu packen und ihn auf der Oberfläche der Bar flachzulegen – aber immer noch ladylike natürlich.

Ich hörte, wie sich jemand räusperte, und öffnete die Augen, um meine sexy Saphire zu sehen und dahinter einen verlegenen Restaurantbesitzer.

„Verzeihen Sie, Senor, Ihr Tisch ist bereit." Sorgfältig hielt er den Blick von unserem Betragen in seinem sehr romantischen, aber immer noch sehr öffentlichen Restaurant abgewandt.

Ich glaube, ich habe ein wenig gestöhnt, als Simon seine Hände von meinen Beinen nahm und meinen Stuhl drehte, damit ich aufstehen konnte. Er nahm meine Hände, zog mich nach vorn und grinste breit, als ich ein wenig schwankte. Er lächelte den Barkeeper an.

„Austern, Mann, Austern!" Simon lachte, als wir uns zu unserem Tisch begaben. Ich war bereit, ein ungnädiges Schnauben von mir zu geben, als ich bemerkte, wie er seine Hose unauffällig zurechtrückte. Nicht nur ich fühlte dieses langsame Brodeln …

Ich ließ mein Schnauben stecken und lächelte selig, wobei ich die Augenlider ein wenig senkte, damit er wusste, dass ich es wusste. Bei unserem Tisch angekommen zog Simon meinen Stuhl für mich heraus. Als er ihn mir zurechtrückte, ließ ich meine Hand gerade weit genug zurückfallen, um ihn bewusst-unabsichtlich zu berühren und zu spüren, wie angespannt er war. Ich hörte ihn zischend die Luft einsaugen und lächelte innerlich. Gerade als ich mich für Berührung Nummer zwei bereit machte, packte er meine Hand fest mit seiner und presste sich gegen mich. Mein Atem stockte, als ich fühlte, wie er unter unserer beider Hände noch härter wurde.

„Muss ich deinen Namen etwas unartiger in Nackthemdchen ändern?", murmelte er mit tiefer und belegter Stimme in mein Ohr.

Ich schloss die Augen und versuchte, mich unter Kontrolle zu bekommen, als er sich mir gegenüber setzte und auf teuflische Weise grinste. Während unser Kellner um uns herumwuselte, die Tischdecke glatt zog und uns die Speisekarten präsentierte, hatte ich nur Augen für Simon, der mir so selbstsicher und gut aussehend gegenübersaß. Dieses Abendessen würde ewig dauern.

Das Essen dauerte wirklich ewig, aber so gern ich Simon auch für mich allein gehabt hätte, so ungern wollte ich, dass diese Nacht endete. Uns wurde eine wunderschöne Paella im Stil der Küste mit Stücken von Garnelen und stacheligen Hummern, Chorizo und Erbsen serviert. Auf traditionelle Weise zubereitet und dadurch so gut wie unmöglich nachzuahmen, verlieh der einfache und flache Teller, in dem sie gekocht worden war, dem Safranreis am Boden ein knuspriges und nussiges Aroma. Sie war köstlich im wahrsten Sinne des Wortes. Wir hatten eine Flasche lieblichen Rosés geleert und nippten nun an kleinen Gläsern gefüllt mit Pinche Caballero, einem spanischen Brandy mit Anflügen von Orange und Zimt.

Der Alkohol war würzig, als ich ihn in meinem Mund behielt, um ihn besser schmecken zu können. Ich fühlte mich angenehm warm und angeheitert. Nicht betrunken, nur berauscht genug, dass ich mir meiner Umgebung sehr bewusst war und alles und jeden als sinnlich empfand: wie der süffige Brandy meinen Hals hinabglitt, das Gefühl von Simons Bein an meinem eigenen unter dem Tisch, die Art, wie mein Körper zu vibrieren begonnen hatte. Die gesamte Bevölkerung war heute Nacht unterwegs, wie mir schien und in Feierlaune wegen des Festivals, das im Stadtzentrum begann. Die Energie war rau und ein wenig wild.

Ich lehnte mich in meinem Stuhl zurück, neckte Simon mit meinem großen Zeh und nahm das dümmliche Grinsen auf meinem Gesicht wahr, als er mich anstarrte.

„Einmal habe ich deine Paella gegessen", sagte er auf einmal.

„Wie bitte?", stotterte ich und leckte mit einen Tropfen Brandy von der Lippe, bevor er auf mein Kleid fallen konnte.

„In Tahoe, erinnerst du dich? Du hast uns Paella gemacht."

„Richtig, richtig, habe ich. Nicht wie die, die wir heute hatten, aber sie war ganz gut." Ich lächelte und erinnerte mich an diese Nacht. „Wenn ich mich richtig entsinne, haben wir danach auch noch einige Schlucke Wein vernichtet."

„Ja, wir haben Paella gegessen und Wein getrunken, die anderen zusammengebracht, und dann hast du mich geküsst."

„Haben wir, und ja, habe ich." Ich fühlte meine Wangen heiß werden.

„Und dann habe ich mich wie der letzte Arsch verhalten", sagte er. Nun lag auch auf seinem Gesicht ein rötlicher Schimmer.

„Hast du", stimmte ich lächelnd zu.

„Du weißt, weshalb, oder? Ich meine, du musst wissen, dass ich dich … wollte. Das weißt du, oder?"

„Du warst an mein Bein gedrückt, Simon. Ich wusste Bescheid." Ich lachte und versuchte, es herunterzuspielen, dachte aber immer noch daran, wie ich mich gefühlt hatte, als ich vor ihm in dem Whirlpool weggelaufen war.

„Caroline, komm schon", rügte er mich mit ernstem Blick.

„Komm selber. Du hattest dich wirklich an mein Bein gedrückt." Ich lachte erneut, ein wenig schwächer diesmal.

„In jener Nacht wäre es so verdammt einfach gewesen, weißt du? In dem Moment war ich nicht mal selber sicher, warum ich uns aufgehalten habe. Ich glaube, ich wusste einfach, dass …"

„Dass?", drängte ich ihn.

„Ich wusste, dass es mit dir ganz-oder-gar-nicht sein würde."

„Ganz?", quietschte ich.

„Ganz, Caroline. Ich brauche dich ganz. In der Nacht damals? Es wäre großartig gewesen, aber zu bald." Er lehnte sich über den Tisch und nahm meine Hand. „Jetzt sind wir hier", sagte er und hob meine Hand an seinen Mund. Er drückte Küsse auf meinen Handrücken, dann öffnete er meine Handfläche und platzierte einen nassen Kuss im Zentrum. „Wo ich mir Zeit für dich nehmen kann", sagte er und küsste meine Hand noch einmal, als ich ihn anstarrte.

„Simon?"

„Ja?"

„Ich bin wirklich froh, dass wir gewartet haben."

„Ich auch."

„Aber ich glaube wirklich, dass ich nicht länger warten

kann."

„Gott sei Dank." Er lächelte und winkte dem Kellner.

Wir lachten wie Teenager, als wir die Rechnung bezahlten und unseren Weg den Hügel hinauf zum Auto antraten. Das Festival lief auf vollen Touren, und wir durchquerten auf dem Rückweg einen Teil davon. Laternen erhellten den Himmel über uns, während ein tiefer Trommelklang pulsierte, und wir sahen die Menschen in den Straßen tanzen. Die Energie war zurück, dieses Gefühl von Hemmungslosigkeit lag in der Luft und der Brandy und genau diese Energie brachten meine Nerven wieder zu Fall, direkt hinab zu meinem Magen, wo KC und Flöte drohten, sie zusammenzuschlagen. KC und Flöte – das hörte sich wie ein klassisches Duo an …

Als wir zu unserem Auto kamen, streckte ich die Hand nach dem Türgriff aus, wurde aber auf einmal von einem sehr ernsthaften Mr. Parker herumgewirbelt. Sein Blick brannte sich in meinen. Er drückte mich gegen das Auto, seine Hüften eng an meine gepresst, seine Hände fuhren in meine Haare und über meine Haut. Seine Finger glitten an meinem Bein hinab, packten meinen Oberschenkel und legten meinen Fuß um seine Hüfte, während ich stöhnte, da ich dabei war, meinem Körper und meiner Seele freie Hand zu lassen.

Aber ich bremste Simon aus. Meine Hände zogen an seinem Haar, was ihn im Gegenzug zum Stöhnen brachte. „Bring mich nach Hause, Simon", flüsterte ich und drückte ihm einen weiteren Kuss auf seine süßen Lippen. „Und bitte fahr schnell."

Selbst mein Herz schien zufrieden, dort, wo es über uns schwebte. Es sang immer noch, aber das Lied war nun um einiges unanständiger.

Kapitel 19

Ich besah mir mein Spiegelbild im Spiegel und versuchte objektiv zu sein. Als ich ein Kind gewesen war, besonders in diesen bezaubernden frühen Teenagerjahren, hatte ich ein anderes Bild von mir selbst. Ich sah straßenköterblonde Haare und eine fahle uninteressante Haut. Ich sah nichtssagende grüne Augen und knubbelige Knie, die die Mitte von knöchernen, vogelartigen Beinen bildeten. Ich sah eine leicht nach oben gebogene Nase und eine Unterlippe, die aussah, als ob ich über sie stolpern könnte, wenn ich nicht besonders vorsichtig war.

Als ich fünfzehn Jahre alt war, sagte mir meine Großmutter eines Tages, sie fände, dass sich das rosa Kleid, das ich trug, gut mit meiner Hautfarbe vertrug. Ich hatte geschnaubt und sofort mit ihr diskutiert. „Danke, Omi, aber ich hatte gestern nur ungefähr drei Stunden Schlaf, daher sehe ich heute alles andere als gut aus. Müde und bleich, aber nicht gut."

Ich hatte mit den Augen gerollt, wie es Teenager immer taten, und sie hatte meine Hand genommen.

„Ein Kompliment solltest du immer annehmen, Caroline. Nimm es immer genauso an, wie es gemeint war. Ihr Mädchen seid immer so schnell dabei alles zu verdrehen, was andere sagen. Sag einfach Danke und mach weiter." Sie hatte mir auf die ihr eigene ruhige und weise Art zugelächelt.

„Danke." Ich hatte zurückgelächelt, mich mit der Spaghettisauce beschäftigt und mein Gesicht abgewandt, damit sie nicht sehen konnte, wie ich errötete.

„Es bricht mir das Herz, wenn ich mitbekomme, wie die jungen Mädchen ständig an sich selbst zweifeln und nie glauben, dass sie gut genug sind. Du solltest dich dein Leben lang daran erinnern, dass du genau so bist, wie du sein solltest. Ganz genau so. Und jeder, der etwas anderes sagt, gibt kompletten Irrsinn von sich." Sie kicherte mädchenhaft. Ich konnte mich erinnern, dass sie niemals geflucht hatte, denn ihrer Ansicht nach gab es eine Liste von schlechten Worten und richtig schlechten Worten, die eine Lady nie benutzen würde.

Am nächsten Tag in der Schule sagte ich einer Freundin, ihre Haare sähen heute besonders schön aus. Ihre Antwort bestand darin, eine Strähne voller Abscheu mit den Fingern hochzuhalten.

„Willst du mich veräppeln? Ich hatte heute kaum Zeit, sie zu waschen."

Trotzdem sah es fantastisch aus.

Später beim Sportunterricht zog ich mich in der Umkleide um und bemerkte, wie eine andere Freundin ihren Lipgloss auffrischte. „Das ist aber eine schöne Farbe. Wie heißt sie?", fragte ich.

„Apfelküchlein, aber sie sieht grauenhaft an mir aus. Himmel, von meiner Bräune vom Sommer ist nichts mehr übrig geblieben!"

Omi hatte Recht. Mädchen gingen mit Komplimenten wirklich nicht gut um. Ich werde jetzt nicht behaupten, dass ich danach auf magische Weise keine Tage mehr hatte, in denen die Frisur schlecht saß oder ich den falschen Lippenstift gewählt hatte. Aber ich bemühte mich nun ernsthaft, das Gute vor dem Schlechten zu sehen und mich klarer zu sehen. Objektiver. Freundlicher. Und als mein Körper sich weiter veränderte, konnte ich daran das Positive eher als das Negative wahrnehmen. Ich empfand mich nie als betörend schön, aber ich machte eine gute Figur, wenn ich mich aufhübschte.

Als ich daher nun in den Spiegel im Badezimmer sah und wusste, dass Simon auf mich wartete, nahm ich mir die Zeit, um eine kleine Inventur zu veranstalten.

Das straßenköterblonde Haar? War nicht mehr so sehr Straßenköter. Es glänzte golden und durch das Salzwasser ein wenig wellig. Die bleiche Haut? Hatte eine schöne braune Färbung bekommen und glühte sogar ein wenig. Ich zwinkerte mir selbst zu und unterdrückte ein leicht verrücktes Kichern. Mein Mund besaß diese leicht vorgewölbte Unterlippe, die gerade voll genug war, um Simon einzufangen und nicht mehr loszulassen. Und die Beine, die ich unter der Spitze, die meine Schenkel bedeckte, erkennen konnte? Sie waren nicht mehr vogelartig. Tatsächlich würden sie ziemlich spektakulär aussehen, wenn sie sich um Simons ... nun, um was auch immer von ihm sie sich später schlingen würden.

Während ich also mein Haar noch einmal glatt strich und mental meine innere Checkliste abhakte, war ich von der Aussicht auf die bevorstehende Nacht äußerst begeistert. Wir waren rasant zurück zum Haus gefahren und hatten uns praktisch noch auf dem Weg zur Vordertür gegenseitig ausgezogen. Nachdem ich mir ein paar Minuten Zeit erbeten hatte, war ich nun bereit, hinauszugehen und mir meinen Simon zu schnappen. Weil … ach, wen wollte ich noch täuschen? Ich wollte diesen Mann. Wollte ihn für mich und würde ihn auf keinen Fall mit jemand anderem teilen.

Mein Verstand war endlich einmal einer Meinung mit KC. Besonders seit Letztere das Rückgrat emporgeklettert war und den Verstand kräftig in den Hirnstamm getreten hatte, was ihre besondere Botschaft war, dass wir das hier brauchten. Wir verdienten das und wir waren bereit. Die Nerven, nun sie kreisten weiter in meinem Magen, aber das war zu erwarten. Es war immerhin lange, lange her gewesen und vermutlich war ein kleines Nervenflattern normal. Hatte ich mich die Woche über gedrückt? Vielleicht.

Möglicherweise.

Ein wenig.

Simon war mehr als geduldig gewesen und zufrieden, es langsam angehen zu lassen, in meiner Geschwindigkeit, aber verdammt noch mal, er war auch nur ein Mensch.

Ich bestand darauf, dass die Nerven nicht eine weitere spanische Nacht in eine Kuschelrunde verwandeln durften. Ich drehte mich vor dem Spiegel und versuchte mich so zu sehen, wie Simon mich sehen könnte. Ich lächelte auf eine verführerische Weise, wie ich hoffte, schaltete das Licht aus, nahm einen tiefen Atemzug und öffnete die Tür.

Das Schlafzimmer hatte sich in etwas aus einem Märchen verwandelt. Kerzen flackerten auf der Kommode und den Nachttischen und verliehen dem Raum einen warmen Schimmer. Die Fenster waren offen, genauso wie die Türen, die auf den kleinen Balkon mit Meerblick führten. Ich konnte die Wellen auf Liebesromanart rauschen hören. Und da stand er: Wind zerzaustes Haar, starker Körper, blitzende Augen.

Ich sah, wie er mich taxierte, sein Blick meinen Körper hinab und wieder hinauf glitt, und sich ein Lächeln über sein Gesicht ausbreitete, als er meine Outfitwahl gut hieß.

„Mmm, da ist mein rosa Nachthemdchen", seufzte er und hielt mir die Hand hin.

Als ich auch nur die kleinste Sekunde zögerte, hob mein Rückgrat meine Hand und gab sie ihm.

Wir standen im abgedunkelten Raum, wenige Zentimeter voneinander entfernt, aber verbunden durch unsere miteinander verwobenen Finger. Ich konnte die raue Haut seines Daumens fühlen, als er auf der Innenseite meiner Hand Kreise malte – die gleichen Kreise, die er seit Wochen gezogen hatte, bevor ich seinem Zauber erlegen war.

Er holte tief Luft. „Du siehst verboten gut darin aus", sagte er, zog mich an sich und drehte mich, damit er den rosa Babydoll besser bewundern konnte. Während er mich herumdrehte, flatterten die Spitzen am Saum leicht nach oben und zeigten die dazu passenden gerüschten Höschen. Ein tiefes Geräusch drang aus seiner Kehle, und wenn mich nicht alles täuschte, war das ein Knurren? Verdammt ...

Er drehte mich näher zu sich, ergriff meine Hüften und zog mich an sich. Meine Brüste wurden an seine Brust gedrückt. Er gab mir einen Kuss unter mein Ohr und ließ mich nur die Spitze seiner Zunge fühlen.

„Es gibt ein paar Dinge, die du wissen musst", murmelte er und stupste mich mit der Nase an. Seine Hände tasteten sich unter mein Nachthemd vor, brachten die Spitze durcheinander und ergriffen meinen Hintern, was mich überraschte. Ich keuchte auf.

„Hörst du mir zu? Lass dich nicht ablenken", flüsterte er und fuhr mit ausgebreiteter Zunge an der Seite meines Halses entlang.

„Es ist ziemlich hart, mich zu konzentrieren, wenn deine Ablenkung mich in die Hüfte piekst", stöhnte ich und ließ mich von ihm weit genug zurücklehnen, damit meine gesamte untere Körperhälfte an seine gepresst war. Seine Härte passte perfekt zu den Rundungen meines Körpers. Er gluckste an meinem Nacken und bedeckte nun mein Schlüsselbein mit seinen Babyküssen, die ich inzwischen mit ihm verband.

„Das hier musst du wissen. Nummer eins, du bist großartig", sagte er. Seine Hände wanderten nun massierend meinen Rücken nach oben. „Nummer zwei, du bist unglaublich sexy", hauchte er.

Ich knöpfte rasch sein Hemd auf und schob es ihm von den Schultern, als unser Tempo sich von langsam und ungezwungen zu schnell und hektisch weiterentwickelte. Seine Hände bewegten sich nach vorn. Seine Nägel kratzten leicht über meinen Bauch und hoben mein Nachthemd an, sodass wir Haut an Haut waren und nichts mehr zwischen uns stand. Ich fuhr mit den Händen seinen Rücken hinauf und hinunter. Meine Nägel machten meine neu gewonnene Aggressivität deutlich, indem sie sich in seine Haut gruben und ihn nah an mir verankerten.

„Und Nummer drei, so unglaublich sexy dieses rosa Nachthemd auch ist, das Einzige, was ich die restliche Nacht sehen will, ist meine süße Caroline, und ich muss dich sehen." Er keuchte in mein Ohr, als er mich hochhob. Mein rechtes Bein schlang sich wie von selbst um seine Taille.

Wieder einmal verlangte das Universelle Gesetz des Wandbebens, dass Beine sich um seine Taille schlangen, wenn sich die Gelegenheit bot.

Er ging mit mir zum Bett und setzte mich sanft ab. Indem er sich vorbeugte, drückte er mich nach hinten auf meine Ellbogen. Das Hemd hing an seinen Schultern herab. Er zwinkerte mir zu und machte mit dem Kinn eine aufmunternde Bewegung in Richtung seines halbbekleideten Zustands. Ich hakte einen Finger hinter den Knopf in seinen Khakihosen und öffnete ihn. Da ich keinen Bund von Boxershorts sah, schob ich den Reißverschluss vorsichtig ein wenig nach unten, bis ich der Spur von dunkleren Härchen folgen konnte. Tiefer und tiefer … Heiliges, er trug keine Unterwäsche.

„Hast du eine Allergie gegen Unterhosen?", flüsterte ich und hob ein Knie, sodass er zwischen meine Beine sinken musste.

„Ich habe eine Allergie gegen deine Unterhöschen, und ist es nicht eine Schande, dass du sie immer noch trägst?" Er grinste breit. Seine Hüften drückten sich zwischen meine Beine, sodass ich alles, was er zu bieten hatte, fühlen konnte.

Mein Kopf fiel zurück. Meine Nerven wurden schweigend in die Schranken verwiesen, als sie es wagten, sich zu rühren. Verschwindet, Nerven! Das hier würde passieren.

„Keine Schande. Ich habe das Gefühl, dass ich sie nicht mehr lange tragen werde." Ich seufzte, streckte die Arme über den Kopf, schmiegte meinen Körper an seinen und ermutigte ihn damit, seine Lippen weiter an meinem Schlüsselbein zu bewegen. Ich konnte fühlen, wie er zwischen meinen Brüsten leckte und saugte. Ich bog mich ihm entgegen, wollte mehr von ihm fühlen. Er zog die Träger meines Nachthemds nach unten über meine Schultern, was ihm erlaubte, mich zu den Sternen zu schicken.

Es war irgendwie unwirklich, seinen Mund auf meinen Brüsten zu spüren, heiß und nass, kitzelnd. Also sagte ich ihm das.

„Das fühlt sich unwirklich an", stöhnte ich, während seine Bartstoppeln meine Haut auf köstliche Weise reizten. Seine Lippen schlossen sich um meinen rechten Nippel, und meine Hüften legten einen eigenen Rhythmus vor, indem sie sich wild unter ihm aufbäumten. Meine beiden Beine waren fest um seine Taille geschlungen. Seine Lippen, seine Zunge und Zähne kümmerten sich um beide Brüste, die über der Spitze meines Nachthemds zu sehen waren. Ich war umgeben von Simon, und selbst sein Geruch machte mich heiß, der zu gleichen Teilen aus einem scharfen Gewürz und dickem spanischen Brandy bestand.

Unsinnige Worte flossen von meinen Lippen. Ich erkannte ein paar *Simon*s, und ein oder zwei *Ja, das ist gut*, aber meist hörte ich von mir Dinge wie *Mmph* und *Erghh* und ein ziemlich lautes *Hyyaeeeahh*, für das es, um ehrlich zu sein, keine richtige Schreibweise gibt.

Simon seufzte immer wieder gegen meine Haut. Sein Atem, der über mich strich, war ein weiteres Aphrodisiakum. Meine Hände waren frei, um das Wunderland zu erforschen, das seine Haare waren, und als ich es ihm aus dem Gesicht strich, wurde ich mit dem großartigen Anblick seines Mundes auf mir und seinen geschlossenen Augen belohnt. Sein Gesichtsausdruck zeigte fast schon Verehrung. Er biss mich leicht, schloss seine Zähne um meine empfindliche Haut, und meine Hände rissen ihm fast das Haar vom Kopf. Es fühlte sich phänomenal an.

Seine andere Hand fuhr mein Bein hoch und runter, ermunterte mich dadurch, ihn enger zwischen meine Schenkel zu ziehen, als seine Wunder wirkenden Finger immer näher an den Rand der Spitze kamen. Es war die letzte Grenze, die wir überwinden mussten: die Spitzengrenze.

Ich fühlte meinen Atem stocken, als er sich dem letzten Stück näherte und seine Finger unter den Rand meines Höschens fuhren. Auch sein Atem verlangsamte sich, und als er mich weiter sanft berührte, näherte sich sein Gesicht meinem, und wir besaßen diesen Moment – diesen ruhigen Moment, in dem wir uns einfach … anstarrten. Ehrfurcht – das ist das einzige Wort, das mir einfällt, um das Gefühl zu beschreiben, als seine Hand über mich hinweg glitt, vorsichtig, bewundernd. Unsere Blicke verhakten sich ineinander, als er seine Hand weiter unter die Spitze schob und mich dann mit perfekter Präzision berührte.

Meine Augenlider flatterten zu. Mein ganzer Körper wurde mit so vielen Emotionen bombardiert. Mein Atem wurde wieder schneller. Der intensive Druck, der ständig in mir und um mich herum kursiert war, verwandelte sich nun in ein tiefes Summen, das direkt unter meiner Haut vibrierte. Ich bewegte mich mit ihm, fühlte wie seine Finger mich zu erforschen begannen, und ließ ein kleines Stöhnen hören. Das war alles, was ich tun konnte, denn die Gefühle waren so intensiv und diese Energie, die uns in diesem Moment umgab …

Ich war sicher, dass Simon sich nicht der Menge an Emotionen bewusst war, die sich hinter meinen geschlossenen Augenlidern bewegten. Der arme Mann bekam nur endlich mal etwas von mir in die Finger. Aber als eben diese Finger kühner und selbstsicherer wurden, fing etwas Unglaubliches an zu geschehen. Dieses winzigkleine Bündel an Nerven, das seit Jahrhunderten im Tiefschlaf geruht hatte, erwachte zum Leben. Ich riss die Augen auf, als eine sehr spezifische Wärme durch mich zu fließen begann, die in meiner Mitte begann und langsam den Weg nach außen antrat.

Simon genoss das auf jeden Fall. Seine Augen waren verschleiert vor Lust, als ich mich unter ihm wand. Er musste fühlen, wie ich mich anspannte und lebendig wurde.

„Gott, Caroline, du bist so ... so wunderschön", murmelte er. Seine Augen zeigten mir nun ein wenig mehr als reine Lust, und ich fühlte, wie meine Augen feucht wurden.

Ich warf meine Arme um seinen Nacken und hielt ihn eng an mich gedrückt. Ich riss an seinem Hemd, um es ihm auszuziehen, damit ich alles von ihm fühlen konnte. Er erhob sich gerade lange genug von mir, um sein Hemd in einer übertriebenen Geste von sich zu reißen, die mich zum Kichern und dazu brachte, mehr zu wollen.

Er ließ sich wieder auf mich sinken und glitt tiefer. Seine Lippen hinterließen einen Pfad bis zu meinem Bauchnabel. Er umkreiste ihn mit seiner Zunge und lachte hinein.

„Was ist so witzig, Mister?" Ich kicherte und drückte sein Ohr. Er war nun direkt unterhalb meines Nachthemds, sein Gesicht vor mir versteckt. Auf einmal hob er den Kopf und grinste langsam, was meine Zehen zum Kringeln brachte.

„Wenn dein Bauchnabel schon so gut schmeckt – verdammt, Caroline, ich kann es nicht erwarten, deine Pussy zu schmecken."

Es gibt ein paar Dinge, die eine Frau in ihrem Leben hören muss:

Sie haben den Job.

Dein Hintern sieht in diesem Rock großartig aus.

Ich würde deine Mutter gern kennen lernen.

Und wenn es im richtigen Kontext benutzt wurde, muss eine Frau das P-Wort hören.

Das hier könnte besser als Clooney werden.

Das Stöhnen, das aus meinem Mund kam, als er dieses Wort sagte, war laut genug, um die Toten zu wecken. Er ließ seine Zunge bis zum Rand der Spitze gleiten, bevor er mit liebevoller Präzision seine Daumen unter die Spitze hakte und sie mir die Beine hinabzog.

Da lag ich, ausgestreckt auf dem Kissenberg mit einem rosa

Nachthemd, das sich um meine Mitte bauschte, alle wichtigen Körperteile waren frei zugänglich – und verdammt glücklich darüber.

Er zog meine Hüften bis zum Rand des Bettes und sank auf die Knie. Heilige Mutter Gottes.

Als er seine Hände meine Oberschenkel hinauf und hinunter gleiten ließ, erhob ich mich auf meine Ellbogen, damit ich zusehen konnte. Ich musste einfach sehen, wie dieser wundervolle Mann sich um mich kümmerte. Auf den Knien zwischen meinen Hüften, seine Khakihosen aufgeknöpft und der Reißverschluss zur Hälfte hinuntergezogen, das Haar wild durcheinander – er war einfach eine Augenweide.

Wieder einmal ließ er sich von seiner Zunge führen, drückte mit dem offenen Mund Küsse auf die Innenseiten meiner Schenkel, erst auf die eine Seite, dann die andere. Mit jedem Wechsel kam er der Stelle näher, an der ich ihn am meisten brauchte. Vorsichtig hob er mein linkes Bein an, legte es sich über die Schulter, als ich meinen Rücken durchstreckte. Mein gesamter Körper hungerte nun nach ihm.

Er starrte mich einen Moment länger an, vielleicht nur ein paar Sekunden, aber es fühlte sich wie eine Ewigkeit an. „Wunderschön", hauchte er noch einmal, und dann presste er seinen Mund an mich.

Keine raschen Züngeleien, keine winzigen Küsse, nur ein unglaublicher Druck, als er mich mit seinen Lippen umfing. Es brachte mich dazu, auf das Bett zurückzufallen, da ich nicht mehr in der Lage war, mich abzustützen. Das Gefühl, dieses köstliche Gefühl von ihm war allumfassend, und ich konnte kaum atmen. Er bearbeitete mich langsam und tief, brachte eine Hand ins Spiel, um mich weiter für ihn zu öffnen und ließ mich durch seinen Mund und Finger und diese perfekte Zunge sanft und methodisch in den Himmel steigen. Ich fühlte mich immer weiter emporgehoben und angefüllt mit einem Gefühl von Ehrfurcht und Begeisterung, das ich so lange vermisst hatte.

Ich erlaubte einer Hand, sich in seinem Haar zu vergraben. Mit so viel Gefühl, wie mir möglich war, strich ich ihm durch die Locken. Die andere Hand? Sie war nutzlos. Sie packte die

Laken und verdrehte sie in eine Art Ball.

Er hob seinen Kopf einmal von mir, nur einmal und drückte einen weiteren Kuss auf meinen Oberschenkel. „Perfekt. Gott, einfach perfekt", flüsterte er so leise, dass ich ihn fast nicht über meine eigenen Seufzer und mein Gewimmer hören konnte. Er kehrte fast sofort zu mir zurück und legte nun eine gewisse Dringlichkeit in seinen Bewegungen an den Tag. Seine Lippen und die Zunge drehten und drückten nun, als er an mir stöhnte, sodass sich die Schwingungen direkt durch mich hindurch bewegten.

Ich öffnete meine Augen für eine Sekunde, und das Zimmer schien zu glühen. Alle meine Sinne erwachten, und ich konnte das Rauschen der Wellen hören und das Kerzenlicht über unsere Körper flackern sehen. Ich konnte fühlen, wie ich eine Gänsehaut bekam, die Luft mich streichelte und verkündete, was ich seit Monaten, nein, sogar seit Jahren, vermisst hatte.

Dieser Mann konnte mich möglicherweise lieben. Und er war dabei, meinen O zurückzubringen.

Ich schloss meine Augen wieder und konnte mich fast selbst am Rand einer Klippe stehen sehen, wie ich auf das rauschende Meer unter mir blickte. Druck, ein enormer Druck, staute sich hinter mir an, schubste mich an den Rand, von dem aus ich fallen würde, direkt in das, was auf mich wartete. Ich nahm einen Schritt, dann einen weiteren und begab mich näher und näher, als ich fühlte, wie Simon meine Hüften packte. Aber … Moment! Wenn O kam, wollte ich Simon in mir spüren. Ich musste ihn in mir spüren.

Ich zog an seinen Schultern, bis er über mir war. Meine Füße kickten an seinen Khakihosen, bis sie geschlagen auf dem Boden zu liegen kamen.

„Simon, ich brauche dich, bitte, in mir, jetzt!", keuchte ich fast besinnungslos vor Lust.

Simon, der sich mit Caroline-Steno auskannte, verstand, was ich wollte, und war innerhalb von Sekunden zwischen meinen Hüften. Er beugte sich hinab und küsste mich. Ich schmeckte mich selbst auf seinen Lippen und ich liebte es.

„In mir, in mir, in mir", sagte ich immer wieder. Meine Hüften bewegten sich im Wechsel mit meinen Schultern, versuchten verzweifelt, zu finden, was ich brauchte, was ich haben musste, um mich von dieser Klippe abzustoßen.

Er ließ mich nur für wenige Sekunden gehen, um in seinen Khakihosen zu kramen, die ich halb durch den Raum gekickt hatte. Das Knistern ließ mich wissen, dass ich sicher und er geschützt war.

Endlich fühlte ich ihn genau dort, wo er sein musste. Er schob sich nur ein wenig in mich, aber allein das Gefühl, ihn in mir zu spüren, war weltbewegend. Meine eigenen Bedürfnisse schwiegen für einen Moment, und ich beobachtete, als er sich zum ersten Mal in mir bewegte. Sein Blick bohrte sich in meinen, als ich sein Gesicht umfasste. Er sah mich an, als ob er etwas sagen wollte. Was für Worte würden wir sprechen? Was für wundervoll liebevolle Dinge würden wir sagen, um diesen Moment festzuhalten?

„Hi", flüsterte er und lächelte, als ob sein Leben davon abhängen würde.

Ich konnte nicht anders als zurückzulächeln. „Hi", antwortete ich. Ich liebte das Gefühl von ihm, sein Gewicht über mir, auf mir.

Er glitt vorsichtig in mich, und anfangs leistete mein Körper Widerstand. Es war eine lange Zeit her, aber der kleine Schmerz, den ich fühlte, war mir willkommen. Es war ein guter Schmerz, der einen wissen ließ, dass etwas bevorstand. Ich entspannte mich ein wenig und schlang ihm erneut die Beine um die Taille. Als er sich weiter in mich schob, wurde sein Lächeln unendlich mehr sexy. Er biss sich auf die Unterlippe und kleine Stirnfalten erschienen auf seiner Stirn. Ich atmete ein, atmete seinen Geruch, als er sich ein wenig zurückzog, um erneut zustoßen zu können. Nun, da er vollständig in mir war, hieß ich ihn auf die einzige Weise willkommen, die ich kannte. Ich gab ihm diese kleine innere Umarmung, die seine Augen dazu brachte, sich zu weiten und auf mich herabzusehen.

„Braves Mädchen", murmelte er, hob eine Augenbraue und stieß erneut zu, diesmal mit mehr Überzeugung. Mein Atem stockte, und ich schnappte nach Luft. Unwillkürlich bewegte ich meine Hüften in seine in einer Bewegung, die so alt war, wie die Wellen, die unten an die Klippen schlugen.

Langsam bewegte er sich in mir, glitt mit einem fantastischen Druck hinein und hinaus. Jeder neue Winkel brachte mehr dieses warmen, kribbelnden Gefühls, das sich bis zu den Spitzen jedes Fingers und jedes Zehs hinaus bewegte. Das Gefühl, Simon in mir zu haben, in meinem Körper, war unbeschreiblich. Ich stöhnte, und er knurrte. Er ächzte, und ich maunzte. Zusammen. Seine Hüften trieben mich auf dem Bett nach oben, Richtung Kopfende. Unsere Körper waren schweißbedeckt, und wir stießen aneinander. Ich schlang meine Finger in seine Haare, zog daran und schlängelte mich unter ihm.

„Caroline, so wunderschön", seufzte er zwischen Küssen auf meine Stirn und Nase.

Ich schloss meine Augen und sah mich erneut am Rand der Klippe stehen, bereit zu springen. Mein Bedürfnis zu springen wurde immer größer. Erneut baute sich der Druck in mir auf, dieses Knistern von Energie, das wild und hektisch rauschte, mit jedem Stoß pulsierte. Jeder Stoß und jedes Gleiten seiner Hüften in meine, was ihn in und aus meinem Körper führte.

Ich nahm einen letzten Schritt, ein Fuß hing nun über die Klippe und dann! Ich sah ihn! O! Er schwamm im Wasser unten, sein Haar tanzte wie Feuer auf den Wellen. Er winkte und ich winkte, und genau dann brachte Simon eine Hand zwischen unsere Körper, über die Stelle, an der wir vereint waren, und er begann, seine kleinen Kreise zu malen.

Kleine Kreise von einer perfekten Hand, und ich sprang. Ich sprang frei und laut und stolz und verkündete meine Anerkennung durch ein lüsternes „Ja!", als ich auf das Hoch zuraste.

Und ich fiel.

Und fiel.

Und fiel.

Und schlug auf. Schlug auf der harten Wasseroberfläche auf, und konnte nicht mehr hoch. Ich fiel ein gefühltes Jahrtausend lang, aber anstelle von O, der mich mit offenen Armen unten erwartet hatte, wurde ich wie Treibgut einsam und nass herumgewirbelt. Jeder Muskel in meinem Körper, jede

Zelle konzentrierte sich auf die Rückkehr von O, als ob ich ihn durch pure Willenskraft zurückholen könnte. Ich streckte mich. Mein Körper war angespannt, als ich einen Blick auf O erhaschte, gerade einen kleinen Blick auf sein Haar, das wie Feuer unter dem Wasser funkelte. Er glitt mir davon. Er war nah, so nah, aber nein. Nein.

Ich platschte ihm nach, versuchte ihn zurückzuholen, aber es brachte nichts. Er war weg, und ich blieb unter Wasser. Mit dem wunderschönsten Mann auf der Welt in mir.

Ich öffnete meine Augen und sah Simon über mir, sah sein wunderschönes Gesicht, als er mich liebte. Und genau das war es. Das hier war kein reiner Sex. Es war Liebe, und ich konnte ihm immer noch nicht alles geben, was ich war. Ich sah, dass seine Augenlider schwer und halb geschlossen vor Lust waren. Ich sah eine Schweißperle seine Nase hinab rinnen und auf meiner Brust zerschellen. Ich sah, wie er hart auf seine Unterlippe biss, die Anspannung auf seinem Gesicht, als er seinen eigenen, wohlverdienten Höhepunkt verzögerte.

Er war alles, was ich mir erhofft hatte. Er war ein großzügiger Liebhaber, und ich konnte fühlen, wie mein Herz förmlich aus meiner Brust springen wollte, um ihm näher zu sein und ihn lieben zu können. Er war alles.

Ich hob seine zwischen uns platzierte Hand und küsste seine Fingerspitzen. Dann schlang ich meine Beine enger um seine Taille und verankerte meine Hände auf seinem Rücken. Er wartete auf mich. Natürlich. Ich liebte ihn dafür. Ich schloss meine Augen noch einmal und wappnete mich für alles, was ich in der Lage war, ihm zu geben.

„Simon, das ist so gut", keuchte ich, und jedes einzelne Wort war mein voller Ernst. Ich hob meine Hüften. Ich spannte mich in all den richtigen Plätzen an, und ich rief seinen Namen immer wieder.

„Caroline, sieh mich an", flehte er. Seine Stimme war rau vor Lust. Ich fühlte, wie mir eine Träne die Wange hinab rann, als ich die Augen öffnete. Ein seltsamer Ausdruck huschte für eine Sekunde über sein Gesicht, als sein Blick meinen traf, und dann? Er kam. Es gab keinen Donner, keine Blitze, keine Fanfare. Aber es war beeindruckend.

Er brach auf mir zusammen, und ich fing ihn auf. Ich fing ihn, indem ich ihn an meiner Brust hielt und ihn immer wieder küsste. Meine Hände strichen über seinen Rücken, meine Beine umfingen ihn so stark ich konnte. Ich flüsterte seinen Namen, als er seine Wange zwischen meinen Nacken und meine Brust schmiegte. Einfache Berührungen und Streicheleinheiten.

Mein Herz setzte sich auf die Seite und seufzte. Die Nerven? Ihr Ärsche solltet nicht mal daran denken, eure Gesichter zu zeigen.

Wir lagen eine Weile ruhig da, hörten den Ozean in unserem eigenen kleinen Hafen – ein romantisches Märchen, das eigentlich genug hätte sein sollen. Als sein Atem wieder ruhiger wurde, hob er seinen Kopf und küsste mich sehr sanft.

„Süße Caroline." Er lächelte, und ich lächelte mit übervollem Herzen zurück.

Sex konnte großartig sein, selbst ohne O.

„Bin gleich wieder da", sagte er, befreite sich und ging ins Badezimmer. Seine nackte Rückseite war ebenfalls ein großartiger Anblick. Ich beobachtete ihn, setzte mich dann rasch auf und zog mir die Träger meines Nachthemdes wieder auf die Schultern. Ich rollte mich auf die Seite, weg vom Badezimmer, und umarmte mein Kissen. Das war die beste sexuelle Erfahrung meines Lebens gewesen. Jede Sekunde hatte gestimmt. Und dennoch war O in weiter Ferne geblieben. Was zum Teufel stimmte nicht mit mir?

Ich werde nicht weinen.

Ich werde nicht weinen.

Ich werde nicht weinen.

Obwohl er nur wenige Minuten im Bad gewesen war, schob ich bei seiner Rückkehr Panik und tat so, als ob ich schlafen würde. Kindisch? Yep. Absolut kindisch.

Ich fühlte das Bett absinken, als er hineinkroch, und dann seinen warmen und noch sehr nackten Körper, der sich um mich schlang. Seine Arme schlangen sich um meine Mitte, und dann war sein Mund an meinem Ohr: „Mmm, Nachthemdchen steckt wieder in seinem Nachthemdchen."

Ich wartete, sagte nichts, atmete nur. Ich fühlte, wie er mich ein wenig rüttelte und leise gluckste.

„Hey, hey, schläfst du?"

Sollte ich schnarchen? Wann immer Leute in Fernsehserien so tun, als ob sie schlafen, schnarchen sie. Ich ließ einen kleinen Schnarcher hören. Er küsste meinen Nacken. Meine verräterische Haut fabrizierte eine Gänsehaut unter seinem Mund. Ich seufzte im „Schlaf", kuschelte mich enger an Simon und hoffte, dass er mir das hier durchgehen ließ. Das Schicksal war mir gnädig, da er mich einfach enger an seine Brust zog und mich noch einmal küsste.

„Nacht, Caroline", flüsterte er, und die Nacht legte sich um uns.

Ich gab ein weiteres falsches Schnarchen von mir für die nächsten paar Minuten, bis sein richtiges Schnarchen übernahm, und dann seufzte ich schwer.

Verwirrt und mit einem tauben Gefühl war ich bis zum Tagesanbruch wach.

Kapitel 20

Ich hatte vorgetäuscht.

Mit Simon. Es musste eine Regel geben – irgendwo, vielleicht sogar gemeißelt in Stein: Du sollst deinen Orgasmus nicht bei einem Wandbeben vortäuschen. So steht es geschrieben und so sei es. Ich hatte vorgetäuscht, und nun war ich dazu verflucht, für immer O-los über den Planeten zu wandern.

War ich eine Dramaqueen? Oh, ja. Aber wenn das nicht nach ein wenig Drama schrie, was denn dann?

Am nächsten Morgen war ich wach und aus dem Bett, bevor Simon aufgewacht war, etwas, das ich die gesamte Zeit unseres Urlaubs nicht gemacht hatte. Normalerweise blieben wir im Bett, bis der andere wach war, und genossen dann eine Weile lang unser Gelächter und einige Gespräche. Und das Küssen.

Mmm, das Küssen.

Aber an diesem Morgen duschte ich rasch und war in der Küche beim Frühstück Vorbereiten, als ein schläfriger Simon hereinkam. Er schlurfte mit seinen Socken über den Boden, trug seine Boxershorts tief auf seinen Hüften und grinste mich träge an. Er drängte sich an meine Seite, als ich Melonen und Beeren schnitt.

„Was machst du hier? Ich war ein wenig einsam. Großes Bett, aber keine Caroline. Wohin bist du gegangen?" Er drückte mir einen raschen Kuss auf die Schulter.

„Ich musste mich heute Morgen bewegen. Denk dran, das Auto kommt mich um zehn Uhr abholen. Ich wollte dir Frühstück machen, bevor ich gehe." Ich lächelte und drehte mich zu ihm für einen kurzen Kuss.

Er hielt mich auf und küsste mich intensiver. Er ließ mich nicht hetzen. Ich fühlte, wie ich mich abschottete, und war fast nicht in der Lage, es aufzuhalten. Ich brauchte etwas Zeit, um das zu verarbeiten, zu verstehen, wie ich mich fühlte – abgesehen von miserabel. Aber ich liebte Simon, und er verdiente das nicht. Daher ließ ich mich in den Kuss sinken und mich noch einmal von diesem Mann von den Füßen reißen.

Ich küsste ihn fieberhaft zurück, leidenschaftlich, und wich dann zurück, bevor es etwas mehr als ein Kuss werden konnte.

„Früchte?"

„Bitte?"

„Früchte. Ich habe einen Fruchtsalat gemacht. Möchtest du etwas davon?"

„Oh, ja. Ja. Hört sich gut an. Ist der Kaffee fertig?"

„Das Wasser kocht. Das Pulver ist soweit vorbereitet." Ich tätschelte ihm die Wange. Wir bewegten uns gemeinsam in der Küche, redeten ruhig, und Simon stahl mir den einen oder anderen Kuss. Ich versuchte nicht zu zeigen, wie aufgewühlt ich war, und versuchte mich wie immer zu verhalten. Simon schien zu spüren, dass etwas in der Luft lag, passte sich mir aber an und überließ mir die Führung.

Wir saßen auf der Terrasse, aßen zum letzten Mal unser Frühstück und beobachteten die hereinbrechenden Wellen.

„Bist du froh, dass du gekommen bist?", fragte er.

Ich biss mir auf die Lippe. „Natürlich! Dieser Urlaub war genial!" Ich lächelte, griff über den Tisch und drückte seine Hand.

„Und jetzt?"

„Und jetzt was? Zurück in die Realität. Wann geht dein Flug morgen?", fragte ich.

„Spät. Sehr spät. Soll ich dich anrufen oder …" Er ließ die Worte abklingen, wodurch er wortlos die Frage in den Raum stellte, ob er vorbeikommen sollte.

„Ruf mich an, wenn du kommst, egal zu welcher Zeit, okay?", antwortete ich, nippte an meinem Kaffee und beobachtete das Meer.

Er war nun still, und als ich mir diesmal auf die Lippe biss war es, um mich vom Weinen abzuhalten.

Ich hatte früh gepackt, daher war ich bereit, als der Fahrer ankam. Simon hatte versucht, mich zu einer gemeinsamen Dusche zu überreden, aber ich hatte mich entschuldigt, indem ich vorgab, nach meinem Pass suchen zu müssen. Ich schob Panik und zog mich zurück, gerade als wir uns so nah waren, aber das alles hatte mich wirklich aus der Bahn geworfen.

Ich hatte alle Os in einen Korb geworfen, und das Problem war nicht Simon, sondern ich. Der Sex war überirdisch gewesen, der Himmel auf Erden, selbst mit Kondom, und dennoch: kein O.

Simon brachte meine Taschen hinaus zum Wagen und hob sie in den Kofferraum. Nachdem er einen Moment lang mit dem Fahrer gesprochen hatte, kam er zurück zu mir. Ich ging ein letztes Mal durch das Haus. Es war wirklich ein Märchen gewesen, und ich hatte jeden Moment genossen.

„Zeit zu gehen?", fragte ich und lehnte mich an ihn, als er mich auf der Terrasse einfing. Ich war froh, ihn dicht an mir spüren zu können.

„Zeit zu gehen. Hast du alles, was du brauchst?"

„Ich glaube schon. Ich wünschte aber, ich könnte einen Weg finden, mir ein paar dieser Garnelen nach Hause zu schaffen." Ich lachte, und er schnaubte an meinem Haar.

„Ich glaube, ich kann zu Hause etwas finden, das deinen Ansprüchen genügen wird. Vielleicht können wir die anderen am nächsten Wochenende einladen und ein paar Gerichte nachkochen, die wir hier hatten?"

Ich drehte mich zu ihm. „Du meinst, unser Debüt geben?" Ich grinste.

„Ja, natürlich. Ich meine, wenn du möchtest", fügte er verlegen hinzu und beobachtete mich sorgfältig.

„Ich will", antwortete ich. Und das tat ich. Selbst ohne den dummen O wollte ich bei Simon sein.

„Okay, Debüt mit Garnelen. Das hört sich seltsam an."

Ich lachte, als er mich umarmte. Der Fahrer hupte, und wir gingen zum Auto.

„Ich rufe dich an, wenn ich zurück bin, okay?", sagte er.

„Ich werde da sein. Erledige du nur deine Arbeit hier."

Er strich mir das Haar aus dem Gesicht und beugte sich vor, um mich erneut zu küssen. „Bis dann, Caroline."

„Bis dann, Simon." Ich stieg ein und fuhr aus dem Märchen.

Nachdem ich bequem in meinem Erste-Klasse-Sitz saß, hatte

ich Stunden zur Verfügung, um nachzugrübeln. Streichen wir das. Ich hatte Stunden zur Verfügung, um herumzuhocken, zu brüten und zu grummeln. Ich hatte im Auto auf dem Weg zum Flughafen geweint und alle Hände voll zu tun gehabt, den Fahrer davon zu überzeugen, dass es mir gut ging und ich nicht vollkommen durchgedreht war. Ich hatte geweint, weil … Mein Körper stand auf jeden Fall unter Hochspannung, die sich irgendeinen Weg hinaus suchte. Den fand sie über meine Tränendrüsen. Ich war traurig und frustriert. Jetzt hatte ich genug geweint.

Ich versuchte zu lesen. Ich hatte mich auf dem Flughafen in Malaga mit Klatschmagazinen eingedeckt, und als ich sie durchblätterte, stachen mir diverse Titel ins Auge:

„Wie Sie erkennen, ob Sie den besten Orgasmus Ihres Lebens hatten"

„Kegelübungen für multiple Orgasmen"

„Die neue Diät: Orgasmen für eine schlankere Linie"

Klein Caroline, mein Gehirn, mein Rückgrat und mein Herz hatten sich in eine Reihe gestellt und bewarfen die Nerven mit Steinchen, während letztere versuchten sich zu verstecken.

Ich stopfte meine neuen Magazine in das Netz des Sitzes vor mir, packte meinen Laptop aus, schaltete ihn an und steckte mir die Ohrstöpsel in die Ohren. Ich hatte ein paar Filme vor dem letzten Flug heruntergeladen. Vielleicht konnte ich mein Gehirn mit einem Film ablenken. Ja, das konnte ich tun. Ich scrollte durch die Liste, die ich im Speicher hatte … „Harry und Sally"? Nein, nicht mit dieser Szene im Restaurant. „Top Gun"? Nein, diese Szene, in der sie miteinander zugange sind, und alles blau erleuchtet wird durch die Brise, die durch die hauchdünnen Vorhänge weht. Nein, zu nah an meinem eigenen Märchen dran.

Ich fand einen Film, den ich ansehen konnte, nahm drei Tylenol und schlief ein, bevor Luke lernte, wie er mit seinem Lichtschwert umgehen konnte.

Irgendwo zwischen dem Umstieg in LaGuardia und dem Flug über die Vereinigten Staaten hatte sich meine Gefühlslage von traurig zu wütend entwickelt. Ich hatte etwas geschlafen, war mit dem Weinen fertig und nun stocksauer. Und in einem Flugzeug konnte man nicht auf und ab gehen. Ich musste in meinem Sitz bleiben und überlegen, was ich mit meinem Ärger anfangen wollte – und wie ich mein gesamtes Leben ohne Hoffnung auf einen O leben wollte. Und wieder: War ich zu dramatisch? Vielleicht, aber ohne die Aussicht auf ein O war es einfach, einen Tunnelblick zu entwickeln.

Endlich kamen wir in San Francisco an, und ich folgte der Menge zur Gepäckausgabe. Körperlich und emotional erschöpft sah ich in das Gesicht von jemandem, den ich nie wieder hatte sehen wollen.

Cory Weinstein. Der Maschingewehr-Dreckskerl.

Über den gesamten Kiosk war sein dummes Gesicht in einer gigantischen Werbekampagne für „Slice o' Love Pizza Parlors" abgebildet. Ich stand vor seinem riesigen Kopf, auf den das breiteste Grinsen peflastert war, während er mit einem gigantischen Stück Pepperoni-Pizza posierte, und meine Wut kochte über. Meine Wut hatte ein Gesicht, und zwar ein dummes. Ich wollte hineinschlagen, aber es war ja nur ein Bild.

Unglücklicherweise hielt mich das nicht auf.

Es war nicht besonders klug, einen Anfall in einem internationalen Flughafen zu bekommen. Es stellte sich heraus, dass sie das nicht besonders witzig finden. Nachdem ich also eine ausführliche und strenge Rüge über mich hatte ergehen lassen und versprochen hatte, nie wieder ein Poster anzugreifen, setzte ich mich in ein Taxi und fuhr, stinkend nach Flugzeug, zurück in mein Apartment. Ich trat diesmal gegen meine eigene Tür, und als ich meine Taschen fallen ließ, sah ich die einzigen zwei Dinge, die mich zum Lächeln bringen konnten.

Clive und mein KitchenAid.

Mit einem lauten Miau rannte er auf mich zu, sprang mir in die Arme und zeigte mir all die Zuneigung, die er sich für Momente wie diese aufhob. Irgendwie wusste sein kleines Katzengehirn, dass ich es brauchte, und er widmete mir all seine Aufmerksamkeit, wie nur er es konnte. Unablässig schwenkte er seinen Schwanz und schnurrte, rieb seinen Kopf unter meinem Kinn und gab mir eine kleine Katzenumarmung. Ich lachte in sein Fell und hielt ihn fest. Es war schön, wieder zu Hause zu sein.

„Haben Onkel Euan und Onkel Antonio gut auf dich aufgepasst? Hm? Wer ist mein guter Junge?", gurrte ich, setzte ihn auf den Boden und packte eine Dose Thunfisch als Belohnung, weil er sich so gut benommen hatte, während ich weg gewesen war. Als ich mich von Clive abwandte, der sich nun komplett auf seine Schüssel konzentrierte, fiel mein Blick auf meine KitchenAid. Ich würde duschen und dann würde ich backen. Ich musste einfach backen.

Eine unbekannte Anzahl von Stunden später – obwohl ich zugeben muss, dass die Sonne untergegangen und wieder aufgegangen war, während ich mit Mehl und Rührlöffel hantiert hatte – hörte ich ein Klopfen an meiner Tür. Ich hatte so lange gebacken, dass ich fühlte, wie mein Rücken ächzte und stöhnte, als ich den Kopf hob. Ich schnitt gerade Inas Unerhörte Brownies auf dem Blech, die einige extra Schritte benötigten, aber sie waren die ganze Mühe auf jeden Fall wert. Zum Teufel wie spät war es? Ich sah mich nach Clive um, den ich nicht entdeckte.

Ich schlurfte zur Tür und bemerkte, dass ich überall braunen und weißen Zucker auf dem Boden verteilt hatte und daher eindeutige Spuren hinterließ. Ein weiteres Klopfen an der Tür folgte, diesmal eindringlicher.

„Komme!", schrie ich und rollte meine Augen angesichts der Ironie meiner Worte. Als ich meine Hand hob, um die Tür zu öffnen, bemerkte ich geschmolzene Schokolade an meinen Knöcheln. Da ich nichts verkommen lassen wollte, leckte ich kurz darüber, während ich die Tür öffnete.

Da stand ein erschöpft aussehender Simon.

„Was tust du hier? Du solltest doch erst …"

„Erst spät in der Nacht zurückkommen, ich weiß. Ich habe einen Flug früher genommen." Er drängte sich an mir vorbei in meine Wohnung.

Ich schloss die Tür, drehte mich zu ihm um und strich meine Schürze glatt, an der einige Cookie-Teigreste klebten. „Du hast einen früheren Flug genommen. Warum?", fragte ich und glitt in der Zuckersauerei am Boden langsam auf ihn zu.

Er sah sich mit einem amüsierten Grinsen um, bemerkte die Stapel von Cookies, die Kuchen auf dem Fensterbrett, die mit Aluminium umwickelten Laibe Zucchinibrot, Kürbisbrot und Cranberry-Orangen-Brot, die wie die Basis eines Hauses auf dem Tisch aufgereiht waren. Er grinste noch einmal, dann drehte er sich zu mir um und nahm eine Rosine von meiner Stirn, von der ich nicht mal geahnt hatte, dass sie sich dort befunden hatte.

„Willst du mir sagen, warum du deinen Orgasmus vorgetäuscht hast?"

Kapitel 21

Wie vom Donner gerührt hing mein Mund offen, als er in den Raum ging, um das Gebackene genauerer Untersuchung zu unterziehen. Er schlurfte durch den Zucker und hielt inne, um einen Finger durch eine Schüssel zu ziehen, in der sich geschmolzene Schokolade befand. Ich seufzte schwer, als ich zur Theke ging und mich ihm stellte, während ich einen weiteren Teigball von einer anderen Schüssel nahm, in der er aufgegangen war.

Woher wusste er das? Wie wusste er das? Ich drehte und knetete den Teig – einen weichen und klebrigen Brioche-Teig –, und spürte, wie meine Wangen heiß wurden. Ich hatte gedacht, dass ich es ziemlich intelligent angestellt hatte. Vorsichtig wagte ich einen Blick zu ihm, als er die Schokolade von seinen Fingern leckte. Sein Blick wurde besorgter, als mein gedankenverlorenes Kneten zu einem Schlagen wurde. Ich ließ meine Frustration an dem Brioche-Teig aus, als ich mein O-loses Leben bedachte. Verdammt.

Mit sauberem Finger strich er mir eine Locke meines Haares hinter das Ohr, als ich weiterhin schlug/knetete und drehte. Ich zuckte zusammen, als er mich berührte, denn das wunderbare Bild von ihm, während er über mir war, war einfach unmöglich zu ignorieren.

„Werden wir darüber reden?", fragte er ruhig und fuhr mit seiner Nase über meinen Nacken.

Ich lehnte mich für eine Sekunde an seinen Körper, dann riss ich mich zusammen. „Was gibt es darüber zu reden? Ich weiß nicht mal, wovon du sprichst. Halluzinierst du wegen des Zeitunterschieds?", fragte ich fröhlich und mied seinen Blick in der Hoffnung, das durchziehen zu können. Konnte ich ihn davon überzeugen, dass er der Verrückte war? Verflucht noch mal, woher wusste er das?

„Komm schon, Nachthemdchen. Sprich mit mir", drängte er und schmiegte sich an meinen Nacken. „Wenn wir das hier durchziehen, müssen wir miteinander reden."

Reden? Aber sicher, ich konnte reden. Er sollte vermutlich wissen, worauf er sich mit mir einließ, die ich dazu verdammt war, den Rest meines Lebens ohne O über den Planeten zu wandern. Ich nahm den Teig noch einmal auf und warf ihn an die Wand. Er fiel und rollte hinab, so klebrig wie die kleinen eklig-klebrigen Dinge, mit denen ich als Kind gespielt hatte. Ich wirbelte zu ihm herum, mein Gesicht immer noch heiß, aber das war mir inzwischen egal.

„Was sollte das denn werden?", fragte er ruhig und nickte Richtung Teig.

„Brioche. Es sollte ein Brioche werden", antwortete ich rasch und hektisch.

„Ich wette, es wäre gut geworden."

„Es ist viel Arbeit. Fast zu viel."

„Wir könnten es noch mal versuchen. Ich helfe dir gern."

„Du weißt nicht, was du anbietest. Hast du eine Ahnung, wie kompliziert das ist? Wie viele Schritte es gibt? Wie lange es dauern könnte?"

„Gute Dinge passieren denen, die warten können."

„Gott, Simon, du hast keine Ahnung. Ich will das so sehr, wahrscheinlich selbst mehr als du."

„Man macht Croûtons daraus, richtig?"

„Moment, was? Wovon zum Teufel redest du?"

„Brioche. Das ist eine Art Brot, nicht? Hey, hör auf, deinen Kopf gegen die Theke zu schlagen!"

Der Granit fühlte sich kühl an meiner heißen Haut an, aber ich ließ meinen Kopf weniger heftig auf die Theke knallen, als ich den Hauch von Panik in seiner Stimme hörte.

Er wusste es und er war immer noch hier. Er war hier in meiner Küche in diesem blauen North Face-Pullover, der aus seinen Augen rauchige Saphire machte und seinen ganzen Körper kuschelig und warm und sexy und männlich und verdammt noch mal großartig aussehen ließ. Und hier war ich, bedeckt mit Honig und Rosinen und knallte meinen Kopf auf die Theke, nachdem ich meinen Brioche-Teig getötet hatte.

Der Mord am Brioche-Teig. Was für ein großartiger Name für ein … Fokus, Caroline!

Mein Herz war fast aus meiner Brust gesprungen, als es ihn an der Tür gesehen hatte. KC war direkt dahinter und zog sich unwillkürlich zusammen bei seinem Anblick. Das Gehirn hatte sich vor Schock und Verweigerung für einen Neustart entschieden, analysierte nun aber die Situation und neigte dazu, ihn zu einem würdigen Kandidaten zu ernennen, da es die Zeit und Entfernung einbezog, die er geopfert hatte, um dem Grund auf die Schliche zu kommen. Das Rückgrat streckte sich nun, da es wusste, dass eine gute Haltung einen attraktiveren Vorbau unterstützte. Dafür konnte man ihm ja nicht böse sein, nicht? Meine Nerven … flatterten.

Warum. Warum. Er will wissen, warum. Ich beobachtete ihn zwischen meinem Malträtieren des Granits und sah, dass er sich langsam Sorgen machte. Genau wie ich. Mein Kopf begann richtig zu schmerzen. Ich war müde, überwältigt und unterorgasmust. Und ein wenig übermütig?

Nach einem letzten Knall auf die Theke richtete ich mich auf, wobei ich ein wenig nach links schwankte. Ich fand meine Balance, atmete tief ein und ließ dann los.

„Du willst wissen, warum?"

„Gern. Bist du fertig mit der Theke?"

„Keine Theken mehr. Okay, warum. Warum? Pass auf …" Ich marschierte in einem kleinen Kreis und wich Schokoladenchips und Pekannüssen aus, die sich nahe der Theke auf dem Boden versammelt hatten. Ich entdeckte Clive in der Ecke, der ein paar Walnüsse zwischen seinen Pfoten hin und her schlug. Nüsse lagen überall auf dem Boden, während ich in meinem Kopf wohl nicht mehr alle Tassen beisammen hatte. Passte ja zum Backen. „Kennst du dich mit Pizzaläden aus, Simon?"

Es musste ihm sehr zugute gehalten werden, dass er zuhörte. Er hörte mir zu, als ich redete und redete und die Kücheninsel umrundete, während ich mich in Rage redete. Ich konnte selbst fast keinen Sinn darin entdecken: „Weinstein … eines Nachts … Maschinengewehr … Er ist abgehauen! … Jordan Catalano … Nicht mal Clooney! … Winterschlaf … Oprah … einsam … Single … Nicht mal Clooney! … Jason Bourne … fast Clooney … rosa Nachthemd … an die Wand schlagen …"

Nach einer Weile begann er, so verwirrt auszusehen, wie ich mich langsam fühlte. Aber ich war entschlossen, alles herauszulassen. Er versuchte mich bei einer Umrundung zu packen, aber ich wich ihm aus, wobei ich fast in einem Häufchen zerkrümelter Pekannüsse ausrutschte, die ich in meiner Umkreiserei weiter zerkrümelt hatte. Ich hatte einen Pfad durch die Verwüstung geschlagen.

Ich machte eine letzte Drehung, diesmal mit den gemurmelten Worten „Spanisches Märchen mit Garnelen", als ich über eine Muffinform stolperte und in seine Arme fiel.

Er hielt mich fest und küsste meine Stirn. „Caroline, Baby, du musst mir sagen, was los ist. Das Murmeln? Es ist niedlich, aber es hilft mir nicht weiter." Er drückte seine Hände an meinen Rücken und hielt mich fest. Ich zog mich ein wenig zurück und sah ihm direkt in die Augen.

„Woher wusstest du es?", fragte ich.

„Komm schon, manchmal wissen es die Jungs einfach."

„Nein, wirklich. Woher wusstest du es?"

Er küsste sanft meine Nase. „Weil du auf einmal nicht mehr meine Caroline warst."

„Ich habe einen Orgasmus vorgetäuscht, weil ich seit gefühlten tausend Jahren keinen mehr hatte", sagte ich sachlich.

„Wie bitte?"

„Ich werde jetzt über den Flur zu deiner Tür gehen und sie treten." Ich seufzte, entzog mich ihm und marschierte durch den Zucker.

„Moment, Moment, Moment, du ... was? Du hattest keinen was?" Er packte meine Hand, als ich mich wieder zu ihm drehte. Alles war nun gesagt.

„Einen Orgasmus, Simon. Einen Orgasmus. Das Große O, die Klimax, das Happy End. Keine Orgasmen. Nicht für dieses Nachthemdchen. Cory Weinstein kann mir einen fünf Prozent Nachlass geben, wenn ich einen will, aber im Gegenzug hat er mir meinen O genommen." Ich schnüffelte, da mir nun die Tränen in die Augen stiegen. „Also kannst du zu deinem Harem zurückkehren. Ich werde schon bald in ein Kloster eintreten!", weinte ich. Meine Dämme brachen nun endgültig.

„Kloster? Was? Komm her, bitte. Beweg deinen Hintern hier rüber, du Dramaqueen." Er zog mich zurück in die Küche und schloss mich in die Arme. Er schaukelte mich hin und her, als ich lächerlich lautes Schluchzen und Jammern von mir gab.

„Du bist so … so … großartig, und ich kann … ich kann einfach nicht … du bist so großartig im Bett … und überall sonst … und ich kann nicht … Gott, du bist so sexy … als du gekommen bist, warst du so … sexy … und du bist heimgekommen … und ich habe mein Brioche getötet … und ich … ich … ich glaube … ich liebe dich."

Vollstopp! Atmen. Was habe ich gerade gesagt?

„Caroline, hey, hör auf zu weinen, du wunderbares Mädchen. Wiederhol bitte noch mal, was du als Letztes gesagt hast."

Ich hatte Simon gerade gesagt, dass ich ihn liebte. Während meine Rotze mit seinem Pullover verschmolz. Ich atmete seinen Geruch ein, dann pflückte ich mich von ihm und ging zu der Wand, um den Teig abzukratzen, der dort klebte. Die Nerven erwachten zum Leben, zum ersten Mal auf unserer Seite. Konnte ich ihn ablenken? Sollte ich Rabatz machen?

„Als Letztes?", fragte ich die Wand – und Clive, der aufgehört hatte, mit den Nüssen zu spielen, und nun lauschte.

„Als Letztes", hörte ich ihn mit fester und deutlicher Stimme sagen.

„Ich habe mein Brioche getötet?"

„Glaubst du wirklich, das war der Teil, den ich noch mal hören wollte?"

„Äh, nein?"

„Neuer Versuch."

„Ich will nicht."

„Caroline … Moment, was ist dein mittlerer Name?"

„Elizabeth."

„Caroline Elizabeth", warnte er mich in einer tiefen Stimme, die mich unerwarteterweise zum Kichern brachte.

„Brioche ist wirklich gut, wenn es keinen Wandgeschmack hat", brachte ich heraus. Meine Erschöpfung mischte sich mit meinem Geständnis und kreierte ein seltsames Summen in mir. Ich fühlte mich tatsächlich ein wenig erleichtert.

„Dreh dich bitte um", sagte er, und ich gehorchte. Er lehnte an der Theke und öffnete den Reißverschluss seines angerotzten Pullovers. „Ich habe einen kleinen Jetlag, also eine kleine Zusammenfassung für mich. Erstens, du hast scheinbar deinen Orgasmus verloren, richtig?"

„Ja", murmelte ich und beobachtete, wie er seinen Pullover auszog und ihn über einen Stuhlrücken warf.

„Zweitens, Brioche ist wirklich schwer herzustellen, richtig?"

„Ja", hauchte ich, nicht in der Lage, meinen Blick von ihm abzuwenden. Unter dem Pullover trug er ein weißes Hemd. Das an und für sich bereits gut war, aber in Kombination damit, dass er langsam und methodisch die Ärmel hochkrempelte, war es hypnotisierend.

„Und drittens, du glaubst, du liebst mich?", fragte er in seiner tiefen Stimme, dickflüssig wie Honig und samtweich wie eine Sofadecke.

„Ja", flüsterte ich in dem Wissen, dass es hundertprozentig der Wahrheit entsprach. Ich liebte Simon.

„Du glaubst es oder du weißt es?"

„Ich weiß es."

„Nun, dann ... Das muss bedacht werden, nicht wahr?" Seine Augen funkelten, als er näher kam. „Du hast wirklich keine Ahnung, oder?" Er spreizte seine Hände an meinem Schlüsselbein und strich mit den Daumen über die obere Wölbung meiner Brüste.

Mein Atem beschleunigte sich, und mein Körper erwachte zum Leben. „Keine Ahnung von was?", murmelte ich und erlaubte ihm, mich gegen die Wand zu drängen.

„Davon, wie sehr ich dir gehöre, Nachthemdchen", sagte er und beugte sich vor, um mir diesen Teil ins Ohr zu flüstern. „Und ich weiß, dass ich dich genug liebe, um zu wollen, dass du dein Happy End bekommst."

Und dann küsste er mich – mein Herz war im Himmel – küsste mich wie in einem Märchen, obwohl ich in diesem Märchen Teig am Rücken kleben und einen Kater mit einer Pfote voller Nüsse hatte. Aber das hielt mich nicht davon ab, ihn zurückzuküssen, als ob mein Leben davon abhängen würde.

„Wusstest du, dass ich mich in dich verliebt habe, als du in dieser einen Nacht gegen meine Tür gehämmert hast?", fragte er und küsste meinen Nacken. „Und dass ich, als ich dich besser kennen lernte, mit niemand anderem mehr zusammen war?"

Ich schnappte nach Luft. „Aber ich dachte, ich meine, ich habe dich gesehen … mit …"

Ich weiß, was du gedacht hast, aber es ist die Wahrheit. Wie hätte ich mit jemand anderem zusammensein können, wenn ich mich in dich verliebt habe?"

Er liebte mich! Aber Moment, was …? Er wich zurück … wohin wollte er?

„Und jetzt werde ich etwas tun, von dem ich nie erwartet hätte, dass ich es tun würde." Er seufzte traurig und besah sich die Laibe Brot auf dem Tisch. Mit einem tiefen Atemzug und einer Grimasse wischte er sie alle auf einmal auf den Boden. Brot regnete in mit Folie umwickelten Ziegelsteinen um uns herum, und ich bin nicht sicher, aber ich glaube, ich hörte ein winziges Winseln, als er beobachtete, wie sie auf dem Boden landeten. Aber dann drehte er sich zu mir mit dunklem und gefährlich wirkendem Blick. Er packte mich und setzte mich auf den Tisch vor sich. Er trat zwischen meine Beine.

„Hast du irgendeine Ahnung, wie viel Spaß wir haben werden?", fragte er und schlüpfte mit seinen warmen und ein wenig rauen Händen in meine Schürze, bis er meinen Bauch erreichte.

„Was hast du vor?"

„Ein O ging verloren, und ich steh auf Herausforderungen." Er grinste, zog mich an den Rand des Tisches und eng an sich. Er griff in meine Kniekehlen, legte sich meine Beine um die Taille und küsste mich erneut mit heißen und drängenden Lippen und Zunge.

„Das wird nicht einfach werden. Er hat sich ziemlich verlaufen", protestierte ich zwischen den Küssen, öffnete seine Knöpfe und legte seine von der spanischen Sonne geküsste Haut frei.

„Ich bin fertig mit einfach."

„Das solltest du auf Karten drucken."

„Druck das hier: Warum hast du noch Kleider an?"

Er legte mich zurück auf den Tisch, als ich zu ihm hinauf lächelte. Meine Füße trafen das Mehlsieb und stießen es lautstark auf den Boden, wobei wir beide angestaubt wurden. Simons Haare sahen wie Biskuit aus, gepudert und wild. Ich hustete und eine Mehlwolke erschien, was Simon zum Lachen brachte. Das Lachen stoppte, als ich hinab griff, meine Hand zwischen seine Beine schob und ihn hart, aber immer noch mit Jeans bekleidet vorfand. Er stöhnte – mein Lieblingsgeräusch.

„Scheiße, Caroline, ich liebe es, wenn deine Hände auf mir sind", sagte er zwischen zusammengebissenen Zähnen und hinterließ mit seinem Mund eine Spur von glühenden Küssen auf meiner Haut. Seine Zunge glitt unter den Rand meiner Schürze. Seine Hände fanden rasch den Saum meines Tanktops, das kurz darauf durch den Raum segelte und in der Spüle landete. Innerhalb von Sekunden schwamm daneben ein Paar Shorts, rasch gefolgt von einer Jeans und einem weißen Hemd.

Die Schürze? Nun, wir hatten ein wenig Probleme damit.

„Bist du ein Seemann? Wer hat diesen Knoten gebunden? Popeye?" Er kämpfte damit, ihn zu öffnen. Bei seinem Kampf stieß er eine Schüssel orange Marmeladenglasur um, die nun auf den Tisch und den Boden tropfte. Mein Beitrag bestand darin, einen Karton Rosinen umzuwerfen, während ich meinen Hals verrenkte, um den Knoten hinter mir zu erkennen.

„Oh, scheiß auf die Schürze, Simon. Schau mal!" Ich öffnete den Vorderverschluss meines BHs und warf ihn auf den Boden. Ich zog das Oberteil meiner Schürze hinab und arrangierte und hob mein Dekolleté für ihn an. Mit großen Augen starrte er auf meine nun nackten Brüste und stürzte sich auf sie. Ich wurde grob auf den Tisch zurückgedrückt. Sein hartnäckiger Mund fuhr über meine Haut, als ob sie ihm etwas Persönliches angetan hätte und er seine Rache üben müsse. Und was für eine lustvolle Rache er ausübte!

Er dippte einen Finger in die Marmeladenpfütze und fuhr einen Pfad von einer Brust zur anderen. Er umkreiste und drückte die klebrige Masse in meine Haut. Dann probierte er von der einen, dann von der anderen, sodass wir beide zur gleichen Zeit stöhnten.

„Mmm, du schmeckst gut."

„Ich bin froh, dass ich keine Hähnchenflügel gemacht habe, das wäre eine andere Geschichte geworden … wow, das ist toll." Ich seufzte, als er meinen Worten einen richtigen Biss folgen ließ.

„Die wären dann wohl extrascharf geworden."

Er lachte, als ich mit den Augen rollte.

„Soll ich dir ein bisschen Sellerie zur Beruhigung holen?", fragte ich.

„Niemand beruhigt sich in dieser Wohnung in nächster Zeit", versprach er, packte ein Glas Honig von einer nahegelegenen Ablagefläche und zog meine Schürze auf die Seite. Ohne zu zögern machte er mein Höschen nass. Und nicht so wie sonst, obwohl …

Während ich zusah, kippte er den Honig über mich, bedeckte damit meine Höschen und brachte mich zum Quietschen. Er trat zurück, um sein Werk zu bewundern. „Sie dir das an. Die sind ruiniert, also müssen sie wohl weg." Er kam wieder näher.

Mit einem Marmeladefuß stoppte ich ihn. „Du zuerst, Mr. Kerl", befahl ich und nickte in Richtung seiner mit Mehl bedeckten Boxershorts. Er hob eine Augenbraue und ließ die Unterhosen fallen. Nackt in meiner Chaosküche gab er ein niedliches Bild ab.

In diesem Moment reihten sich Herz, Gehirn, Rückgrat und KC auf einer Seite des Spielplatzes auf. Sie winkten den Nerven, die wiederum sie zu sich winkten. Ich sah zu Simon in seiner mehligen und nackten Perfektion und seufzte mit einem gigantischen Lächeln. Meine Nerven entschlossen sich endlich, hinüber zu gehen, und endlich waren wir alle auf der gleichen Seite.

„Verdammt noch mal, ich liebe dich, Simon."

„Ich liebe dich auch, Nachthemdchen. Und jetzt werd' dieses Höschen los und gib mir Zucker!"

„Komm und hol ihn dir." Ich lachte, setzte mich auf und

zog meinen Slip meine vor Honig triefenden Beine hinunter. Ich warf ihn ihm zu und traf ihn mit einem lauten Klatschen. Der Honig spritzte überall hin.

„Wir werden danach auf jeden Fall eine Dusche brauchen", bemerkte ich, als er mich in seine klebrigen Arme schloss.

„Das wird dann Runde zwei." Er lächelte, hob mich hoch und trug mich ins Schlafzimmer. Mein Körper klebte an seinem, nur die Schürze trennte uns noch. Und die würde uns nicht mehr lange trennen.

Brauchte ich einen O? Ich meine, war er denn lebensnotwendig? Simon nah zu sein, in seinen Armen zu liegen und seine Bewegungen in mir zu spüren – was das genug?

Momentan ja. Ich liebte ihn …

Er ließ mich auf das Bett fallen, und ich hüpfte ein wenig, rollte mich auf die Seite und sorgte dadurch dafür, dass das Kopfteil gegen die Wand schlug.

„Wirst du meine Wände zum Beben bringen, Simon?" Ich lachte.

„Du hast ja keine Ahnung", versprach er und zog meine Schürze aus dem Weg. Ich seufzte und warf die Arme über den Kopf, ein breites Lächeln auf den Lippen. Seine Finger fuhren über meinen Bauch, meine Hüften, meine Schenkel, bis er schließlich meine Mitte erreichte. Nach einem sanften Stupser ließ ich meine Beine auseinanderfallen. Er leckte sich die Lippen und sank auf die Knie.

Er berührte und schmeckte mich, wie in Spanien, aber es war anders. Es fühlte sich immer noch großartig an, aber ich war anders. Ich war entspannt. Er drehte und krümmte seine Finger und fand den Punkt, der meinen Rücken in Bewegung versetzte und mein Stöhnen tiefer werden ließ. Er stöhnte gegen mich, wodurch ich mich erneut hoch wölbte. Wieder fanden seine Lippen und Zunge mich. Meine Hände umschlossen meine Brüste, und als er zusah, reizte ich meine Nippel, die sich mir entgegenstreckten.

Wieder einmal hatte ich die Ehre, seinen Mund auf mir zu fühlen – diesen wundervollen Mund. Ich spannte mich an wegen der Energie, die durch mich floss und entspannte mich erneut. Ich begann etwas zu fühlen, wirklich zu fühlen. Etwas passierte in mir. Liebe. Ich fühlte Liebe. Und ich fühlte mich geliebt …

Hier bei Tageslicht, wo nichts versteckt werden konnte und alles deutlich sichtbar war – bedeckt von seltsamen Substanzen – wurde ich von diesem Mann geliebt. Kein Märchen, kein Rauschen der Wellen, keine flackernden Kerzen. Ein wahres Märchen, in dem ich von diesem Mann geliebt wurde. Und damit meine ich wirklich geliebt.

Zunge. Lippen. Finger. Hände. Alles war mir und meinem Vergnügen gewidmet. Ein Mädchen könnte sich daran gewöhnen.

Ich konnte eine süße Spannung in mir fühlen, aber diesmal nahm mein Körper sie anders auf. Mein Körper – zum ersten Mal wieder in Harmonie – war bereit, und in meinem Kopf, hinter geschlossenen Augen, sah ich mich selbst wieder die Klippe in Angriff nehmen. In meinem Kopf grinste ich, weil ich diesmal wusste, dass ich diesen Mistkerl fangen würde. Und dann? Wirklich großartige Dinge passierten unter mir. Lange, herrliche Finger drückten sich in mich, drehten und krümmten sich und fanden diesen geheimen Ort. Lippen und Zunge umkreisten den anderen Punkt, saugten und leckten, drückten und pulsierten. Kleine Flecken Licht begannen wild und intensiv hinter meinen Augenlidern zu tanzen.

„Oh, Gott … Simon … Das ist so … gut … hör nicht … hör nicht … auf …"

Ich stöhnte laut, lauter, immer noch lauter und konnte die Laute, die ich von mir gab, nicht aufhalten. Es war so gut, so gut, so überaus gut, so nah, so nah …

Und dann begann das Geschrei. Und zwar nicht meines.

Aus dem Augenwinkel erkannte ich ein pelziges Geschoss, das über den Boden raste.

Wie eine Bombe rannte Clive auf Simon zu, sprang und vergrub seine Krallen in seinem Rücken.

Simon rannte vom Schlafzimmer in den Flur, dann wieder herein. Clive hing wie eine Fellmütze auf seinem Rücken, die einfach nicht abgehen wollte. Er hatte die Arme – hat eine Katze überhaupt Arme? – um Simons Nacken geschlungen, was in einem anderen Kontext niedlich gewesen wäre, aber momentan war es ihm einfach nur ernst.

Ich rannte ihnen nackt bis auf meine Schürze nach und versuchte, Simon abzubremsen, aber mit den Klauen, die sich immer tiefer gruben, rannte er nur weiter von Raum zu Raum.

Die Ironie, dass Simon wörtlich vor einer Muschi davonrannte, blieb mir nicht verborgen.

Wenn ich es hätte von außen beobachten können, statt daran beteiligt zu sein, hätte ich mir vor Lachen in die Hose gemacht. So allerdings riss ich mich zusammen, als ich Simons Schreie hörte. Ich musste ihn wirklich lieben.

Endlich schaffte ich es, beide in eine Ecke zu drängen, drehte Simon herum, widerstand dem Drang, seinen Hintern zu kneifen, und löste Clive von seinem Rücken. Ich ging rasch ins Wohnzimmer, setzte ihn mit einem Plumps auf das Sofa und tätschelte seinen Kopf als Dank für die Rettung – so unerwünscht sie auch gewesen war. Clive antwortete mit einem stolzen Miauen und leckte sich die Schnurrhaare.

Ich ging zurück in die Küche, wo ich Simon vorfand, der immer noch in der Ecke stand. Sein Blick war wild, und ich zuckte zusammen, als ich seinen Rücken sah. Mein Blick wurde unwillkürlich tiefer gezogen.

Er.

War.

Immer.

Noch.

Hart.

Er sah, wie mein Blick tiefer wanderte, und erinnerte sich – wie ich – an unsere erste Begegnung. Er nickte verlegen.

„Du bist immer noch hart", stieß ich hervor. Wieder einmal versuchte ich mit schwerem Atem, meine Schürze zu öffnen.

„Yep."

„Das ist erstaunlich."

„Du bist erstaunlich."

„Ah, Fuck!" Ich gab auf, den Knoten zu lösen.

„Weiter im Text."

Ich zögerte eine Sekunde lang, dann drehte ich die Schürze auf meinen Rücken. Ich rannte durch den Raum, meine Schürze bauschte sich wie ein Superheldencape hinter mir, und ich prallte an Simon und drängte ihn gegen die Wand. Er fing mich, als ich mich wie eine lebendige Decke um ihn schlang und ihn wie wild küsste. Meine Nägel fuhren seine Brust hinab, und er schnappte nach Luft.

„Ist dein Rücken okay?", fragte ich zwischen zwei Küssen.
„Ich werde es überleben. Dein Kater aber …"
„Er beschützt mich. Er dachte, du würdest Mami wehtun."
„Habe ich das denn getan?"
„Oh, nein. Im Gegenteil."
„Wirklich?"
„Verdammt, ja!", rief ich, glitt an ihm herab – Honig und Zucker bildeten eine glitschige und raue Masse zwischen uns.

Ich ließ mich an seinem Körper hinab gleiten und hielt inne, um seine Spitze zu küssen. Ich zog ihn mit auf den Boden und drehte ihn so rasch auf den Rücken, dass eine Mehlwolke um uns in die Luft stieg. In der Mitte der Küche, nackt und mit Marmelade, die meine Brüste verzierte, setzte ich mich auf ihn. Ich erhob mich ein wenig, fing seine Hände ein und ermutigte ihn, sie auf meine Hüften zu legen.

„Hierfür wirst du dich festhalten wollen", flüsterte ich und ließ mich auf ihn hinuntersinken. Wir seufzten beide gleichzeitig. Das Gefühl, ihn in mir zu spüren, war mehr als großartig. Ich drückte meinen Rücken durch und bewegte meine Hüften einmal … zweimal … ein drittes Mal. Es ist wahr, was sie über das Radfahren sagen. Mein Körper erinnerte sich genauso rasch daran.

Meine Schürze bauschte sich erneut hinter mir, als ich anfing, mich über Simon zu bewegen. Ich fühlte, wie er sich in mir bewegte, antwortete und mich belohnte, zustieß und niemals aufhörte. Er trieb mich an, ich drückte zu, wir bewegten uns zusammen, sogar ein wenig über den Küchenfußboden. Er setzte sich unter mir auf und kam so tiefer in mich, was mich zum Aufschreien veranlasste. Meine Hände packten seine Haare. Sie standen inzwischen wild von seinem Kopf ab, als ich mich festhielt, die Augen schloss und begann.

Diesen langen Weg zum Klippenrand begann.

Ich konnte den Rand sehen, der hoch über den rauschenden Wellen war. Als ich hinab sah, sah ich ihn. O. Er winkte mir zu, tauchte unter und sprang über das Wasser wie ein Sex-Wal. Einfallsreicher kleiner Mistkerl.

Simon küsste meinen Nacken, leckte und saugte an meiner Haut und machte mich wahnsinnig.

Ich streckte einen Fuß über den Rand, zeigte mit den Zehen direkt auf ihn, rollte mit dem Fuß und malte kleine Kreise in die Luft.

Kleine Kreise.

Ich drückte Simon zurück auf den Boden, packte seine Hand und brachte sie zwischen meine Beine. Ich ritt ihn hart und presste meine Finger gegen seine. Meine Schreie wurden lauter, als wir unsere Bewegungen beschleunigten. Wir beide waren im Einklang. Genau dort. Genau, genau, genau … dort …

„Caroline, verdammt, du … bist … großartig … ich liebe … dich so … sehr … bringt mich … um."

Und das war das kleine Extrafünkchen, das ich benötigte.

In meinem Kopf ging ich einen Schritt zurück, dann sprang ich. Und ich platschte nicht einfach ins Wasser, nein, ich vollführte einen perfekten Hechtsprung direkt in die Fluten. Ich packte ihn und ließ ihn nicht los, als ich ins Wasser fiel.

O war zurück.

Rauschen füllte meine Ohren, als zuerst meine Zehen und Finger die Botschaft erhielten. Sie kribbelten. Kleine Energiefunken bewegten sich durch jeden Nerv und jede Zelle, die schon seit Monaten auf das hier gewartet hatten. Diese Zellen sagten es anderen Zellen und berichteten ihren Schwestern davon, dass etwas Fantastisches geschah. Farben explodierten hinter meinen Augenlidern in kleine Gefühlsfeuerwerke, als jede Zelle meines Körpers davon erfasst wurde. Reines Glück schoss durch mich hindurch und erfüllte mich, als ich auf Simon zitterte und bebte, der mich festhielt.

Ich wusste nicht, ob er den Chor von gefallenen Engeln sehen konnte, aber egal. Ich konnte es. Und es war die wahre Bedeutung von Glückseligkeit.

O kam zurück und er brachte Freunde mit.

Welle über Welle rauschte durch mich, als Simon und ich uns weiter miteinander verschlangen und bewegten und uns zu jeder einzelnen Welle aufbäumten. Mein Kopf war zurückgeworfen, als ich weiter lustvoll schrie – vollkommen egal, wer mich hören konnte.

Ich öffnete zwischendurch einmal die Augen und sah Simon unter mir, der hektisch und glücklich wirkte und ein Grinsen trug, das der Grinsekatze alle Ehre gemacht hätte, während er mir zusah. Seine Anstrengung war ihm deutlich am Gesicht abzulesen, während sich das Mehl in seinen Haaren in eine Paste verwandelte. Er wurde zu Pappmaché.

Weiter ging es, ich bewegte mich durch das Land der Multiplen Orgasmen in eine Art Niemandsland. Ich erreichte Punkt sechs und sieben, was mich vor lauter Ekstase schlaff werden ließ.

Aber O brachte einen weiteren Freund mit. Er hatte G im Schlepptau, den Heiligen Gral.

Stotternd wie eine Idiotin packte ich Simon und hielt mich fest, als die größte Welle von Liebe und Hitze, die meine Zehen zum Kringeln brachte, mich mit der Wucht von hundert Tonnen traf. Er spürte, dass ich Hilfe damit brauchte, daher setzte sich Simon auf, was ihn auf noch bessere Art in mir zurechtrückte. Er fand den Punkt in mir, der den meisten verborgen bleibt, lehnte sich zu mir und trieb sich wieder und wieder in mich, während ich meinen Atem anhielt und ihn eng an mich gepresst hielt.

Endlich öffnete ich meine Augen wieder und sah Lichter überall im Zimmer, als der Sauerstoff wieder in meinen Körper raste. Ich plapperte sinnloses Zeug an seiner Brust, und er stieß wieder und wieder in mich, wodurch er sein eigenes kleines Wunder in mir erlebte.

Ich hielt ihn fest, fühlte, wie sich die Wellen entfernten, und wir beide nun zitterten. Wir keuchten, und die Leidenschaft entließ uns aus ihren Fängen, damit die Liebe in uns fließen konnte und uns wieder erfüllte. Mein Mund war zu müde, um sich zu bewegen. Er hatte mir den Atem geraubt. Daher tat ich das, was ich gerade noch zustande brachte: Ich legte meine Hand auf sein Herz und küsste ihn. Er schien zu verstehen und küsste mich zurück. Ich summte vor Glück. Summen war nicht so anstrengend.

Komplett erschöpft und bedeckt mit klebrigem Schweiß lehnte ich mich zurück auf seine Beine. In diesem Moment war mir egal, wie verrenkt und lächerlich ich aussah, da Tränen der Anspannung mir übers Gesicht und in die Ohren liefen. Simon, der bemerkte, dass das die bequemste Position für mich war, zog sich unter mir hervor und half mir, meine zur Brezel gebogenen Beine auszustrecken, bevor er mich vom Küchenboden in seine Arme zog.

Wir ruhten eine Weile schweigend. Ich bemerkte, dass Clive im Eingang zum Schlafzimmer saß und ruhig seine Pfoten leckte.

Alles war gut.

Als mir Bewegung wieder möglich zu sein schien, versuchte ich mich aufzusetzen. Der Raum drehte sich ein wenig. Simon hielt seinen Arm um mich geschlungen, als wir die Lage peilten: umgefallene Schüsseln und Flaschen, das verteilte Brot, das Chaos, aus dem meine Küche bestand. Ich lachte leise und drehte mich zu ihm. Er beobachtete mich glücklich.

„Sollten wir das aufräumen?", fragte er.

„Nein, erst duschen."

„Okay." Er half mir hoch.

Ich ließ meinen Rücken wie bei einer alten Frau knacksen und genoss den guten Schmerz, den ich fühlte. Ich ging Richtung Badezimmer, änderte dann aber meine Meinung und ging zum Kühlschrank. Ich packte eine Flasche Gatorade und warf sie ihm zu. „Die wirst du brauchen." Ich zwinkerte ihm zu und wirbelte meine Schürze auf dem Weg in die Dusche herum. Nun, da O zurück war, wollte ich keine Zeit mehr verschwenden, bis ich ihn wieder zu mir rief.

Simon folgte mir ins Bad und nahm einen Schluck Gatorade. Clive ließ sich auf einmal auf den Boden fallen und rollte sich auf den Rücken. Er schien Simon mit seinen Pfoten zu sich zu winken. Simon sah mich an, und ich zuckte mit den Schultern. Wir sahen beide zu Clive hinüber, der sich auf seinem Rücken schlängelte und ihn weiter zu sich winkte. Simon kniete sich zu ihm und streckte vorsichtig eine Hand aus. Mit einem Zwinkern zu mir – ich schwöre bei Gott, der zwinkerte – robbte Clive ein wenig näher. Er wusste, dass das immer noch eine Falle sein konnte, also griff Simon vorsichtig nach unten und strich über das Fell auf seinem Bauch. Clive ließ ihn. Ich hörte sogar ein vorsichtiges Schnurren.

Ich ließ die zwei Jungs einen Moment allein und machte die Dusche an, damit sie warm werden konnte. Endlich bekam ich den Schürzenknoten auf und war in der Lage, sie auf den Fußboden zu werfen. Ich trat unter den Wasserstrahl und stöhnte angesichts des Gefühls von warmem Wasser, das meine immer noch empfindliche Haut traf.

„Kommst du? Ich bin es auf jeden Fall", rief ich über das Rauschen der Dusche und lachte über meinen eigenen Witz.

Einen Moment später schob Simon den Duschvorhang auf die Seite und entdeckte mich nackt und mit Schaum bedeckt. Er lächelte teuflisch, als er hinein stieg. Ich hielt den Atem an, als ich die Punktwunden auf seinem Rücken entdeckte, aber er lachte.

„Wir verstehen uns. Ich glaube, wir haben gerade Freundschaft geschlossen", versicherte er mir, zog mich an sich und trat mit mir unter das Wasser.

Ich seufzte und entspannte mich. „Das ist schön", murmelte ich.

„Ja."

Das Wasser prasselte auf uns herunter. Ich stand in Simons Armen – es konnte nicht besser werden.

Er rückte ein wenig von mir ab, eine Frage auf seinem Gesicht. „Caroline?"

„Hmm?"

„Ist das Brot, das ich auf den Boden geworfen habe …"

„Ja?"

„Ist darunter Zucchinibrot?"

„Ja, Simon, es gibt Zucchinibrot."

Erneut senkte sich Schweigen über uns, abgesehen vom Wasserprasseln.

„Caroline?"

„Hmm?"

„Ich dachte, ich könnte dich nicht mehr lieben, aber irgendwie tue ich das."

„Das freut mich Simon. Jetzt gib's mir."

Kapitel 22

Der gleiche Tag, 16:37 Uhr

„Ist das die Seife? Rutsch nicht drauf aus."
„Ich werde nicht auf der Seife ausrutschen."
„Ich will nicht, dass du ausrutschst. Sei vorsichtig."
„Ich werde nicht auf der Seife ausrutschen. Jetzt dreh dich um und sei ruhig."
„Ruhig? Das ist nicht möglich. Nicht, wenn du … mmm … und dann, wenn du … Oooohhh … Und dann, wenn du … Au! Das hat wehgetan, Simon. Bist du in Ordnung?"
„Ich bin auf der Seife ausgerutscht."

Ich wollte mich umdrehen, um zu prüfen, ob es ihm gut ging, als er mich auf einmal an die Wand drängte und meine Hände an die Fliesen legte. Lippen kitzelten mich, und das Wasser perlte meine Haut hinab und über meine Schultern, als sein Körper sich an meinem anspannte. Sämtliche Gedanken an die umtriebige Seife verpufften in meinem Gehirn, als er in mich eindrang – hart und dick und köstlich. Mein Atem schoss mit einem Keuchen aus mir, das von den Fliesen verstärkt wurde. Es klang sexy durch das fallende Wasser und wurde rasch von einem weiteren Keuchen begleitet, als er weiter in mich stieß – langsam, überlegt, und seine Hände nun meine Hüften packten.

Ich warf meinen Kopf zurück, drehte mich und entdeckte Simon hinter mir – nackt und nass. Seine Augenbrauen waren zusammengezogen, sein Mund stand offen, während er mich vollständig und ohne irgendwelche Nettigkeiten eroberte. Ich drehte mich in einer Spirale nach oben. Mein Bewusstsein und sämtliche klaren Gedanken verengten sich auf einen kleinen Punkt, bevor alles explodierte, wortlose Wörter aus meinem Mund drangen und hinab mit dem Wasser im Ausguss verschwanden.

Nun, da O zurück war, verschwendete er keine Zeit. Bisher zumindest war er pünktlich und immer zur Stelle und ließ die Erinnerungen an die Tage und Wochen und Monate bestehend aus Warten und Weinen und Flehen verblassen. Er belohnte mich mit einer konstanten Parade, die mich aufwühlte, verrückt machte und schlussendlich entspannt und bereit für mehr zurückließ.

Er stöhnte an meinem Ohr, schauderte und pulsierte in mir. Simon wusste so genau wie ich, dass ich bereit für ein paar weitere Runden war. Daher drückte er mir einen nassen Kuss auf meinen Nacken, zog sich zurück, wirbelte mich herum und war wieder in mir, bevor ich fragen konnte: „Hey, wo willst du hin?"

„Nirgends, Nachthemdchen, zumindest nicht so bald", murmelte er, packte meinen Hintern und hob mich gegen die Wand, wobei er sein Gewicht benutzte, um mich gegen die Fliesen zu drücken, mich an ihm und sich selbst in mir zu halten. Sein Körper spannte sich an, während meiner zusammengepresst wurde. Unsere glitschige Haut fühlte sich unbeschreiblich an. Wie hatte ich es geschafft, diesem Mann so lange zu widerstehen? Egal. Er war hier, in mir und dabei, eine weitere O-Parade hervorzurufen. Ich drückte mich an ihn, wobei ich einen Blick nach unten erhaschte. Lust verschleierte meine Sicht, aber nicht so sehr, dass ich nicht erkannte, wie er wieder und wieder in mich eindrang und mich so füllte wie keiner vor ihm.

Neugierig, was mich so hypnotisiert hatte, sah er ebenfalls hinab. Ein Geräusch wie Mmph verließ seine Lippen. Seine Bewegungen wurden schneller, jagten das Gefühl, diesen Wendepunkt, der sich so nah an Schmerz und so nah an Perfektion befindet. Diese blauen Augen, nun gefüllt mit Lust und Feuer, bohrten sich wieder in meine, als wir gemeinsam über die Klippe sprangen.

Anspannung. Erstarrung. Verhakt und abgefeuert. Wir kamen mit einem Brüllen und einem Stöhnen, das meinen Hals rau machte und meine Schnecke begeisterte.

Begeisterte Schnecke ... was für ein großartiger Name für ... Mmm ...

18:41 Uhr

Simon war eine Augenweide, wie er mit einem Handtuch bekleidet in meiner Wohnung umherlief, wobei er Mehlbergen und Rosinenklumpen auswich. Als er auf einer Marmeladepfütze ausrutschte und in die Theke knallte, lachte ich so sehr, dass ich mich auf das Sofa setzen musste. Er stand nun vor mir, eine Zucchinibrotscheibe in den Händen, während ich lachte, und trug einen amüsierten Gesichtsausdruck. Ich lachte weiter, und mein Handtuch verrutschte, wobei mehr als nur ein kleiner Blick auf meine Vorzüge frei wurde. Beim Anblick von Brüsten geschahen zwei Dinge. Seine Augen weiteten sich, und etwas anderes hob sich. Ich zog eine Augenbraue angesichts der zweiten Entwicklung hoch.

„Dir ist schon klar, dass du mich in eine Art Maschine verwandelt hast?", bemerkte er und nickte hinab zu seinem sich hebenden Handtuch. Simon nahm sich die Zeit, sein Zucchinibrot sicher auf den Kaffeetisch zu legen.

„Wie niedlich ist das denn? Er sieht aus, als ob er seinen Kopf hinter einem Vorhang hervorstrecken würde!" Ich klatschte in die Hände.

„Dir mag das nicht klar sein, aber es ist eine allgemeine Regel, dass kein Mann es mag, wenn man das Wörtchen niedlich im gleichen Atemzug mit seinem besten Stück nennt."

„Aber er ist niedlich … Oh, oh, wo ist er hin?"

„Er ist schüchtern. Immer noch nicht niedlich, sondern schüchtern."

„Schüchtern, ja klar! Vor einer Weile war er nicht schüchtern, als wir in der Dusche waren."

„Er braucht eben Streicheleinheiten für sein Ego."

„Wow."

„Nein, wirklich. Ich denke, du wirst herausfinden, dass er auf Streicheleinheiten gut reagiert."

„Also, ich fand ja, dass ich ordentlich auf Tuchfühlung mit ihm gehen sollte, aber wenn du meinst, dass Streicheln reicht …"

„Nein, nein, ich glaube, Tuchfühlung ist auf jeden Fall notwendig. Er … Gottverdammt, Caroline!"

Ich lehnte mich vor, beförderte den Schüchternen ans Tageslicht und umschloss ihn sofort mit meinem Mund. Ich fühlte, wie er härter wurde, rutschte an den Rand der Couch und umarmte ihn, wobei ich sein Handtuch auf den Boden fallen ließ. Ich zog ihn näher und damit tiefer in mich und summte vor Genugtuung, als seine Hände sich in meinen Haaren verfingen und mein Gesicht berührten. Mit Bewunderung in den Augen strich er mit seinen Fingern über meine Augenlider, meine Wangen, Schläfen und schließlich vergrub er eine Hand in meinem Haar und die andere ... wow. Er hielt sich selbst. Während ich mich auf seine Spitze konzentrierte, streichelte er sich selbst an der Basis, was vermutlich das Erotischste war, das ich je gesehen hatte. Seine Hand zu sehen, die sich um sein Glied schloss, während er sich in und aus meinem Mund bewegte ... Oh, Mann.

Erotisch war nicht das richtige Wort dafür. Es war ungenügend im Hinblick auf die reine Erotik, die sich vor mir abspielte. Ich summte erneut vor Begeisterung und fühlte, wie ich selbst immer heißer wurde, nur weil mein Mund im Spiel war. Mein glücklicher Mund.

Ich fiel nach hinten gegen das Sofa und zog Simon mit mir. Er antwortete, indem er beide Hände benutzte, um sich an der Rücklehne abzustützen, und sich weiter in mir bewegte. Der Winkel erlaubte es ihm, tiefer einzudringen, und ermöglichte es mir, ihn einfacher aufzunehmen. Ich packte seinen Hintern und war begeistert von dem Wissen, dass ich es war, und nur ich, die ihn auf diese Weise besaß.

Ich merkte, dass er sich seinem Höhepunkt näherte. Schon jetzt erkannte ich einige seiner Signale. Ich wollte ihn schon wieder. Dahingehend war ich egoistisch. Ich entließ ihn mit einem letzten, starken Saugen, drückte ihn auf die Couch und setzte mich auf ihn. Er stieß nach oben, während ich auf ihn herab sank und dann gab es diesen Moment – diesen einen Moment, in dem sich alles ausdehnt und auf köstliche Weise gestreckt anfühlt. Der Körper reagiert: etwas, das nicht in mir sein sollte, ist nun in mir und für den Bruchteil einer Sekunde fühlt es sich fremd an, unbekannt. Und dann kehren die Sinneseindrücke der Haut zurück, die Muskeln übernehmen und es ist so gut dieses Gefühl der Fülle, des Wunders und Staunens.

Und dann beginnt man, sich zu bewegen.

Ich packte seine Schultern für die Balance, rollte mit den Hüften gegen seine und bemerkte zum ersten Mal, dass er scheinbar auf perfekte Art und Weise in all seinen Maßen zu mir passte. Er passte perfekt in mich, zwei Hälften eines Ganzen. Es war wie eine Art sexuelles Lego. Er fühlte das auch, das konnte ich spüren.

Er drückte eine Hand flach gegen meine Brust, direkt über mein Herz. „Atemberaubend", flüsterte er, als ich ihn ritt – süß und heiß. Er behielt seine Hand an mein Herz gepresst, seine andere Hand an meiner Hüfte, um mich zu führen, zu positionieren und zu fühlen, wie ich mich um uns beide kümmerte. Er kämpfte damit, bei mir zu bleiben, seine Augen offen zu halten, als die Erlösung einsetzte. Ich nahm seine Hand von meinem Herzen und platzierte sie tiefer, wo er diese verdammten perfekten Kreise malte.

„Jesus ... Simon! ... Oh, Gott ... sooo gut ..."

„Ich liebe es, dich zu beobachten, wenn du kommst", stöhnte er, und ich kam.

Und er kam. Und wir kamen.

Ich brach auf ihm zusammen und beobachtete, wie das Zimmer aufhörte, sich zu drehen. In meine Finger und Zehen kehrte das Gefühl zurück, und Wärme floss durch meinen Körper, als er mich an sich drückte.

„Tuchfühlung, was für eine Idee", schnaubte er, und ich kicherte.

20:17 Uhr

„Jemals drüber nachgedacht, die Farbe hier zu ändern?"

„Ernsthaft?"

„Was? Vielleicht ein helleres Grün? Oder sogar Blau? Blau wäre schön. Ich liebe es, dich von Blau umgeben zu sehen."

„Sag ich dir, wie du deine Fotos schießen sollst?"

„Äh, nein ..."

„Dann sag mir nicht, welche Farben ich wählen soll. Und

ich plane sowieso, die Farbpalette hier drin zu ändern, aber es wird dunkler werden. Man könnte sagen tiefer."

„Tiefer, sagst du? Wie ist das hier?"

„Das ist ziemlich gut. Mmm, das ist wirklich gut. Also, wie ich schon gesagt habe, denke ich darüber nach, es vielleicht in ein dunkles Schiefergrau zu ändern, mit einer neuen cremefarbenen Marmortheke, und die Schränke zu einem dunklen, kräftigen Mahagoni. Heilige Scheiße, das fühlt sich gut an."

„Ist notiert. Tiefer ist gut, und sehr tief ist sogar noch besser. Kannst du deinen Fuß auf meine Schulter legen?"

„So?"

„Verdammt, Caroline, ja, genau so. Also ... neue Theke, sagtest du? Marmor könnte ein wenig kalt sein, meinst du nicht?"

„Ja, ja, ja! Was? Bitte, was? Kalt? Da ich normalerweise nicht wie eine Biskuitrolle auf der Theke ausgerollt liege, wird mich die Kälte nicht stören. Nebenbei gesagt sind Marmorflächen am besten, wenn man Teig ausrollen will."

„Nicht", warnte er mich und drückte meinem Knöchel einen Kuss auf.

„Was nicht, Simon?", schnurrte ich. Mein Atem stockte, als ich fühlte, wie er die Geschwindigkeit leicht erhöhte – unbemerkbar für jeden außer mir, derjenigen, in der er sich derzeit befand.

„Versuch mich nicht durch Teig-Talk abzulenken. Das wird nicht klappen." Er hob die linke Hand von der Theke und fuhr damit leicht über meine Brüste, hin und zurück, wobei er meine Nippel mit den Fingerspitzen in harte Spitzen verwandelte.

Eine hektische Energie wurde freigesetzt – tief in meinen Hüften und in meinen Schenkeln, in der Tiefe meines Magens und den Punkten dazwischen. „Kein Teig-Talk? Kein schmutziger Teig-Talk für Simon? Mmm, aber glaubst du nicht, dass ein wenig Ablenkung von Zeit zu Zeit ganz gut ist? Kannst du dir nicht vorstellen, wie ich mich über die Theke beuge und hart für dich arbeite ..." Meine Stimme wurde leiser. Ich fuhr mit den Fingern durch seine Haare, zog ihn zu mir, um ihn mit nassem Mund, Zunge und Lippen und

Zähnen zu küssen und ihn tiefer in mich zu treiben.

Ich hockte auf dem Rand meiner Küheninsel, komplett nackt, wie auch unser Mr. Parker, der in mir vergraben war und alles so lang wie möglich ausdehnen wollte. Wir wollten sehen, wie lange wir eine Konversation führen konnten, während wir … nun ja … es taten. Bisher siebzehn der intensivsten, sinnlichsten, fantastischsten Minuten meines Lebens, und das ohne das Vorspiel einzurechnen. O tanzte im Augenwinkel herum und wunderte sich, warum er nicht sofort Zugang bekam, aber jetzt hatte ich den Mistkerl unter Kontrolle, und diese süße Tortur war unglaublich. Auf jeden Fall war sie es wert, ausgehalten zu werden.

Bis Simon mich bat, meinen Fuß auf seine Schulter zu legen. Heiliges, das stellte Dinge mit mir an … Ein Bein auf seiner Schulter, das andere Bein hielt er zur Seite offen. Seine Hüften rotierten in verrückt machenden kleinen Kreisen und verstärkten sich Stück für kleines Stück. Er war derjenige, der auf der Unterhaltung bestanden hatte, und ich war in Lage gewesen, mitzuhalten, bis zu dem Fuß auf seiner Schulter. Auf einmal wurden Punkte in mir stimuliert, die bisher nicht Teil der Party gewesen waren, und es wurde immer schwerer, mich zu konzentrieren. Aber wer brauchte schon Konzentration? Ich konnte unkonzentriert sein. Solange ich unter Simon lag, war das okay.

Aber ich konnte dieses Spiel richtig spielen, solange mir ein paar Gehirnzellen blieben.

„Fordere mich nicht heraus, Nachthemdchen. Ich werde dich mit meinem Dirty Talk direkt von dieser Küheninsel abheben lassen."

„Mmm, Simon, kannst du es nicht sehen? Ich stehe nach vorn gebeugt da, eine kleine Schürze mit nichts drunter an, Nudelholz in der Hand und eine Schüssel voller Äpfel?"

„Äpfel? Oh, Mann, ich liebe Äpfel", stöhnte er, hob meinen anderen Fuß und legte ihn sich auf die andere Schulter. Seine Hände zogen mich grob ein wenig weiter nach vorn an den Rand. Seine Geschwindigkeit erhöhte sich wieder ein wenig mehr.

„Ich weiß, dass du das tust. Mit Zimt? Ich könnte dir einen

Kuchen backen, Simon. Deinen eigenen Apfelkuchen, selbst mit einer hausgemachten Kruste … alles für dich, mein Großer. Du weißt, dass du mich nur fragen musst …" Ich grinste schelmisch und versuchte, meine Augen davon abzuhalten, nach hinten zu rollen, als er erneut die Geschwindigkeit anzog. Die Geräusche unserer Haut aneinander ließen eine weitere Gehirnzelle zischend den Geist aufgeben.

„Wie fühlt sich das an, Caroline? Gut?" Damit überraschte er mich.

„Gut? Es fühlt sich großartig an."

„Großartig? Wirklich?" Er zog sich fast komplett aus mir heraus, bevor er wieder eindrang, wobei ich jeden einzelnen Zentimeter zu spüren bekam.

Eine einzelne Gehirnzelle hielt entschlossen stand. „Das tut es, aber zurück zu den Äpfeln. Soll ich dir deinen Kuchen heiß und mit Vanilleeis servieren? Warm und schmelzend mit … Oh, mein Gott …"

„Du willst jetzt wirklich darüber reden? Weil ich, wenn du weitermachst, gezwungen bin, selbst richtig schmutzige Tricks aufzufahren."

„Schmutziger als Apfelkuchen-Gerede?", fragte ich, streckte meine Zehen gen Decke und schuf damit eine neue Gefühlswelt.

„Wie wäre es damit: Wenn du nicht aufhörst über Apfelkuchen zu reden", begann er und lehnte sich zu mir, um seinen Mund an mein Ohr zu drücken, was mich zum Erbeben brachte. Eine Hand packte meine Brust und drehte und kniff meinen Nippel. Die andere schlich sich hinunter und fand den Punkt, der mich zum Schreien brachte. „Wenn du nicht aufhörst, werde ich hiermit aufhören, und glaub mir, ich habe noch lange nicht alle Spielarten ausprobiert, in denen ich dich rannehmen will."

Er stand auf und stieß zu. Hart.

Die letzte Gehirnzelle winkte mir zum Abschied zu. Ich schämte mich nicht zu betteln. „Gott, Simon, ich gebe mich geschlagen. Nimm mich einfach!"

„Apfelkuchen für mich?"

„Ja, ja! Apfelkuchen für dich! Oh, Gott …"

„Ja, Apfelkuchen für mich, Apfelkuchen für … Himmel, bist du eng." Er stöhnte, schob meine Beine auf eine Seite und hielt sie hoch, während er in mich stieß, wieder und wieder. Er sah zu mir hinunter, beobachtete, wie mein Rücken sich wölbte und meine Haut sich rötete, da die Hitze sich in mir breit machte, als mein Höhepunkt mich überrollte, der mich in seiner Intensität zum Schweigen brachte und bis ins Innerste erschütterte.

„Ich liebe dich, Caroline, ich liebe dich, ich liebe dich, ich liebe dich", sagte er und stieß nun rascher zu, als er sich seinem eigenen Höhepunkt näherte. Schweiß stand ihm auf der Stirn, als er meine Hüften packte, während ich ihn mit meinen inneren Muskeln umfing, ihn so lange hielt, wie ich konnte, und sein Gewicht auf mir spürte, als er seinen Kopf auf meine Brust legte. Wie konnte sich sein warmer Körper so gut anfühlen? Er sollte es eigentlich schwer machen zu atmen, da mein Brustkorb zusammengedrückt wurde, das tat er nicht. Ich hielt ihn und umfasste sein Gesicht, während ich sein Haar zurückstrich, und er fühlte sich alles andere als schwer an.

„Du wirst mich umbringen, mit Sicherheit", stöhnte er und küsste mich, wo er nur konnte.

„Ich liebe dich auch." Ich seufzte und sah an meine Küchendecke. Ich konnte spüren, wie sich ein Lächeln so breit wie die Bay Bridge auf meinem Gesicht ausbreitete. O würde eine lange, lange Zeit hierbleiben.

Auf keinen Fall male ich meine Küche blau an.

21:32 Uhr

„Ich kann nicht fassen, dass wir nun schon zum zweiten Mal Mehl und Zucker voneinander abwaschen. Was stimmt nicht mit uns?"

„Der Zucker ist gut zum Abschuppen", erklärte ich. „Aber ich bin nicht sicher, wofür das Mehl gut sein soll."

„Abschuppen?"

„Ja, jedes Mal, wenn wir hier Sex haben, hilft uns der Zucker, tote Körperzellen loszuwerden."

„Wirklich, Caroline? Tote Körperzellen? Das ist kaum sexy."

„Du hast dich vorher nicht beschwert."

„Äh, nein, wie könnte ich auch? Du hast mir versprochen, einen Apfelkuchen zu backen. Vergiss das nicht."

„Werde ich nicht, aber ich war in einer Zwangslage."

„Ich war in dir. Nicht du warst in etwas, sondern ich war in dir."

„Ja, Simon, du warst in mir."

„Soll ich dir den Rücken waschen?"

„Ja, bitte."

Wir lagen in den entgegen gesetzten Seiten der Badewanne, entspannten uns und weichten eine weitere Runde Küchenchaos auf, das sich auf unserer Haut festgesetzt hatte. Irgendwann musste ich dieses Chaos beseitigen, aber derzeit war das Einzige, worauf ich mich konzentrieren konnte, der Mann vor mir. Dieser Mann, der fast bis zum Kinn in zerbrechlichen Schaumblasen steckte und dessen starke Arme sich nun zu mir ausstreckten, um mich näher zu bringen. Ich drehte mich in der Badewanne, sodass ich mich vor ihn setzen konnte. Er rieb mir mit einem Waschlappen sanft die Überreste des klebrigen Zeugs vom Körper. Dann zog er mich an seine Brust und lehnte sich gegen den Rand der Wanne. Seine Arme lagen um mich, zogen mich an ihn und umgaben mich mit warmem Wasser und noch wärmerem Simon. Ich schloss meine Augen und genoss das Gefühl. Die Sicherheit, die Süße, die Sinnlichkeit. Ich bewegte mich, versuchte noch näher zu kommen, und fühlte ihn an meinem Hintern. Er wurde härter.

„Ah, hallo, mein Freund", murmelte ich und streckte meine Hand durch die Schaumbläschen nach ihm aus.

„Caroline …", warnte er mich und lehnte den Kopf an den Badewannenrand zurück.

„Was?", fragte ich unschuldig und fuhr mit den Fingern an seinen Seiten entlang, was eine eindeutige Reaktion bei ihm auslöste.

„Ich bin nicht mehr siebzehn Jahre alt." Er gluckste. Seine Stimme wurde heiser, trotz seiner Worte.

„Gott sei Dank, oder ich müsste mich für meine Taten rechtfertigen ... du weißt schon, Verführung Minderjähriger und so", flüsterte ich, drehte mich langsam zu ihm um und rieb mich an ihm, wobei die Seife und die Bläschen und das Wasser meine Haut rutschig machten.

Er zischte und lächelte. „Du wirst mich umbringen, das ist dir klar, oder? Ich schwöre bei allem, was mir heilig ist, ich bin keine Maschine – Herrgott, hör nicht auf damit!" Er stöhnte und stieß in meine Hand.

„Ach, Maschine-Schmine. Ich will nur mit dir schlafen, bis du nicht mehr geradeaus sehen kannst", schnurrte ich und umschloss ihn fester, als er durch seine Bewegungen ein wenig Wasser über den Rand schwappen ließ.

„Ich kann jetzt schon fast nichts mehr sehen. Scheinbar gibt es drei von dir." Er stöhnte und zog meine Beine auseinander.

„Ziel auf die in der Mitte, Simon." Und damit glitt ich auf ihn herab.

Ja, wir mussten etwas Wasser zusammenwischen.

23:09 Uhr

„Ich werde nur das Essen holen. Ich brauche Nahrung, Frau!"

„Hol es und komm rasch zurück. Ich brauche dich, Simon. Warum kriechst du auf dem Boden rum?"

„Ich glaube nicht, dass ich gerade aufstehen kann. Die Maschine braucht eine Pause. Die Maschine braucht vielleicht sogar eine Reparatur. Die Maschine, Moment mal, was machst du da, Caroline?"

„Was? Das hier?"

„Ja, ja, das sieht aus, als ob du ... wow, berührst du dich oft so?"

„Nicht in letzter Zeit, wieso? Sieht das für dich gut aus?"

„Ja, das ist ... wow ... ähm ... das ist die Türklingel ... der Thai-Lieferdienst ist da. Ich ... und ich ... Thai ... ich ..."

„Wird das noch mal ein ganzer Satz, Simon? Mmm, das fühlt sich gut an ..."

„Hallo! Hallo, ist da jemand? Ich habe hier eine Bestellung

für … Ey, Mann, wie soll ich Ihnen denn Ihr Rückgeld geben?"

„Behalten Sie es."

„Mann, Sie haben einen Fünfziger unter der Tür durchgeschoben. Sie wissen schon, dass das ungefähr dreißig Dollar Trinkgeld sind?"

„Behalten Sie es. Lassen Sie das Essen da. Caroline, geh, ab mit dir auf das Bett."

„Mmm, Simon, ich bin so nah dran. Bist du sicher, dass … du … nicht … möchtest, dass ich … mmm … das hier beende? Oooh, ich liebe es, wenn du das tust."

„Mmph, mmph, hah, hoo …"

„Rede nicht mit vollem Mund, Simon, Simon, Simon, Siiimoooon …"

„Okay, Mann, ich lass Ihr Essen hier draußen. Äh, danke fürs Trinkgeld."

1:14 Uhr

Wir lagen im Bett, vollkommen fertig. Unsere Gehirne liefen wohl nur auf Sparflamme. Mein armer Simon. Ich hatte ihn bis zum Rand der Erschöpfung getrieben. Er war kein Teenager mehr, aber selbst er war überrascht von seinem … Durchhaltevermögen. Nach der letzten Runde war er in den Flur zurückgekrabbelt, hatte das Essen geholt, und wir hatten das thailändische Essen in der Mitte des Bettes sitzend gegessen. Ich hatte rasch die Laken heruntergerissen, weil sich immer noch Rosinen und Mehlwolken von früher darin befanden. Das Chaos in der Küche, das mich morgen erwarten würde, erinnerte mich an die Arbeiten des Herkules, aber das war es wert. Alles. Alles war es wert.

Nun lagen wir gemeinsam entspannt auf dem Bett, ineinander geschlungen, aber nun gehüllt in ein rosa Nachthemd und Pyjamahosen. Um das klar zu stellen: Ich trug das Nachthemd. Wir lagen Seite an Seite, sahen uns an, unsere Beine miteinander verschlungen. Wir hielten Händchen.

„Wann musst du wieder zur Arbeit?"

„Jillian erwartet mich Montag zurück, obwohl das gerade

das Letzte ist, an das ich denke."

„Woran denkst du denn dann?"

„Spanien."

„Ja?"

„Ja, es war großartig. Danke, dass du mich mitgenommen und dann genommen hast." Ich stieß ihn mit dem Ellbogen an.

„Es war mir ein Vergnügen – sowohl, als auch. Ich bin froh, dass du mit … gekommen bist." Er setzte die Pause in dem Wort mit einem vergnügten Schnauben.

Nun, da mein O zurückgekehrt war, konnten wir Witze darüber reißen. Wir schwiegen einen Moment lang und genossen nur die Musik. Simon war vor einer Weile in sein Apartment gehumpelt, um eine Platte aufzulegen. Selbst humpelnd war dieser Mann sexy.

„Wann reist du nach Peru ab? Ich hasse dich Arsch immer noch ein wenig, weil du dorthin darfst, aber wann reist du ab?"

„In ungefähr zwei Wochen. Und beschuldige nicht den Fotografen. Ich muss gehen, aber ich werde immer wieder zurückkommen."

„Oh, um das klarzustellen. Ich hasse dich nicht dafür, dass du gehst. Ich hasse dich, weil ich auch gehen möchte. Aber ich schweife ab. Ich liebe dich mehr als ich dich hasse, daher ist das okay."

„Es ist okay?"

„Natürlich. Du musst wegen deines Jobs reisen. Ist ja nicht so, als ob ich das nicht gewusst hätte."

„Aber das Wissen darüber und dann diejenige zu sein, die zurückgelassen wird, sind zwei verschiedene Dinge", sagte er. Sein Blick trübte sich etwas. Ich strich über seine Wange, fühlte seinen Dreitagebart und seine Haut und beobachtete, wie er sich in meine Berührung hineinlehnte. Seine Augen schlossen sich, und er summte ein zufriedenes Liedchen.

„Du lässt mich nicht zurück. Wir führen beide geschäftige Leben und werden das auch weiterhin tun. Nur, weil du jetzt deinen Schwanz in mich stecken darfst, heißt das nicht, dass wir uns ändern", erwiderte ich.

Ein langsames Grinsen zog über seine Lippen. Seine Augen waren immer noch geschlossen, aber er grinste. „Manchmal verändern Schwänze Menschen."

„Manchmal verändern Schwänze das, was verändert werden muss. Manchmal machen Schwänze die Dinge besser."

„Manchmal machen Schwänze die Dinge besser – was für eine seltsame Aussage."

„Bleib hier. Wer weiß, was ich als Nächstes sagen werde."

„Ich bleibe. Und ich werde dich jetzt küssen."

„Gott sei Dank." Ich kicherte, als er seine starken Arme um mich schloss. Wir küssten uns leise und bedachtsam. Ich schmiegte mich in seine Armbeuge, die die perfekte Form für mich hatte und für mich der Himmel auf Erden war.

„Ich liebe diese Armbeuge."

„Gut."

„Niemand sonst bekommt diese Armbeuge."

„Sie gehört dir."

„Ja, das tut sie. Stell nur sicher, dass all diese wunderschönen Frauen in Peru das erfahren, wenn sie versuchen, diesen sexy Amerikaner zu verführen."

„Ich werde ihnen sagen, dass diese Armbeuge besetzt ist."

Ich lächelte und gähnte. Die letzten Tage waren sehr anstrengend gewesen. Ich hatte einen Jetlag und war ordentlich rangenommen worden. Das führte dazu, dass ein Mädchen müde wurde. Simon beugte sich über mich, um das Licht auszuschalten, und zog mich zurück in seine Armbeuge.

1:23 Uhr

„Simon?"

„Mmm?"

„Schläfst du?"

„Mm-hmm …"

„Ich wollte dir nur sagen, dass ich wirklich froh bin, dass du früher nach Hause gekommen bist."

„Mm-hmm, ich auch."

„Und ich steh total auf dich."

„Mm-hmm, ich auch."

„Du bist der Deckel zu meinem Topf."
„Mm-hmm, dito."
„Der Kater zu meiner Katze."
„Katze, mm-hmm …"
„Simon?"
„Mm-hmm?"
„Schläfst du?"
„Mm-hmm …"
„Ich liebe dich."
„Ich liebe dich auch."
…
…
…
„Caroline?"
„Mm-hmm …"
„Ich bin auch wirklich froh, dass ich früher nach Hause gekommen bin."
„Mm-hmm …"
„Und ich bin wirklich froh, dass du gekommen bist."
„Das reicht."
„Gute Nacht, Caroline."
„Gute Nacht, Simon."
Und während Count Basie und sein Orchester uns ins Land der Träume begleiteten, kuschelten wir uns aneinander und schliefen.

Nachrichten zwischen Simon und Caroline am darauffolgenden Dienstag:

Habe mit einem Kumpel gesprochen. Glaube, ich hab herausgefunden, wie ich diese Garnelen machen kann, die du in Spanien so toll gefunden hast.

Perfekt. Die passen zu dem spanischen Festessen, das ich für Samstag plane. Alle kommen, selbst Jillian und Benjamin.

Sollen wir es wirklich nicht bei mir machen?

Nein, das ist bei mir einfacher. Ich hab die Kücheninsel, die besser zum Vorbereiten geeignet ist, aber ich requiriere deinen Ofen.

Darf ich dich auf der Kücheninsel requirieren?

Das ist kein korrekter Gebrauch des Wortes requirieren.

Bitte, du weißt doch, was ich meine.
Tue ich, und du darfst.
Perfekt. Hast du meine Laufschuhe gesehen?
Yep, sind in meinem Bad, wo du sie gelassen hast. Bin heute Morgen drübergefallen.
War das der Plumps, den ich gehört habe?
Du hast das gehört?
Yep, hat mich aufgeweckt.
Und du bist nicht gekommen, um zu prüfen, ob es mir gut geht?
Wollte Clive nicht stören.
Ich kann nicht glauben, dass er bei dir schläft. Verräter-Kater.
Wir sind jetzt Freunde … na ja, fast Freunde. Er hat wieder auf meinen Pullover gepinkelt.
HA! Ich muss weiter arbeiten, Katerdieb. Steht das Film-Date für heute Nacht?
Wenn du es so nennen willst.
Das lässt es so aussehen, als ob wir etwas unternehmen würden.
Ich werde auf jeden Fall etwas unternehmen. Oh, ich habe Großes vor!
So wie ich …
Sitze hier und esse deinen Apfelkuchen … stell dir das vor.
Das ist alles, worüber ich nachdenke … ich hasse dich.
Du hasst mich nicht.
Wie wahr. Jetzt iss mein Küchlein.
erstick

Nachrichten zwischen Mimi und Caroline am Donnerstag:
Soll ich wirklich nichts mitbringen am Samstag?
Nö, Sophia bringt Drinks mit, und wir kümmern uns um den Rest.
Es ist so schön, dich wieder von einem „Wir" reden zu lesen.
Ja, ich genieße das Wir.
Und zwischen den Laken?
Die stehen in Flammen.
Freut mich. Hast du schon im Bett der Sünde übernachtet?
Nein, wir bleiben scheinbar immer bei mir. Ich glaube, ich würde mich in dem Bett seltsam fühlen.
Viele Wände wurden mit diesem Bett zum Wackeln gebracht …
Genau. Meine Rede, und es fühlt sich seltsam an.
Vielleicht solltest du deine Marke auf diesem Bett hinterlassen. Neue

Ära, neue Freundin, neues Beben?

Ich weiß nicht. Wir werden sehen … Ich werde irgendwann dort schlafen, aber nicht jetzt. Außerdem hat er zu viel Spaß dabei, sich mit Clive anzufreunden.

WAS? Clive hasst Jungs! Ausgenommen schwule Jungs.

Sie haben eine seltsame Kater-Mann-Übereinkunft gefunden. Ich stelle keine Fragen.

Als ob die Welt sich auf einmal falsch herum dreht.

Ich weiß.

Soll ich Samstag früher kommen und helfen?

Du willst doch nur wieder die Finger in meine Schubladen bekommen. Sie müssen neu organisiert werden …

Komm früher.

WAHOO!

Geh zum Psychiater …

Donnerstagabend war es ruhig. Simon und ich saßen auf meiner Couch und arbeiteten. Ich skizzierte für einen Kunden ein Weihnachtskonzept für seinen Ballsaal. Ja, Ballsaal. Das war die Welt, die ich besuchte. Nur besuchte, in der ich aber nicht lebte. Ich steckte noch in meinen Yoga-Klamotten. Simon hatte gekocht, wobei er meine Küche benutzt hatte, in der er sich immer heimischer fühlte. Er sagte, das wäre einfacher, da wir sowieso in meiner Wohnung enden würden, aber ich hatte ihn dabei ertappt, wie er Clive auf die Theke gehoben hatte, damit er „zusehen" konnte. Das Wort gehörte in Anführungszeichen, da es das tatsächliche Wort war, das Simon benutzte, als er mit Clive redete. Der gesamte Satz lautete, wenn ich mich recht entsinne: „Bitteschön, Kumpel. So kannst du zusehen! Vom Boden aus sieht man nicht wirklich was, nicht? Nicht?"

Und Clive antwortete. Ich weiß, dass es technisch unmöglich ist, aber das Miau, das er von sich gab, hörte ich an wie „Danke".

Meine Jungs schlossen Freundschaft. Das war so nett!

Nun saßen wir also gemeinsam auf dem Sofa. Ich skizzierte, und Simon erstellte online seine Reisepläne für Peru. Er hatte ungefähr siebzig Milliarden Bonusmeilen und er hatte seinen

Spaß daran, vor mir damit anzugeben.

Es war so ruhig, dass man das Kratzen meiner Farbstifte auf der Seite und sein Tippen auf die Tasten hören konnte. Und das Klicken von Clive. Das musste der hartnäckigste Niednagel der Welt sein.

Simon beendete seine Arbeit, schloss den Laptop und streckte sich, wobei ich die Linie von Härchen sehen konnte, die von seinem Bauchnabel nach unten führte. Möglicherweise rutschte mein Stift ein paar Mal ab. Er lehnte seinen Kopf an die Lehne und schloss die Augen. Innerhalb weniger Momente hörte ich kleine Schnarchgeräusche, und ich grinste vor mich hin. Ich malte weiter.

Zehn Minuten später fühlte ich, wie seine Hand über die Kissen hinweg nach meiner griff.

Zum Skizzieren brauchte ich doch sowieso nur eine Hand.

„Heilige Scheiße, Caroline, diese Garnelen sind der absolute Wahnsinn!" Mimi stöhnte auf eine Weise, die Ryan dazu brachte, unruhig auf seinem Stuhl herumzurutschen.

Es war Samstagnacht, und wir hatten uns alle um meinen Esszimmertisch versammelt, der sich unter spanischem Essen und Wein bog. Ich hatte großen Spaß gehabt, das ganz wunderbare Essen, das Simon und ich gegessen hatten, nachzukochen. Sicher nicht ganz so gut, aber ich war nahe dran. Und natürlich hatten wir hier keine Küste, aber wir hatten die Gemütlichkeit eines Herbstabends im nebligen San Francisco. Die Lichter der Stadt funkelten durch die Fenster herein, ein Feuer knisterte dank Benjamin im Kamin, und Gelächter füllte die Wohnung.

Ich saß auf meinem Stuhl, an Simons Seite geschmiegt, während wir mit unseren Freunden lachten. Ich war ein wenig nervös gewesen, dass wir einigen Fragen ausgesetzt sein würden, da unser unausweichliches Zusammenkommen so lange Gesprächsthema gewesen war. Aber es war gut gelaufen, und alle genossen den Abend, wobei sie uns nur ein klein wenig neckten. Simon und ich waren die meiste Zeit dicht beieinander gewesen, aber ich konnte jetzt schon sagen, dass wir uns zu einem der Paare entwickeln würden, die das nicht brauchten.

Ich wollte nie Teil eines Pärchens sein, das vollständig voneinander abhängig war und ständig gegenseitige Zusicherungen brauchte. Ich liebte Simon, so viel war klar. Einer von uns reiste, verdammt noch mal, also mussten wir damit umgehen lernen. Und ich glaubte, dass wir das hinbekommen würden. Ich fühlte ihn neben mir und rückte ein wenig näher. Er legte einen Arm um meine Taille. Seine Hand tätschelte meinen Arm, drückte leicht zu und ließ mich seiner noch mehr bewusst werden. Seine Fingerspitzen fuhren kleine Kreise um meinen Ellbogen, und ich seufzte, als er einen raschen Kuss auf meine Stirn drückte.

Ich würde nie irgendwelche Spitznamen wie „Honey" oder „Schatz" brauchen. Ich brauchte nur ihn und seine kleinen Kreise. Ich musste ihn nur an meiner Seite fühlen, wenn er hier war.

Jillian erwiderte meinen Blick über den Tisch hinweg und zwinkerte.

„Wofür war das?", fragte ich und nippte an meinem zweiten Brandy. Simon würde später keine Probleme haben, mich ins Bett zu bekommen – als ob er das jemals hätte.

„Es hat alles gut geklappt, nicht?", sagte sie und blickte zwischen Simon und mir hin und her.

„Hätte nicht besser laufen können. Mir deine Wohnung zu vermieten war die beste Entscheidung, die du jemals getroffen hast." Ich lächelte und lehnte mich an Simon, als er meine Schulter rieb.

„Als Jillian mir deine Nummer gegeben hat, damit ich dir von Irland aus schreiben konnte, das war die beste Entscheidung, die sie jemals getroffen hat", fügte er hinzu und zwinkerte Benjamin zu.

„Oh, ich weiß nicht recht. So zu tun, als ob ich ihren mysteriösen Nachbarn nicht kennen würde, war auch eine verdammt gute Entscheidung", sagte sie mit einem spitzbübischen Grinsen, das noch breiter wurde, als Simon sich an seinem Brandy verschluckte.

„Moment mal, was? Du wusstest die ganze Zeit, dass ich nebenan wohne?" Er nahm die Serviette, die ich ihm reichte.

„Aber du hast mich doch nie besucht!"

„Sie nicht, aber ich", sagte Benjamin, der sein Glas mit dem seiner Verlobten anstieß.

Simon und ich starrten sie mit großen Augen an, während sie lachten und sich selbst gratulierten.

Gut gespielt …

„Okay, das war es. Es ist kein Geschirr mehr draußen", verkündete Simon und schloss die Geschirrspülmaschine.

Nachdem alle gegangen waren, hatten wir uns entschlossen, den Rest des Chaos zu beseitigen, statt alles bis zum Morgen stehen zu lassen.

„Gott sei Dank! Ich bin fertig."

„Und ich habe Spülmittelhände." Er zwinkerte mir zu und zeigte mir, wie rot sie waren.

„Das ist das Zeichen einer guten Hausfrau." Ich wich gerade noch seinen nach mir greifenden Händen aus.

„Nenn mich Tilly und beweg diesen fantastischen Hintern hier rüber." Er ließ ein Handtuch in meine Richtung knallen.

„Diesen Hintern? Genau diesen hier?" Ich stellte mich an der Kücheninsel in Position, indem ich mich nach vorn auf meine Ellbogen lehnte.

„Jetzt willst du spielen, ja? Ich dachte, du bist fertig?", murmelte er, packte meinen Hintern mit seinen Spülmittelhänden und gab mir einen kleinen Klaps.

„Vielleicht gehe ich gerade in die zweite Runde." Ich kicherte, als er mich prompt wie ein Feuerwehrmann über seine Schulter warf und sich auf den Weg zum Schlafzimmer machte. Ich schlug mit den Fäusten gegen seinen Hintern und trat um mich, aber nicht so sehr, dass ich entkommen konnte. Seine Schritte stoppten an der Schlafzimmertür.

„Hast du heute nicht was vergessen?", fragte er und drehte sich um, sodass ich hineinsehen konnte: ein leeres Bett ohne Laken.

„Verdammt, hab vergessen, die Laken in den Trockner zu werfen. Sie werden noch feucht sein!" Ich grummelte vor mich hin.

„Problem gelöst. Schlummerparty bei Simon", verkündete

er und zog meine Nachtwäsche-Schublade auf. „Wähl ein Nachthemd, egal welches."

„Du willst heute bei dir übernachten?"

„Ja, warum nicht? Wir haben hier geschlafen, seit ich aus Spanien zurück bin. Mein Bett ist einsam." Er wühlte sich durch Stapel von Spitze und Rüschen.

Hmm, sein Bett war vermutlich einsamer als es jemals zuvor gewesen war.

„Also, wähl eines aus." Er gab meinem Hintern einen weiteren Klaps.

„Ach, such du eines aus, das du magst. Ich werde für dich Model spielen." Ich grinste und sprach mir selbst Mut zu. Komm schon, du kannst die Nacht in seinem Bett verbringen. Könnte witzig werden. Ich sah, wie er ein bekanntes, rosarotes und seidiges Etwas unter seinen Arm klemmte, und dann waren wir schon auf dem Weg zum Flur. Ich schaffte es, seine Tür auf dem Weg hinein zu treten, was kopfüber etwas schwer war.

Wieder einmal befand ich mich in einem Schlafzimmer und zog Nachtwäsche für Simon an. Er mochte wirklich alles, was ich trug. Egal, ob es sich dabei um wirkliche Dessous oder eines seiner alten T-Shirts handelte – es schien ihm egal zu sein. Und ich hatte es meist nicht lange an.

Ohne es wirklich zu wollen, dachte ich an alle Frauen, die vor mir hier gewesen waren. Alle Frauen, mit denen er Spaß gehabt hatte und die mit ihm Spaß gehabt hatten. Aber jetzt war ich hier, und ich war diejenige, die er wollte. Ich strich die Seide mit einem tiefen Atemzug über meinem Körper glatt. Meine Haut prickelte schon in Vorfreude auf die Berührung seiner Hände.

Ich hörte, wie er mit seinem Plattenspieler spielte – die bekannten Geräusche, die eine Nadel auf einer Platte machte. Ein sehr beruhigendes Geräusch.

Glenn Miller. „Moonlight Serenade". Seufz.

Ich öffnete die Tür, und da stand er. Er stand neben dem gigantischen Wandbeben-Bett der Sünde. Sein langsames Grinsen erwischte mich unvorbereitet, als er mich von oben bis unten ansah.

„Du siehst gut aus", murmelte er.

„Du auch."

„Ich trage das Gleiche wie vorher, Caroline."

Er grinste spitzbübisch, als ich meine Arme um seinen Nacken legte. Seine Fingerspitzen fuhren meine Arme hoch und runter und kitzelten die Innenseite meines Ellbogens.

„Das weiß ich", erwiderte ich und presste einen nassen Kuss unterhalb seines Ohres. „Du hast vorher gut ausgesehen, und jetzt siehst du auch gut aus."

„Lass mich dich ansehen", flüsterte er und antwortete mit einem eigenen nassen Kuss am Ansatz meines Halses. Ich zitterte. Die Zimmertemperatur war nicht besonders kühl.

Er wirbelte mich wie auf einem Tanzparkett herum und hielt mich für einen Moment auf Armeslänge von sich. Das rosa Nachthemd, sein Favorit. Er hatte versäumt, mir passende Höschen mitzunehmen, und ich versäumte es, das anzumerken. Er drehte mich zurück zu sich, und sofort begann ich mit der Arbeit an seinen Hemdknöpfen.

„Das war eine ganz schön interessante Nacht heute", bemerkte er.

Zwei Knöpfe erledigt.

„Du sagst es. Ich kann nicht glauben, dass die zwei von Anfang an die Kuppler gespielt haben! Obwohl ich nicht glaube, dass sie sich für die anderen beiden Pärchen auf die Schulter klopfen dürfen. Das waren wir."

„Wer hätte geahnt, dass Liebe in der Luft lag, als du an meine Tür gehämmert hast?"

Ein weiterer Knopf war Geschichte.

„Glücklicherweise warst du so von meinen weiblichen Reizen überwältigt, dass das unausweichlich war."

„Es war das Nachthemd, Caroline. Es war das Nachthemd, das mich überwältigt hat. Deine weiblichen Reize waren ein Bonus. Ich hatte keine Ahnung, dass ich am Ende eine Freundin haben würde."

Das Hemd war nun aufgeknöpft und dabei, abgestreift zu werden.

„Wirklich? Und ich dachte, wir machen nur rum." Ich kicherte und kämpfte mit seinem Gürtel.

„Auf das Rummachen mit der eigenen Freundin!" Gürtel offen, Jeansknopf geöffnet. Gott sei gedankt für die altmodischen Knöpfe einer Jeans. Er hob mich hoch – an meinem nackten Hintern – und ging mit mir zum Bett, während ich sein Hemd über seine Schultern streifte. Nun hing es nur noch an den Ärmeln an ihm.

„Das hört sich gut an", flüsterte ich ihm ins Ohr, als er mich auf das Bett legte.

Er beugte sich über mich, presste Küsse auf meine Brust und sagte das Wort immer und immer wieder. Freundin, dann ein Kuss. Freundin, Freundin, dann ein Kuss.

„Wusstest du, dass Mimi und Neil darüber nachdenken zusammenzuziehen? Ist das nicht ein wenig früh? Ich hoffe, sie wissen, worauf sie sich da einlassen." Ich bäumte mich ein wenig auf, um seinen Küssen entgegenzukommen.

„Ich weiß, worauf ich mich einlasse."

„Und was wäre das?"

„Ich lasse mich auf dich ein", sagte er, und ich hörte das himmlische Geräusch seiner Gürtelschnalle, die auf dem Boden landete. „Ich mache mir nur Sorgen um unser Happy End. Oder zwei oder sogar drei. Ich hab heute Morgen den Ginsengtee getrunken, den du mir dagelassen hattest – also wappne dich." Er gluckste, hob eines meiner Beine auf seine Schulter und küsste sich einen Weg an der Innenseite meiner Wade hinab.

„Happy End, hm?"

„Findest du nicht, dass wir es uns verdient haben?", fragte er, kniete sich nun hin und glitt mit den Lippen über die Oberseite meines Oberschenkels, während ich keuchte.

„Oh, verdammt, ja!" Ich lachte, warf die Hände über meinen Kopf und bäumte mich auf, um ihm entgegenzukommen. Hallo, O! Schön, dich wieder zu sehen. Mit seinen Lippen schenkte er mir den ersten. Mit seiner Zunge den zweiten. Und als er in mich hinein glitt und mich auf dem Bett nach oben trieb, hatte ich fast einen dritten.

Ohne unsere Kleidung, nur Haut an schwitzender Haut. Meine Beine schlossen sich fest um seine Hüften, die sich gegen meine drückten. Sein Blick brannte, als ich jeden Zentimeter von ihm in mir fühlte. Hinein. Hinaus.

„Oh, Gott", stöhnte ich. Und dann hörte ich es.

Rumms.

„Oh, Gott", stöhnte ich erneut.

Rumms Wumms.

Ich kicherte bei dem Geräusch. Wir brachten die Wand zum Beben.

Er sah auf mich hinunter und zog eine Augenbraue nach oben. „Was ist so witzig?", fragte er und hielt inne. Er stieß sehr, sehr langsam wieder in mich.

„Wir bringen die Wand zum Beben." Ich kicherte erneut und sah, wie sich sein Blick änderte, als er mein Kichern bemerkte.

„Stimmt." Er gluckste ebenfalls ein wenig. „Geht es dir gut?"

Ich schlang meine Beine noch enger um seine Taille und stellte sicher, dass ich so eng mit ihm verbunden war, wie ich sein konnte. „Bring es zu Ende, Wandbeben." Ich zwinkerte, und er gehorchte.

Durch die Stärke seiner Stöße wurde ich im Bett nach oben getrieben. Er drang mit unnachgiebiger Kraft in mich ein, gab mir genau das, was ich brauchte, bevor er mich nur ein wenig über diesen Punkt hinaus trieb. Er starrte auf mich herab, hart und mit diesem wissenden Grinsen. Ich schloss meine Augen und fühlte, wie tief ich von ihm berührt wurde. Und mit tief meine ich wirklich tief ...

Er packte meine Hände und schloss sie um das Kopfteil. „Hierfür wirst du dich festhalten wollen", flüsterte er, hob eines meiner Beine über seine Schulter und änderte den Winkel seiner Stöße.

„Simon!", kreischte ich und fühlte, wie mein Körper anfing zu zucken. Sein Blick, dieser verdammt blaue Blick bohrte sich in meinen, als ich um ihn herum erzitterte.

Er rief meinen Namen und keinen anderen.

Ein wenig später, kurz vor dem Einschlafen, fühlte ich, wie die Matratze sich bewegte, als Simon das Bett verließ. Ich hörte, wie er die Platte wendete und kuschelte mich tiefer in mein Kissen. Mein Körper war wunderbar müde, da wir uns gegenseitig zur Erschöpfung getrieben hatten. Wir hatten diese Wand zum Beben gebracht, ja. Nun gehörten mir beide Seiten dieser Wand.

Ich hörte, wie er den Flur hinabging, und fragte mich, was er vorhatte. Vermutlich holte er etwas Wasser, dachte ich schlaftrunken und schlief wieder ein.

Ein paar Momente später erwachte ich durch seine Arme, die sich um mich schlagen und mich an seinen warmen Körper zogen. Er küsste mich auf meinen Nacken, dann die Wange, dann die Stirn. Dann hörte ich ... Schnurren?

„Was ist das?", fragte ich und sah mich um.

„Ich dachte, er könnte einsam sein", gab Simon verlegen zu.

Ich sah über meine Schulter und entdeckte erst Simon und dann Clive. Simon war hinüber gegangen, um ihn zu holen. Clive schnurrte sehr laut, äußerst zufrieden über das hohe Maß an Aufmerksamkeit, das er in letzter Zeit erhalten hatte. Er stupste mich mit der Nase an und kuschelte sich zwischen uns.

„Unglaublich", murmelte ich und rollte mit den Augen.

„Bist du so überrascht? Du weißt doch, wie sehr ich Muschis liebe", sagte Simon ernst. Dann wackelte das Bett unter seinem unterdrückten Gelächter.

„Du hast großes Glück, dass ich dich liebe", sagte ich und ließ mich von ihm festhalten.

„Wie wahr."

Und dann, als das Gelächter leiser wurde und der Schlaf sich über uns senkte, überlegte ich, was die Zukunft für mich und mein Wandbeben bereithalten würde.

Ich wusste, dass es nicht immer so einfach sein würde. Aber es würde eine teuflisch gute Zeit werden.

Es war still, als ich auf Patrouille ging und sicherstellte, dass alles sicher war. Ich marschierte durch mein neues Territorium und bemerkte jedes frei herumliegende Q-Tip. Um die musste man sich kümmern, wenn sie über die Stränge schlugen. Wenn man ihnen erlaubte, unkontrolliert zu bleiben, würden es mehr werden. Das hatte ich alles schon erlebt.

Ich entdeckte ein seltsames Regal mit Glasflaschen darin. Ich stieß eine an und beobachtete, wie sie auf den Boden fiel. Das musste ich ein andermal noch einmal überprüfen, aber jetzt musste ich erstmal meine Runde drehen.

Ein Blick aus dem vorderen Fenster zeigte mir, dass ich meine Nachbarschaft von dort aus gut kontrollieren konnte. Ich entdeckte eine mögliche Nickerchen-Station an einem anderen Fenster mit südlicher Ausrichtung und stoppte wegen eines Blickduells mit einer Eule draußen. Keiner von uns gab freiwillig auf, und es dauerte fünfzehn weitere Minuten, bevor ich weiter ging, um meine Menschen zu überprüfen. Endlich hatten sie sich nach mehreren Runden Gejaule beruhigt. Ehrlich.

Meine Dosenöffnerin nahm wie immer den Großteil des Schlafquartiers in Beschlag. Der Große, der seinen Namen daher hatte, weil er größer war als meine Dosenöffnerin, machte wieder dieses Geräusch – das Geräusch, das ich einfach nicht tolerieren konnte. Die Dosenöffnerin begann mit wilden Bewegungen. Sie schlief nicht sehr tief. Ohne genügend Schlaf würde sie morgen Abend nicht mitspielen, daher musste diese Situation geändert werden. Sie schien unsere Spielchen zu genießen, daher würde ich wieder einmal die Sache in meine eigenen Pfoten nehmen.

Ich sprang mit angeborener Grazie – einer Grazie, die nicht wirklich von meinen Menschen gewürdigt wurde – vom Boden auf das Bett und schlängelte mich durch Knie und Beine, Arme und Ellbogen, bis ich die Spitze erreichte und direkt unter seinem Kinn stand. Ich streckte eine Pfote aus, patschte sie über seine Atemlöcher und stoppte damit das Geräusch für einen Moment. Der Große stieß mich weg, obwohl er sich auf die Seite rollte, womit das Geräusch aufhörte. Während er das getan hatte, war ich stehen geblieben dank meiner perfekten Balance. Meine Menschen verstanden einfach nicht mein Genie.

Ich kuschelte mich in die Lücke zwischen sie und ruhte mich aus. Unser Heim war sicher, und nun wachte ich über meine Dosenöffnerin und den Großen. Ich erlaubte mir zu träumen. Von ihr. Der, die mir entwischt war ...

Danksagung

Es gibt so viele Menschen, die mir dabei geholfen haben, diese Geschichte unter die Leute zu bringen:

Lauren, die das hier von Beginn bis Ende lektoriert hat und mir immer sagte, wenn ich es richtig gemacht habe.

Sarah M. Glover wegen ihres Wissens über San Francisco und weil sie darauf bestanden hat, dass ich eine Stimme habe, und mich ermutigt hat, sie zu benutzen.

Elizabeth, weil sie mir erlaubt hat, durchzudrehen.

Brittany und Angie, weil sie erkannt haben, dass ich eine von ihnen war, und mir erlaubt haben, bei den Mädchen mit Kurven mitzuspielen.

Deb, weil sie die beste laszive Cheerleaderin auf dem Planeten ist.

Meinen Mentoren aus dem wahren Leben – Staci und Janet –, auf denen Jillian basiert.

Der fantastischen „Banger Nation", diesen wundervollen Ladys, die vom ersten Kapitel an dabei waren und die brüllend komischen Momente mit mir genossen haben.

Den Filets wegen ihrer Unterstützung in den frühen Morgenstunden und den ständigen Nachfragen, wie es um mich bestellt ist.

All den wundervollen Lesern und Freunden auf Twitter, die es zu einem Quell der Freude machen, mich in 140 Zeichen zu unterhalten.

Autoren wie Laura Kaye, Ruthie Knox, Jennifer Probst, Michelle Leighton, Tiffany Reisz, Karen Marie Moning und Jennifer Crusie, weil sie einige meiner Lieblingsgeschichten geschrieben haben. Ich war immer schon Leserin und erst später Autorin, daher gibt es nichts, was mich glücklicher macht, als einem Freund von einem großartigen Buch zu erzählen, das ich gerade beendet habe und an das ich ständig denken muss.

Der Online-Schreib-Community, die mir den Raum und die Gunst erwies, etwas zu erschaffen, auf das ich wirklich stolz sein kann.

Keili und Ashley, weil sie meinen Humor wieder geweckt haben und mit mir auf dem „Not Your Mother"-Podcast gespielt haben.

Meinem Herausgeber Micki Nuding, weil er nicht nur willens war, mich als neue Autorin anzustellen, sondern auch verrückt genug war, mir zu helfen, der Welt „Wallbanger" und die „Redhead"-Serie zu schenken.

Meiner Agentin Jennifer Schober, mit der ich mich von der ersten Sekunde an, als wir das erste Mal telefoniert haben, verstanden habe. Sie war es auch, die mir sagte, dass es vollkommen normal sei, dass ein Autor ständig Feedback braucht.

Besonderer Dank gilt meiner Herausgeberin und sehr guten Freundin Jessica, die die perfekte Mischung aus klug und frech verkörpert. Du bist eine Perfektionistin. Du bist ein Resonanzkörper in einem wattierten Raum. Du bist der Punkt zu meinem Komma.

Ein ganz besonderes Dankeschön an meinen Presseagenten und Komplizen Enn, weil du nicht nur mein Barometer für alles Unmoralische bist, sondern auch weil du mich zurück in die Gemeinde gebracht hast. Danke, dass du dir mein Gejammer angehört hast, meine Kommata ertragen hast und dich halb zu Tode geschuftet hast. Weil du mir immer den Rücken freihältst. Im Himmel muss es einen Taco mit deinem Namen darauf geben.

Und natürlich ein dickes, fettes Danke an Peter, weil du immer so gut auf mich achtest. Ich liebe deine gigantischen Daumen.

Danke an alle meine Leser, an alle „Nuts Girls", an alle „Bangers", an alle Chicas. Danke.

Photo by Lisa Nordmann

Alice Clayton arbeitete als Maskenbildnerin und Kosmetikerin, bevor sie im Alter von dreiunddreißig den Stift, oder besser gesagt den Laptop zur Hand nahm, um eine neue Karriere als Autorin zu beginnen. Obwohl sie vorher noch nie etwas Längeres als eine Einkaufsliste geschrieben hatte, fand sie in der Schriftstellerei schnell ein kreatives Ventil. Sie liebt ihren Garten, aber nicht das Unkrautjäten, sie backt für ihr Leben gern, räumt aber ungern hinterher die Küche auf, und wartet immer noch darauf, dass ihr langjähriger Lebenspartner sie zu einer ehrbaren Frau macht – und ihr einen Berner Sennenhund kauft.

Webseite der Autorin: http://aliceclayton.com/about/